本書爲二〇二一年度國家古籍整理出版資助項目
本書爲二〇二〇年度湖北省公益學術著作出版專項資助項目

昭明文選

黄侃黄焯批校

一

〔梁〕蕭統 編 〔唐〕李善 注

黄侃 黄焯 校訂

長江出版傳媒
崇文書局

圖書在版編目（CIP）數據

黄侃黄焯批校昭明文選 /（梁）蕭統編 ;（唐）李善注 ; 黄侃，黄焯校訂 . -- 武漢 : 崇文書局， 2024. 9.
ISBN 978-7-5403-7743-4
Ⅰ . I212.01
中國國家版本館 CIP 數據核字第 20246NX815 號

出品人 韓 敏
項目策劃 陶永躍
責任編輯 葉 芳 陶永躍 鄭小華
李慧娟 薛緒勒
封面設計 楊 艷
責任印製 李佳超

黄侃黄焯批校昭明文選
HUANGKAN HUANGZHUO PIJIAO ZHAOMING WENXUAN
出版發行：長江出版傳媒 | 崇 文 書 局
地 址：武漢市雄楚大街 268 號 C 座 11 層
電 話：(027)87677133 郵 編：430070
印 刷：中印南方印刷有限公司
開 本：880 mm×1230 mm 1/16
印 張：224.75
版 次：2024 年 9 月第 1 版
印 次：2024 年 9 月第 1 次印刷
定 價：998.00 圓（全十册）

影印出版説明

文選是我國現存最早的詩文總集，由梁代昭明太子蕭統主持選編，故又稱昭明文選。此書網羅一百三十餘位作家的七百多篇作品，作品縱跨周、秦、漢、三國、晋、宋、齊、梁八個朝代，涵蓋賦、詩、騷等三十九種文體，先唐時期的文章精華均薈萃於此，故備受歷代讀書人重視。而研究此書，早在唐代即蔚成風氣，形成「文選學」，綿延至今，千年不墜。

黄侃、黄焯是我國現代學術史上兩位重要的學者，他們精心校讀文選，對推動「文選學」的發展作出過重要貢獻。黄侃（一八八六—一九三五），字季剛，湖北蘄春人。歷任北京大學、武昌高等師範（武漢大學前身）、中央大學（南京大學前身）等校教授。其學以經學、小學爲基，博習精研，綜貫四部，遠紹漢唐，近承乾嘉，蔚成一家之言，與其師章太炎并稱「章黄之學」。有黄侃手批白文十三經、黄侃手批爾雅義疏、文選平點、文心雕龍札記等多種著作行世。黄焯（一九〇二—一九八四），字燿先，湖北蘄春人。黄侃之侄，「章黄之學」重要傳人。長期任教於武漢大學，爲「五老」之一，主要著作有經典釋文彙校、毛詩鄭箋平議、詩疏平議、古今聲類通轉表等。

黄侃非常重視文選，廣搜衆本，勤加研習，每有所得，即以批點，黄侃日記於一九二八年五月三日載：「平生手加點識書，如文選蓋已十過。」其批語很早即在學生間流傳，駱鴻凱文選學、戴明揚嵇康集校注等書即多處引用。其子侄據批語先後整理出三種著作：一九七七年臺北文史哲出版社出版黄侃長女黄念容整理的文選黄氏學，一九八五年上海古籍出版社出版黄焯整理的文選平點。兩書所據批校本不同，互有詳略。二〇〇六年中華書局出版黄侃之子黄延祖彙集以上兩本而成的文選平點（重輯本）。三書均係摘録文選文句，列評校於下，原批所用各種圈識則以文字描述。

黄焯早歲從黄侃研習文選，一生精勤於此，晚年整理文選平點，黄侃「文選學」成果廣爲世知，見重學林，實有賴於此。其本人則未見相關著述流布。黄焯弟子、武漢大學王慶元教授珍藏了一部包含黄侃、黄焯批校内容的文選，底本爲清同治八年（一八六九）湖北崇文書局覆刻嘉慶十四年（一八〇九）胡克家本李善注文選。卷五十五劉孝標廣絶交論後有黄焯戊寅年（一九三八）冬案語，又卷一載明辛丑年（一九六一）二月初一日、七月廿九日、八月廿七日過録黄侃校語，可知此本爲黄焯長年研習文選常置案頭之書。

此本中黄侃校語，以其壬戌年（一九二二）夏贈與學生吴靚所作批校本爲主，每卷之末均詳記温尋時日，兼采黄侃於葉樹藩海録軒本、四明林氏本等版本上所作的校語，内容較爲完善，已整理成文選平點別行。黄焯校語，廣采清人校勘成果，參酌章太炎等近世名家著述，以己意加以融貫，頗詳贍可觀。黄侃、黄焯批校文字風格較爲一致，文字訓詁、辭章疏解、史事考據并舉，讀者持之與文選及李善注并觀，當別有會心。又王慶元教授保存了一份黄侃任教北京大學時期文選講義稿，詳細評析了文選論體文數篇，彌足珍貴。故此，我們將批校本與講義稿一并影印出版，以饗學林。

著名語言學家許嘉璐先生有文選黄氏學訓詁探賾一文，闡釋黄侃先生文選批語，提綱挈領，頗爲精當。黄焯先生學術承黄侃先生而來，於此文中亦可窺其崖略。經作者同意，用爲本書序言。

謹以此書的出版紀念黄侃、黄焯兩位傑出學者！

崇文書局編輯部

二〇二一年九月

文選黃氏學訓詁探賾（代序）

許嘉璐

一、文選黃氏學概説

1.1.1 文選問世不久，昭明太子的從子蕭該和稍後的曹憲即相繼作文選音義（見新、舊唐書儒學、文苑、文藝傳）。至唐，曹憲的弟子李善撰文選注，集蕭、曹以來注釋之大成。李善並用以教授諸生，時號「文選學」。文選成爲專門，蓋自斯始。

1.1.2 唐代以詩賦取士，注重文辭贍麗典雅，既有執事者倡導，於是家藏是編，人人習誦，遂成風尚。「以杜甫詩才凌跨百代，猶有『熟精文選理』之句，餘子可以知矣」（四庫提要總集類存目一昭明文選越裁條）。但終有唐一朝，能繼李善以是學稱者並不多。據舊唐書儒學傳及日本金澤文庫所藏唐寫文選集注殘本，知尚有陸善經、公孫羅、許淹等曾作注釋。但悉散佚，唯李注獨存。開元中蕭嵩以及稍後的馮光震也曾試圖改注。事皆不就，大概是因爲他們的功力不及李善吧（見玉海卷五十四引集賢注記及大唐新語）。由此可見，由於文選所集淹貫古今，體式至夥，若非一代通儒，兼諳辭章與訓詁二途，是難以勝任注釋的重責的，即使書成也難以流傳。

1.1.3 宋代於神宗以前，也是崇尚文選的，至有「文選爛，秀才半」之説。即使在這之後，篤學之士如沈括、姚寬、洪邁、陸游、羅大經、王應麟等，措意於文選考證的仍然很多。宋代研究文選的專著也很不少，但也大多亡佚，大概也是由於無裨於「選學」而被歷史淘汰了。

1.1.4 自元迄明，評騭廣續文選的逐漸增多，但對文選的研究説得上真正興盛的，還應數有清一代，張之洞書目答問謂清代「漢學、小學、駢文家皆深選學」；黃侃先生云「清初校文選者，有潘稼堂（耒）、錢陸燦，其後則有何義門（焯）評定本，余蕭客之文選音義、文選紀聞，汪師韓之文選補注*、王煦之文選李注拾遺，胡克家之文選考異、張雲璈之選學膠言，梁章鉅之文選旁證、朱珔之文選集釋、薛傳均之文選古字通疏證、胡紹煐之文選箋證、朱銘之文選拾遺、許巽行之文選筆記等」，又云「以今觀之，清世爲文選之學精該簡要，未有超于義門者也；而評文則未爲精解」，先生此語，可謂對清代「文選學」的總評，二百餘年間「選學」的繁盛於此可見一斑。

1.2.1　文選之被歷代文人學士重視，大約由於以下幾個原因。一是蕭統妙解文理，其所去取別裁，以「事出於沈思，義歸乎翰藻」（文選序）爲宗旨，所編録的多爲古代各體作品的瑰寶，其中有些作品被後世作家奉爲創作的圭臬、辭藻的淵海、類典的總匯，以至凡爲文者都不能不讀文選。二是它與文心雕龍若合符契，一個從實踐上，一個從理論上體現了六朝時期的文學觀點，因此文選就成爲研究古代文學及其理論不可或缺的要籍。三是「古人古文小學與辭賦同源共流」（阮元隋文選樓記）。昭明所選與李善所注，中多典章制度、名物訓詁問題，善所稱引多爲後世散佚之書，世稱「敷析淵洽」（舊唐書李邕傳），因而它在考據小學的領域中自然也就受到高度的也是應有的重視。例如清代的小學大家顧炎武、桂馥、段玉裁、王念孫，就都對文選及李注作過深入的研究或校訂，並在自己的論著中頻頻稱引。

1.2.2　研治文選的途轍與上述三點相應：或考鏡作品源流真僞；或探索六朝文學思想；或徵其故實，校其字句，明其訓詁。至於廣續文選雖然舊時也被視爲「選學」一脈，但編者多爲不度德量力之輩，以今觀之，鮮有可采。因此歷來「選學」家多側重前兩項，而小學家兼治文選的，又專顧一字一詞的訓釋，並且都無專著，即如顧、桂、段、王，其所論述均散見於其所著考據訓詁書中（段有文選校，未見其書，僅見於文選旁證所引）。大概正是因爲這個緣故，所以何焯所校（見義門讀書記）所釋（散見余蕭客、孫志祖、胡克家等人書中），獨得黃侃先生的贊賞也就不是偶然的了。

---

* 編者按，引文如此。查駱鴻凱文選學，汪師韓所撰爲文選理學權輿。又葉樹藩、林茂春等均有文選補注之作。

1.2.3　黃侃先生學贍才富，不僅是偉大的小學家，也是著名的經學家，而於文辭一道，又「並世固難得其比」（章太炎書黃侃夢謁母墳圖記後），章先生早在東土即黃先生不過二十出頭時就贊道：「文辭又自有師法，研精彥和文心，施之實事。爲文單複兼施，簡雅有法，不涉方、姚、惲、張之藩，亦與汪、李殊派，至其樸質條達，雖與之異趣，亦無間言。」（代訂潤例）此後隨着年事閱歷的增長，黃先生可謂「文章老更成」，近代著名學者如錢玄同、汪辟疆等人都有過定評（均見制言七期）。唯其兼通儒林、文苑之長，所以其於文選的研究能囊括前代，並融衆派多家。

1.2.4　黃先生的文選學，生前並沒有出版什麽著述，只留下平日誦讀留有大量手批的文選一部。這部文選現藏武漢大學中文系，已故黃焯先生曾據以録爲文選平點（上海古籍出版社），潘重規先生曾將自己過録的本子刊出，收在黃季剛先生遺書（臺灣省石門圖書公司，1980）中，此外，駱鴻凱先生著文選學（中華書局，1937），其中也引用黃先生批語多條。黃侃先生的批語數千條，包括了校勘、正音、對文選及其注釋的批評、糾正前「選學家」評釋之失、對文章的分析和評價以及字句的訓釋等。括而言之，對歷代各派「選學」所涉及的諸方面，黃侃先生都發表了很多極爲精闢的見解。由此可知他對於文選的研究並不拘於一轍，是既有「宏觀」又有「微觀」的。

1.3.1　文選學自「選學妖孽」之説起，就已逐漸冷落。自本世紀二三十年代以來逸豫於斯而名家者寥若晨星，黃先生獨於此時用力殷勤，探賾索隱，凌越前人，成一家言，不愧爲本世紀「選學」研究之第一人。黃先生的批識，是留給我們的一份寶貴遺産，但由於「選學」不振，後學者之於前哲，常常只是具其一體。而對於黃侃先生的文選學，如果没有黃侃先生的博大宏通，特別是如果没有相當深厚的文學創作實踐和古代文學理論的功底，是難以窺其涯涘的。

1.3.2　一九七九年，黃燿先（焯）先生以所編次之文選平點見示，筆者即生服習文選黃氏學的奢望，燿老亦以闡其精奧相命，然無如才疏學淺何。嗣後又得黃季剛先生遺書本，授課之暇，反復誦詠，兩相比勘，仿佛若有得，而終未敢形諸筆墨。今逢季剛大師誕生一百周年、逝世五十周年，中國訓詁學研究會等六單位盛會紀念，於是爲此小文以隨諸賢之後。季剛先生嘗「以爲敦古不暇，無勞於自造」（章太炎黃侃遺著序），大師如此，遑論其他。因此這篇小文只以述古爲任，非有所作；而且僅述其訓詁一耑，無異窺豹。所以不敢藏拙者，以燿老前命猶在，只是已不得請益了。

1.4.0　黃季剛先生遺書本，係一九三〇年所過録。較之文選平點所録，所缺尚多。蓋黃侃先生於一九三〇年後又有增批。例如校勘所據，平點中屢引楊守敬抄日本卷子本、羅振玉影印日本金澤文庫藏唐寫本文選集注殘卷（批點本簡稱之爲「抄本」），而遺書本全無。又如傅毅舞賦「闊細體之苛縟」句，平點有「細體，禮文之繁縟者也」，而遺書本無；左思吳都賦「刷盪漪瀾」，劉逵注：「漪瀾，水波也。」李善注：「猗，蓋語辭也。」遺書兩漪改猗，無説，平點本有「今疑正文及劉注皆應作猗，不然，善必有説，不得但於己注中改注而已。此善暗訂劉注之誤，其實劉亦連舉耳，晉初尚不拘偶字也」。璐爲此文，乃參核兩本，徑標以某文某句，復注明兩本異同。黃焯先生文選平點後記稱「壬戌之夏，先從父寓居武昌，間取文選平點一過，每卷後皆記温尋時日。以六月廿四日啓卷，至七月六日閲畢」云云（訓詁研究第一輯），壬戌當公曆一九二二年。參之遺書或非其實。壬戌之夏，黃侃先生固嘗以不足半月平點一過，但恐非今之完本。

二、文選黃氏訓詁內容

2.0　黃侃先生訓詁學講詞云：

真正之訓詁學，即以語言解釋語言，初無時地之限域，且論其法式，明其義例，以求語言文字之系統與根源是也。（文字聲韻訓詁筆記，181頁。以下簡稱筆記。）

又云：

> 説字之訓詁與解文之訓詁不同。小學家之訓詁與經學家之訓詁不同。蓋小學家之説字，往往將一切義包括無遺。而經學家之解文，則只能取字義之一部分。……小學之訓詁貴圓，而經學之訓詁貴專。（同上，192頁）

他在這裏所説的兩種訓詁，雖因所施的方面（字或文）不同而訓釋内容有異，但既稱之訓詁，就應該都是訓詁學研究的對象；解文，字詞問題固然是核心，但只注意字詞仍然達不到通釋全文的目的，因而句讀、句意、句法、章法、章旨、修辭、表達也就不能不是訓詁學所應探討的問題。黄侃先生説文學的成就人所共知，這便是他所説的「獨立之訓詁」（同上，189頁），也是「説字之訓詁」；而文選的批注，就是「解文之訓詁」了。一個概念的内涵和外延的確定，應該從客觀實際中去概括；判定一門學術的内容，也不應只重宣言，而應聯繫該學科實際上所研究的内容。黄侃先生對於文選的訓詁既然是從字詞到篇章，從文例到修辭都極爲注意，那麼我們就可以斷定，他的所謂訓詁學，與自漢至清的傳統是完全一致的。這或許可以説是黄門訓詁學的重要「家法」。因此本文即按詞、句、篇和修辭分述文選黄氏批注的内容。

2.1.1 黄侃先生於文選字詞的訓釋，約有三類：補前人之未逮；駁舊注之謬説；於喁喁中定是非。補闕的，如：

> 皇甫謐三都賦序：「是以孫卿、屈原之屬，遺文炳然，辭義可觀，存其所感，咸有古詩之意。」李善、五臣無注。
>
> 黄先生批云：「存，省也。」

案，「省」爲「存」之常訓。周禮春官司尊彝「大喪，存奠彝；大旅亦如之」。注：「存，省也。」爾雅釋詁：「存，察也。」察亦即省。「存」字不注，可誤以爲存留之存，屬上。匡謬者，如：

> 陸機文賦：「傾群言之瀝液，漱六藝之芳潤。」李善注：「周禮曰：『六藝：禮樂射御書數也。』」五臣以「文章」釋「六藝」。
>
> 黄先生批云：「六藝，六經也。注引周禮禮樂射御書數解之，未是。」

案，此上言「群言」，蓋指百家；藝與言對，且下言「芳潤」，顯然非禮樂之類。當以黃批爲確解。於舊注中擇善而從者，如：

> 張衡東京賦：「始於宮鄰，卒於金虎。」薛綜注：「鄰，近也。謂幽王近於宮室，惑於褒姒，卒有禍敗也。金虎，西方白虎神王金，金，白色也。」李善注：「應劭漢官儀曰：『不制之臣，相與比周，比周者，宮鄰金虎。』宮鄰金虎，言小人在位，比周相進，與君爲鄰。貪求之德堅若金，讒謗之言惡若虎也。」
>
> 黃先生批：「『宮鄰金虎』，以薛注爲定解。王元長曲水詩序：『宮鄰昭泰。』」

案，王融文見文選卷四十六。字作「昭泰」，遺書及平點所録黃批並作「秦」，蓋偶誤。王文「宮鄰」句與「荒憬清夷」對文，則原作「泰」無疑。黃先生定薛注爲正者，王文以「宮鄰」爲先代荒政，「荒憬」代四夷，兩句正與下「侮食來王，左言入侍」云云相應，若依善注則不辭。

要之，黃先生批語中的詞語解釋都是有所爲而發，而又語不輕設，發則破的，爲通釋全文所必需。

2.1.2.0　黃先生既注意單音詞語的訓釋，也注意雙音合成詞、聯綿詞；名物詞語間亦有之；尤其是他對六朝詞語的訓解，更有價值。

2.1.2.1　黃先生之訓單詞，意在求之義理而合，施之文意而安；或徑訓某爲某，或闡明某所以訓某之由。例如：

> 陳琳檄吴將校部曲：「及其抗衡上國，與晉爭長，都城屠於句踐，武卒散於黃池，終於覆滅，身罄越軍。」李善無注。
>
> 黃先生批云：「罄，縊殺也。」

案，五臣注蓋本詩天保傳及廣雅。身盡越軍，意嫌含混。黃徑訓縊殺，古無成訓。但是罄以懸爲常，身罄猶身懸，自然是縊殺。

又如：

> 謝靈運擬魏太子鄴中集詩：「既作長夜飲，豈顧乘日養。」李善注：「廣雅曰：『養，樂也。』」

黄先生批云：「扈即幠也。」

案，扈之訓被，後人皆襲王説，大概因爲王逸説是楚地方言，也就没有人再去深究。黄先生指出幠爲其本字，也就找到了扈之爲被的原因，説文：「幠，覆也。」覆就是被，其實，幠、覆、被、扈都是一語之變。覆物之巾必大，所以幠有大義，扈也有大義。「扈即幠」，同時也對扈之訓大作出了合理的解釋。又如：

張衡思玄賦：「戴勝慭其既歡兮。」舊注：「慭，笑貌。」

黄先生批云：「慭訓笑貌，則借爲听（yǐn）也。」

案，説文：「慭，問也，謹敬也。」黄先生云：「假借者則〔義與本字之形〕本無關係。」（筆記，56頁）慭之本訓與笑貌無涉，説文：「听，笑貌。」所以黄先生定爲本字。如是之類，黄先生所揭示，不勝枚舉。

2.1.2.4 語有流轉，字有變易，古代注釋家時常心知其義而不明其所以然。後世訓詁學的任務之一就是根據前代文獻和古注，指出語言文字變遷的情況。黄侃先生精於此道，而且認爲「求語言文字之系統與根源」乃是「真正之訓詁學」所必需的（筆記，181頁）。其於文選即多施此法。或據前説以明語轉，如：

離騷：「索藑茅以筳篿兮。」王逸注：「筳，小折竹也。楚人名結草折竹以卜曰篿。」

黄先生批云：「篿，叝之轉語也。楚人謂卜問吉凶曰叝。又即筮之轉語。」

案，洪氏補注引後漢書方術傳注：「挺，八段竹也。」不及「篿」字。顔師古注揚雄傳謂：「筳篿，折竹，所用卜也。」戴震亦用其説（屈原賦注），與王異。今人朱季海先生謂筳篿爲珽瑼之孳乳，「其形與名，皆起於折竹耳」。黄先生據王注及説文叝字下説解，知篿對轉爲叝，亦即筮之小變，實勝衆人一籌。（黄批未及筳字，竊疑即「梃，一枚也」之後出）或據古注明語轉兼明字之正譌。如：

幽通賦：「惟天地之無窮兮，鮮生民之晦在。」曹大家注：「晦，亡幾也。」李善引莊子曰：「天與地無窮，人死有時晦。」

黃先生批云：「晦，漢書作脢是也，脢即無之轉語，猶憮與煤矣。」

案，漢書敘傳應劭注曰：「脢，無幾也。」足證班賦當以脢爲正。「脢，背肉也。」無關於「無幾」，故黃先生謂爲無之轉。無，模部；每，咍部。恐人疑其不可通，故舉憮之爲煤爲證。或明其音轉以匡謬。如：

鄱陽上書吳王：「自立天子之後，使東牟、朱虛，東褒儀父之後，深割嬰兒王之，壤子王梁、代，益以淮陽。」李善注：「參、揖皆少，故云壤也。晉灼曰：方言，梁益之間所愛諱（諱）其肥盛曰壤也。」五臣注：「壤子猶愛子也。」

黃先生批云：「壤即帑之對轉音，亦作怒子，猶通言兒子、孺子耳。」

案，帑子即孥子。帑，後世猶有唐部之音，是壤、帑對轉無疑。群書治要引桓譚新論「（待詔伍客）言漢家當生勇怒子。」不解其語轉之理，則無以明壤子、怒子。李善、晉灼固未明其所以，五臣則更爲荒誕矣。又如：

楚辭涉江：「齊吳榜以擊汏。」王逸注：「吳榜，船櫂也。言……齊舉大櫂而擊水波。」洪興祖曰：「字書：『艉，船也。』吳疑借用。」

黃先生批云：「吳猶苿也，鋘即鏵之別字。」

案，朱季海氏疑「吳榜，船櫂也」五字不出王氏，王氏以「大櫂」釋「吳榜」，與方言「吳，大也」相合。今人多同朱說。說文：「苿，兩刃臿也。釪，或从金、从于。」互瓜切，音華，則與鋘、鏵同音。新方言釋器：「兩刃臿本農器，今槳似之，皆稱划鍬，本苿鍬也。以苿鍬行舟謂之苿。」今案，古代農具原悉木製，故字從木，合體象形。初民耕植、行舟混用一物，後世不曉，遂別製字。「今槳似之」，而俗稱划子，形、名都可證明苿即鏵，「吳，大也」之訓用在這裏並不確切。

2.1.2.5　説到轉語，就不能不提到聯綿詞。「大氐雙聲疊韻之字，其義即存乎聲，求諸其聲則得，求諸其文則惑矣」（廣雅疏證釋訓）。黄侃先生認爲「雙聲疊韻之字誠不可望文生訓，然非無本字。」（筆記，227頁）黄侃先生在研究爾雅、説文諸書的時候就於聯綿詞十分注意（參爾雅音訓、説文箋識四種），其批閲文選，也時時以聲音求聯綿詞的義或追尋其本字。例如：

枚乘七發：「漃漻薵蓼，蔓草芳苓。」李善注：「言水清净之處生薵、蓼二草也。上林賦曰：『悠遠長懷，寂漻無聲。』漃與寂音義同也。」

黄先生批云：「薵蓼即漃漻之複語。漃從尗得聲，與薵從𠷎得聲最近。」

案，黄侃先生説從王念孫來。王云：「寂漻薵蓼四字皆疊韻，謂草貌也。既言寂漻而又言薵蓼者，文重詞複以形容之，若風賦之『被麗、披麗』，子虚賦之『罷池、陂陀』，上林賦之『崴磈、嵬廆』『傑池、茈虒』矣。」（讀書雜志餘編）王氏重在説明古人不避複詞之例，黄侃先生則重在證明所複詞間的聲音關係。準此以求，王氏所舉的「被麗」與「披麗」、「罷池」與「陂陀」等莫不皆然。至於像朱珔所説「薵蓼實字作虚用，亦苦無證」，則仍拘執於字之本訓，不達文字之變，與黄説不可同日語了。又如：

左思吴都賦：「簡其華質，則亄費錦繢。」李善注：「亄費，錦文貌。」

黄先生批云：「亄費即𠦪孛之轉語，盛貌。」

案，李善乃依文而解，雖大體不差，但終嫌朦朧。根據聯綿詞義係於聲、字體多變的規律，黄侃先生指出𠦪孛爲其本字。説文：「𠦪，草木𠦪孛之貌。」孛亦即𣎵，「草木盛𣎵𣎵然」。𠦪與孛則又一語之稍變，而沛、勃、茷諸字也源於𣎵。通觀𣎵所孳乳，都有盛義，所以訓爲盛貌。左思言吴地雕題鏤身之士卒紋飾布滿全身，顯其悍勇。「盛貌」較之「錦文貌」自然貼切得多。又如：

離騷：「何桀紂之猖披兮。」王逸注：「猖披，衣不帶貌。」

黄先生批云：「猖披猶梟薄也。墮弛之貌，故訓衣不帶。俗字作裮。」

案，歷來治騷者對於「猖披」之訓多無異辭而重在考其異文，王闓運楚辭釋則謂引申爲放縱自恣之貌。近年又盛行「猖，狂妄；披，詖的假借字，偏邪之意」的説法。王氏輕言引申本已不當，妄疑古注任意解釋尤爲不可。叔師所注當有所本。其本意不在用「衣不帶」直釋屈子原文，而在於描繪該詞所表達的觀念的形態特徵，使讀者領會貫通。説文：「㯷，木葉陊也。讀若薄。」他各切。小徐以爲「此與蘀義同」。「蘀，草木凡皮葉落陊地爲蘀」，他各切。又，「陊，落也」，徒果切。是㯷、蘀、陊音義同。讀若薄者，古舌唇音時或相轉，不足爲奇。「㯷薄」乃同義而合成連語。「昌披」則其音變。衣不帶則墮弛，是王逸甚得屈原本意，而黃侃先生批語是解千古之謎。

2.2.0 古書有單字易解，句意難曉的情況，大體是由於句法、句讀、所言事理不明造成的。黃先生批注文選時常直接訓釋句意，也是從這三個方面入手，以達到補闕、匡謬的目的。

2.2.1 言句法者，如：

顔延之陶徵士誄：「依世尚同，詭時則異。有一於此，兩非默置。豈若夫子因心違事，畏榮好古……」李善注：「言爲人之道依俗而行，必譏之以尚同；詭違於時，必譏之以好異。有一於身，必被譏論，非爲默置，豈若夫子因心而能違於世事乎？言不同不異也。」

黃先生批云：「言依世則尚同，詭時則尚異。二者皆有可議，不可默置也。注非。」

案，李注三言「必譏」，爲原文所無。增字解經，爲訓詁所忌，所以黃先生不從。黃意「依世尚同」與「詭時則異」兩句互足，都是緊縮的條件複句。

2.2.2 言句讀者，如：

班固典引：「兹事體大而允寤寐次於聖心。」李善注：「允，信也。言此事體大式弘大，信能寤寐次於聖心，不可忘也。」

黃先生批云：「允，信，宣行之也，與〔上文〕『文』爲韻，善屬下，非。寤寐次於心，謂思制作。」

案，五臣注：「此事體大而信，寤寐之間次在天子之聖心也。」五臣注向稱謭陋，但也間有可采。黃侃先生此處斷句即同五臣。但「體大而信」，還是以信爲誠信。「事」指封禪，班文無需論證其真實性，所以黃訓爲「宣行之」。又如：

司馬遷報任安書：「及罪至罔加，不能引決自裁，在塵埃之中，古今一體，安在其不辱也？」

黃先生批云：「在塵埃之中，横言之；古今一體，縱言之。言無不受辱者也。或以『在塵埃之中』屬上説之，文理不通。」

案，五臣注：「言不能引志決列以自裁毀免，在於拘執之中。此古今一理，人亦何在於不辱也？塵埃，猶拘繫也。」今人多襲以爲注而不識其非。如果説這句是説文王、李斯等人不能在監獄中引決，則古代没有這種句法；如果是説他們自裁以至落在囹圄之中，則與上文「拘於羑里」云云相複。黃批書評爲「文理不通」，切中要害。

2.2.3　據事理以言者，如：

曹植洛神賦：「陵波微步，羅襪生塵。」李善注：「陵波而襪生塵，言神人異也。」

黃先生批云：「上正意，下比辭。言履水若平地也。後人多不得羅襪生塵之解，緣注誤之也。」

案，五臣注：「步於水波之上如塵生也。」黃侃先生蓋受其啓發。細玩文意，上言「託微波而通辭」是人神有水波之隔，則洛神在水中。李云「陵波而襪生塵」，殊不可解，五臣説是。但不如黃先生明言兩句修辭關係及「履水若平地」的含意更爲明晰。又如：

顔延之陶徵士誄序：「夫璿玉致美，不爲池隍之寶，桂椒信芳，而非園林之實，豈其深而好遠哉？蓋云殊性而已。故無足而至者，物之藉也；隨踵而立者，人之薄也。」李善注前句云：「言物以希爲貴也。」注後句云：「言人以衆爲賤也。」

黃侃先生批云：「注非也。此及下文同意，言物因藉而至，人隨踵而立，皆不足貴也。」又云：「『無足而至』即承璿玉不畜池隍、桂椒不入園林而反言之。」又云：「此四句承上關下。」

案，此段言珠玉桂椒無藉不來，有藉則隨踵而至，二者都非人之所貴，只有像巢、高、夷、皓這樣的隱士才是人之菁華，可惜後世没有繼其蹟者。顯然，全段與物以希爲貴、人以衆爲賤無涉。黄先生所云「承上關下」是理解這段文字的關鍵。今人多從善注，蓋由於只注意一字一句之解而忽視了與上下文的關係。又如：

宋玉登徒子好色賦：「〔處子〕復稱詩曰：『寤春風兮發鮮榮，絜齋俟兮惠音聲，贈我如此兮不如無生。』」李善注：「言自絜貌，矜莊而待惠音聲。如此，謂贈以芍藥，欲結恩情而女不受。無生，恨之辭。」

黄批云：「此稱詩者，女言徒贈芳華不以禮義，不如無生也。注謬。」

案，這是分析人物稱詩含意的例。詩不同於文，言在此而意在彼，若不根據全文立意、上下文理，以意逆之，就可能誤解。宋玉乃假章華大夫之口諷王以心有所好而能執義守禮之義，所以下文云：「〔女〕因遷延而辭避。蓋徒以微辭相感動、精神相依憑，目欲其顏，心顧其義，揚詩守禮，終不過差，故足稱也。」若依善注，則是處子無欲，「終不過差」云云也就無所依傍了。

2.3.0 趙岐注孟子而有章指，王逸注楚辭時時指出文章層次。這種幫助讀者把握作品主題和脈絡的方法起源甚早。毛詩的小序，更早的如國語周語所載叔向説昊天有成命，都糅合着二者。後世的評點派，雖因明清以時藝作法硬套古人而名聲不佳，但溯元始，仍當以趙、王爲其大宗。前文已述（2.0）黄侃先生訓詁的目的在於通文，因此他批注文選也就十分注意探討全文的大旨微意。他在文選扉頁上批道：

汪韓門、余仲林、孫頤谷、胡果泉、朱蘭坡、梁茝林、張仲雅、薛子韻、胡枕泉諸家書於文義有關者並已參核。其摭拾瑣屑、支蔓牽綴之辭，以於文之工拙無與，只可謂之選注，不可謂之選學，亦不遑備録也。

可見他認爲研究文選——擴而大之，研究一切文獻——要注意文之工拙，而不應流入摭拾瑣屑或支蔓牽綴一途。其所批注，多就前人對文義的分析提出自己獨到的見解，但在文選一百三十位作者、七百餘首作品中，這類批語所占比例並不大，由此也可見，黄侃先生對於遺産的尊重態度。

2.3.1 黄先生就全文微意而言者，如：

左思三都賦：「余既思摹二京而賦三都。」

黄先生批云：「太沖摹京（案指張衡二京賦）以賦都，意實揚漢以抑吴魏。惟玄晏序乃有異説，賦文又甚隱約，故説者真疑太沖譽鄴下而貶二方矣。」

並於蜀都賦批云：

蜀都無一貶詞，非僅爲下篇留餘步，實亦太沖之微旨。

在「斯蓋宅土之所安樂，觀聽之所踴躍也」處批云：

此言正統不必在中原。自金行（案，黄焯先生所録如此，疑爲「余行」之訛）南宅，蓋（益？）信此言爲非繆。

綜觀研究三都賦的論著，仿乎還没有人看到這一點。又如批阮籍爲鄭沖勸晉王牋云：

何焯云，許以桓、文，諷以支、許，巧於立言。案此論精微。此文諷刺至明，不識當時何以竟用之也。後人夢夢，且以是爲阮公罪，是但觀勸進之題，初不一究其文義也。

案，晉書本傳載，阮籍在魏嘗任參軍、從事中郎、散騎常侍，封關内侯。「籍本有濟世志，屬魏晉之際，天下多故，名士少有全者，籍由是不與世事，遂酣飲爲常。」司馬昭爲司馬炎求婚於籍，籍醉六十日，不得言而止；鍾會數以時事問之，欲因其可否致之罪，皆以酣醉獲免。則是他始終心歸曹魏，佯醉是其拒晉的手段。「會帝讓九錫，公卿將勸進，使籍爲其辭。籍沈醉忘作。」

「忘」恐怕是史家之見，實際也是想以醉拒之。臨事使者至門，不得已而爲之。這樣，暗寓諷刺之意就是很自然的事了。否則如晉書所説，該文只有「辭甚清壯，爲時所重」的一面，就跟他前後的言行矛盾了。因此應以黃説爲確論。此外如論郭璞遊仙詩「本類詠懷之作，聊以攄其憂生憤世之情，其於仙道，特寄言耳」；謂陸機答賈長淵「兀傲風刺兼而有之」；徐敬業古意酬到長史溉登琅邪城詩以「到詩必有戮力神州之意，故徐詩亦有壯氣封侯之説，非詠琅邪城也。日知録譏其不切琅邪，失其旨矣」。諸如此類，都是黃侃先生潛心誦咏獨得的不刊之論。

2.3.2.1 古人爲文，講究錯綜與照應，猶如織錦，縱橫交舞，回環糾繚，意富詞精。得其文理，就可以正確把握作品言内言外之意、作者的精微匠心，從而讀者的感受能與作品的容量相合；反之，則只能得其綱目皮骨。黃侃先生對於文選中的佳制，經常就其層次文脈加以剖析，而全文文意也因之而顯。例如：

沈約謝靈運傳論：「自建武暨於義熙，歷載將百，雖綴響聯辭，波屬雲委，莫不寄言上德，託意玄珠，遒麗之辭，無聞焉爾。……爰逮宋氏，顔謝騰聲，靈運之興會標舉，延年之體裁明密，並方軌前秀，垂範後昆。」

歷來注此文者對於這段都是逐字逐句注釋，没有注意前後的呼應。黃先生批云：

遒則意健，麗則文密，文辭至此乃無遺恨矣。「興會標舉」，遒之屬也；「體裁明密」，麗之方也。然顔終遜於謝，以未遒耳。

這樣，沈約的意思就完整連貫了：西晉潘岳及二陸之後，鮮能繼其遒麗之餘緒，東晉建國之後雖有殷仲文輩變革玄言風氣的努力，但直至顔延之、謝靈運才堪稱追步潘陸。而沈約以標舉屬之謝，明密屬之顔，是以前者爲優。可見，黃先生的批語猶畫龍點睛之筆。黃先生又每每明言某句承某句，其理清脈絡之意更明，如：

任昉爲范始興作求立太宰碑表：「然則配天之迹存乎泗水之上，素王之道紀於沂川之側；由是崇師之義擬迹於西河，尊主之情致之於堯禹。故精廬妄啓，必窮鐫勒之盛；君長一城，亦盡刊刻之美。」李善及五臣只注明「配天」用漢高祖事，「素王」指孔子，「崇師」是子夏事，「尊主」説的是伊尹。四句間的關係，以及「精廬」二句何由而發，衆家都未論及。黃先生則批云：

「崇師」承「素王」句；「尊主」承「配天」句。下啓「精廬」「君長」一聯。

黃先生的批語要言不煩，但却顯出了任文的精緻：「配天」一聯與下一聯交相應，四句不過是説自古尊主崇師都立碑示後。「精廬」一句則總承二聯，並由精廬咸有碑刻過渡到君長一城也曾有刻石頌德之事，「君長」一句又反襯了下文所説的爲德如周、召、伊、顏的蕭子良立碑的必要。

2.3.2.2　詩歌更要求精煉周密。近體詩固無需説，即使古體也莫不然。但前人注釋評論文選所録詩歌，却很少就詩句的層次和相互照應的關係加以研究。在這方面黃侃先生也爲後人樹立了楷模。例如：

古詩十九首之四：「今日良宴會，歡樂難具陳。彈箏奮逸響，新聲妙入神。令德唱高言，識曲聽其真。齊心同所願，含意俱未申。人生寄一世，奄忽若飆塵。何不策高足，先據要路津？無爲守窮賤，轗軻長苦辛。」李善注：「高言，謂辭之美者。」五臣注：「高言，高歌也。」

黃先生批云：「『人生』以下皆『高言』也。」

案，兩注釋「高言」皆誤，五臣尤爲强解。「高」，即高談闊論之高，「高言」，猶言大言、高妙之言耳。方東樹認爲「以求富貴爲『令德高言』，憤譃已極，而意若莊，所以爲妙」。（昭昧詹言）黃意與方言同。細玩詩意，此詩憤慨激楚之情借「高言」一語而顯：「何不」四句是反話，此心人之所「同」，只是「俱未申」罷了，詩人則稱其爲「高言」而一語道破，只是其真意需「識曲」的知音心領神會。大概正是因爲「高言」是全詩關節，所以黃侃先生只寫下這樣一句批語，其餘都由學者自己去玩味。又如：

謝靈運登池上樓：「潛虬媚幽姿，飛鴻響遠音。薄霄愧雲浮，棲川怍淵沈。進德智所拙，退耕力不任。徇祿反窮海，臥痾對空林。」李善注：「虬以深潛而保真，鴻以高飛而遠害，今己嬰俗網，故有愧虬鴻也。」

案，李善注是。但他只指出了這兩聯與首聯的關係，對「進德」二句如何承上而來却未置辭。或許他未意會，或許認爲無需一一指明。而後世注者却未越雷池一步，也可謂好學而不善於深思了。黃侃先生則批云：

〔「進德」〕二句與「薄霄」二句相應。謝公自愧不進不退，陽陽求祿也。

這樣就補充了李善之不足，啓發人們從詩之脈理進而得到詩意。謝詩渾然一體、委曲婉轉的特色也就不待詳言了。

2.4.0　對於古代的修辭，歷來論述者甚多。除文則、修辭鑑衡一類修辭專著外，文人的筆記札記裏也含有大量的精闢見解。但是這類多出自文學家之手，不能像訓詁家那樣，以訓詁爲基礎，並采取注釋的形式談修辭。黃侃先生在文選上所寫下的雖然只是簡略的識語，但其內容和性質却無異於注釋，他對文選中修辭現象的論述也是如此。在這部分批語中，有指出作者所使用的修辭格的，也有批評作者修辭不當的。特別是前者，又多關乎詞義的訓釋。

2.4.1　關於修辭格的批語，如：

蜀都賦：「壇宇顯敞，高門納駟，庭扣鐘磬，堂撫琴瑟。匪葛匪姜，疇能是恤？」李善注：「蜀志曰：諸葛亮爲丞相。又曰：姜維初爲亮倉曹掾，稍遷爲大將軍。」五臣注：「諸葛亮、姜維，非此二人誰能屬也？」

黃先生批云：「葛、姜，蜀之大臣，故以表著，猶稱西漢名族則曰金、張耳。」

案，此指出借代手法。李善只指出「葛姜」爲誰，五臣則坐實賦中二句即指此二人，前者「不及」而後者過之。黃批蓋即爲舊注而發。又如：

謝混遊西池：「有來豈不疾，良遊常蹉跎。」李善注：「陸雲歲暮賦曰：『年有來而棄予，時無筭而非我。』」

黄先生批云：「『有來』即代『年』字。」

案，此即指出藏字格，否則此句不可解。又如：

顔延之直東宫答鄭尚書：「何以銘嘉貺，言樹絲與桐。」李善注：「言樹絲桐，欲播之琴瑟也。」

黄先生批云：「絲、桐連類而言，猶『大夫不得造車馬』耳。李冶譏之，非也。」

案，李冶，史書作李治，元人，黄批所云見其敬齋古今黈。四庫提要稱其書所論「皆具有根據，要異乎虚騁浮詞，徒憑臆斷者」，「有元一代之説部，固未有過之者」。但他認爲桐可樹而絲不可樹，却顯其陋了：他不懂得古代連類而及的表達習慣。李善注雖不誤，但却是講全句大意，不足以解人之惑。與這個例子相似的，是指出爲使句子整齊而拼凑字數的表達方法。例如：

曹丕善哉行：「高山有崖，林木有枝；憂來無方，人莫之知。」李善注：「言高山之有崖，林木之有枝，愚智同知之。今憂來仍無定方，而人皆莫能知之。説苑曰：莊辛謂襄成君曰，昔越人之歌曰，山有木兮木有枝，心悦君兮君不知。」

黄先生批云：「『高山有崖』特以齊句，『有崖』無義。注非。此言高山之木有枝，以興人無知耳。取同音之字以爲喻，其風古矣，昔之隱書皆此類也。」

案，俗説「比易曉，興難明」，李善知道「高山」兩句起興，却没有看出其中包含着隱語。

古詩十九首之十八：「文綵雙鴛鴦，裁爲合歡被。著以長相思，緣以結不解。」李善只講注「著」字。五臣注：「言被中著綿，謂長相思綿綿之意。」

黄先生批云：「被著以相思，思絲音同，以爲隱語。後來吴聲歌曲以碑爲悲，以蓮爲憐，即本於此。」

案，古今説解古詩十九首者甚多，對於「著以」兩句，主要是在「思」「緣」「不解」上發揮，只有清代劉光蕡煙霞草堂遺書中云：「此遺以綺，彼裁爲被，思著於中，而緣結於外，則如膠漆之固矣。」但他也没有明言思是絲的諧音。（黄批本於楊慎，見丹鉛總録）

謝脁和王主簿怨情：「生平（五臣作平生）一顧重，宿昔千金賤。」五臣注：「平生謂少年日，宿昔謂衰老時也。少年日顧顔色以相重，衰老恩移則千金之軀忽見捐棄，亦猶時君不顧舊臣，有功不録也。」

案，「宿昔」指衰老時，古無此訓。這大概是五臣爲牽合「此詩言婦人怨曠以自託」之説而妄解。黃侃先生批云：

「生平」「宿昔」一意，「一顧重」「千金賤」一意。此複語耳。

案，黃批極確。凡是説「生平」（「平生」略同），都是指自今以前之時，也就是宿昔。「生平」與「宿昔」互明，「一顧重」「千金賤」互補，是説婦人一向重男子之真情，所以結句爲「故人心尚爾，故心人不見」。

黃先生又批漁父云：

此設論之初祖，非果有此漁父也。漁父之所知，自屈子意中語也。

案，設論一法起源甚早，幾乎與問答體文章同時而生：凡並非談話（多爲辯論）的真實記録，大約就是設論。例如孟子與梁惠王、齊宣王、陳良等人的交談，雖是紀實，但每次都是孟子辯鋒凌厲而對方理屈語塞，就不能不讓人想到在孟子及其門人整理成書時經過加工，有意把對方安排在陪襯的地位，他們已不是自己的原貌，在很大程度上是爲了展現孟子的論辯力量而存在的。又如公孫龍白馬論，就有人認爲它的「客問完全是爲了主方的闡發和突出主題而設置的」，很像相聲中的捧哏（敖鏡浩白馬論正義與今譯，見古漢語研究論文集，北京出版社，1984）。但是，不能認爲這些就是真正的設論了，因爲可能歷史上的確有過這些對話，換言之這還不完全是創作。至於漁父則不同。試看漁父的「臺辭」：「聖人不凝滯於萬物，而能與世推移，世皆濁，何不淈其泥而揚其波」云云，哪裏是兩千多年前打漁翁的語言？漁父的發問不過是爲了更自然地寫出屈原「寧赴湘流葬於江魚腹中」一番話而設。因此黃先生認爲是「設論之初祖」。

2.4.2 比興是古代作品中最常用的修辭手法。由於比興的使用與創作環境、上下文意、作者閱歷、時代風尚等的關係至爲密切，因而準確地把握比興的含意也就比較困難。「詩無達詁」的原因之一即在於此。這實際是訓詁學應該研究的一種特殊語言現象。因此黄侃先生在批注文選時，對於語詞之所喻指（尤其是前人所未道或前人誤解者）就特別注意。例如：

陸雲爲顧彦先贈婦之二：「浮海難爲水，遊林難爲觀。容色貴及時，朝華忌日晏。」李善注：「林、海以喻上京也。」「言遊上京，難爲容色也。」

黄先生批云：「海、林喻年盛，以啓下意。」

案，李説非是，黄批甚確。兩首贈婦詩（一云婦答）都没有遊上京之意。詩寫婦人懷念征人，担心丈夫到京城後爲佳麗所誘而負心。在第二首中説「棄置北辰星，問此玄龍焕」，是以己之不移與徒具美色的皎皎姝子對比，因此也就不存在「遊上京，難爲容色」的問題；另一方面，如果海、林意確如李善所説，與「容色」二句的銜接也就生硬了。又如：

陸機弔魏武帝文：「愛有大而必失，惡有甚而必得。智惠不能去其惡，威力不能全其愛。」李善注：「言愛是情之所厚，故雖大而必失之，惡是行之所穢，故雖甚而必得之。」

黄先生批云：「愛謂生，惡謂死。注不了。」

案，此從五臣説。是黄侃先生雖斥其譾陋而又杜撰故實（文選卷首批語），但於其可采也絶不摒棄。又如：

顔延之和謝監靈運：「人神幽明絶，朋好雲雨乖。」李善注：「人神幽明絶，言時亂不獲祭享也。」五臣注：「謂謝晦等作亂，絶其祭祀，朋好各出，如雲雨乖離也。」

黄先生批云：「『人神』句弔廬陵也。」

案，李善固誤，五臣亦未得。上云「徒遭良時詖，王道奄昏霾」，下言「弔屈汀洲浦，謁帝蒼山蹊」，李善蓋以「弔」「謁」逆探「幽明絶」，因謂祭享事，但「朋好雲雨乖」則無着。大概五臣有察於此，於是以爲指生者死者相隔，但指爲謝晦則又誤。

延之確曾爲謝晦所賞，謝晦後又被誅，但從史料和顏作中却看不出他與謝晦有過什麼過深的關係。據宋書，謝、顏與廬陵王義真的關係倒非同一般。「〔義真〕與陳郡謝靈運、琅邪顏延之、慧琳道人並周旋異常，云得志之日，以靈運、延之爲宰相，慧琳爲西豫州都督。徐羨之等嫌義真與靈運、延之暱狎過甚，故使范晏從容戒之」。後來義真被殺，謝守永嘉，顏爲始安，生離死別。羨之伏誅，征顏爲中書侍郎，謝有還舊園作見顏范二中書詩，中有「長與歡愛別，永絶平生緣」之句，顏詩「人神」云云即與此呼應。謝、顏同懷義真，與史實、情理兩符，黃批確不可易。五臣之誤在未翻檢書籍耳。（又案，依黃批，則「朋好」當指謝靈運等廬陵身邊文士。）

2.4.3 蕭統纂集文選，本想「略其蕪穢，集其清英」（序），但其所取間或也有不足道者。對此，前人已有評説（如王鳴盛蛾術編、章太炎國故論衡論式）。即使是名篇佳制，其修辭手法亦未必皆當。黃侃先生自己就是近代傑出的古詩文作家，因而能以辭章和訓詁的雙重眼光洞察藻飾的優劣而加以評論。例如：

> 沈約恩倖列傳：「逮於二漢，兹道未革。胡廣累世農夫，伯始致位公相；黃憲牛醫之子，叔度名動京師。」

案，胡廣字伯始，黃憲字叔度。這是沈約爲了凑足駢句而一意分説，實在是文章的贅疣。因此黃侃先生批評道：

> 胡廣、黃憲兼舉名字分嵌二句中。雖有所本，不可爲式。

所謂「有所本」，蓋如劉琨重贈盧諶「宣尼悲獲麟，西狩泣孔丘」，顏延之車駕幸京口侍遊蒜山作「周南悲昔老，留滯感遺萌」之類。「不可爲式」是關鍵，體現了黃侃先生的修辭觀：「蓋侈艷誠不可宗，而文采則不宜去；清真固可爲範，而朴陋則不足多」（文心雕龍札記情采）。又如：

> 劉峻廣絶交論：「日月聯璧，贊亹亹之弘致；雲飛電薄，顯棣華之微旨。」

案，依李善注：「日月聯璧」係用易坤靈圖語，隱指太平；「雲飛電薄」用劉邦大風歌和淮南子事，指衰亂；「棣華」約用論語所引逸詩，何晏說「賦此詩以言權反而後至於大順」。黄侃先生於「日月」兩聯評曰：

代語過晦，非釋不明，未可則效。

他還對仿擬一格有過具體批評：

蜀都賦：「峻岨塍埒長城，豁險吞若巨防。」

黄先生批云：「此擬子虛賦『吞若雲夢者八九』句法而實不安。」

案，子虛賦句是說齊國的秋獵場所之大，猶如把八九個楚之雲夢吞在胸中而毫不梗塞。應該說司馬相如的比喻是好的。蜀都賦此句是說山口險阻之所吞納就像大堤，喻體沒有起到夸飾被喻體的作用，而且「吞」字在這裏也沒有增加全句的形象性。值得注意的是，前面一例批曰「未可則效」，此處說「實不安」，則前者是說這種修辭的方法本身沒有美學價值，後者則是批評單純形式上的仿擬就要損害作品的内容，語意的輕重是不同的。而二者的精神實質則是主張文質應該相輔。這已經是黄氏修辭學的問題了，茲不贅。

三、文選黄氏訓詁的特點

3.1　黄侃先生批注文選，文皆簡略，而且一般只記結論，不加論證。後學潛心習誦，就可以發現每條批注都不是浮泛臆斷，實際上都有大量語言事實爲依據。上文所述例證已可說明這點，今再舉任昉奏彈劉整中「列」字以見一斑。此文向稱難讀，黄侃先生一一疏通之（訓詁研究第一輯）。文中屢稱「列」：

齊故西陽内史劉寅妻范詣臺訴，列稱出適劉氏二十許年。

輒攝整亡父舊使奴海蛤到臺辯問，列稱整亡父興道先爲零陵郡。

並如采音、苟奴等列狀。

重叡當伯教子列。

黄侃先生批云：「列者，當時文書之稱。文心雕龍：『萬民達志，則有狀列辭諺。』『列者，陳也，陳列事情昭然如見也。』」

案，劉勰語見書記篇，文心雕龍札記書記云：「陸機文有自列之言。又任彦昇奏彈劉整云云，沈休文奏彈王源云，輒攝媒人劉嗣之到臺辯問，嗣之列稱云云，是列與辭同，即今世讞獄之供招也。」由此知先生所謂「文書之稱」即指訴訟文書供招或供詞。周振甫先生於文心雕龍注釋云「王符潛夫論有卜列、正列、相列、夢列，列本爲列叙經過，轉爲辨別的文字」，此説恐不確。黄先生所據當不止札記所列數例，即如南齊書中，此「列」字即甚多。如：

王奂傳：「攝興祖門生劉倪列臺辨問，列興祖與奂共事，不能相和。」又：「重攝檢雍州都留田文喜，列與倪符同狀。」

王敬則傳：「謝朓啓事騰徐嶽列如右。」

王玄載傳：「（王瞻）詣闕跪拜不如儀，爲守寺所列。」（此「列」猶言檢舉、上告。亦與供招義不遠）

謝超宗傳：「超宗有何罪過，詣諸貴皆有不遜言語，並依事列對。永先列稱……。」又：「如其辭列，則與風聞符同。」

劉祥傳：「攝祥門生孫狼兒列……如所列與風聞符同。」

黄侃先生文選批注中的訓詁大體皆如此。

3.2 黄侃先生所説「經學之訓詁貴專」（2.0）。愚意以爲「所謂圓，即概括性强，幾乎放在任何語言環境裏都通；所謂專，即合於此而不必盡合於彼」（黄侃先生的小學成就及治學精神，訓詁研究第一輯）。要做到「合於此」，就要通觀全文，弄清文旨，分析語境。黄侃先生批注文選的目的在於通文，因而也就與文章的剖析結合得更緊。上文所舉謝靈運傳論遒、麗、健、密的批

注（2.3.2.1）和和謝監靈運「人神幽明絶」（2.4.2）的駁正都是如此。而其對神女賦的批語尤能説明問題。對於此賦歷來争論甚多，焦點爲：是誰夢遇神女？姚寬西溪叢語云：「宋玉是夜夢見神女，寤而白王，王令玉言其狀，使爲神女賦。後人遂云襄王夢神女，非也。……今文選本『玉』『王』字差誤。」其説蓋本沈括。明張鳳翼文選纂注又采沈姚之説以爲己意。何焯義門讀書記云：「張鳳翼改定爲玉夢，於文義甚當。」何並據此以爲宋玉前説夢而後寫夢，「一夢分作兩層，總避直也」；又評「奮長袖以正衽兮，立躑躅而不安」諸語：「懷才欲試而自衒爲羞，其意亦復如是，可悟賦中之旨。」黄先生則批「明日以白玉」句云：

> 上告下亦可稱白。白猶報也。沈存中、姚寬之誤，皆由不解此白字耳。

又批「王曰若此盛矣」句云：

> 此「王曰」乃更端之詞。趙（案指趙曦明）曰：語、孟中皆有之。惟上「王」「玉」二字互倒耳。蓋夢與神遇者王也，以狀告玉者亦王也。自下玉賦，乃承王之命，因王之辭而賦之。諸校勘之家皆於此未能照了，故所説多誤。前一「白」字，此一「王曰」是致誤之由。若知「白」本上下通文，等於詔、贛，「王曰」更端常例，證在易書，則宜僚弄丸，兩難俱解。
>
> 若作玉夢神女，則「試爲寡人賦之」及「王見其狀」不可通。侃所説竟與趙曦明同，今夜覽孫志祖文選考異見之，爲之一快。

案，黄先生數段批語，事關校勘，但關鍵在於指明「白」字上下通用和「王曰」爲更端之辭，而這都屬於訓詁學的問題。訓詁既通，因而也就動摇了何焯對文章的分析。黄先生於高唐賦題上批云：

> 高唐、神女實爲一篇，猶子虚、上林也。

又於登徒子好色賦「蓋徒以微辭相感動」句批云：

> 此與神女賦同旨，然已勸百而諷一矣。

可見在準確訓釋詞義、闡發文例的基礎上，他認爲此賦意在諷諫君王之好色，而並不像何焯等人那樣以爲是自薦之文。

3.3　黄侃先生對於古代文學理論，尤其是文心雕龍有過精深的研究，這是人所共知的。而文心之與文選「笙磬同音」（亦黄侃先生語）。案，梁書劉勰傳：「除仁威南康王記室，兼東宫通事舍人。……昭明太子好文學，深愛接之。」彦和專攻理論，昭明從事搜輯，「是豈不謀而合，抑嘗共討論，故宗旨如一耶？」（駱鴻凱先生語，見文選學纂集）黄侃先生撰文心雕龍札記時取文選諸篇和昭明序文爲證，而批注文選又曾就謝靈運傳論等等考鏡古代文論源流。因此研究他的文選訓詁學，不可不兼及其文論學。試擇其陸機文賦批語若干條爲例：

賦題上云：「此篇經細斠。」

「此篇注多非李善之舊。」

「竊有以得其用心」句：「用心」猶下言「情」也。注未諦。

案，此以本文爲證訓釋詞語。

「每自屬文」二句：此言觀他文既知其用意，自作文則知之愈切。注亦未暢。

案，此串通句意以糾舊注。

「故作文賦」句：「先士盛藻」即前云才士所作。

案，此與「用心」批語同例。

「佗日殆可」句：「謂」是衍文。此言今以能爲難，佗日庶幾能之耳。

案，此以校勘與串通句意相結合。

「或虎變而獸擾，或龍見而鳥瀾」：言文之來若龍虎，而馴擾之如鳥獸。瀾猶闌也。言在籠笯之中。注迂曲。

案，此明通假兼通句意。

「或含毫而邈然」：謂文成之遲。已上言命篇之始（案，指自「然後選義按部」至此句），部署辭意之狀。

案，黄批於文賦各層各段，均一一指明主意。文煩不備舉。

「粲風飛而猋竪，鬱雲起乎翰林」：「粲」「鬱」皆小逗。

案，「小逗」謂二字分别疏以下五字之狀。此以句讀明句法關係。

「詩緣情而綺靡」：綺，文也；靡，細也，微也。此下以數字括論一體，皆塙不可易。

案，此訓釋字義兼論文體特徵。

「雖逝止之無常，固崎錡而難便」：此必聯上文誼乃見。（案，「上文」指：「曁音聲之迭代，若五色之相宣。」）音聲無常，惟達變者能調之也。

案，此通觀語段以正李善「言雖逝止無常，唯情所適，以其體多變，固崎錡難便也」之誤。文心雕龍札記聲律釋「左礙而尋右，末滯而討前」二句云：「此與士衡『音聲迭代、五色相宣』之説同恉，究其治之之術，亦用口耳而已，無他妙巧也。」與此處批注同意。

「彼榛楛之勿翦，亦蒙榮於集翠」：翠即翠鳥。言榛楛惡木而有珍禽萃之，則木亦蒙禽之榮而不見刻伐也。

案，此駁李善以「翠」爲珠玉，以「蒙榮」爲「榛楛之辭亦美」之誤。

「恢萬里而無閡，通億載而爲津」：上句言所傳者廣，下句言所行者久。又文章容時容方，皆修廣逾恒也。

案，此正李善「言文能廓萬里而無閡，假令億載而今爲津」之不明。文心雕龍札記原道云：「物理無窮，非言不顯，非文不傳，故所傳之道，即萬物之情，人倫之傳，無小無大，靡不並包。」意與此略近。

3.4 讀書必先校書。黄侃先生每讀一書，總要輾轉比勘，詳加核校。其對文選的校勘，除取諸本對校外，又常以訓詁爲校勘的利器。校勘所得又爲訓詁之資糧。前文所引吴都賦「刷盪漪瀾」批語亦是。他如：

東都賦：「矜夸館室，保界河山。」

黄先生批云：「『界』當作『介』，恃也。」

潘岳楊荆州誄：「繼褰糧盡，神謀不忒。」

黄先生批云：「『褰』字誤，當作『寋』，猶愆也。『繼寋』，謂無後繼，邵長蘅説當作『愆』，義是而字非。」

案，這是根據句意而校。依界字、褰字讀則難通（五臣解「褰」爲縮義，迂曲），故以意改。又如：

揚雄羽獵賦：「斬叢棘，夷野草。禦自汧渭，經營豐鎬。章皇周流，出入日月，天與地沓。」

黄先生批云：「『沓』當依漢書顔本作『杳』。杳者昆之借，望遠合也。作『沓』失韻。應注亦當作『杳』。」

陶潛歸去來：「問征夫以前路，恨晨光之熹微。」李善注曰：「聲類曰：熹亦熙字也。熙，光明也。」

黄先生批云：「晉宋書並作『希』，是也。『熹微』蓋連語，即微耳。訓熹爲光則不辭。」

案，此兩例爲據字音而校。羽獵賦沓字失韻，雖容易發現，但沓字也可訓合，最易亂真。黄先生據説文「望遠合」之訓，知爲「杳」之訛。此用音、訓結合之法。歸去來則以希熹音近而誤，黄先生據音及别本而校，但不改原文，此其慎重。

謝靈運登池上樓：「衾枕昧節候，褰開暫窺臨。初景革緒風，新陽改故陰。池塘生春草，園柳變鳴禽。」五臣本「褰開」句下有「傾耳聆波瀾，舉目眺嶇嶔」兩句。*

黄先生批云：「此十字必不可挩。否則『池塘』『春草』亦凡語耳，何勞神助乎？」

---

* 編者按，胡克家刻李善注本有「傾耳聆波瀾，舉目眺嶇嶔」兩句，文選考異云：「此句上袁本、茶陵本有『衾枕昧節候，褰開暫窺臨』，云善無此兩句，何校添……詳文義當有，各本所見，或傳寫脱之也。」黄侃先生批語蓋就此而論之。本書底本即翻自胡刻本，可參。見第四册一二五四頁。

案，此據文氣而校。謝靈運自言在永嘉經歷秋冬，既不得志，又染病卧床，偶一登樓，草生池塘，禽鳴園柳，始知春回大地，自己離京索居已經很久了。設若以「暫窺臨」直接「池塘」二句，不過是一般寫景，懷舊傷春之意全無，所以説是「亦凡語耳」。讀書、校書、求意、賞文，在黄侃先生那裏是融爲一體的。

四、餘論

4.0 黄侃先生的文選批注中，還有爲數不多的議論文字。這些雖與訓詁没有直接的關係，但却可以見其爲人，給人以教益，所以附論於此。

4.1.1 他在廣絶交論題上批云：

> 尋茂灌（案，到溉字）餘臭在身而絶塵致譽，若非大力，豈免寒人。然衫段之求拒之於生前，練裙之矜何有於身後？或謂溉率儉性成，以己恕物，己既安單床而無累，人亦著葛帔而非貧。以此寬其忘舊之愆，謂是絶交之論，誠有别解，非余所知矣。

又云：

> 窮交果能皓首，亦豈可非？所惡於終始參差耳。

案，任昉「在任清潔，兒妾食麥而已」，「及卒，諸子皆幼，人罕贍恤之。平原劉孝標爲著廣絶交論。」又，「友人彭城到溉、溉弟洽，從昉共爲山澤遊。及被代登舟，止有米五斛。既至，無衣，鎮軍將軍沈約遺裙衫迎之」。（並見梁書任昉傳）而到氏兄弟「早爲任昉所知，由是聲名益廣」。（同書到溉傳）則是到溉曾以任昉爲藉，而任死後到即「罕恤」其遺孤者，劉峻此文即爲此而作。黄批於譏訕之中飽含激憤，於駁斥異説中可見他自己所奉行的交友之道。其所以能有如此感受而痛斥負友者，與黄先生的生活遭遇是有關係的。他另一段批語道：

侃幼遭天罰，晚豫人倫，追惟當年，恭承遺訓，既班喪布，亦甘負薪，雖成書永愧於龍門，而仰人則殊於東里。然交道死生之際，家門榮悴之形，則又何能無慨然乎？

4.1.2 黄侃先生自辛亥革命後雖專力於傳學，但他並没有把自己禁錮在象牙塔中。他時時關心着國家的興衰、萬民的命運。在其文選批語中，間有借機表達他憂國憂民心情的議論。例如：

廣絶交論：「馳騖之俗，澆薄之倫，無不操權衡、秉纖纊，衡所以揣其輕重，纊所以屬其鼻息……」

黄先生批云：「余謂此等皆不足憤憤，而孝標獨深責之，亦未免褊心之刺也。」

案，「皆不足憤憤」即憤憤之語，意謂此乃社會常態，「褊心」者並非心地促狹之謂，言其所見不多故以爲怪耳。此蓋亦黄先生針砭其所生活的時代之言。

陸機五等論：「國安，由萬邦之思治；主尊，賴群后之圖身。」

黄先生批云：「萬邦思治則國安，不思則不安。古今一軌，其如彼不思者何哉！」

案，先生數十年中所見，正是各路「諸侯」不思治而只圖身，所以發爲此言。

恩倖傳論：「周漢之道，以智役愚，臺隸參差，用成等級。魏晉以來，以貴役賤，士庶之科，較然有辨。」

黄先生批云：「以智役愚，窮九州亘萬古而無術以變者也。自餘階級（案，指等級）皆不合道真。喪亂弘多，寧不以此歟？」

案，先生所謂智與愚，係指有無智謀才幹。其意爲，由有能力者領導其他人，這是永恒的規律；捨此而以貴役賤，必然導致國家喪亡社會動亂，這也是普遍的規律。先生早年投身革命，追隨太炎先生爲建立「中華『民』國」而奮鬥（參看陸敬黄季剛先生革命事跡紀略，訓詁研究第一輯），雖然當時還有排滿成分，但起主導作用的却是民主思想。民國建立了，新貴依舊役賤，這不能不使志士寒心。

干寶晉紀總論：「夫天下，大器也；群生，衆畜也；愛惡相攻，利害相奪，其勢常也。」

黃先生批云：「躬逢喪亂，始有感乎斯言。」

案，辛亥之後，始有洪憲之亂，繼而軍閥相攻相奪，傾軋吞并之事從未間斷，這段批語蓋亦躬逢亂世的感慨也。

又：「由是毀譽亂於善惡之實，情慝奔於貨慾之塗。選者爲人擇官，官者爲身擇利……」

黃先生批云：「以如此民俗，雖亡百晉可也。晉不足惜，所痛者華夏之民耳。」

案，由此更可見黃侃先生對於民衆的感情。而這段話並非專對晉朝而言是很顯然的。

王融永明十一年策秀才文：「若閑冗卑棄，則橫議無已；冕笏不澄，則坐談彌積。」

黃先生批云：「官人之方既廢，則士之進者無過坐談，退者又當橫議。自古所悉，今庸不然？」

王粲從軍詩之一：「徒行兼乘還，空出有餘資。」

黃先生批云：「何焯曰，如此，與作賊何異云云。義門惜不生今世，不然，定不議論仲宣。劫天子亦稱賊，奪天子亦稱賊，由此言之，凡兵無非賊者。」

案，這兩段直言「今」，其意更明。

4.1.3　本文所以不惜篇幅抄録了幾段黃侃先生關於人事與世事的批語，意在説明這樣一個問題：這位大師的道德與文章（這裏主要指其學術）是一致的。人們經常稱道他的博通深精，但若不聯係他對國對民對友的態度，就不能瞭解到造就他學術成就的內在原因的全部。民諺曰「忠臣出於孝子之門」，蓋無內不孝悌而外能獻身於國者，擴大言之，爲人不忠不義而能在學術上有所建樹的恐怕也很少有吧？我們從黃侃先生身上不是可以得到治學必須治身這一經驗嗎？

4.2.1　黃侃先生的文選訓詁批語是豐富的，這裏不過排比列舉了一部分。全面深入地研究其全部訓詁批語，是很有意義的；而且還應擴大到研究批語中的有關校勘、文論、創作等方面的内容。這對於古籍整理、古代文學的研究都是很有用的。要進行這項工作首先應該把當年黃門弟子們分别過録的本子搜集齊全，參互比勘，搞出一個完整的批本來。

4.2.2　本文雖然談的是黃侃先生的文選批語，但却還没有沾到文選黃氏學的邊沿，因爲筆者對於「選學」就未睹其門墻。即使如此，却仍自以爲有獲，即更加堅定了這樣的信念：搞訓詁的人固然要讀文獻書，但只是一般地讀，例如爲教學或爲寫文章而去翻閲，還是不行的。應該像黃侃先生讀十三經、讀文選那樣下功夫。只有這樣才能熟悉和瞭解古代語言的各個方面，也才能全面掌握（且不説研究）訓詁學。離開這條道路，從前人的學術著作中搜羅詞語以作觀察的對象，得出的結論很難可靠。若由此而認爲訓詁學（過去的或現在的或未來的）只能是關於詞義演變規律之學，就混同了兩個學科的性質。孤立地琢磨一些字詞，一旦開卷披覽，恐怕還是要「相見不相識」的。不信，請用那理論讀讀文選看。*

---

* 本文原載於昭明文選研究論文集（吉林文史出版社，1988）。

黄侃黄焯批校昭明文選目録

第一册

文選序……三

唐李崇賢上文選注表……九

宋尤袤原刻序……一一

文選目録……一三

卷第一

賦甲

京都上

班孟堅兩都賦二首……八一

卷第二

張平子西京賦……一四三

卷第三

賦乙

京都中

張平子東京賦……二〇一

卷第四

張平子南都賦……二七一

左太沖三都賦序……二九三

左太沖蜀都賦……二九六

卷第五

賦丙

京都下

左太沖吴都賦……三二五

第二册

卷第六

左太沖魏都賦……三七九

卷第七

賦丁

郊祀

楊子雲甘泉賦并序……四四二

耕藉

潘安仁藉田賦……四六〇

畋獵上

司馬長卿子虚賦……四七三

卷第八

畋獵中

司馬長卿上林賦……四八九

楊子雲羽獵賦 并序……五一八
卷第九
賦戊
畋獵下
楊子雲長楊賦 并序……五四〇
潘安仁射雉賦……五五四
紀行上
班叔皮北征賦……五六七
曹大家東征賦……五七五
卷第十
紀行下
潘安仁西征賦……五八三
卷第十一
賦己
遊覽
王仲宣登樓賦……六四六
孫興公遊天台山賦 并序……六五〇
鮑明遠蕪城賦……六六三
宮殿
王文考魯靈光殿賦 并序……六六九
何平叔景福殿賦……六八七

第三册

卷第十二
江海
木玄虚海賦……七一五
郭景純江賦……七三〇
卷第十三
賦庚
物色
宋玉風賦……七六〇
潘安仁秋興賦 并序……七六五
謝惠連雪賦……七七三
謝希逸月賦……七八二
鳥獸上
賈誼鵩鳥賦 并序……七八九
禰正平鸚鵡賦 并序……七九七

張茂先鷦鷯賦 并序……八〇四
卷第十四
鳥獸下
顔延年赭白馬賦 并序……八一一
鮑明遠舞鶴賦……八二五
志上
班孟堅幽通賦……八三一
卷第十五
賦辛
志中
張平子思玄賦……八五一
張平子歸田賦……八八八
卷第十六
志下
潘安仁閑居賦 并序……八九四
哀傷
司馬長卿長門賦 并序……九〇七
向子期思舊賦 并序……九一四
陸士衡歎逝賦 并序……九一八
潘安仁懷舊賦 并序……九二五
潘安仁寡婦賦 并序……九二八
江文通恨賦……九三九
江文通別賦……九四五
卷第十七
賦壬
論文
陸士衡文賦 并序……九五五
音樂上
王子淵洞簫賦……九七三
傅武仲舞賦 并序……九八四
卷第十八
音樂下
馬季長長笛賦 并序……九九五
嵇叔夜琴賦 并序……一〇一七
潘安仁笙賦……一〇三七
成公子安嘯賦……一〇四五

第四册

卷第十九

賦癸
情
宋玉高唐賦 并序……一〇五六
宋玉神女賦 并序……一〇六六
宋玉登徒子好色賦 并序……一〇七二
曹子建洛神賦 并序……一〇七六
詩甲
補亡
束廣微補亡詩六首……一〇八七
述德
謝靈運述祖德詩二首……一〇九四
勸勵
韋孟諷諫詩 并序……一〇九七
張茂先勵志詩……一一〇二

卷第二十

獻詩
曹子建上責躬應詔詩表……一一一〇
曹子建責躬詩……一一一三
曹子建應詔詩……一一一八
潘安仁關中詩……一一二〇
公讌
曹子建公讌詩……一一三〇
王仲宣公讌詩……一一三一
劉公幹公讌詩……一一三二
應德璉侍五官中郎將建章臺集詩……一一三三
陸士衡皇太子宴玄圃宣猷堂有令賦詩……一一三五
陸士龍大將軍讌會被命作詩……一一三九
應吉甫晉武帝華林園集詩……一一四三
謝宣遠九日從宋公戲馬臺集送孔令詩……一一四八
范蔚宗樂遊應詔詩……一一五〇
謝靈運九日從宋公戲馬臺集送孔令詩……一一五二
顔延年應詔讌曲水作詩……一一五四
顔延年皇太子釋奠會作詩……一一五九
丘希範侍宴樂遊苑送張徐州應詔詩……一一六五
沈休文應詔樂遊苑餞吕僧珍詩……一一六六

祖餞

曹子建送應氏詩二首……一一六八
孫子荆征西官屬送於陟陽候作詩……一一七〇
潘安仁金谷集作詩……一一七二
謝宣遠王撫軍庾西陽集別作詩……一一七五
謝靈運鄰里相送方山詩……一一七六
謝玄暉新亭渚別范零陵詩……一一七七
沈休文別范安成詩……一一七九

卷第二十一

詩乙

詠史

王仲宣詠史詩……一一八二
曹子建三良詩……一一八三
左太沖詠史八首……一一八四
張景陽詠史……一一九三
盧子諒覽古……一一九六
謝宣遠張子房詩……一一九九
顔延年秋胡詩……一二〇四
顔延年五君詠五首……一二一一
鮑明遠詠史……一二一七
虞子陽詠霍將軍北伐……一二一八

百一

應休璉百一詩……一二二一

遊仙

何敬宗遊仙詩……一二三三
郭景純遊仙詩七首……一二三五

卷第二十二

招隱

左太沖招隱詩二首……一二三八
陸士衡招隱詩……一二四一

反招隱

王康琚反招隱詩……一二四二

遊覽

魏文帝芙蓉池作……一二四四
殷仲文南州桓公九井作……一二四五
謝叔源游西池……一二四七
謝惠連泛湖歸出樓中翫月……一二四九
謝靈運從游京口北固應詔……一二五〇

謝靈運晚出西射堂……一二五二
謝靈運登池上樓……一二五三
謝靈運遊南亭……一二五四
謝靈運遊赤石進帆海……一二五六
謝靈運石壁精舍還湖中作……一二五八
謝靈運登石門最高頂……一二五九
謝靈運於南山往北山經湖中瞻眺……一二六一
謝靈運從斤竹澗越嶺溪行……一二六二
顏延年應詔觀北湖田收……一二六四
顏延年車駕幸京口侍遊蒜山作……一二六七
顏延年車駕幸京口三月三日侍遊曲阿後湖作……一二七〇
鮑明遠行藥至城東橋……一二七二
謝玄暉游東田……一二七四
江文通從冠軍建平王登廬山香爐峯……一二七四
沈休文鍾山詩應西陽王教……一二七六
沈休文宿東園……一二七九
沈休文遊沈道士館……一二八〇
徐敬業古意酬到長史溉登琅邪城詩……一二八二

卷第二十三

詩丙

詠懷

阮嗣宗詠懷詩十七首……一二八九
謝惠連秋懷……一三〇四
歐陽堅石臨終詩……一三〇六

哀傷

嵇叔夜幽憤詩……一三〇九
曹子建七哀詩……一三一五
王仲宣七哀詩二首……一三一五
張孟陽七哀詩二首……一三一七
潘安仁悼亡詩三首……一三二一
謝靈運廬陵王墓下作……一三二六
顏延年拜陵廟作……一三二九
謝玄暉同謝諮議銅雀臺詩……一三三三
任彦昇出郡傳舍哭范僕射……一三三三

贈答一

王仲宣贈蔡子篤詩……一三三六
王仲宣贈士孫文始……一三三八
王仲宣贈文叔良……一三四一

劉公幹贈五官中郎將四首……一三四五
劉公幹贈徐幹……一三四八
劉公幹贈從弟三首……一三四九

卷第二十四

贈答二

曹子建贈徐幹……一三五五
曹子建贈丁儀……一三五七
曹子建贈王粲……一三五八
曹子建又贈丁儀王粲……一三五九
曹子建贈白馬王彪……一三六一
曹子建贈丁翼……一三六六
嵇叔夜贈秀才入軍五首……一三六七
司馬紹統贈山濤……一三七〇
張茂先答何劭二首……一三七二
何敬祖贈張華……一三七六
陸士衡贈馮文羆遷斥丘令……一三七七
陸士衡答賈長淵 并序……一三八一
陸士衡於承明作與士龍……一三八七
陸士衡贈尚書郎顧彦先二首……一三八八
陸士衡贈顧交阯公真……一三九〇
陸士衡贈從兄車騎……一三九二
陸士衡答張士然……一三九三
陸士衡爲顧彦先贈婦二首……一三九四
陸士衡贈馮文羆……一三九五
陸士衡贈弟士龍……一三九六
潘安仁爲賈謐作贈陸機……一三九七
潘正叔贈陸機出爲吴王郎中令……一四〇三
潘正叔贈河陽……一四〇六
潘正叔贈侍御史王元貺……一四〇七

第五册

卷第二十五

詩丁

贈答三

傅長虞贈何劭王濟……一四一〇
郭泰機答傅咸……一四一三
陸士龍爲顧彦先贈婦二首……一四一四

陸士龍答兄機……一四一七
陸士龍答張士然……一四一八
劉越石答盧諶詩并書……一四一九
劉越石重贈盧諶……一四二八
盧子諒贈劉琨并書……一四三〇
盧子諒贈崔温……一四四三
盧子諒答魏子悌……一四四六
謝宣遠答靈運……一四四八
謝宣遠於安城答靈運……一四四九
謝惠連西陵遇風獻康樂……一四五二
謝靈運還舊園作見顏范二中書……一四五五
謝靈運登臨海嶠與從弟惠連……一四五八
謝靈運酬從弟惠連……一四六一

卷第二十六

贈答四

顏延年贈王太常……一四六七
顏延年夏夜呈從兄散騎車長沙……一四六九
顏延年直東宫答鄭尚書……一四七一
顏延年和謝監靈運……一四七二
王僧達答顏延年……一四七六
謝玄暉郡内高齋閑坐答吕法曹……一四七八
謝玄暉在郡卧病呈沈尚書……一四七九
謝玄暉暫使下都夜發新林至京邑贈西府同僚……一四八〇
謝玄暉酬王晉安……一四八二
陸韓卿奉答内兄希叔……一四八三
范彦龍贈張徐州稷……一四八七
范彦龍古意贈王中書……一四八九
任彦昇贈郭桐廬……一四九〇

行旅上

潘安仁河陽縣作二首……一四九一
潘安仁在懷縣作二首……一四九六
潘正叔迎大駕……一四九九
陸士衡赴洛二首……一五〇〇
陸士衡赴洛道中作二首……一五〇三
陸士衡吴王郎中時從梁陳作……一五〇四
陶淵明始作鎮軍參軍經曲阿作……一五〇五
陶淵明辛丑歲七月赴假還江陵夜行塗口……一五〇七
謝靈運初發都……一五〇八

謝靈運過始寧墅 …… 一五一二
謝靈運富春渚 …… 一五一三
謝靈運七里瀨 …… 一五一五
謝靈運登江中孤嶼 …… 一五一六
謝靈運初去郡 …… 一五一七
謝靈運初發石首城 …… 一五二〇
謝靈運道路憶山中 …… 一五二二
謝靈運入彭蠡湖口 …… 一五二三
謝靈運入華子崗是麻源第三谷 …… 一五二五

卷第二十七

詩戊

行旅下

顏延年北使洛 …… 一五二九
顏延年還至梁城作 …… 一五三二
顏延年始安郡還都與張湘州登巴陵城樓作 …… 一五三三
鮑明遠還都道中作 …… 一五三四
謝玄暉之宣城出新林浦向版橋 …… 一五三六
謝玄暉敬亭山詩 …… 一五三七
謝玄暉休沐重還道中 …… 一五三八
謝玄暉晚登三山還望京邑 …… 一五四〇
謝玄暉京路夜發 …… 一五四一
江文通望荊山 …… 一五四二
丘希範旦發魚浦潭 …… 一五四三
沈休文早發定山 …… 一五四四
沈休文新安江水至清淺深見底貽京邑遊好 …… 一五四五

軍戎

王仲宣從軍詩五首 …… 一五四六

郊廟

顏延年宋郊祀歌二首 …… 一五五三

樂府上

古樂府三首 …… 一五五六
班婕妤怨歌行 …… 一五五九
魏武帝樂府二首 …… 一五六〇
魏文帝樂府二首 …… 一五六三
曹子建樂府四首 …… 一五六五
石季倫王明君詞 并序 …… 一五七一

卷第二十八

樂府下

陸士衡樂府十七首……一五七六
謝靈運樂府……一六〇四
鮑明遠樂府八首……一六〇七
謝玄暉鼓吹曲……一六二一
挽歌
繆熙伯挽歌詩……一六二三
陸士衡挽歌詩三首……一六二三
陶淵明挽歌詩……一六二九
雜歌
荆軻歌……一六三〇
漢高帝歌 并序……一六三〇
劉越石扶風歌……一六三一
陸韓卿中山王孺子妾歌……一六三三

卷第二十九

詩己

雜詩上

古詩一十九首……一六三六
李少卿與蘇武詩三首……一六五〇
蘇子卿詩四首……一六五二
張平子四愁詩四首 并序……一六五五
王仲宣雜詩……一六五九
劉公幹雜詩……一六五九
魏文帝雜詩二首……一六六〇
曹子建朔風詩……一六六一
曹子建雜詩六首……一六六三
曹子建情詩……一六六七
嵇叔夜雜詩……一六六七
傅休奕雜詩……一六六八
張茂先雜詩……一六六九
張茂先情詩二首……一六七〇
陸士衡園葵詩……一六七一
曹顔遠思友人詩……一六七二
曹顔遠感舊詩……一六七四
何敬祖雜詩……一六七五
王正長雜詩……一六七六
棗道彦雜詩……一六七七
左太沖雜詩……一六七九
張季鷹雜詩……一六八〇

張景陽雜詩十首 …… 一六八一

卷第三十

雜詩下

盧子諒時興 …… 一六九八
陶淵明雜詩二首 …… 一六九九
陶淵明詠貧士詩 …… 一七〇一
陶淵明讀山海經詩 …… 一七〇一
謝惠連七月七日夜詠牛女 …… 一七〇二
謝惠連擣衣 …… 一七〇四
謝靈運南樓中望所遲客 …… 一七〇五
謝靈運田南樹園激流植援 …… 一七〇七
謝靈運齋中讀書 …… 一七〇八
謝靈運石門新營所住四面高山迴溪石瀨脩竹茂林詩 …… 一七〇九
王景玄雜詩 …… 一七一一
鮑明遠數詩 …… 一七一二
鮑明遠翫月城西門解中 …… 一七一四
謝玄暉始出尚書省 …… 一七一六
謝玄暉直中書省 …… 一七一九
謝玄暉觀朝雨 …… 一七二〇
謝玄暉郡内登望 …… 一七二二
謝玄暉和伏武昌登孫權故城 …… 一七二三
謝玄暉和王著作八公山 …… 一七二六
謝玄暉和徐都曹 …… 一七二九
謝玄暉和王主簿怨情 …… 一七三〇
沈休文和謝宣城 …… 一七三一
沈休文應王中丞思遠詠月 …… 一七三三
沈休文冬節後至丞相第詣世子車中 …… 一七三四
沈休文學省愁臥 …… 一七三六
沈休文詠湖中鴈 …… 一七三七
沈休文三月三日率爾成篇 …… 一七三七

詩庚

雜擬上

陸士衡擬古詩十二首 …… 一七三九
張孟陽擬四愁詩 …… 一七四七
陶淵明擬古詩 …… 一七四七
謝靈運擬魏太子鄴中集詩八首 并序 …… 一七四八

第六册

卷第三十一
雜擬下
袁陽源效曹子建樂府白馬篇……一七六二
袁陽源效古……一七六四
劉休玄擬古二首……一七六五
王僧達和琅邪王依古……一七六七
鮑明遠擬古三首……一七六八
鮑明遠學劉公幹體……一七七二
鮑明遠代君子有所思……一七七二
范彦龍效古……一七七四
江文通雜體詩三十首……一七七五
卷第三十二
騷上
屈平離騷經……一八二一
屈平九歌四首……一八五五
卷第三十三
騷下
屈平九歌二首……一八六七
屈平九章……一八七二
屈平卜居……一八七六
屈平漁父……一八七九
宋玉九辯五首……一八八一
宋玉招魂……一八八九
劉安招隱士……一九〇六
卷第三十四
七上
枚叔七發八首……一九一一
曹子建七啓八首并序……一九三六
卷第三十五
七下
張景陽七命八首……一九六二
詔
漢武帝詔……一九九五
漢武帝賢良詔……一九九六
册
潘元茂册魏公九錫文……一九九八

卷第三十六

令

任彥昇宣德皇后令 …… 二〇一六

教

傅季友爲宋公修張良廟教 …… 二〇二三
傅季友爲宋公修楚元王墓教 …… 二〇二六

文

王元長永明九年策秀才文五首 …… 二〇二八
王元長永明十一年策秀才文五首 …… 二〇三九
任彥昇天監三年策秀才文三首 …… 二〇四九

卷第三十七

表上

孔文舉薦禰衡表 …… 二〇五八
諸葛孔明出師表 …… 二〇六二
曹子建求自試表 …… 二〇六七
曹子建求通親親表 …… 二〇七九
羊叔子讓開府表 …… 二〇八七
李令伯陳情事表 …… 二〇九一
陸士衡謝平原内史表 …… 二〇九六
劉越石勸進表 …… 二一〇一

第七册

卷第三十八

表下

張士然爲吴令謝詢求爲諸孫置守冢人表 …… 二一一八
庾元規讓中書令表 …… 二一二三
桓元子薦譙元彥表 …… 二一二八
殷仲文解尚書表 …… 二一三二
傅季友爲宋公至洛陽謁五陵表 …… 二一三四
傅季友爲宋公求加贈劉前軍表 …… 二一三六
任彥昇爲齊明帝讓宣城郡公第一表 …… 二一四〇
任彥昇爲范尚書讓吏部封侯第一表 …… 二一四五
任彥昇爲蕭揚州薦士表 …… 二一五五
任彥昇爲褚諮議蓁讓代兄襲封表 …… 二一六二
任彥昇爲范始興作求立太宰碑表 …… 二一六五

卷第三十九

上書

李斯上書秦始皇……二一七四
鄒陽上書吳王……二一八〇
鄒陽獄中上書自明……二一八七
司馬長卿上書諫獵……二一九九
枚叔上書諫吳王……二二〇一
枚叔上書重諫吳王……二二〇六
江文通詣建平王上書……二二一〇
啓
任彥昇奉答勑示七夕詩啓……二二一九
任彥昇爲卞彬謝脩卞忠貞墓啓……二二二一
任彥昇啓蕭太傅固辭奪禮……二二二三
卷第四十
彈事
任彥昇奏彈曹景宗……二二二八
任彥昇奏彈劉整……二二三六
沈休文奏彈王源……二二四四
牋
楊德祖答臨淄侯牋……二二五二
繁休伯與魏文帝牋……二二五六
陳孔璋答東阿王牋……二二五九
吳季重答魏太子牋……二二六一
吳季重在元城與魏太子牋……二二六五
阮嗣宗爲鄭沖勸晉王牋……二二六八
謝玄暉拜中軍記室辭隋王牋……二二七三
任彥昇到大司馬記室牋……二二七七
任彥昇百辟勸進今上牋……二二八〇
奏記
阮嗣宗詣蔣公……二二八五
卷第四十一
書上
李少卿答蘇武書……二二九〇
司馬子長報任少卿書……二三〇一
楊子幼報孫會宗書……二三二四
孔文舉論盛孝章書……二三三〇
朱叔元爲幽州牧與彭寵書……二三三三
陳孔璋爲曹洪與魏文帝書……二三三八
卷第四十二
書中

阮元瑜爲曹公作書與孫權……二三四八
魏文帝與朝歌令吴質書……二三六〇
魏文帝與吴質書……二三六二
魏文帝與鍾大理書……二三六六
曹子建與楊德祖書……二三六九
曹子建與吴季重書……二三七五
吴季重答東阿王書……二三七九
應休璉與滿公琰書……二三八五
應休璉與侍郎曹長思書……二三八八
應休璉與廣川長岑文瑜書……二三九一
應休璉與從弟君苗君胄書……二三九三

卷第四十三

書下

嵇叔夜與山巨源絶交書……二四〇〇
孫子荆爲石仲容與孫皓書……二四一二
趙景真與嵇茂齊書……二四二四
丘希範與陳伯之書……二四二九
劉孝標重答劉秣陵沼書……二四三七
劉子駿移書讓太常博士 并序……二四四〇
孔德璋北山移文……二四四七

第八册

卷第四十四

檄

司馬長卿喻巴蜀檄……二四五五
陳孔璋爲袁紹檄豫州……二四六〇
陳孔璋檄吴將校部曲文……二四七四
鍾士季檄蜀文……二四九一
司馬長卿難蜀父老……二四九八

卷第四十五

對問

宋玉對楚王問……二五〇八

設論

東方曼倩答客難……二五一〇
楊子雲解嘲 并序……二五一七
班孟堅答賓戲 并序……二五二九

辭

漢武帝秋風辭 并序……二五四二
陶淵明歸去來 并序……二五四三
序上
卜子夏毛詩序……二五四六
孔安國尚書序……二五四九
杜預春秋左氏傳序……二五五三
皇甫士安三都賦序……二五六一
石季倫思歸引序……二五六六
卷第四十六
序下
陸士衡豪士賦序……二五六九
顏延年三月三日曲水詩序……二五七八
王元長三月三日曲水詩序……二五八七
任彥昇王文憲集序……二六〇七
卷第四十七
頌
王子淵聖主得賢臣頌……二六三二
楊子雲趙充國頌……二六四〇
史孝山出師頌……二六四二
劉伯倫酒德頌……二六四五
陸士衡漢高祖功臣頌……二六四七
贊
夏侯孝若東方朔畫贊 并序……二六六九
袁彥伯三國名臣序贊……二六七五
卷第四十八
符命
司馬長卿封禪文……二七〇一
楊子雲劇秦美新……二七一一
班孟堅典引……二七二五
卷第四十九
史論上
班孟堅公孫弘傳贊……二七四一
干令升晉紀論晉武帝革命……二七四六
干令升晉紀總論……二七四八
范蔚宗後漢書皇后紀論……二七七六

第九册

卷第五十

史論下

范蔚宗後漢書二十八將傳論……二七八六

范蔚宗宦者傳論……二七九一

范蔚宗逸民傳論……二八〇一

沈休文宋書謝靈運傳論……二八〇七

沈休文恩倖傳論……二八一三

史述贊

班孟堅述高紀第一……二八一九

班孟堅述成紀第十……二八二一

班孟堅述韓英彭盧吴傳第四……二八二二

范蔚宗後漢書光武紀贊……二八二三

卷第五十一

論一

賈誼過秦論……二八二七

東方曼倩非有先生論……二八三六

王子淵四子講德論 并序……二八四三

卷第五十二

論二

班叔皮王命論……二八六五

魏文帝典論論文……二八七五

曹元首六代論……二八七九

韋弘嗣博弈論……二八九五

卷第五十三

論三

嵇叔夜養生論……二九〇三

李蕭遠運命論……二九一五

陸士衡辯亡論上下二首……二九三六

卷第五十四

論四

陸士衡五等論……二九六五

劉孝標辯命論 并序……二九八三

卷第五十五

論五

劉孝標廣絶交論……三〇一三

連珠

陸士衡演連珠五十首……三〇三九

卷第五十六

箴

張茂先女史箴……三〇六八

銘

班孟堅封燕然山銘 并序……三〇七三
崔子玉座右銘……三〇七六
張孟陽劍閣銘……三〇七八
陸佐公石闕銘……三〇八一
陸佐公新刻漏銘 并序……三〇九八

誄上

曹子建王仲宣誄 并序……三一〇八
潘安仁楊荆州誄 并序……三一一五
潘安仁楊仲武誄 并序……三一二四

第十册

卷第五十七

誄下

潘安仁夏侯常侍誄 并序……三一三〇
潘安仁馬汧督誄 并序……三一三七
顔延年陽給事誄 并序……三一五〇
顔延年陶徵士誄 并序……三一五七
謝希逸宋孝武宣貴妃誄 并序……三一六七

哀上

潘安仁哀永逝文……三一七六

卷第五十八

哀下

顔延年宋文皇帝元皇后哀策文……三一八二
謝玄暉齊敬皇后哀策文……三一八九

碑文上

蔡伯喈郭有道碑文 并序……三一九七
蔡伯喈陳太丘碑文 并序……三二〇二
王仲寶褚淵碑文 并序……三二〇八

卷第五十九

碑文下

王簡棲頭陁寺碑文……三二三五
沈休文齊故安陸昭王碑文……三二六一

墓誌

任彦昇劉先生夫人墓誌……三二九四
卷第六十
行狀
任彦昇齊竟陵文宣王行狀……三二九八
弔文
賈誼弔屈原文 并序……三三二二
陸士衡弔魏武帝文 并序……三三二六
祭文
謝惠連祭古冢文 并序……三三三九
顔延年祭屈原文……三三四三
王僧達祭顔光禄文……三三四五
文選考異……三三四九
黄侃北京大學文選講義稿……三四九三

唐李善注

昭明文選

清初校文選者有潘稼堂、錢陸燦、葉樹藩、何義門、許宗彥、余蕭客之文選音義、文選紀聞，汪師韓之文選補注，孫志祖之文選考異、李注補正，胡克家之文選考異，張雲璈之選學膠言，梁章鉅之文選旁證，朱珔之文選集釋，薛傳均之文選古字通疏證，胡紹煐之文選箋證，朱銘之文選拾遺，許巽行之文選筆記等書

文選六十卷

考異十卷

湖北崇文書局

文選序

梁昭明太子撰

式觀元始眇覿玄風冬穴夏巢之時茹毛飲血之世世質民淳斯文未作逮乎伏羲氏之王去聲天下也始畫八卦造書契以代結繩之政由是文籍生焉易曰觀乎天文以察時變觀乎人文以化成天下文之時義遠矣哉若夫椎直追輪爲大輅音路之始大輅寧有椎輪之質增冰爲積水所成積水曾作能微增冰之凜力錦何哉蓋踵腫音其事而增華變其本而加厲物既有之文亦宜然隨時變改難可詳悉嘗試論之曰詩序云詩有六義焉一曰風二

此不言歷者以歷子之賦者別為一類

摯虞文章流別論云古詩之賦以情義為主以事類為佐今之賦以事形為本以義正為助情義為主則言省而文有例矣事形為本則言富而辭無常矣

次文之體凡三十有八

曰賦三曰比四曰興(去聲)五曰雅六曰頌至於今之作者
異乎古昔古詩之體今則全取賦名荀宋表之於前賈
馬繼之於末自茲以降源流寔繁述邑居則有憑虛亡
(音無)是之作戒畋遊則有長楊羽獵之制若其紀一事詠
一物風雲草木之興(去聲)魚蟲禽獸之流推而廣之不可
勝載矣又楚人屈原含忠履潔君匪從流臣進逆耳深
思遠慮遂放湘南耿介之意既傷壹鬱之懷靡愬臨淵
有懷沙之志吟澤有憔悴之容騷人之文自茲而作詩
者蓋志之所之也情動於中而形於言關雎(七余)麟趾(音止)
正始之道著桑間濮上亡國之音表故風雅之道粲

抄本子

抄本繫

抄本㮚

抄譯引陸善經本湘為江 抄本二字倒

班固摯氏哀詞文章流別傳曰哀詞者誄之流也率以施於童殤夭折不以壽終者 七發之類傳玄七謨序曰昔枚乘作七發而屬文之士若傅毅劉廣世崔駰李尤桓麟崔琦劉梁桓彬之徒承其流而作之者紛焉 七激七依七說七蠲七舉七設之篇 馬季長張平子亦引其源而廣之 馬作七廣 張造七辯 自大魏英賢造作 有陳王七啟 王氏七釋 楊氏七訓 劉氏七華 從父侍中七誨

然可觀自炎漢中葉厥塗漸異退傅有在鄒之作降將著河梁之篇四言五言區以別矣又少則三字多則九言各體互興分鑣並驅頌者所以游揚德業褒讚成功吉甫有穆若之談季子有至矣之歎舒布爲詩既言如彼總成爲頌又亦若此次則箴興於補闕戒出於弼匡論則析理精微銘則序事清潤美終則誄發圖像則贊興又詔誥教令之流表奏牋記之列書誓符檄之品弔祭悲哀之作荅客指事之制三言八字之文篇辭引序碑碣志狀衆制鋒起源流間出譬陶匏異器並爲入耳之娛黼黻不同俱爲

悅目之玩作者之致蓋云備矣余監撫餘閑居多暇

日歷觀文囿泛覽辭林未嘗不心遊目想移晷音軌忘倦

自姬漢以來眇焉悠邈時更平聲七代數去聲逾千祀詞人

才子則名溢於縹匹沼囊飛文染翰則卷盈乎緗音相帙自

非略其蕪穢集其清英蓋欲兼功太半難矣若夫姬公

之籍孔父之書與日月俱懸鬼神爭奧孝敬之准式人倫

之師友豈可重去聲以芟音衫夷加之翦截老莊之作管孟

之流蓋以立意為宗不以能文為本今之所撰又以略

諸若賢人之美辭忠臣之抗直謀夫之話下快反辨士之

端冰釋泉涌金相玉振所謂坐狙丘議稷下仲連之

此序選文宗旨選文條例皆具宜細蕃繹毋輕發難議金樓子論文之語劉彥和文心一之皆其羽翼也

耳作爾

却秦軍食(音異)其(音譏)之下齊國留侯之發八難曲逆之吐六奇蓋乃事美一時語流千載概(古害)見墳籍旁出子史若斯之流又亦繁博雖傳之簡牘而事異篇章今之所集亦所不取至於記事之史繫年之書所以褒貶是非紀別(入聲)異同方之篇翰亦已不同若其讚論(去聲)之綜(作宗)緝(此立)辭采序述之錯比(避)文華事出於沈思義歸乎翰藻故與夫篇什雜而集之遠自周室迄于聖代都爲三十卷名曰文選云耳

凡次文之體各以彙(于貴)聚詩賦體既不一又以類分類分之中各以時代相次

讀文選者必須於文心雕龍所說能信受奉行，持觀此土乃有真解。若以後世時文家法律論之，無以異于算春秋歷用杜預長編，行鄉飲儀於晉朝學校，必不合矣。開宗明義，吾黨省焉。清世談文選惟阮公最爲近之。何評校文自有讀書記，校注塵見余孫胡梁校刊葉刻未刻，其六校注之文所謂何評殆未讀書記耳。

胡以注中注末之音概爲五臣，甚誤人。

建安以前文皆經再校。

文選之文宜取見於諸史及本集及宋以前書互校，注亦宜取本書及宋以前書及近人輯本對校，而未有爲之者也。

文心雕龍及詩品文、北史紀上諸史闕於論文，可據人及文並宜采錄之眉間。

余仲林於義門當大夫，尚韓愈文章，不尚文選學，而獨加賞好博考，象來以汲古爲善，晚年評定多所析衷，士論服其該洽。以今觀之，清世爲文選之學精該簡要，未有超於義門者也，而評文則未爲精鮮。

注韓門、余仲林、孫頤谷、胡果泉、朱蘭坡、梁茝林、張仲雅、薛□齋、胡枕泉，各於文義有關者並已參核，其摭拾瑣屑、支蔓寡證之詞，以及文之工拙無與者，可謂之選注，不可謂之選學。

文選序終

亦不僅錄也。星衍多襲人之說以爲已有，又穆之有說而無出處。

葉樹藩本補注不盡可信，惟何義門□□閲於著訂，并特有可取采。

頃閱余仲林音義，考其舊音，意非五臣所能作，必蕭該、許淹、曹憲、公孫羅、僧道淹之遺。今集取諸字之左方，此本所有則加一○。

余所稱舊音，乃六臣本音及汲古閣本音不在善注中者，稱爲舊音，或舊注音。

五臣注既譌陋，亦必不能爲音，自余捨羼舊音殊無乖謬，而直音反切間用，又絶類博雅音之體，縱令出於五臣，亦必因仍前作，觀其杜撰故實，豈肯學擬摹古韻者？舊爲之，寧非甚便。又善注發音雖云簡當，而有必不可闕者，亦復闕之。是□□說具存，不須觀縷也。以此二因，證知文選六臣本及此本注中注末之音，背不可棄，其有單證別發當係。

李注及音及逸書塵標一卷以示例，餘乃自求。文中音多非善舊。

校字但求其安，除善注有明文者，餘概稱以別本，不云善與五臣。

誤借以楊守敬校日本卷子本、羅振玉影印日本殘卷子本未與此本校之，五臣六臣皆宜對校。

絶句用●，校字用△，標文用○，塵羽工者但以○絶句而已。句法可資教者用重○或用◎，字下加、以分章。注中可留意者標以｜，李注條例用△，文義未詳用‖。

枕

評語

圭陰指洛陽

南取魏文帝事 出王沈魏書

余蕭家說

唐李崇賢上文選注表

文林郎守太子右内率府録事參軍崇賢館直學士臣李善

抄本無

臣善言竊以道光九野縟景緯以照臨德載八埏麗山川以錯峙垂象之文斯著含章之義聿宣協人靈以取則基化成而自遠故羲繩之前飛葛天之浩唱媯簫之後掞叢雲之奥詞步驟分途星躔殊建球鍾愈暢舞詠方滋楚國詞人御蘭芬於絶代漢朝才子綜鞶帨於遥年虚玄流正始之音氣質馳建安之體長離北度騰雅詠於圭陰化龍東鶩煽風流於江左爰逮有梁宏材彌劭昭明太子業膺守器譽貞問寢居肅成而講藝開博

抄上

崇山即嵩山也
崇山用束皙事
張雲璈說本俞犀月

望以招賢搴中葉之詞林酌前修之筆海周巡緜嶠品
盈尺之珍楚望長瀾搜徑寸之寶故撰斯一集名曰文
選後進英髦咸資準的伏惟陛下經緯成德文思垂風
則大居尊耀三辰之珠璧希聲應物宣六代之雲英孰
可撮壤崇山導涓宗海臣蓬衡蕞品樗散陋姿汾河委
筴夙非成誦崇山墜簡未議澄心握玩斯文載移涼燠
有欣永日實昧通津故勉十舍之勞寄三餘之暇弋釣
書部願言注緝合成六十卷殺青甫就輕用上聞享帚
自珍緘石知謬敢有塵於廣內庶無遺於小說謹詣闕
奉進伏願鴻慈曲垂照覽謹言顯慶三年九月日上表

校篋。抄嵩。
校抄眉評作亨

貴池在蕭梁時寔為
昭明太子封邑血食千載威靈赫然水旱疾疫無禱不應廟有文選閣宏麗壯偉而獨無是書之板蓋缺典也往歲邦人嘗欲募衆力為之不成今是書流傳於世皆是五臣注本五臣特訓釋旨意多不原用事所出獨李善淹貫該洽號為精詳雖四明贛上各嘗刊勒往往裁節語句可恨袤因以俸餘鋟木會池陽袁史君助其費郡文學周之綱督其役踰年乃克成既摹本藏

之閣上以其板寘之學宮以慰邦人所以尊事
昭明之意云淳熙辛丑上巳日晉陵尤袤題

抄本無此目録

第一冊

此目与注不相應何焯云宋本各卷無目録亦各本不同有訛字然則何未見此目也

第二冊

文選目録

梁昭明太子撰

唐李善注

第一卷　抄有卷第一與前題

賦甲　凡文題下所載作者爵引皆據蔣鑑校寫嚴可均全文編目刻本逐寫今亦未與王毓藻刻全文细校

京都上

第二卷　抄有合卷第一

班孟堅兩都賦二首　并序　全文後漢卅、五百卅四、後漢　詩明堂睍覽五百卅三、辟雍靈臺睍覽

第三卷

張平子西京賦一首　五十三、

鑑　鑑籀文璿字

第三冊

賦乙

京都中

五十三 張平子東京賦一首

第四卷

五十三 張平子南都賦一首

三百七十四 左太沖三都賦序一首

七十四 左太沖蜀都賦一首

第五卷

賦丙

京都下

第四冊

七十四 左太沖吴都賦一首

第六卷

七十四 左太沖魏都賦一首

第七卷

賦丁

郊祀

漢五十七 楊子雲甘泉賦一首 并序 漢 聚卅九

耕籍

晉九十七 潘安仁籍田賦一首 聚卅九

畋獵上

漢廿乙 司馬長卿子虛賦一首 史漢聚六十六

第八卷

廿五 畋獵中

廿乙 司馬長卿上林賦一首 史漢聚六十六

五十乙 楊子雲羽獵賦一首 漢聚六十六

第九卷 抄有卷第五

賦戊

畋獵下

五十二 楊子雲長楊賦一首并序 漢

晉九十二 潘安仁射雉賦一首 又本注引序

第五册

紀行上

後漢廿三 班叔皮北征賦一首 類廿七

九十六 曹大家東征賦一首 類廿七又本注引大家集

第十卷 鈔有合卷五

紀行下

晉九十 潘安仁西征賦一首 類廿七

第十一卷 抄有卷第六

賦己

遊覽

後漢九十 王仲宣登樓賦一首 類六十三

晉六十一 孫興公遊天台山賦一首 并序 聚七

宋卅六 鮑明遠蕪城賦一首 集 聚六十三

宮殿

後漢五十八 王文考魯靈光殿賦一首 并序

魏 晉卅九 何平叔景福殿賦一首

第六册

第十二卷 抄有合卷六

江海

百五 木玄虛海賦一首 聚八

百廿 郭景純江賦一首 聚八

第十三卷 抄有卷第七

賦庚

物色

三代十 宋玉風賦一首

晉九十 潘安仁秋興賦一首 并序 聚三

宋卅四 謝惠連雪賦一首 聚二

宋卅四 謝希逸月賦一首 聚一

鳥獸上

漢十五 賈誼鵩鳥賦一首 并序 史漢又聚九十二

後漢八十七 禰正平鸚鵡賦一首 并序 聚九十一

晉五十八 張茂先鷦鷯賦一首 并序 聚九十二

第十四卷 抄有合卷七

鳥獸下

宋卅六 顔延年赭白馬賦一首并序 聚九十三

宋卅六 鮑明遠舞鶴賦一首 集 覽廿七

志上

後漢廿四 班孟堅幽通賦一首 鈔百廿弍引序文漢叙傳上聚廿六

第十五卷 鈔有卷第八

賦辛

志中

五十二 張平子思玄賦一首 後漢

第七冊

五十三 歸田賦一首 聚卅六

第十六卷 抄有合卷八

志下

晋九十二 潘安仁閑居賦一首 并序 聚六十四

哀傷

漢廿三 司馬長卿長門賦一首 并序 聚卅

晋七十二 向子期思舊賦一首 并序 晋 聚卅四

九十六 陸士衡歎逝賦一首 并序 聚卅四

九十一 潘安仁懷舊賦一首 并序 聚卅四

九十一 寡婦賦一首 并序 聚卅四

梁三十三 江文通恨賦一首 集

梁卅三 別賦一首 集 類卅

第十七卷 鈔有卷第九

賦壬

論文

晉九十七 陸士衡文賦一首 并序 類五十六

音樂上

漢卅弍 王子淵洞簫賦一首 類卅四

後漢卅三 傅武仲舞賦一首 類卅三 記十五 又古文苑

第十八卷 抄有今卷九

第八冊

音樂下

十八
馬季長長笛賦一首 并序 聚□□□

魏卌七
嵇叔夜琴賦一首 并序 集 聚卌四

晉九十一
潘安仁笙賦一首

五十九
成公子安嘯賦一首 晉 聚十八

第十九卷 抄有卷第十

賦癸

情

三代十八
宋玉高唐賦一首 并序

三代十
神女賦一首 并序

三代十 登徒子好色賦一首 并序

魏十三 曹子建洛神賦一首 并序 類八又七十九 記十九 王獻之書十三行

詩甲 凡詩題下所載佗書徵引皆據徐悲逸录楊守敬古詩存序摘古詩輯存目錄未定稿今 六朝細校

補亡

束廣微補亡詩六首 南陔記十七 白華記十七 本注五十逸民傳論

述德

謝靈運述祖德詩二首

勸勵

韋孟諷諫詩一首 漢 類廿四 記十八

張茂先勵志詩一首 鈔百廿五又百五十三 類廿三 本注六十祭顏光祿文

第九冊

第二十卷 抄有合卷十

獻詩

魏十五載表 曹子建上責躬詩一首 并表 魏 本注廿四贈秀才入軍詩又五十八褚淵碑文

應詔一首 魏 本注二十謝宣遠送孔令詩又卅隨王牋又五十五廣絶交論 聚廿九 鈔八十一

潘安仁關中詩一首 晋五十八 聚卅四

公讌

曹子建公讌詩一首 聚卅九 記一又十又十四又廿四 帖一 覽四百七十四又八百廿四

王仲宣公讌詩一首 本注廿一香爐峯詩 聚卅九

劉公幹公讌詩一首 鈔百卅四 聚卅九 覽七百七十四

應德璉侍五官中郎將建章臺集詩一首 聚九十一 本注卅四潘正叔贈陸機詩

陸士衡皇太子燕玄圃宣猷堂有令賦詩一首 本注廿三顏曲水詩注 類廿九 記十

陸士龍大將軍讌會被命作詩一首 集 類廿九

應吉甫晉武帝華林園集詩一首 晉 鈔六十一

謝宣遠九日從宋公戲馬臺送孔令一首 類四 記四 覽廿二 賦秋

范蔚宗樂游應詔一首 記十三

謝靈運九日從宋公戲馬臺送孔令一首 類四 記四又十八 覽卅二又七百七十六 賦秋

顏延年應詔曲水讌詩一首 類四 記四

皇太子釋奠會詩一首 類卅八 記十四

丘希範侍讌樂游苑送張徐州應詔一首 類百廿九 苑百六十九 覽七百七十四

沈休文應詔樂游餞呂僧珍一首 類卅九 苑百六十九 覽七百七十六

曹詩第二首又孫詩一首據傳
雲龍纂吉廬景日本延喜
十三年 梁乾化三年 二月五日良岑
衆樹刊之本校

第二十一卷

詩乙

祖餞

曹子建送應氏詩二首 聚廿九 步登 聚廿九 本注廿六 奉答内兄希叔詩 清時

孫子荊征西官屬送於陟陽候作詩一首 聚廿九 記十八 本注五十 謝傳論 又五十四 雜命論

潘安仁金谷集作詩一首 聚廿九 覽四百十又九百七十一 世說仇隙

謝宣遠王撫軍庾西陽集別作詩一首 本注十六 別賦

謝靈運鄰里相送方山一首 聚廿九 記十八

謝玄暉新亭渚別范零陵一首 集 聚廿九 記十八

沈休文別范安成一首 聚廿九 苑二百六十六

詠史

王仲宣詠史一首 （類廿八）

曹子建三良詩一首 （本注廿七王明君詞）

左太沖詠史八首 （鈔百十九 又鬱〻本注恩倖侍論 類五十五 記十八 又吾希類五十五 又濟〻記十八 又晧天類五十五 又主父本注奉孝內史希斗類五十五又明〻記十八）

張景陽詠史一首 （類五十五 又卌一左史詠史詩注）

盧子諒覽古一首

謝宣遠張子房詩一首 （類三十八）

顔延年秋胡詩一首 （詠四 賦木 本注別賦 類十八樂三十六）

五君詠五首 （一宋二三四宋 四又賦雲）

鮑明遠詠史一首 （集 類五十五）

第十冊

虞子陽詠霍將軍北伐一首 聚五十九 覽三百六

百一

應休璉百一詩一首

遊仙

何敬祖遊仙詩一首 聚七十八 記三

郭景純遊仙詩七首 京華 青谿 翡翠 逸翮 聚七十八 六龍 記六

第二十二卷

招隱

左太沖招隱詩二首 杖策 鈔百五十八 聚卅六 覽百五十 卅 說任誕注 經始 聚卅六

陸士衡招隱詩一首 覽五百十

反招隱

王康琚反招隱詩一首

游覽

魏文帝芙蓉池作一首 聚九 覽五百九十二

殷仲文南州桓公九井作一首

謝叔源游西池一首

謝惠連泛湖出樓中翫月一首

謝靈運從游京口北固應詔一首

晚出西射堂一首 聚廿八 方輿勝覽九

登池上樓一首 聚廿八 記一 方輿勝覽九

游南亭一首 方輿勝覽九
游赤石進帆海一首 聚八 記六十八
石壁精舍還湖中一首 聚九
登石門最高頂一首 聚八 名勝志七永嘉縣
於南山往北山經湖中瞻眺一首 聚九
從斤竹澗越嶺溪行一首 聚廿六 名勝志七樂清縣
顏延年應詔觀北湖田收一首 本注三十一擬從駕詩
車駕幸京口侍遊蒜山作一首 聚八
車駕幸京口三月三日侍游曲阿後湖詩一首 聚四
鮑明遠行藥至城東橋一首 集 聚廿八

謝玄暉游東田一首 集 類廿八

江文通從建平王登廬山香爐峯一首 集 類七

沈休文鍾山詩應西陽王教一首 類七 苑百五十九

宿東園一首 類六十五

游沈道士館一首 類七十八 覽百七十九

徐敬業古意酬到長史溉登琅邪城一首

第二十三卷

詩丙

詠懷

阮嗣宗詠懷十七首 集 夜中類廿六 記一再引 二妃詠二類十八 記十九再引 覽三百八十一 嘉樹類廿六 覽九百六十七 天馬類廿六 記二 平生類廿六 昔聞類八十七 記廿八再引 賦瓜覽九百七十八 本注廿五 娛威

蒼雲遲 灼灼類廿六 步出類廿六 記三 帖五 北里本注五十四 辨命論 類廿六 昔日咏二類卅三 昔年類廿二 綠徊類廿六

謝惠連秋懷一首 聚三 記三 賦秋 覽廿五 名勝志 蕭山縣

歐陽堅石臨終詩一首

哀傷

嵇叔夜幽憤詩一首 集 晉 本注五十七陶淡多五十八褚碑 六十竟陵 狀廿五贈劉琨詩 世說棲逸注

曹子建七哀詩一首 咏二 聚卅五 本注廿八苦熱行 樂卅一

王仲宣七哀詩二首 西京 南史謝晦傳 宋書謝靈運傳論及本注 又本注廿一左詠史 廿七晚登三山 五十五廣絕交論 聚卅四 荊蠻 聚卅四

張孟陽七哀詩二首 北芒 記十四 覽五百六十七 秋風 聚卅四

潘安仁悼亡詩三首 莊荀 咏二 聚卅四 皎皎 咏二 聚卅四 記一 覽廿五又七 百七

謝靈運廬陵王墓下作一首 聚卅

顏延年拜陵廟作一首

第十一冊

謝玄暉同謝諮議銅爵臺一首 集 類卌 集卅一

任彥升出郡傳舍哭范僕射一首 記十一 類卅四

贈荅二

王仲宣贈蔡子篤一首 本注廿五君咏 卌七東方贊 類卅一 記三

贈士孫文始一首 本注卅四贈馮詩引三輔決錄

贈文叔良一首 本注廿釋奠會詩 搜神記

劉公幹贈五官中郎將四首 昔我記十四

贈徐幹一首 本注廿六贈王中書詩 類一 記十一

贈從弟三首 亭亭類八十八鳳凰類九十 記卅

第二十四卷

贈荅二

曹子建贈徐幹一首

贈丁儀一首　本注廿三遊南亭詩

贈王粲一首　本注廿六奉荅内兄希林又廿八詰吹曲

又贈丁儀王粲一首　本注五十宋書謝靈運傳論注　贖三百廿八

贈白馬王彪一首　魏注引魏氏春秋　聚廿一　北史魏孝靜紀

贈丁翼一首　聚卅九　贖五百卅九

嵇叔夜贈秀才入軍五首　集良馬本注四十六王曲水序　贖三百廿八　輕車本注廿六荅呂詩又廿五安城荅靈運詩息鞋記十八　閑夜本注卅七名臣贊　浩浩世說

司馬紹統贈山濤一首　本注廿一秋胡詩又五十九頭陀寺碑　聚卅一又八十八　記廿八

張茂先荅何劭二首　吏道本注五十七陶謙序

羅振玉影唐寫本文選集注殘卷首已下羅云卷四十八缺前後題以李善本卷廿四推知之　案詳前缺卷據原寫本印於承明已下唐無

何敬祖贈張華一首 本注卅一擬曹植詩

陸士衡贈馮文羆遷斥丘令一首

荅賈謐一首并序 晉九十八載序 本注廿六顏和謝詩 聚卅一

於承明作與士龍一首 聚廿九

贈尚書郎顧彥先二首 大火本注秋胡詩 朝游記十一

贈交阯太守顧公真一首 記廿九

贈從兄車騎一首 聚卅一 覽百八十

荅張士然一首 本注廿七與張湘州詩

爲顧彥先贈婦二首 辭家咏三 東南咏三 本注廿六酬王晉安詩一 記十八

贈馮文羆一首 聚卅一

又贈弟士龍一首 本注廿五巻機詩

潘安仁爲賈謐作贈陸機一首 聚卅一

潘正叔贈陸機出爲吴王郎中令一首 聚卅一 覽七百七十六

贈河陽詩一首 聚五十

贈侍御史王元貺一首

第二十五巻

詩丁

贈荅三

傅長虞贈何劭王濟一首 并序 本注五十八 諸碑 記十二 覽二百十九

郭泰機荅傅咸一首 帖八 賦絲

陸士龍爲顧彥先贈婦二首 集 然上本注廣絶交論咏三 浮海咏三 記十五

荅兄機一首 集 聚廿九 記十七又十八

荅張士然一首 集

晉百八載書 劉越石荅盧諶一首 并[illegible]書 聚廿六引書

重贈盧諶一首 晉 聚廿一 記廿七

卅四載書 盧子諒贈劉琨一首 并書

贈崔温一首 本注廿一擬劉琨詩

荅魏子悌一首 本注廿一引盧諶詩

謝宣遠荅靈運一首 聚二

於安城荅靈運一首 聚廿一

第十二冊

謝惠連西陵遇風獻康樂一首 聚廿九
謝靈運還舊園作見顔范二中書一首 聚六十五 記卌四
登臨海嶠與從弟惠連一首
酬從弟惠連一首 記廿八

第二十六卷

贈答四

顔延年贈王太常一首 聚卅一 覽七百七十六
夏夜呈從兄散騎車長沙一首 聚三 庭林五
直東宮答鄭尚書一首 聚卅一 記十一
和謝監靈運一首 本注卅三丘與陳書 記十二

王僧達荅顔延年一首

謝玄暉郡内高齋閑坐荅呂法曹一首 集 方輿勝覽十五寧國府

在郡卧病呈沈尚書一首 集 聚卅一 方輿勝覽十五寧國府

暫使下都夜發新林至京邑贈西府同僚一首 聚卅一

詶王晉安一首 集

陸韓卿奉荅内兄希叔一首 聚卅一 覽七百七十六

范彦龍贈張徐州一首

古意贈王中書一首 記十二 古文苑四

任彦昇贈郭桐廬一首

行旅上

潘安仁河陽縣作二首 日夕本注廿二潘岳河陽詩注

在懷縣作二首 南陸類五 記四 覽卅一

潘正叔迎大駕一首 覽七百七十六 鈔百五十八

陸士衡赴洛二首 帝卅本注卅六初去郡詩 又南史 覊旅本注廿七京洛夜發詩

赴洛道中作二首 總纂類廿七 記十八 遠游類廿七

爲吳王郎中時從梁陳作一首 本注卅一擬陸機詩 記十四

陶淵明始作鎮軍參軍經曲阿作一首 集

辛丑歲七月赴假還江陵夜行塗口作一首 樂類廿七

謝靈運初發都一首 類廿七

過始寧墅一首

富春渚一首 覽四十六
七里瀨一首 聚廿六又廿七
發江中孤嶼一首 本注卅一擬殷仲文詩 聚廿八 方輿覽勝九
初去郡一首 聚五十
初發石首城一首 聚廿七
道路憶山中一首 本注卅一擬殷仲文詩 聚廿六
入彭蠡湖 三首 聚廿七 記三 覽卅八 方輿覽勝南康軍
入華子岡是麻源第三谷一首 本注卅一擬謝靈運詩 聚六

第二十七卷

詩戊

行旅下

顔延年北使洛一首 聚廿七
還至梁城作一首
始安郡還都與張湘州登巴陵城樓作一首 聚廿六
鮑明遠還都道中作一首 集
謝玄暉之宣城出新林浦向版橋一首 集 帖三 覽八百九十二
敬亭山一首 集 方輿覽勝十五寧國府
休沐重還道中一首 集 聚廿七
晚登三山還望京邑一首 集 聚廿七
京路夜發一首 集

江文通望荊山一首 集 類七

丘希範旦發漁浦潭一首 類九 苑百五十三

沈休文早發定山一首

新安江水至清淺深見底貽京邑游好一首 類八 苑百五十三

軍戎

王仲宣從軍詩五首 從軍魏武紀注 鈔十三 類廿八又五十九 覽三百廿八 古樂府四 涼風 類廿八又五十九 覽三百 樂三十二 從軍征 類廿八又五十九 覽三百廿八 樂卅二 朝發 類廿八又五十九 樂卅二 悠悠 類廿八又五十九 樂卅二

郊廟

顏延年宋郊祀歌二首 宋廿 樂一

樂府上

古樂府三首 飲馬 蔡邕集 詠一四 覽五百九十五 樂卅八 古樂府 傷歌 詠二 類卅二 樂六十二 長歌 本注 月賦 又卅二 文帝與吳書 類卅二 覽廿 樂卅

第十三冊

班婕妤怨歌行一首 聚卅一又六十九記一帖一

魏武帝樂府二首 短歌宋廿一聚卅二又九十二記一又卅覽九百廿一古樂府四樂卅 苦寒宋廿一本注廿三悼亡詩記十六聚卅一古樂府四樂卅三

魏文帝樂府二首 燕歌宋廿一本注十八笙賦咏九聚卅二記三樂卅二 善哉宋廿一本注十六寡婦賦聚卅一記十四樂卅六

曹子建樂府四首 箜篌宋廿一聚卅二記十七本注廿八陸門有車馬客行樂卅九 美女咏二鈔百卅六聚十八記十九本注廿一秋胡詩覽三百八十一樂六十三白馬本注廿五贈崔温詩聚卅二覽三百五 名都本注廿三宿東園又卅十九又七百卅六樂六十三

晉卅三 載序

石季倫王明君辭一首 咏三聚四十二樂廿七覽五百八十三 一擬魏文帝聚卅二記十帖十五覽七百卅六樂六十三

第二十八卷 陸猛虎聚卅一帖九十七樂卅一君子本注廣絶交論聚卅一樂卅二從軍聚卅一覽三百廿八樂卅二豫章聚卅一又八十九樂卅四苦寒本注廿七北使洛聚卅一記三覽卅四樂卅三飲馬聚四十一覽八百樂三十八門有聚四十一樂四十君子有聚卅一樂六十一齊謳聚四十一樂六

樂府下 十四長安本注五十七陶徵序聚卅一樂卅五長歌本注廿二行藥詩聚卅二記六樂卅 樂三十日出咏三鈔百六記十九樂廿八前緩聲本注卅四七命咏三聚卅二覽五十六樂六

陸士衡樂府十七首 十四塘上本注卅一劉擬古明月咏三聚卅一樂三十五

謝靈運樂府一首 聚卅三樂廿四

鮑明遠樂府八首 集聚卅二樂六十三 東武聚卅一覽三百廿八樂卅一出自聚卅一樂六十一結客聚四十一樂六十六東門聚卅一樂卅七苦熱聚卅四覽卅四樂六十五白頭本注廿七京路夜發咏四聚卅一樂卅一放歌聚卅二樂卅八升天

謝玄暉鼓吹曲一首 集 類卅二 樂廿

挽歌

繆熙伯挽歌一首 鈔九十二 記十四 覽五百五十二 樂廿七

陸士衡挽歌三首 卜寃 挿 記十四 覽五百五十二 樂廿七 覽五百五十二 滂離 樂廿七 重阜 記十四

陶淵明挽歌一首 集 記十四 覽五百五十二 樂廿七

雜歌

荊軻歌一首 并序 國策燕策三

漢高帝歌一首 并序 大風 史樂 漢高 鈔百六 類卅三 記一又十四 帖二 賦風又雲 覽八又八十七又五百卌九 樂五十八

劉越石扶風歌一首 類卅三 記廿二又廿八 覽三百五十八 樂八十四

陸韓卿中山王孺子妾歌一首 詠九 樂八十四

第二十九卷　鈔有奏第十五

詩己　行々咏一聚九十又廿九記十覽四百八十九　青々咏一聚卅二又廿八又卅一記十九帖十七本注廿五陸士龍代顧詩　覽三百八十一　青々陵鈔百卅八　今日鈔八十二聚卅九記十四覽五百卅九　西北本注廿五代顧詩咏一西北聚　六十三帖十覽五百卅九　涉江咏一聚八十二又廿九覽九百九十九　冉々樂七十四古樂府　庭中咏

雜詩上　一　迢々咏一鈔百五十聚四又六十五記四覽八本注廿六五記古意思　回車本注五十二論文廿四　贈白馬王聚八十一又廿七覽九百九十四　東城咏一聚十八又九十二覽三百八十一　驅車本注四十五　思婦引序又五十三養生論聚卅一辯正論内九篇識樂六十一　去者聚卅　生年本注

古詩十九首　卅二文帝与吳書帖十四覽八十七本注七命前篇　凜々本注卅到記室　牋覽百十五　孟冬覽四百八十九本注七命　客從聚卅一帖八又十二覽四百　七十八又七百七　明月何咏一聚廿九

李少卿與蘇武詩三首　李良時本注六十祭顏文廿一秋胡詩廿陽陽候　聚廿九記十八覽四百八十九　攜手聚廿九記十八覽　四百八十九　嘉會本注廿一秋胡詩五十五廣絶交論

聚廿五記十八

蘇子卿詩四首　骨肉聚廿九記十八覽四百八十九本注十六別賦　結髮本注廿一秋胡詩　咏十聚廿九　黃鵠聚廿九記十八覽四百八十九　燭々本注廿九七啟　聚廿九

後漢五十五
載序

張平子四愁詩四首　咏九聚卅五覽四百七十八又本注五十六楊仲武誄　引雁門又帖十四引

王仲宣雜詩一首

劉公幹雜詩一首　本注卅三丘與陳書　鈔卅六

魏文帝雜詩二首　漫々聚七十二又廿七　西北聚一賦雲覽八

曹子建朔風詩一首 雜詩高臺本注廿六陸赴洛詠二轉蓬本注廿六河陽縣聚八十二覽九百九十六西北詠二聚三十二覽八百十六南國詠二聚八十六覽九百六十八僕夫聚十八攬衣詠二聚卅二

雜詩六首

情詩一首 詠二聚廿七又廿八

嵇叔夜雜詩一首 集

傅休奕雜詩一首

張茂先雜詩一首 聚三記三詠二

情詩二首 清風詠二本注卅一離情詩游目詠二聚卅二記五十五

陸士衡園葵詩一首 聚八十二

曹顏遠思友人詩一首

感舊詩一首 世說黜免注引續晉陽秋本注卅鮑歡月詩

第十四冊
唐本有 起時興詩冬節後
卷三第五十九无前題 集
此卷不據原字本印

何敬祖雜詩一首 本注廿五謝恭雲運

王正長雜詩一首 聚廿七本注五十謝傳論

棗道彦雜詩一首 張景陽秋風詠三 金風聚二 記一又三 朝霞聚二 山鄉聚廿六 覽三 百廿二 述職聚廿七 結字本注廿六 贈張徐州聚卅六 黑 蜍 覽廿九

左太沖雜詩一首 聚三 記二 苑 誤爲唐太宗詩

張季鷹雜詩一首

張景陽雜詩十首

第三十卷 抄有 合卷十五

雜詩下

盧子諒時興詩一首

陶淵明雜詩二首 集 聚六十五

詠貧士一首 集 藝卅五 記十八

讀山海經一首 集 藝五十五

謝惠連七月七日夜詠牛女一首 咏三 藝四 記三又四 賦秋 覽卅一

擣衣一首 咏三 藝六十七 賦秋 覽廿五

謝靈運南樓中望所遲客一首

齋中讀書一首

田南樹園激流植援一首 本注卅一 擬殷仲文

石門新營所住四面高山迴谿石瀨茂林脩竹一首

王景玄雜詩一首 咏三

唐本目録已下有羅本卷五十九缺前後題以李本卷三十推知之案唯缺前題後題文選卷第五十九

鮑明遠數詩一首 集 聚五十六

翫月城西門廨中一首 集 詠四 類聚廿七 記一 賦 月 覽四

謝玄暉始出尚書省一首 集

直中書省一首 集 記十一 覽一千

觀朝雨一首 集 方輿勝覽十五寧國府 聚廿 記二 覽百七十七

郡内登望一首 集 方輿勝覽十五寧國府

和伏武昌登孫權故城一首 集

和王著作八公山詩一首 集 聚七

和徐都曹詩一首 集 聚廿八

和王主簿怨情一首 集 詠四

詩止于庚無辛巳下仍也

沈休文和謝宣城詩一首 聚卅一 苑二百四十

應王中丞思遠詠月一首 咏五 聚一 記一 苑百五十一 賦月 覽四

冬節後至丞相第詣世子車中作一首 聚卅四

直學省愁臥一首

詠湖中鴈一首 聚九十一

三月三日率爾成一首 篇 聚四 記四 苑百五十七 覽卅

詩庚

陸今日聚廿九 迢迢咏三 涉江本注廿一秋胡詩咏三 青青本注廿一秋胡詩咏三 聚卅二 明月何聚一 記一 帖一 賦月 覽四 蘭若咏三 聚卅三 東城咏三 西北咏三 聚六十二 庭中咏三 聚廿九

雜擬上

陸士衡擬古詩十二首

張孟陽擬四愁詩一首 咏九 聚卅五 覽四百七十八

陶淵明擬古詩一首　集　咏三

宋卅三　載序　謝靈運擬鄴中詠八首　并序　應瑒　覽三百

第三十一卷　抄有卷第十六

雜擬下

袁陽源傚白馬篇一首　聚廿二　記五　樂六十三

傚古詩一首

劉休玄擬古詩二首　行ミ　咏三　明月何咏三　文鏡秘府五

王僧達和琅邪王依古一首　聚廿三

鮑明遠擬古詩三首　六ミ　集　幽并聚廿三　魯客聚廿三　記十八　七十五　諷聚廿

學劉公幹體一首　集　聚二　記三

唐本起鮑明遠擬古第二首之末迄江文通雜體詩謝僕射一首羅玉卷卒二缺前後題以李本卷之三十一推知之

第十五冊

唐本有卷六十三近離騷思導言之不同句

代君子有所思一首 集 類卅一 樂六十一

范彥龍傚古詩一首 古詠五 類廿九 樂七十一 李陵 樂卅二 班婕妤 詠五 類卅一 帖八 樂卅二 魏文帝 類卅九 樂卅六 張華 詠五 休上人 詠五

江文通雜體詩三十首 集

第三十二卷 抄有合卷十六

騷上

屈平離騷經一首 已下並楚辭

、九歌四首

第三十三卷

騷下

、屈平九歌二首

唐本有巻六十六迄招隱

唐本有巻六十八迄此篇

九章一首
卜居一首
漁父一首
（三代十）宋玉九辯五首（楚辭）
（三代十）招䰟一首（楚辭）
（漢廿）劉安招隱士一首（楚辭）

第三十四卷

七上

（世）枚叔七發八首
（魏十六）曹子建七啓八首（聚五十七）

第十六冊

第三十五卷

七下

張景陽七命八首 晋八十五 晋

詔

漢武帝詔一首 漢三 紀

賢良詔一首 〻三 公孫弘傳 紀

冊

潘元茂魏王九錫文一首 後漢八十七 公 魏武紀 後漢紀卅

第三十六卷

令

唐本有延祐明九年榮秀才文有前題卷帝七十二 羅云無前後題非

第十七冊

當作策文

梁卅二 任彥昇宣德皇后令一首 聚十四

教

宋廿六 傅季友爲宋公修張良廟教一首 宋武紀中

宋廿六 修楚元王廟教一首 聚卌隱見五百六十

文

齊十二 王元長永明九年策秀才文五首

齊十二 永明十一年策秀才文五首

梁卅二 任彥升天監三年策秀才文三首

第三十七卷 抄有表之第十九

表上

唐本有表訣前迄求通親親表後題七十三

後漢八十三 孔文舉薦禰衡表一首 聚五十三 後漢禰衡傳 魏荀彧傳注引禰衡傳

蜀漢弍 諸葛孔明出師表一首 覽廿一 蜀文略見向朗傳 董允傳 華陽國志七

魏十五 曹子建求自試表一首 魏

十六 求通親親表一首 魏

晉卅一 羊祜讓開府表一首 晉 覽四百卌四引王隱晉書

七十 李令伯陳情表一首 晉 蜀楊羲傳注引華陽國志

九十七 陸機謝平原內史表一首

百八 劉越石勸進表一首 晉元記 聚十三

第三十八卷 抄有合卷十九

表下

百五 張士然爲吳令謝詢求爲諸孫置守塚人表一首 聚卌
卅六 庾元規讓中書令表一首 晋
百十八 桓子元薦譙元彦表一首 蜀譙周傳注引晋陽秋
百廿九 殷仲文自解表一首 晋 聚五十四
宋廿六 傅季友爲宋公至洛陽謁五陵表一首
宋廿六 爲宋公求加贈劉前軍表一首 晋宋劉穆之傳
梁卅二 任彦昇爲齊明帝讓宣城郡公表一首 梁 聚五十一
梁卅二 爲范尚書讓吏部封侯第一表一首 聚卅八 記十二
梁卅二 爲蕭揚州薦士表一首
梁卅二 爲褚諮議蓁讓代兄襲封表一首 聚五十一 多於文選百餘字

第十八册

梁卅二 爲范始興作求立太宰碑表一首

第三十九卷 抄本作卷第二十

上書

秦 李斯上秦始皇書一首 史記李斯傳

漢十九 鄒陽上書吳王一首 漢 聚廿四

十九 於獄中上書自明一首 史漢 聚五十八

廿弍 司馬長卿上疏諫獵一首 史漢 聚廿四

廿 枚叔奏書諫吳王濞一首 漢 聚廿四 說苑正諫

廿 重諫舉兵一首 漢

梁卅八 江文通詣建平王上書一首 集 梁 南史 聚五十八

唐本有近巻末阿王牋缺後半雖在卷七十九無前後題以李本卷四十推知之

啓

梁卅三 任彦昇奉荅七夕詩啓一首

梁卅三 爲卞彬謝脩卞忠貞墓啓一首

梁卅三 上蕭太傅固辭奪禮啓一首

第四十卷 抄有合卷二十

彈事

梁卅三 任彦昇奏彈曹景宗一首

梁卅三 奏彈劉整一首 本注引昉集

梁廿七 沈休文奏彈王源一首

牋

後漢五十七 楊德祖荅臨淄侯牋一首 魏曹植傳注引典略

後漢九十三 繁休伯與魏文帝牋一首 藝卅三 覽五百七十三

後漢九十武 陳孔璋荅東阿王牋一首

魏卅 吳季重荅魏太子牋一首

魏卅 在元城與魏太子牋一首

魏卅五 阮嗣宗爲鄭沖勸晉王牋一首 晉文紀 集

齊廿三 謝玄暉拜中軍記室辭隨王牋一首 齊 南史謝裕傳

梁卅三 任彥昇到大司馬記室牋一首 梁

梁卅三 勸進今上牋一首 梁高祖武皇帝 武紀上 南史梁紀上 藝十四

奏記

第十九冊

魏卌五 阮嗣宗奏記詣蔣公一首 晋集

第四十一卷 抄有卷第廿一

書上

漢廿八、李少卿荅蘇武書一首 聚卅

廿六、司馬子長報任少卿書一首 漢

卅弍、楊子幼報孫會宗書一首 漢楊敞傳

後漢八十三 孔文舉論盛孝章書一首 吴孫韶傳注引會稽典録

廿乙、朱叔元爲幽州牧與彭寵書一首 聚廿五

後漢九十二 陳孔璋爲曹洪與魏文帝書一首

第四十二卷 抄有合卷〻廿一

書中

後漢九十三 阮元瑜爲曹公作書與孫權一首 聚廿五

魏七 魏文帝與朝歌令吴質書一首 六 王粲傳注引魏略 聚廿

七 又與吴質書一首 又略見王粲傳

七 與鍾大理書一首 鍾繇傳注引魏略 御覽九百六十四

十六 曹子建與楊德祖書一首 傳注引典略

十六 與吴季重書一首 聚廿六

魏卌 吴季重荅東阿王書一首 聚廿六 記十六

魏卌 應休璉與滿公琰書一首 聚廿八

卌 與侍郎曹長思書一首

第二十册

唐本有缺前半 迄与孫皓書罷云卷八十五 無前後題 以李本卷四十三推知之

意補一行

卅 與廣川長岑文瑜書一首 聚百

卅 與從弟君苗君冑書一首 聚廿八

第四十三卷 抄下卷第廿三

書下

魏卅七 嵇叔夜與山巨源絶交書一首 集 晋及聚廿一並有删節 又李懷琳七賢帖亦小異

晋六十 孫子荆爲石仲容與孫皓書一首 聚廿五

六十七 趙景眞與嵇茂齊書一首 晋 聚卅

梁五十七 丘希範與陳伯之書一首 陳伯之傳 南史陳伯之傳 聚廿五

梁五十八 劉孝標重荅劉秣陵詔書一首 梁 聚卅四

移

漢卅 劉子駿移書讓太常博士一首 漢楚元王傳 聚五十八

唐本有前後略缺殘卷八十八至前後題以李本卷今四十四推知之

第卅一冊

齊十九 孔德璋北山移文一首

第四十四卷 抄有合卷廿三

檄

漢廿弍 司馬長卿喻巴蜀檄一首 漢 類五十八

後漢九十弍 陳孔璋爲袁紹檄豫州一首 袁紹傳 魏袁紹傳注引魏氏春秋並有刪節

後漢九十弍 檄吳將校部曲文一首 類五十八

魏廿五 鍾士季檄蜀文一首 魏

漢廿弍 司馬長卿難蜀父老一首 漢 類廿五

第四十五卷 抄有卷廿三

對問

歸去来據傳雲龍景大
唐天祐二年秋九月八日餘
杭龍興寺沙门光遠刊行
歸去来辭校

三代十 宋玉對楚王問一首

設論

漢廿五 東方曼倩荅客難一首 漢 豩廿五

五十三 楊子雲解嘲一首 漢 豩廿五

後漢廿五 班孟堅荅賓戲一首 漢 叙傳上 豩廿五

辭

漢三 漢武帝秋風辭一首 并序

晋百十七 陶淵明歸去來一首 集 晋宋

序上

卜子夏毛詩序一首

漢十三　孔安國尚書序一首　唐石經尚書宋板尚書注疏巾箱本尚書仿岳板尚書

晉卌三　杜元凱春秋左氏傳序一首　唐石經

七十一　皇甫士安三都賦序一首

卅三　石季倫思歸引序一首　聚廿八

第四十六卷

序下

九十六　陸士衡豪士賦序一首　晉　聚廿四

宋卅七　顏延年三月三日曲水詩序一首　聚四

齊十三　王元長三月三日曲水詩序一首　聚四

梁卌四　任彥昇王文憲集序一首　聚五十五

唐本有前缺迄此篇後題卷第九十

唐本有述頌前後題卷第九十三

第卅二册

第四十七卷 抄有卷第卌四

頌

漢卅弐 主子淵聖主得賢臣頌一首 漢 聚廿

五十三 楊子雲趙充國頌一首 漢趙充國傳 聚五十九

後漢卅九 史孝山出師頌一首 聚五十九

晋六十六 劉伯倫酒德頌一首 晋卅説文學注 聚七十二

九十八 陸士衡漢高祖功臣頌一首 并序

贊

六十九 夏侯孝若東方朔畫贊一首 并序 顔魯公重刊碑拓本

五十七 袁彦伯三國名臣序贊一首 晋 聚卅五

唐本有缺前半述此篇後題卷第九十四 羅云有前後題非

第四十八卷　抄有合卷廿四

符命

漢廿弍　、司馬長卿封禪文一首　漢　聚十

五十三　、楊子雲劇秦美新論一首　并表　聚十

後漢廿六　、班孟堅典引一首　并表　聚十

第四十九卷　抄有卷第廿五

史論上

、班孟堅漢書公孫弘傳贊一首

百廿七　干令升晉武帝革命論一首　聚十三

百廿七　晉紀揔論一首　聚十一　羣書治要廿九

第卅三冊

第五十卷 抄有合奏卷廿五

史論下

范蔚宗後漢書皇后紀論一首

范蔚宗後漢二十八將論一首

官者傳論一首

逸民傳論一首

沈休文宋書謝靈運傳論一首

恩倖傳論一首

史述贊

班孟堅漢書述高祖紀贊一首

唐本有缺前半迄此篇後題卷第百二羅云有前後題非

此下又非昭明舊題

述成紀贊一首

述韓彭英盧吳傳贊一首

范蔚宗後漢光武紀贊一首

第五十一卷 抄有卷第廿六

論一

漢十六 、賈誼過秦論一首 史秦始皇紀

廿五 、東方曼倩非有先生論一首 漢 聚廿四

卅弍 、王子淵四子講德論一首

第五十二卷 抄有合卷廿六

論二

第廿四冊

後漢廿三 班叔皮王命論一首 漢叙傳上 聚十

魏八 魏文帝典論論文一首 王粲傳注 及聚五十三

廿 曹元首六代論一首 武文世王公傳注引魏氏春秋

吴九 韋弘嗣博弈論一首 吴韋曜傳 聚七十四

第五十三卷 抄有卷第廿七

論三

魏卌八 嵇叔夜養生論一首 集 聚七十五

卅三 李蕭遠運命論一首 聚廿一

晋九十八 陸士衡辨亡論上下二首 晋 吴孫晧傳注 聚十一

第五十四卷 抄有合卷廿七

論四

九十九 陸士衡五等諸侯論一首 晋 羣書治要卅引孫盛晋陽秋

梁五十八 劉孝標辨命論一首 并序 梁 聚廿一

第五十五卷 抄有卷第廿八

論五

梁五十八 劉孝標廣絶交論一首 南史 聚廿一

連珠

晋九十九 陸士衡演連珠五十首 略見類聚五十七

第五十六卷 抄有合卷廿八

箴

第廿五册

晋五十八 張茂先女史箴一首 覽百卌五 文聚十五 記十 皆刪節

銘

後漢廿六 班孟堅封燕然山銘一首 并序 後漢竇憲傳 聚七

卅五 崔子玉座右銘一首 聚廿三

晋八十五 張孟陽劍閣銘一首 晋 聚七

梁五十三 陸佐公石闕銘一首 并序

梁五十三 新刻漏銘一首 并序 聚六十八

誄上

魏十九 曹子建王仲宣誄一首 并序 聚卅八

晋一十弍 潘安仁楊荊州誄一首 并序

九十二 楊仲武誄一首并序 據本注齊竟陵王行狀引校

第五十七卷

誄下

九十三 潘安仁夏侯常侍誄一首并序

九十二 馬汧督誄一首并序

宋卅八 顏延年陽給事誄一首并序 聚卅八

宋卅八 陶徵士誄一首并序 聚卅七

宋卅五 謝希逸宋孝武宣貴妃誄一首并序 聚十五

哀上

晉九十三 潘安仁哀永逝文一首 聚卅四

唐本已下迄褚淵碑文之半羅鈔補非影鈔褚淵碑文後半影抄後有缺羅玉卷百十六李本卷五十八

第卅六册

第五十八卷 抄有合卷廿九

哀下

宋卅八 顔延年宋文元皇后哀策文一首 文帝元后傳 聚十五

齊廿三 謝玄暉齊敬皇后哀策文一首 聚十五 記十

碑文上

後漢七十六 蔡伯喈郭林宗碑文一首 集

七十八 陳仲弓碑文一首 集

齊十一 王仲寶褚淵碑文一首 聚卅五

第五十九卷 抄有卷第三十

碑文下

梁五十五 王簡棲頭陁寺碑文一首

梁廿一 沈休文齊安陸昭王碑文一首 聚卌五

墓誌

梁卌四 任彥昇劉先生夫人墓誌一首

第六十卷 抄有合卷三十

行狀

梁卌四 任彥昇齊竟陵文宣王行狀一首 聚卌五

弔文

漢十六 賈誼弔屈原文一首 并序 聚卌 史漢

晉九十九 陸士衡弔魏武帝文一首 并序 聚卌

祭文

（宋卌）謝惠連祭古家文一首 五百廿六

（宋卅八）顏延年祭屈原文一首（宋）

（宋十九）王僧達祭顏光禄文一首

文選目録終

校文選正文應用書目表　此其較略

經

石經尚書
尚書注疏
石經左傳
石經毛詩

史

史記三家注
漢書及注
後漢書及注
三國志及注
晉書及音義
宋書
南齊書
梁書
南史
北史
戰國策
後漢紀
華陽國志
方輿勝覽
名勝志

子

北堂書鈔
羣書治要
初學記
白帖
事類賦
太平御覽
說苑
搜神記
厄林
世說新語及注

集

藝文類聚
文苑英華
玉臺新詠舊本
樂府詩集
古文苑
古樂府
楚辭
本書注
蔡邕集
阮籍集
嵇康集
陸雲集
鮑照集
謝朓集
陶潛集
江淹集
王獻之書洛神賦殘字
李懷琳七發帖
顏真卿書東方畫贊碑本
文鏡秘府論

抄無二行

賦甲二字抄在文選卷第一下側注

文心雕龍夫京殿苑獵述行序志並體國經野義尚光大至於草區禽族庶品雜類則觸興致情因變取會據此是賦之分類昭明所沿前貫耳

抄下側注并序

文題下注非李氏文凡題下注皆有可疑而此賦題下注尤謬

尤袤文選考異前題云李善與五臣同異附見於後

尤書明景泰未見蔵徐戲(?)宮懷常州先臣遺書重雕的宗景宗鈔本 壬戌七月廿九日 焯 遂手文選考異于書題

文選卷第一

梁昭明太子撰

文林郎守太子右内率府録事參軍事崇賢館直學士臣李善注上

賦甲　賦甲者，舊題甲乙，所以紀卷先後，今卷既改，故甲乙並除，存其首題，以明舊式。

京都上

抄此行有一行云張平子西京賦首

班孟堅兩都賦二首　自光武至和帝都洛陽，西京父老有怨，班固恐帝去洛陽，故上此詞以諫，和帝大悅也。

兩都賦序

班孟堅　范曄後漢書曰：班固字孟堅，北地人也。年九歲能屬文，長遂博貫載籍，顯宗時除蘭臺令史，遷爲郎，乃上兩都賦。大將軍竇憲出征匈奴，以固爲中護軍，憲敗

此段注非善音

辛丑六月廿七日後近(?)李剛先生尤氏文選考異校于群書題校讀全録 焯

自第一卷至第五卷正文及注文用墨筆圈點或加丨者皆依先從父批校本所加其焯所先加者皆摽去之辛丑二月廿六日黄焯

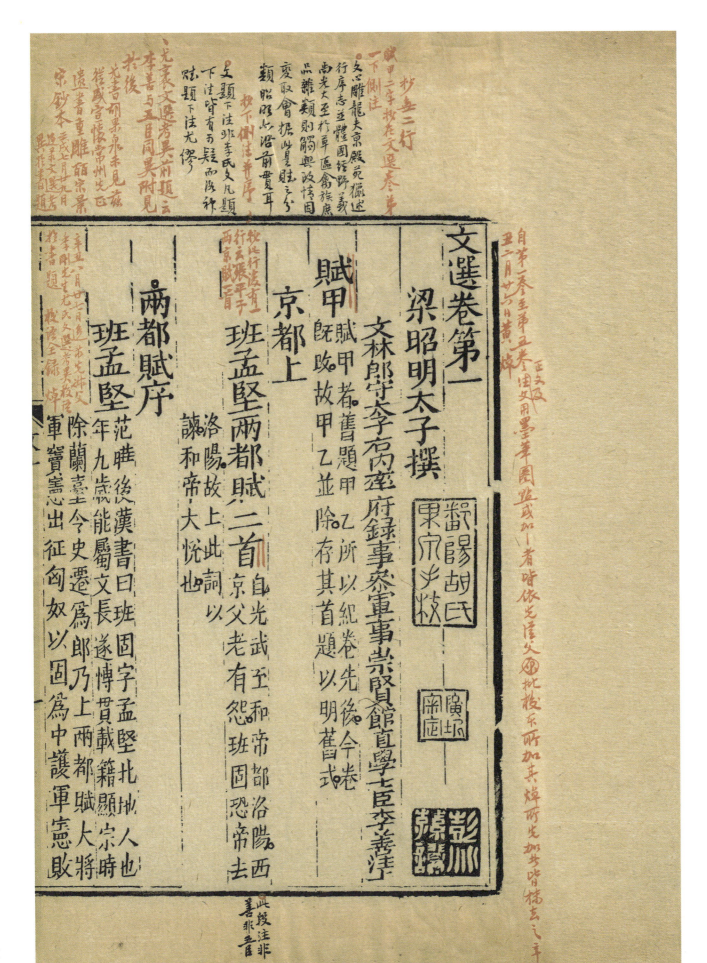

自魏晉以降賦體漸趨整練而齊梁益之以妍華江鮑徐庾之作蓋已不逮古處自唐迄宋以賦取士創爲律賦用便程式命題貴巧韻貴險其精采限於聲律（述）對仗之內故或謂賦至唐而遂絕由其體盡變非復古義也

垂世字作言不暇崇文化

固坐免官遂死獄中

或曰賦者古詩之流也毛詩序曰詩有六義焉二曰賦故賦爲古詩之流也諸引文證皆舉先以明後以示作者必有所祖述也他皆類此昔成康沒而頌聲寢王澤竭而詩不作言周道既微雅頌並廢也史記曰周武王太子誦立是爲成王成王太子釗立是爲康王毛詩序曰頌者以其成功告於神明者也樂稽耀嘉曰仁義所生爲王毛詩序曰止乎禮義先王之澤也然則作詩稟乎先王之澤故王澤竭而詩不作作與也孟子曰王者之跡息而詩亡大漢初定日不暇給漢書曰高祖姓劉氏立爲漢王滅項羽即皇帝位荀悅曰諱邦字季史記曰雖受命而日有不暇給也至於武宣之世乃崇禮官考文章漢書曰孝武皇帝景帝中子荀悅曰諱徹漢書曰孝宣帝武帝曾孫戾太子孫荀悅曰諱詢字次卿內設金馬石渠之署外興樂府協律之事史記曰金馬門者宦者署門傍有銅馬故謂之曰金馬門三輔故事曰石

注

渠閣在大祕殿北以閣祕書漢書曰武帝定郊祀之禮乃立樂府以李延年爲協律都尉以興廢繼絕潤色鴻業言能發起遺文以光讚大業也論語子曰興滅國繼絕世然文雖出彼而意微殊不可以文害意他皆類此論語子曰東里子產潤色之劇秦美新曰制成六經洪業也是以衆庶悅豫福應尤盛白麟赤鴈芝房寶鼎之歌薦於郊廟漢書武紀曰行幸雍獲白麟作白麟之歌又曰行幸東海獲赤鴈作朱鴈之歌又曰甘泉宮內產芝九莖連葉作芝房歌又曰得寶鼎后土祠傍作寶鼎之歌神雀五鳳甘露黃龍之瑞以爲年紀漢書宣紀曰神雀元年應劭曰前年神雀集長樂宮故改年也又曰五鳳元年應劭曰先者鳳皇五至因以改元又甘露元年詔曰乃者鳳皇至甘露降故以名元年又曰黃龍元年應劭曰先是黃龍見新豐因以改元焉故言語侍從之臣若司馬相如虞丘壽王東方朔枚皋王褒劉向之屬朝夕論思日月獻納漢書曰司馬相如字長卿爲武騎常

抄倪旁注倪五

抄大後不同再校焯

蕭

待又曰虞丘壽王字子貢以善格五召待詔遷爲侍中中書又曰東方朔字曼倩上書自稱譽上偉之令待詔公車後拜爲太中大夫給事中又曰救皋字少孺上書北闕自稱枚乘之子上得大喜召入見待詔拜爲郎又曰王褒字子淵上令褒待詔褒等數從獵擢爲諫大夫又曰劉向字子政爲輦郎遷中壘校尉

而公卿大臣御史大夫倪寬太常孔臧太中大夫董仲舒宗正劉德太子太傅蕭望之等時時間作

漢書曰倪寬脩尚書以郡選詣博士孔安國射策爲常固遷侍御史孔臧集曰臧仲尼之後少以才博知名稍遷御史大夫辭曰臣代以經學爲家乞爲太常專脩家業武帝遂用之漢書曰董仲舒以脩春秋爲博士上後爲中大夫又曰劉德字路叔少脩黃老術武帝謂之千里駒爲宗正又曰蕭望之字長倩以射策甲科爲郎遷太子太傅

或以抒下情而通諷諭

廣雅曰抒渫也抒食與切諷方鳳切毛詩序曰吟詠情性以諷其上楚詞曰抒中情而屬詩

或以宣上德而盡忠孝

國語泠州鳩曰夫律所以宣布哲人之令德

雍容揄

食上無抒字

○李注不避廟諱如此世宗可知凡避者皆五臣無五臣又有回改之謬見資暇錄
○藝文志載其數詩賦百六家千三百一十八篇

抄旁注跡

揚著於後嗣抑亦雅頌之亞也說文曰揄引也以珠切孔安國尚書傳曰揚舉也毛詩序曰言天下之事形四方之風謂之雅故孝成之世論而錄之漢書曰孝成皇帝元帝太子也荀悅曰諱驁字太孫蓋奏御者千有餘篇而後大漢之文章炳焉與三代同風蒼頡篇曰炳著明也彼皿切論語子曰三代之所以直道而行馬融曰三代夏殷周且夫道有夷隆學有麤密因時而建德者不以遠近易則故皋陶歌虞奚斯頌魯同見采於孔氏列于詩書其義一也尚書皋陶歌曰元首明哉股肱良哉庶事康哉韓詩魯頌曰新廟奕奕奚斯所作薛君曰奚斯魯公子也言其新廟奕奕然盛是詩公子奚斯所作也稽之上古則如彼考之漢室又如此斯事雖細然先臣之舊式國家之遺美不可闕也臣竊見海內清平朝廷無事蔡邕獨斷曰朝廷亦皆依違

无曰字

文一　三

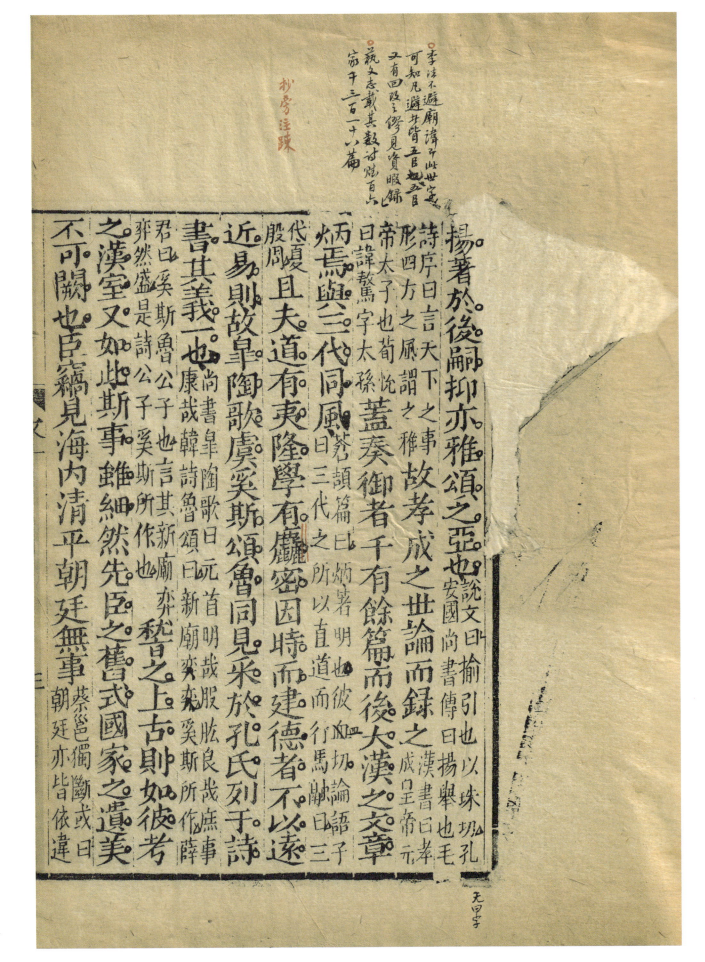

別本

咸作感　雒作洛

應有 據東都賦題下五臣注有 賈昌沿之

按引摯虞流別集云兩都 精而辭之京少而富

尊者都卑朝廷以言之諸釋義或引後以明前示臣之任不敢專他皆類此京師脩宮室

浚城隍起苑囿以備制度公羊傳曰京師者天子之居也京者何大也師者何衆也天子之居必以衆大之辭言也說文曰城池無水曰隍周禮曰囿遊之獸禁鄭玄曰囿今之苑西土耆

老咸懷怨思冀上之睠顧而盛稱長安舊制有陋雒邑

之議長安在西故曰西土尚書曰西土有衆故臣作兩都賦以極衆人之

所眩曜折以今之法度其詞曰

按下有一首二字

西都賦一首

有西都賓問於東都主人曰蓋聞皇漢之初經營也嘗

有意乎都河洛矣輟而弗康寔用西遷作我上都主人

聞其故而覩其制乎孝經鉤命決曰道機合者稱皇尚書曰厥既得吉卜乃經營東都有

中作終

眾流二句不必有後漢書無

汧水名

校無此八字譯云今本文選川字下多眾流云云八字此与范書同按善本亦當無此八字故無訓釋也

河南洛陽故曰河洛也鄭玄論語注曰輟止也張衛切孔安國尚書傳曰康安也穀梁傳曰葬我君桓公我君接上下也主人曰未也願賓攄懷舊之蓄念發思古之幽情博我以皇道弘我以漢京廣雅曰攄舒也孔安國尚書傳曰蓄積也論語顏淵曰夫子博我以文賓曰唯唯漢之西都在於雍州寔曰長安禮記曰父召无諾唯而起漢書曰秦地於禹貢時跨雍梁二州漢興立都長安左據函谷二崤之阻表以太華終南之山戰國策蘇秦曰秦東有殽函之固鹽鐵論曰秦左殽函漢書音義韋昭曰函谷關左氏傳曰崤有二陵其南陵夏后皐之墓其北陵文王所避風雨也表標也山海經曰華首之山西六十里曰太華之山毛詩曰終南何有有條有枚毛萇曰終南周之名山中南也右界褒斜隴首之險帶以洪河涇渭之川眾流之隈汧涌其西長揚賦曰命右扶風發人西自褒斜梁州記曰萬石城泝漢上七里有褒谷南口曰褒北口曰斜長四百七十里鹽鐵論

曰秦右隴阺漢書辛雍白麟歌曰朝隴首覽西垠尚書曰導河自積石南至于華陰山海經曰涇水出長城北尚書曰道汧渭自鳥鼠同穴華實之毛則九州之上腴焉防禦之阻則天地之隩區焉春秋文耀鉤曰春致其時華實乃榮左氏傳君子曰澗溪沼沚之毛漢書曰秦地九州膏腴楊雄衛尉箴曰設置山險盡爲防禦說文曰隩四方之土可定居者也於報切是故橫被六合三成帝畿周以龍興秦以虎視漢書音義文穎曰關西爲橫孔安國尚書傳曰被及也呂氏春秋曰神通乎六合高誘曰四方上下爲六合三成帝畿謂周秦漢也樂稽嘉燿曰德象天地爲帝周禮曰方千里曰王畿史記曰周后稷名弃堯舜時爲農師號后稷姓姬氏至孫公劉周之道興至文王徙都豐武王滅紂孔安國尚書序曰漢室龍興史記曰秦之先帝顓頊之苗裔至孝公作咸陽改并六國稱皇帝周易曰虎視眈眈其欲逐逐及至大漢受命而都之也仰悟東井之精俯協河圖之靈漢書曰漢元年十月五星聚于東井沛公至灞上又曰以

胡乙

則符胡玉義

灃音豐　灞音霸注

宏規大起偶語

歷推之從歲星也此高祖受命之符尚書雒書曰河圖命紀也然五緯皆河圖也春秋漢含孳曰劉季握卯金刀在軫北字禾子天下服卯在東方陽所立仁且明金在西方陰所立義成功刀居右字成章刀擊秦枉矢東流水神哭祖龍然則成功在西故都長安奉春建策留侯演成漢書曰高祖西都洛陽戍卒婁敬求見說上曰陛下都洛不便不如入關據秦之固上問張良良因勸上是日車駕西都長安拜婁敬爲奉春君賜姓劉氏又曰封張良爲留侯也蒼頡篇曰演引也天人合應以發皇明乃眷西顧寔惟作京天謂五星也人謂婁敬也皇謂高祖也四子講德論曰天人並應毛詩曰乃眷西顧此惟與宅於是睎秦嶺睋北阜挾灃灞據龍首說文曰睎望也呼衣切秦嶺南山也漢書曰秦地有南山睋視也名哥切北阜山也漢書文帝曰以北山石爲槨張揖上林賦注曰豐水出鄠南山豐谷漢書曰灞水出藍田谷山海經曰華山之西龍首之山也圖皇基於億載度宏規而大起長楊賦曰規億載孔安國尚書傳曰十萬曰億爾雅曰載　曰也小雅

度易慶注文誤倒慶度二字今依文理改正正文

校作鎊

注高高祖漢書五字作漢書高祖四字

張景陽七命注而作之

抄作之

十二門見三輔黃圖

抄作傍

曰羌發聲也慶與羌古字通慶或爲慶也肇自高而終平世增飾以崇麗歷十二之延祚故窮泰而極侈髙高祖漢書張晏曰以爲功最高而爲漢帝太祖故特起名焉漢書孝平皇帝元帝庶孫荀悅曰諱衎漢自高祖至于孝平凡十二帝也國語曰天地之所祚賈逵曰祚祿也建金城而萬雉呀周池而成淵鹽鐵論曰秦四塞以爲固金城千里鄭玄周禮注曰雉長三丈高一丈字林曰呀大空皃火家切說文曰城有水曰池披三條之廣路立十二之通門周禮曰匠人營國方九里旁三門鄭玄曰天子十二門通十二子也内則街衢洞達閭閻且千九市開場貨別隧分人不得顧車不得旋闐城溢郭旁流百廛紅塵四合煙雲相連說文曰街四通也音佳爾雅曰四達謂之衢字林曰閭里門也閻里中門也漢宮闕疏曰長安立九市其六市在道西三市在道東鄭玄周禮注曰金玉曰貨薛綜西京賦注曰隧列肆道也意遂鄭玄禮記注曰填滿也填與闐

陳景雲改

别本有字

别本作

本作

无曰字

无曰字餘做此

同徒堅切又曰廛市物邸舍也除連切李陵詩曰紅塵塞天地白日何冥冥於是既庶且富娛樂無疆都人士女殊異乎五方遊士擬於公侯列肆侈於姬姜論語曰子適衛冉有僕子曰庶矣哉冉有曰既庶矣又何加焉曰富之毛詩曰惠我無疆又曰彼都人士又曰彼君子女漢書曰秦地五方雜錯富人則商賈爲利列侯貴人車服僭上衆庶倣效羞不相及鄭玄周禮注曰肆市中陳物處也左氏傳君子曰詩云雖有姬姜無棄憔悴也鄉曲豪舉遊俠之雄節慕原嘗名亞春陵連交合衆騁騖乎其中莊子曰治州閭鄉曲史記魏公子無忌曰平原之遊徒豪舉耳文子曰智過千人謂之豪漢書曰秦地豪傑則游俠通姦史記曰平原君趙勝者趙之諸公子也諸子中勝最賢賓客蓋至者數千人又曰孟嘗君名文姓田氏孟嘗君在薛招致諸侯賓客食客數千人又曰春申君者楚人也名歇姓黃氏考烈王以歇爲相封春申君客三千餘人又曰魏公子無忌者魏安釐王弟也安釐王封公子爲信陵君致食客三千楚辭曰朝騁騖乎江皐說文曰

騁直馳也又曰鶩亂馳也音務若乃觀其四郊浮遊近縣則南望杜霸北眺五陵名都對郭邑居相承英俊之域紱冕所興冠蓋如雲七相五公鄭玄周禮注曰王國百里爲郊漢書曰宣帝葬杜陵文帝葬霸陵高帝葬長陵惠帝葬安陵景帝葬陽陵武帝葬茂陵昭帝葬平陵文子曰智過萬人謂之英千人謂之俊蒼頡篇曰紱綬也說文曰冕大夫以上冠也毛詩曰有女如雲相丞相也漢書韋賢爲丞相徙平陵車千秋爲丞相徙長陵黄霸爲丞相徙平陵平當爲丞相徙平陵魏相爲丞相徙平陵公御史大夫將軍通稱也漢書曰張湯爲御史大夫徙杜陵杜周爲御史大夫徙茂陵蕭望之爲前將軍徙杜陵馮奉世爲右將軍徙杜陵史丹爲大將軍徙杜陵然其餘不在七相之數者並以罪國除故也與乎州郡之豪傑五都之貨殖三選七遷充奉陵邑蓋以強幹弱枝隆上都而觀萬國也文子曰智過百人謂之傑十人謂之豪漢書曰王莽於五都立均官更名雒陽邯鄲臨淄宛成都市長安

秋集 抄學注食

○吊之 覩示也

无也字 ○別本 ○別本 安陳刪

於五都立均 宮作於長安 及五都立五 均

孔文舉薦禰衡表注引逴作卓

空改穹

北改此

皆爲五均司市師三選。謂選三等之人。七遷，謂遷於七陵也。漢書曰：徙吏二千石、高訾富人及豪傑兼并之家於諸陵，蓋亦以強幹弱枝，非獨爲奉山園也。又元帝詔曰：往者有司緣臣子之義，奏徙郡國人以奉園陵，令所爲陵者勿置縣邑。然則元帝始不遷人陪陵，自元以上正有七帝也。春秋漢含孳曰：強幹弱流，天之道。宋均曰：流，猶枝也。左傳曰：魯諸大夫曰：禹會諸侯於塗山，執玉帛者萬國。**封畿之內，厥土千里。逴躒諸夏，兼其所有。**漢書曰：雒邑與宗周通封畿爲千里。又曰：秦地沃野千里，人以富饒。逴躒，猶超絕也。逴音卓，躒呂角切。論語子曰：夷狄之有君，不如諸夏之亡也。**其陽則崇山隱天，幽林穹谷，陸海珍藏，藍田美玉。**上林賦曰：崇山嵷巃，崔嵬。揚雄蜀都賦曰：蒼山隱天。韓詩曰：皎皎白駒，在彼空穹谷。薛君曰：穹谷，深谷也。漢書：東方朔曰：漢與去三河之地，止灞滻以西，都涇渭之南，此謂天下陸海之地。范子計然曰：玉英出藍田之。**商洛緣其隈，鄠杜濱其足，源泉灌注，陂池交屬。**漢書：弘農郡有商縣、上雒縣；扶風有鄠縣、杜陽縣。說文曰：隈，水曲也。

文一　七

陸機苦寒行注引枝

陳

凡在注中之音多是五臣非真善音不宜柬其在字之旁加點而子貞校語中皆真善音有他本可証者也

抄本注敷
尤云鋪棻五臣作敷紛

於回切孔安國尚書傳曰濵涯也又曰澤鄣曰陂停水曰池竹林果園芳草甘木郊野之富號爲近蜀言秦境富饒與蜀相類故號近蜀焉漢書曰秦地南有巴蜀廣漢山林竹木蔬食果實之饒爾雅曰邑外曰郊郊外曰野其陰則冠古亂以九嵕子紅陪以甘泉乃有靈宮起乎其中秦漢之所極觀古亂淵雲之所頌歎於是乎存焉漢書谷口縣九嵕山在西戰國策范雎說秦王曰大王之國北有甘泉谷口漢書公孫卿曰仙人好樓居於是上令甘泉作延壽館通天臺漢宮闕疏曰甘泉林光宮秦二世造漢書曰王子淵爲甘泉頌又曰揚子雲奏甘泉賦下有鄭白之沃衣食之源提封五萬疆埸綺分溝塍繩乘刻鏤原隰龍鱗決渠降雨荷揷成雲五穀垂穎桑麻鋪棻史記曰韓聞秦之好興事欲罷无令東伐迺使水工鄭國閒說秦令鑿涇水自中山西抵瓠口爲渠並北山東注洛溉舄鹵之地四方餘頃收皆畝稅一鍾命曰鄭國渠又曰趙中

大夫白公復奏穿渠引涇水首起谷口尾入櫟陽注渭溉田四千餘頃因曰白渠人得其饒歌之曰田於何所池陽谷口鄭國在前白渠起後舉插爲雲决渠爲雨涇水一石其田數斗且溉且糞長我禾黍衣食京師億万之口天子畿方千里提封百方井臣瓚案舊說云提撮凡也言大舉頃畝也韋昭曰積土爲封限也毛詩曰疆場有瓜周禮曰十夫有溝鄭玄曰遂廣深各二尺溝倍之說文曰塍稻田之畦也音繩爾雅曰高平曰原下濕曰隰周禮曰以五穀養病漢書音義韋昭曰黍稷菽麥稻也毛詩曰實穎實栗毛萇曰穎垂穎也小雅曰禾穗謂之穎爾雅曰鋪布也普胡切王逸楚辭注曰紛盛皃也蕤與紛古字通東郊則有通溝大漕潰渭洞河汎舟山東控引淮湖與海通波言通溝大漕既達河渭又可以汎舟山東控引淮湖之流而與海通其波瀾漢書武紀曰穿漕渠通渭如淳曰水轉曰漕蒼頡篇曰潰旁決也胡對切說文曰洞疾流也國語曰秦汎舟於河歸糴於晉史記曰滎陽下引河東南爲鴻溝以與淮泗會也西郊則有上囿禁苑林麓藪澤陂池連乎蜀漢繚

顔延年三月三日曲水詩序注引 館作觀 見黃圖 抄畜

都改郡 別本

枝 注及別本

抄無于

抄放

以周墻四百餘里離宮別館三十六所神池靈沼往往而在上囿禁苑即林苑也羽獵賦曰開禁苑穀梁傳曰林屬於山爲麓鄭玄周禮注曰澤无水曰藪漢書有蜀郡漢中郡繚猶繞也三輔故事曰上林連緜四百餘里繚力鳥切離別非一所也上林賦曰離宮別館彌山跨谷三秦記曰昆明池中有神池通白鹿原毛詩曰王在靈沼其中乃有九真之麟大宛之馬黃支之犀條支之鳥踰崐崘越巨海殊方異類至于三萬里漢書宣帝詔曰九真獻奇獸晉灼漢書注曰駒形麟色牛角又武紀曰貳師將軍廣利斬大宛王首獲汗血馬又曰黃支自三萬里貢生犀又曰條枝國臨西海有大鳥卵如甕山海經曰帝之下都崐崘之墟高萬仞河圖括地象曰崐崘在西北其高萬一千里子虛賦曰東注巨海也其宮室也體象乎天地經緯乎陰陽據坤靈之正位倣太紫之圓方七畧曰王者師天地體天而行是以明堂之制內有太室象紫微宮南出明堂象太微春秋元命苞

雕

曰紫之言此也宮之言中也言天神圖法陰陽開閉皆在此中也周易曰坤地道也楊雄司空箴曰普彼坤靈侔天作制春秋合誠圖曰太微其星十二四方又曰紫宮大帝室也樹中天之華闕豐冠山之朱堂因瓌材而究奇抗應龍之虹梁列棼橑以布翼荷棟桴而高驤列子曰周穆王築臺號曰中天之臺漢書曰蕭何立東闕北闕周易曰豐其屋漢書曰蕭何作未央宮潘岳關中記曰未央宮殿皆疏龍首山土作之然殿居山上故曰冠云埤蒼曰瓌瑋珍琦也應龍虹梁梁形似龍而曲如虹也廣雅曰有翼曰應龍爾雅曰螮蝀虹也螮音帝蝀音董虹音紅說文曰棼複屋棟也扶云切又曰橑椽也梁道切又曰翼屋榮也爾雅曰棟謂之桴音浮雕玉瑱以居楹裁金璧以飾璫言彫刻玉瑱以居楹柱也爾雅曰玉謂之彫郭璞曰治玉名也廣雅曰磌礩也瑱與磌古字通並徒年切說文曰楹柱也上林賦曰華榱璧璫韋昭曰裁金爲璧以當榱頭發五色之渥彩光爓音艷朗以景彰毛詩曰顏如渥丹鄭玄曰渥厚漬也烏學切字

後漢書注引

別本

抄屋
抄自啓字至扉乃類門欽飛之欽字中闕

林曰爓火貌也於是左墄右平重軒三階閨房周通門闥洞開

列鍾虡於中庭立金人於端闈七略曰王者宮中必左墄而右平以摯虞決疑要注曰凡太極乃有陛堂則有階无陛也左墄右平平者以文塼相亞次也墄者爲陛級也言階級勒墄然七則切王逸楚辭注曰軒樓板也周禮夏后氏世室九階鄭玄曰南面三三面各二也爾雅曰宮中門謂之闈小者謂之閨毛萇詩傳曰闈門內也史記曰始皇大收天下兵器聚之咸陽銷以爲鍾鐻鑄金人十二重各千斤置宮中徐廣曰鐻音巨毛詩曰設業設虡毛萇曰植曰虡與鐻古字通也三輔黃圖曰秦營宮殿端門四達以則紫宮闥他曷切

仍增崖而衡閾臨峻路而啓扉爾雅曰仍因也仍或爲芿非也孔安國論語注曰閾門限也胡洫切又曰峻高大也爾雅曰闔謂之扉徇以離宮別寢承以崇臺閒館煥若列宿紫宮是環孔安國尚書傳曰徇循也爾雅曰室無東西廂有室曰寢又曰四方而高曰臺春秋合誠圖曰紫宮大帝室太一之精也漢書曰中宮天極星環之匡衛

別本

增城當取崑崙層城爲名似焯依後漢之改作成未必是

才误

十二星藩臣皆曰紫宫也。清涼宣溫，神仙長年，金華玉堂，白虎麒麟，區宇若茲，不可殫論。三輔黃圖曰：未央宮有清涼殿、宣室殿、中溫室殿、金華殿、太玉堂殿、中白虎殿、麒麟殿。長樂宮有神仙殿。孔安國尚書傳曰：殫，盡也。長年亦殿名。增盤崔嵬，登降炤爛，殊形詭制，每各異觀。乘茵步輦，惟所息宴。毛萇詩傳曰：崔嵬，高大也。茲魏切。王逸楚辭注曰：嵬，高也。才迴切。廣雅曰：炤，明也。音照。爛亦明也。力旦切。應劭漢宮儀曰：皇后婕妤乘輦，餘皆以茵，四人輿以行。鄭玄禮記注曰：茵，蓐也。於申切。周易曰：君子以鄉晦宴息也。後宮則有掖庭椒房，后妃之室。合歡增城，安處常寧，茝若椒風，披香發越，蘭林蕙草，鴛鸞飛翔之列。漢書曰：詔掖庭養視。應劭曰：掖庭，宮人之宮。漢官儀曰：婕妤以下皆居掖庭。三輔黃圖曰：長樂宮有椒房殿。漢書曰：班婕妤居增城舍。桓子新論曰：董賢女弟爲昭儀，居舍號曰椒風。漢宮闕名：長安有合歡殿、披香殿、鴛鸞殿、飛翔殿，餘亦皆殿名。昭陽

无也字

尤云綸連五臣作編連

依列女傳注璧應作壁下同

特盛隆乎孝成屋不呈材牆不露形裛以藻繡絡以綸連隨侯明月錯落其間金釭銜璧是爲列錢翡翠火齊流耀含英懸黎垂棘夜光在焉漢書曰孝成趙皇后弟絕幸爲昭儀居昭陽舍其璧帶往往爲黃金釭函藍田璧明珠翠羽飾之音義曰謂璧中之橫帶也引漢書注云音義者皆失其姓名故云音義而已說文曰釭轂鐵也列錢言金釭銜璧行列似錢也釭古雙切說文曰裛纏也於劫切又曰綸糾青絲綬也淮南子曰隨侯之珠和氏之璧得之而富失之而貧高誘曰隨侯漢中國姬姓諸侯也隨侯見大蛇傷斷以藥傅而塗之後蛇於夜中銜大珠以報之因曰隨侯之珠蓋明月珠也李斯上書曰有隨和之寶垂明月之珠張揖上林賦注曰翡翠大小如爵雄赤曰翡雌青曰翠韻集曰玫瑰火齊珠也戰國策應侯謂秦王曰梁有懸黎楚有和璞而爲天下名器左氏傳曰晉荀息請以垂棘之璧假道於虞以伐虢許慎淮南子注曰夜光之珠有似明月故曰明月也高誘以隨侯爲明月許慎以明月爲夜光班固上云隨侯明月下云懸黎垂棘

乎作於

陳

夜光在焉然班以夜光非隨珠明月矣以三都合爲一
寶經典不載夜光本末故說者參差矣西京賦曰流懸
黎之夜光吴都賦曰隨侯於是鄙其夜光鄒陽云夜光
之璧劉琨云夜光之珠尹文子曰田父得寶玉徑尺置
於廡上其夜明照一室然則夜
光爲通稱不繫之於珠璧也

於是玄墀釦砌玉階彤庭碝䃈綵緻琳珉青熒珊瑚碧樹周阿而生

漢書曰昭
陽舍中庭
彤朱而殿上髹漆切皆銅沓黃金塗白玉階然墀以髹
漆故曰玄也釦砌以玉飾砌也說文曰釦金飾器枯後
切廣雅曰砌戺也且計切說文曰碝石之次玉也如兗
切䃈碝類也音戚鄭玄禮記注曰緻密也郭璞上林賦
注珉主名也張揖上林賦注曰珉石次玉也廣雅曰珊
瑚珠也淮南子曰崐崘山有碧樹在其北高誘曰碧青
石也韓詩曰曲京曰
阿然此阿庭之曲也

紅羅颯纚綺組繽紛精曜華燭俯仰如神

薛綜西京賦注曰颯纚長袖貌也颯思合切纚
山綺切說文曰綺文繒也孔安國尚書傳曰組
緌也楚辭曰佩繽紛其繁飾王逸曰繽紛盛貌也繽匹
人切戰國策張儀謂楚王曰彼鄭國之女粉白黛黑立

於僃閒非知而見之者以爲神後宮之號十有四位窈窕繁華更盛迭
貴處乎斯列者蓋以百數漢書曰大星正妃餘三星後宮又賛曰漢興因秦之稱號
帝正適稱皇后妾皆稱夫人號凡十四等云昭儀位視丞相婕妤視上卿娙娥視中二千石傛華視眞二千石
美人視二千石八子視千石充依視千石七子視八百石良人視七百石長使視六百石少使視四百石五官
視三百石順常視二百石無涓共和娛靈保林良使夜者皆視百石毛詩曰窈窕淑女君子好逑史記華陽夫
人姊說夫人曰不以繁華時樹本方言曰迭代也徒結切娙音刑左右庭中朝堂百寮
之位蕭曹魏邴謀謨乎其上尚書曰百寮師師漢書曰蕭何沛人漢王即皇帝位
拜何爲相國又曰曹參沛人也代蕭何爲相國又曰魏相字弱翁濟陰人也宣帝即位代韋賢爲丞相又曰邴
吉字少卿魯國人也宣帝即位代魏相爲丞相孔安國尚書傳曰謀謨也佐命則垂統輔翼
則成化流大漢之愷悌盪亡秦之毒螫李陵報蘇武書曰其餘佐命立

顏延年三月三日曲水詩序注引作講論於六藝稽古於同異

度

舒亦切三字無

功之士。易乾鑿度曰代者赤兑黄佐命宋衷曰此赤兑者謂漢高帝也黄者火之子故佐命張良是也孟子曰君子創業垂統爲可繼也禮記曰保者慎其身以輔翼之長楊賦曰今朝廷出凱悌行簡易四子講德論曰秦之時處位任政者並施螫毒 故令斯人揚樂和之聲。作說文曰螫行毒也舒亦切 畫一之歌。功德著乎祖宗。膏澤洽乎黎庶。孔叢子曰孔子曰古之帝王功成作樂其功善者其樂和樂和則天下且由應之況百獸乎漢書曰蕭何薨曹參代之百姓歌之曰蕭何爲法較若畫一曹參代之守而勿失載其清淨人以寧一又景帝詔曰謌者所以發德舞者所以立功申屠嘉奏曰高皇帝宜爲太祖孝文帝宜爲太宗史記太史公曰成王作頌沐浴膏澤而歌詠勤苦孟子曰膏澤下於民孔安國尚書傳曰黎衆也 又有天祿石渠典籍之府。命夫惇誨故老名儒師傅。講論乎六藝。稽合乎同異。三輔故事曰天祿閣在大殿北以閣秘書。石渠已見上文。然同卷再見者並云已見上。他文務從省也。他皆類此。爾雅曰惇勉也孔安國尚書傳

何

祕

曰誨教也周禮曰六藝禮樂射御書數孔安國尚書傳曰稽考也又有承明金馬著作之庭大雅宏達於兹爲羣元元本本殫見洽聞啓發篇章校理秘文漢書曰嚴助爲會稽太守帝賜書曰君猒承明之廬張晏曰承明廬在石渠門外金馬已見上文大雅謂有大雅之才者詩有大雅故以立稱焉漢書武帝曰司馬相如之倫皆辨智閎達元元本本謂得其元本也孔叢子曰萇弘曰仲尼洽聞強記孝經鉤命決曰丘掇秘文周以鉤陳之位衛以嚴更之署總禮官之甲科羣百郡之廉孝樂汁圖曰鉤陳後宮也服虔甘泉賦注曰紫宮外營勾陳星也然王者亦法之薛綜西京賦注曰嚴更督行夜鼓也漢書曰奉常掌禮儀屬官有五經博士又曰匡衡射策甲科除太常掌故又曰秦分天下爲郡縣又曰與廉舉孝也虎賁贅衣閹尹閽寺陛戟百重各有典司尚書周公曰綴衣虎賁公羊傳曰贅猶綴也贅之銳切周禮曰内小臣奄上士又有閽人寺人漢書曰太后盛服坐武帳武士陛戟陳列殿下

一作固

尤云脩除五臣作脩塗

絚

稜

何校刪之字

則字疑應在金上

也周廬千列徼道綺錯史記衛令曰周廬設卒甚謹漢書音義張晏曰直宿曰廬漢書曰中尉掌徼循京師如淳曰所謂遊徼循禁備盜賊也輦路經營脩除飛閣輦路輦道也上林賦曰輦道纚屬如淳曰輦道閣道也司馬彪上林賦注曰除樓陛也自未央而連桂宮北彌明光而亘長樂凌隥道而超西墉掍建章而連外屬設璧門之鳳闕上觚稜而棲金爵漢書曰高祖至長安蕭何作未央宮三輔舊事曰桂宮內有明光殿毛萇詩傳曰彌終也方言曰亘竟也亘與絚古字通漢書曰高祖修長樂宮薛綜西京賦注曰隥閣道也丁鄧切毛萇詩傳曰墉城也方言曰掍同也音義與混同胡本切漢書曰建章宮其東則鳳闕高二十餘丈其南有璧門之屬漢書音義應劭曰觚八觚有隅者也音孤說文曰稜柧也柧與觚同稜落登切三輔故事曰建章宮闕上有銅鳳皇然金爵則銅鳳也內則別風之嶕嶢眇麗巧而聳擢張千門而立萬戶順陰陽以開闔爾乃

胡答賓戲注引作絚

棼已見上文作說文曰棼
複屋棟也 扶云切

正殿崔嵬層構厥高臨乎未央經駘盪而出馺娑洞枍詣以與天梁上反宇以蓋戴激日景而納光三輔故事曰建章宮東有折風闕闕中記曰折風一名別風廣雅曰嶕嶢高也嶕茲堯切漢書曰建章宮度爲千門万户前殿度高未央然前殿則正殿也長門賦曰正殿嵬以造天其高臨乎未央高之甚也崔嵬高貌也闕中記曰建章宮有馺娑駘盪枍詣承光四殿馺素合切娑蘇可切駘音殆枍烏詣切天梁亦宮名也爾雅曰蓋戴覆也激日景而納光言宮殿光輝外激於日日景下照而反納其光也神明鬱其特起遂偃蹇而上躋軼雲雨於太半虹霓迴帶於棼楣雖輕迅與僄狡猶愕眙而不能階漢書曰孝武立神明臺王逸楚辭注曰偃蹇高貌也公羊傳曰躋者何躋升也三蒼曰軼從後出前也餘質切漢書音義韋昭曰凡數三分有二爲太半尸子曰虹霓爲析翳棼已見上文爾雅曰楣謂之梁靡飢切方言曰僄輕也芳妙切鄭玄禮記注曰狡疾也古飽切字書曰愕驚也五各切字林曰

胡

窱

眙，驚貌。勑吏切。攀井幹而未半，目眴轉而意迷。舍櫺檻而卻倚，若顛墜而復稽，魂怳怳以失度。巡迴塗而下低，漢書曰：武帝作井幹樓，高五十丈，輦道相屬焉。幹音寒。司馬彪莊子注曰：井幹，井欄也。然積木有若欄也。蒼頡篇云：眴，視不明也。侯遹切。說文：櫺，楯間子也。力丁切。王逸楚辭曰：檻，楯也。胡黯切。說文曰：稽，留止也。長門賦曰：神怳怳而外淫。王逸楚辭注曰：怳，失意也。況往切。既懲懼於登望，降周流以徬徨。步甬道以縈紆，又杳窱而不見陽。廣雅曰：懲，恐也。楚辭曰：寤從容以周流，聊逍遙而自恃。毛詩序曰：徬徨不忍去。淮南子曰：甬道相連。高誘曰：甬道，飛閣複道也。說文：縈，紆猶回曲也。又曰：杳，杳窱也。廣雅曰：窈窕，深也。窈與杳同。烏鳥切。窱，他弔切。毛萇詩傳曰：陽，明也。排飛闥而上出，若遊目於天表，似無依而洋洋。廣雅曰：排，推也。薄階切。闥，門闥也。楚辭曰：忽反顧而遊目。王逸楚辭注曰：洋洋，无所歸貌。前唐中而後太液，覽滄海之湯湯，揚波

文一　十四

鴹

陳

卻作郤　五臣作郄

將注　壺　校據曹子建又贈丁儀王粲詩注引改　壒

濤於碣石激神岳之嶈嶈濫瀛洲與方壺蓬萊起乎中央漢書曰建章宮其西則有唐中數十里其北沼太液池漸臺高二十餘丈名曰太液池中有蓬萊方丈瀛州壺梁象海中仙山如淳曰唐庭也尚書曰湯湯洪水方割蒼頡篇曰濤大波尚書曰夾右碣石入於河孔安國曰海畔山也毛詩曰應門將將說文曰濫泛也力暫切列子渤海之中有大壑其中有山一曰岱輿二曰員嶠三曰方壺四曰瀛州五曰蓬萊於是靈草冬榮神木叢生巖峻嶒崪金石崢嶸神木靈草謂不死藥也史記曰三神山仙人不死藥皆在焉杜預左氏傳注曰巖險也說文曰峻高也峻思俊切嶒高貌也慈由切爾雅曰崪者厜㕒也慈恤切郭璞方言注曰崢嶸高峻也崢力耕切嶸胡萌切抗仙掌以承露擢雙立之金莖軼埃堨之混濁鮮顥氣之清英言承露之高也漢書曰孝武又作柏梁銅柱承露仙人掌之屬矣方言曰擢抽也達卓切金莖銅柱也王逸楚辭注曰埃塵也許慎淮南子注曰堨埃也堨與壒同於害切鮮絜也楚辭曰天

何　士　胡

徼詞

土

後漢書泰作太

白題題說文曰題白貌胡暠切鮮或爲鏊非也騁文成之丕誕馳五利之所刑庶松喬之羣類時遊從乎斯庭實列仙之攸館非吾人之所寧漢書曰齊人李少公翁以方術見上拜少翁爲文成將軍言上即欲與神通宮室被服非象神物不至乃作甘泉宮中爲臺畫天地泰一諸鬼神而置祭具以致天神又曰欒成侯登上書言欒大天子見大悅曰臣之師有不死之藥可得仙人可致乃拜大爲五利將軍毛萇詩傳曰刑法也列仙傳曰赤松子者神農時雨師也服水玉以教神農又曰王子喬者周靈王太子晉也道人浮丘公接以上嵩高山爾乃盛娛游之壯觀奮泰武乎上囿因茲以威戎夸狄耀威靈而講武事史記相如封禪書曰斯事天下之壯觀禮記曰西方曰戎北方曰狄又曰孟冬之月天子乃命將帥講武習射御毛詩序曰有常德以立武事命荆州使起鳥詔梁野而驅獸毛羣內闐飛羽上覆接翼側足集禁林而屯聚尚書曰荆及衡

尤云修其營表五臣作擇其

鑾衍胡克家說是

注無鑾字

陽惟荆州又曰華陽黒水惟梁州然則南方多獸故命使之枚乘兔園賦曰翺翔羣熙交頸接翼水衡虞人修其營表種別羣分部曲有署周禮水衡鄭玄曰川流水也衡平其大小也周禮曰虞人萊所田之野為表鄭司農曰表所以識正行列也司馬彪續漢書曰將軍皆有部大將軍營五部部有校尉一人部下有曲曲有軍候一人罘網連紘籠山絡野列卒周匝星羅雲布鄭玄禮記注曰獸罟曰罘不扶流切紘罘之網也胡萌切方言曰絡繞也來各切羽獵賦曰渙若天星之羅韓子曰雲布風動於是乘鑾輿備法駕帥羣臣披飛廉入苑門蔡雍獨斷曰天子至尊不敢渫瀆言之故託於乘輿也又曰天子出車駕次第謂之鹵簿有法駕司馬彪曰法駕六馬也漢書武紀曰長安作飛廉館遂繞酆鄗歷上蘭六師發逐百獸駭殫震震爚爚雷奔電激草木塗地山淵反覆蹂躪其十二三乃拗怒而少息世本曰武王在酆鄗杜預左氏

胡

秋赤下有二字屬上有
奮字評云此二字陸有
之又唐本有之師說無
奮字六臣無此二字
奮又字注震

傳注曰酆在始平鄠東孚宮切說文曰鎬在上林苑中
鎬與鄗同胡道切三輔黃圖曰上林有上蘭觀尚書曰
司馬掌邦政統六師又曰百獸率舞震震爚爚光明貌
也震之人切字指曰儵爚電光也弋灼切說文曰電陰
陽激耀也漢書曰一敗塗地廣雅曰塗汙也反覆猶傾
動也字林曰蹂踐也汝九切說文曰蹸轢也躪與蹸同
力振切拗猶抑也於六切爾乃期門佽飛列刃鑽鍭要趹追蹤鳥驚
觸絲獸駭值鋒機不虛掎弦不再控矢不單殺中必疊
雙漢書武帝與北地良家子期諸殿門故有期門之號又曰佽飛掌弋射佽音次蒼頡篇曰攢聚也鑽與攢
同作官切爾雅曰金鏃箭羽謂之鍭胡溝切廣雅曰趹奔也古穴切孔安國尚書傳曰機弩牙也說文曰掎偏引
也居蟻切又曰匈奴名引弓曰控控引也颮颮紛紛矰繳相纏風毛雨血灑
野蔽天颮颮紛紛眾多之貌也說文曰颮古颷字也俾姚切周禮曰矰矢也鄭玄曰結繳於矢謂之矰
矰高也說文曰繳生絲縷也之若切又曰灑所買切平原赤勇士厲猨狖失木豺

凡書所未詳並于文旁加‖

别本作涯舊音宜

狼懾竄郭璞山海經注曰猨似獼猴而大臂長便捷色黑蒼頡篇曰狖似狸與救切爾雅曰豺狗足郭璞曰腳似狗也說文曰狼似犬銳頭白頰淮南子曰猨狖顛蹷而失木鄭玄毛詩箋曰懾懼也章涉切爾乃移師趨險並蹈潛穢窮虎奔突狂兕觸蹷爾雅曰潛深也慎子曰獸伏就穢字書曰穢蕪也爾雅曰兕似牛廣雅曰蹶踶跳也蹷居衛切踶徒帝切跳達彫切許少施巧秦成力折掎僄狡扼猛噬脫角挫脰徒搏獨殺許少秦成未詳說文曰捉搤也搤與扼古字通於責切王弼周易注曰噬齧也音誓鄭玄禮記注曰挫折也祖過切何休公羊傳注曰脰頸也徒鏤切爾雅曰暴虎徒搏也郭璞曰空手執曰搏補洛切挾師豹拖熊螭曳犀犛頓象羆超洞壑越峻崖蹷嶃巖鉅石隤松栢仆叢林摧草木無餘禽獸殄夷爾雅曰狻猊如虦貓食虎豹郭璞曰即師子也狻先丸切猊五奚切虦音棧貓音苗說文曰拖曳也徒可切熊獸似豕山居冬蟄歐陽尚書說曰螭猛獸也勑離切郭璞山海經注曰犀似水牛而豬

陳

資　闍　芒

釂作爵注並曰爵　釂作釂　抄爵

頭黑色有三蹄三角一在頂上一在額上一在鼻上又曰犛黑色出西南徼外力之切又曰象獸之最大者也長鼻大者牙長一丈爾雅曰羆似熊而黃色毛長詩傳曰嶃巖高峻之貌也七咸切說文曰仆頓也爾雅曰殄盡也杜預左氏傳注曰夷殺也 於是天子乃登屬玉之館歷長楊之榭覽山川之體勢觀三軍之殺獲原野蕭條目極四裔禽相鎮壓獸相枕藉 漢書宣紀曰行幸長楊宮屬玉觀服虔曰以玉飾因名焉三輔黃圖曰上林有長楊宮爾雅曰闍謂之臺有木謂之榭辭夜切羽獵賦曰三軍怊然楚辭曰山蕭條而無獸左氏傳曰投諸四裔以禦螭魅 然後收禽會衆論功賜胙陳輕騎以行炰騰酒車以斟酌割鮮野食舉烽命釂 左氏傳曰歸胙于公毛詩曰炰之燔之毛萇曰以毛曰炰薄交切子虛賦曰割鮮染輪孔安國尚書傳曰鳥獸新殺曰鮮方言曰烽虞望也郭璞曰今烽火是也說文曰釂飲酒盡子曜切 饗賜畢勞逸齊大路鳴鑾容與徘徊

別本　陳　何　何

鳥則刪

枋燭

禮記大路者天子之車也白虎通曰天子六路周禮曰巾車掌玉輅凡馭輅儀以鑾和爲節鄭玄曰鑾在衡和在軾皆以金鈴也集乎豫章之宇臨乎昆明之池左牽牛而右織女似雲漢之無涯茂樹蔭蔚芳草被隄蘭茝發色曄曄猗猗若摛錦布繡爥燿乎其陂三輔黃圖曰上林有豫章觀漢書曰武帝發謫吏穿昆明池漢宮闕疏曰昆明池有二石人牽牛織女象毛詩曰倬彼雲漢蒼頡篇曰蔚草木盛貌說文曰隄塘也都奚切爾雅曰芹茝蘼蕪郭璞曰香草也茝齒改切漢書曰華曅曅固靈根說文曰曄草木白華貌毛詩曰瞻彼淇澳綠竹猗猗毛萇曰猗猗美貌說文曰摛舒也勑離切楊雄蜀都賦曰麗靡摛爥若揮錦布繡

鳥則玄鶴白鷺黃鵠鵁鸛鶬鴰鴇鶂鳧鷖鴻鴈朝發河海夕宿江漢沉浮往來雲集霧散上林賦曰轥玄鶴爾雅曰鷺舂鉏郭璞曰白鷺也說文曰鵠黃鵠也爾雅曰鴢頭鵁郭璞曰似鳧鴢烏絞切鵁呼交切毛萇詩傳曰鸛水鳥也爾雅曰鶬

揄五臣作投

此本脫投与揄同當作揄与投同

麋鴰也鴰音括郭璞曰即鶬鴰也郭璞上林賦注曰鴇似鴈無後指鴇音保杜預左氏傳注曰鶂水鳥也五激切爾雅曰舒鳧鶩毛萇詩傳曰鳧水鳥鄭玄詩箋曰鷖鳧屬也毛萇詩傳曰大曰鴻小曰鴈孝經鉤命決曰雲委霧散

於是後宮乘輚輅登龍舟張鳳蓋建華旗袪黼帷鏡清流靡微風澹淡浮埤蒼曰輚臥車也士眼切淮南子曰龍舟鷁首浮吹以虞桓子新論曰乘車玉爪華芝及鳳皇三蓋之屬上林賦曰乘法駕建華旗高誘淮南子注曰袪舉也劉歆甘泉賦曰章黼黻之文帷澹淡蓋隨風之貌也澹達濫切淡徒敢切

櫂女謳鼓吹震聲激越謍厲天鳥羣翔魚窺淵方言曰楫謂之櫂直教切說文曰謳齊歌也於侯切漢武帝秋風辭曰簫鼓鳴兮發櫂歌爾雅曰越揚也聲類曰謍音大也呼宏切韓詩曰翰飛厲天薛君曰厲附也說文曰翔回飛也方言曰窺視也鈌規切

招白鷴下雙鵠揄文竿出比目西京雜記曰閩越王獻高帝白鷴黑鷴各一雙爾雅曰下落也戰國策更羸曰臣能虗發而下鳥說文曰揄引也音頭文竿竿

○据别本注

抄旁注衡五　抄無　抄旁注云或作雎

以翠羽爲文飾也毛詩曰籗籗竹竿爾雅曰東
方有比目魚焉不比不行其名謂之鰈他合切撫鴻罿
御矰繳方舟並騖俛仰極樂爾雅曰檗謂之罿罿罬也竹劣切郭璞曰檗音壁爾
雅曰大夫方舟郭璞曰併兩船莊子曰俛仰之章柱頥左氏傳注曰俛俯也音免遂乃風舉雲
搖浮遊溥覽前乘秦嶺後越九嵕東薄河華西涉岐
雍宮館所歷百有餘區行所朝夕儲不改供孔安國尚書傳曰薄
迫也河黃河也華華山也漢書右扶風美陽縣有岐山又右扶風有雍縣也禮上下而接山
川究休祐之所用采遊童之讙謠第從臣之嘉頌尚書曰並
告無間于上下神祇又曰望于山川列子曰昔堯理天下五十年不知天下治歟亂歟堯乃微服遊於康衢聞
兒童謠曰立我蒸人莫匪爾極不詩不知順帝之則漢書曰宣帝頗好儒術王襃與張子僑等並待詔所幸宮
館輒爲歌頌第其高下以差賜帛也于斯之時都都相望邑邑相屬國藉

循字不誤何焯改修非也 注修非此誼 抄修

痛程甚也 抄無東都 抄氏旁注人

界當作介介恃也 抄旁注焉

十世之基，家承百年之業，士食舊德之名氏，農服先疇之畎畝，商循族世之所鬻，工用高曾之規矩，粲乎隱隱，各得其所。周易曰：食舊德，貞厲終吉。漢書音義如淳曰：今隴西俗麻田歲歲糞種爲宿疇也。尚書曰：濬畎澮。孔安國曰：廣尺深尺曰畎。古犬切。淮南子曰：古者至德之時，賈便其肆，農安其業，大夫安其職，而處士循其道。穀梁傳曰：古者有士人，有商人，有農人，有工人。若臣者，徒觀迹於舊墟，聞之乎故老，十分而未得其一端，故不能徧舉也。

東都賦一首

東都主人喟然而歎曰：痛乎風俗之移人也！子實秦人，矜夸館室，保界河山，信識昭襄而知始皇矣，烏睹大漢之云爲乎？論語曰：夫子喟然歎曰：吾與點也。漢書曰：人有剛柔緩急，音聲不同，繫水土之風氣，故謂

抄源

抄世旁注代

○後漢書作世是也與位韻

抄得下有而

抄旁注人

抄旁注云作觀

○未造見儀礼 抄燿

之風好惡取舍動靜嗜欲故謂之俗鄭玄禮記注曰矜謂自尊大也漢書田肯曰秦帶河阻山史記曰秦武王卒無子立異母弟是爲昭襄王又曰莊襄王卒子政立是爲始皇帝也夫大漢之開元也奮布衣以登皇位由數朞而創萬代蓋六籍所不能談前聖靡得言焉漢書高祖曰吾以布衣提三尺劒取天下高祖五年誅項羽故曰數朞也孔安國尚書傳曰匝四時曰朞六籍六經也封禪書曰六經載籍之傳左氏傳曰籍談司晉之典籍當此之時功有横而當天討有逆而順民故婁敬度勢而獻其說蕭公權宜而拓其制時豈泰而安之哉計不得以已也婁敬已見上文凡人姓名皆不重見餘皆類此漢書曰蕭何脩未央宮上見其壯麗甚怒何曰天下方未定故可因以就宮室且夫天子以四海爲家非壯麗無以重威且毋令後代有以加也上說之吾子曾不是睹顧曜後嗣之末造不亦闇乎言吾子不覩度勢權宜之由反以後

抄下有也

嗣末造而自眩瞀不亦暗乎言暗之甚也儀禮曰願吾子教之鄭玄曰吾子相親辭也吾我也子男子美稱今將語子以建武之治永平之事監于太清以變子之惑志東觀漢記曰建武光武年號也永平孝明年號也淮南子曰太清之化也和順以寂漠質直以素樸高誘曰太清無爲之化往者王莽作逆漢祚中缺天人致誅六合相滅漢書曰王莽字巨君王皇后之弟子也初居攝後即天子位賈逵國語注曰祚位也尚書曰我則致天之罰六合已見上文于時之亂生人幾亡鬼神泯絶壑無完柩郛罔遺室原野厭人之肉川谷流人之血秦項之災猶不克半書契以來未之或紀尚書曰生人保厥居杜預左氏傳注曰幾近也渠機切周禮大宗伯掌天神人鬼之祀禮記曰在牀曰尸在棺曰柩杜預左氏傳注曰郛郭也芳俱切楊子法言秦將白起長平之戰四十萬人死原野厭人之肉川谷流人之血史記曰周孝王分非子土爲附庸邑秦至始皇

扶氏旁注人

電

初并天下又曰項籍下相人自立爲西楚伯王周易曰上古結繩後代聖人易之以書契故下人號而上訴上帝懷而降鑒乃致命乎聖皇尚書曰並告無辜于上下神祇孔安國曰言百姓兆人訴天地也毛詩曰皇矣上帝又曰天命降監下人有嚴命于下國封建厥福於是聖皇乃握乾符闡坤珍披皇圖稽帝文赫然發憤應若興雲霆擊昆陽憑怒雷震謂光武也東觀漢記曰光武皇帝諱秀王莽末荆州下江平林兵起王匡王鳳爲之渠率上遂率春陵子弟隨之王莽懼遣大司徒王尋大司空王邑將兵來征上入昆陽城中兵下昆陽穀少留王鳳令守城夜出城南門二公兵到遂還昆陽城時上遂選精兵三千人奔陳二公大奔北殺王尋昆陽城中兵亦出中外並擊二公大衆遂潰亂奔走赴水溺死以萬數滍水爲之不流爾雅曰疾雷爲霆左氏傳吳子之弟蹶由謂楚子曰今君奮焉震雷憑怒遂超大河跨北嶽立號高邑建都河洛東觀漢記曰聖公爲天子以上爲大司馬遣之河北安集百姓尚書曰至

自下據別本改者不注明

于北岳東觀漢記曰諸將請上尊號皇帝於是乃命有司設壇場于鄗之陽千秋亭五成陌皇帝即位改鄗爲高邑又曰建武元年十月車駕入洛陽遂定都焉春秋漢含孳曰天子受符以辛日立號也紹百王之荒屯因造化之蕩滌禮記曰百王之所同古今之所一也淮南子大丈夫恬然無爲與造化逍遥髙誘曰造化天地也樂緯曰殷湯改制易正蕩滌故俗體元立制繼天而作左氏傳元年春正月公即位春秋元命苞曰元年者何元宜爲一謂之元何曰君之始年也杜預左氏傳注曰見人君即位欲其體元以居正穀梁傳曰爲天下王者天也繼天者君也周易曰神農氏作系唐統接漢緒茂育羣生恢復疆宇勲兼乎在昔事勤乎三五爾雅曰系繼也奚計切漢書劉向高祖頌曰漢帝本系出自唐帝孔安國尚書傳曰堯以唐侯升爲天子東觀漢記曰光武皇帝高祖九葉孫漢書王太后詔曰奉天地而成施化羣生而茂育漢書曰羣生嗟嗟音湛國語曰古曰在昔昔曰先人史記楚子西曰孔丘述三五之法明周召之業春秋元命苞曰伏羲女媧神農爲

三皇史記五帝本紀曰黃帝顓頊帝嚳帝堯帝舜也豈特方軌並跡紛綸后辟治近古之所務蹈一聖之險易云爾哉險易喻前治亂也周易曰辭有險易也且夫建武之元天地革命四海之內更造夫婦肇有父子君臣初建人倫寔始斯乃伏犧氏之所以基皇德也周易曰天地革而四時成又曰湯武革命爾雅曰九夷八蠻六戎五狄謂之四海周易曰有天地然後有萬物有萬物然後有男女有男女然後有夫婦有夫婦然後有父子有父子然後有君臣毛詩序曰厚人倫禮含文嘉曰伏犧德洽上下始畫八卦分州土立市朝作舟輿造器械斯乃軒轅氏之所以開帝功也漢書曰昔在黃帝畫野分州周易曰神農氏日中爲市致天下之人聚天下之貨黃帝堯舜氏刳木爲舟剡木爲楫禮記曰聖人殊徽號異器械鄭玄曰器械禮樂之器及兵甲也史記曰黃帝名軒轅龔行天罰應天順人斯乃湯武之所以昭王

畢

業也尚書武王曰今予惟龔行天之罰周易曰湯武革
命應乎天而順乎人禮含文嘉曰湯武順人心應
於天史記曰天乙立是爲成湯湯伐夏桀桀奔于鳴條
湯踐天子位又曰文王太子發之立是爲武王伐殷紂
紂走自燔死武王革殷受天明
命毛詩序曰七月陳王業也遷都改邑有殷宗中興
之則焉尚書曰盤庚遷於殷史記盤庚之時殷已都河
北盤庚渡河南復居成湯之故都行湯之政然
後殷復興也謂盤
庚爲宗班之誤坆即土之中有周成隆平之制焉尚書召誥
曰王來紹上帝自服于土中孔安國曰今來居洛邑地
勢之中也春秋命歷序曰成康之隆醴泉踊出孝經鉤
命決曰俱在隆不階尺土一人之柄同符乎高祖孟子曰紂
乎優劣殊跡
之去武丁未久也尺地莫非其有也一人莫非其
臣也又曰舜文王相去千有餘歲若合符節也克己
復禮以奉終始允恭乎孝文論語顏回問仁子曰克己
復禮爲仁孫卿子曰生人
之始也死人之終也終始俱善人道必矣尚書曰允
恭克讓漢書曰孝文皇帝高帝中子也荀悅曰諱恒憲

予胡改據後漢注
予 昌 九

雅 易予據後漢出

予

章謩古封岱勒成儀炳乎世宗。司馬彪續漢書曰建武三十二年上齋讀河圖會昌符言九葉封禪禮記曰仲尼憲章文武尚書云粵若稽古帝堯漢書武紀曰上登封泰山又宣紀曰尊孝武皇帝廟爲世宗廟棨六經而校德眇古昔而論功仁聖之事既該而帝王之道備矣至乎永平之際重熙而累洽盛三雍之上儀脩袞龍之法服鋪鴻藻信景鑠揚世廟正雅樂人神之和允洽羣臣之序既肅東觀漢記曰孝明皇帝光武中子也以東海王爲皇太子光武崩皇太子即位永平二年正月上宗祀光武皇帝於明堂祀畢登靈臺二月上初臨辟雍行大射禮漢書曰武帝時河間獻王來朝對三雍宮應劭曰辟雍明堂靈臺也東觀漢記永平二年上及公卿列侯始服冕冠衣裳周禮曰王之吉服享先王即袞冕鄭玄曰袞卷龍衣也續漢書曰明帝爲光武起廟號世祖廟東觀漢記孝明詔曰琁璣鈐曰有帝漢出德洽作樂名雅會明帝改其名郊廟樂曰太予樂正樂官曰太

顏曲水詩序注

抄路 抄窮
抄燭
劉越石勸進表注引作燭
抄旁注爚 抄絃 統之誤
抄二字作是以 於是易是以
抄上有內則二字 尤云填流泉昭明諱順故改爲填 五臣作順
抄制上有則

子樂定以應圖讖。乃動大輅遵皇衢省方巡狩躬覽萬國之有無考聲教之所被散皇明以燭幽東觀漢記曰永平二年十月西巡幸長安周易曰風行地上觀先王以省方觀民設教也禮記逸禮曰王者以巡狩之禮尊天重人也巡狩者何巡者循也狩牧也謂天子巡行守牧也有無謂風俗善惡也尚書曰東漸于海西被于流沙朔南暨聲教然後增周舊脩洛邑扇巍巍顯翼翼光漢京于諸夏總八方而爲之極論語子曰巍巍乎舜禹之有天下也毛詩曰商邑翼翼四方之極諸夏已見西都賦其異篇再見者並云已見某篇佗皆類此於是皇城之內宮室光明闕庭神麗奢不可踰儉不能侈言奢儉合禮故奢者不可而踰儉者不能更侈外則因原野以作苑塡流泉而爲沼發蘋藻以潛魚豐圃草以毓獸制同乎梁鄒誼合乎靈囿順流泉而爲沼不更穿之也昭明諱順故

魯

攺爲填毛詩曰魚在在藻蘋亦水草故連言之說文曰
潛藏也韓詩曰東有圃草薛君曰圃博也有博大茂草
也毓與育音義同毛詩傳曰古有梁鄒梁鄒
者天子之田也毛詩曰王在靈囿麀鹿攸伏
若乃順時
節而蒐狩簡車徒以講武則必臨之以王制考之以風
雅
左氏傳臧僖伯曰春蒐夏苗秋獮冬狩皆於農隙以
講事也又曰大閱簡車馬講武己見上文禮記王制
曰天子諸侯無事則歲三田田不以禮曰暴天物
風國風騶虞駟鐵是也雅小雅車攻吉日是也
歷騶
虞覽駟鐵嘉車攻采吉日禮官整儀乘輿乃出
毛詩
序曰
騶虞蒐田以時仁如騶虞也又曰駟鐵美襄公也始命
有田狩之事又曰車攻宣王復會諸侯於東都因田獵
而選車徒焉又曰吉日美宣王也能慎微接下無不自
盡以奉其上焉漢書景帝詔曰禮官具禮儀乘輿已見
上
文
於是發鯨魚鏗華鐘
尚書大傳曰天子左五鐘天子
將出則撞黃鐘右五鐘皆應薛
綜西京賦注曰海中有大魚曰鯨海邊又有獸名蒲牢
蒲牢素畏鯨鯨魚擊蒲牢輒大鳴凡鐘欲令聲大者故

後漢注

顏延年三月三日曲水詩序注引麗作纚
寖後漢書作祲注祲亦盛也依文義其注不誤
寖五臣作祲音侵
棽儷也
祲
抄旁注現善

作蒲牢於上所以撞之者爲鯨魚鍾有篆刻之文故曰華也登玉輅乘時龍鳳蓋棽麗龢鑾玲瓏天官景從寖威盛容輅已見西都賦周易曰時乘六龍鳳蓋已見上劉歆七略曰羽蓋棽麗紛循悠悠說文曰棽大枝條林棽音林麗音離和鑾已見上文埤蒼曰玲瓏玉聲也玲力經切瓏力東切蔡雍獨斷百官小吏曰天官焦貢易林曰龍渴求飲黑雲景從寖威寖其威武也寖或爲侵龢與和音義通山靈護野屬御方神雨師汎灑風伯清塵山靈山神也屬御屬車之御也方神四方之神也韓子曰師曠謂晉平公曰黃帝合鬼神於太山之上風伯進掃雨師灑道風俗通曰雨師畢星也風伯箕星也千乘雷起萬騎紛紜元戎竟野戈鋋彗雲羽旄掃霓旌旗拂天蔡雍獨斷曰大駕備千乘萬騎毛詩曰元戎十乘以先啓行說文曰鋋小矛也音澶又曰彗掃竹也蘇類切左氏傳曰晉人假羽旄於鄭焱焱炎炎揚光飛文吐爓生風欱野歕山日月爲之奪明丘陵爲

灑當作儷
汎當作汎汎灑也

（案）校案 別本校語云善如此今擇其必宜改者改之

輕 校輕

之搖震詠文曰焱火華也弋劒切字林曰炎火光于拑切說文曰欻吸也火合切歘吹氣也歘閃切公羊傳曰地震者何地動也震協韻音真遂集乎中囿陳師按屯駢部曲列校隊勒三軍誓將帥毛詩曰陳師鞠旅漢書音義臣瓚曰律說云勒兵而守曰屯部曲已見上文駢猶併也步田切漢書曰從胡人大校獵如淳曰合軍聚衆有幡校聲鼓也杜預左氏傳注曰百人爲一隊徒對切然後舉烽伐鼓申令三驅輶車霆激驍騎電騖毛詩曰鉦人伐鼓鉦之成切孔安國尚書傳曰師出以律三申令之重難之義周易曰王用三驅夫前禽也毛詩曰輶車鸞鑣毛萇曰輶輕也說文曰驍良馬也由基發射范氏施御弦不睼禽轡不詭遇飛者未及翔走者未及去左氏傳曰養由基蹲甲而射之徹七札焉括地圖曰夏德盛二龍降之禹使范氏御之以行經南方孟子曰趙簡子使王良與嬖奚乘終日不獲一禽反曰天下賤工也王良請復之一朝而獲十反曰良工也簡子曰吾使汝掌乘王良曰不可吾爲範我

[驅馳終日不獲一焉爲之詭遇一朝而獲十劉熙曰橫而射之曰詭遇說文曰睍視也音遞]指顧倏忽獲車已實樂不極盤殺不盡物馬踠餘足士怒未渫先驅復路屬車案節[倏忽疾也高唐賦曰舉功先得獲車已實鄭玄禮記注曰極盡也爾雅曰盤樂也踠屈也於遠切先驅則前驅也周禮曰王出入則自左馭而前驅漢書音義曰大駕車八十一乘作三行子虛賦曰案節未舒也]於是薦三犧效五牲禮神祇懷百靈[左氏傳鄭子大叔曰爲五牲三犧杜預曰五牲麋鹿麏狼兎三犧祭天地宗廟三者之犧也周禮曰大宗伯掌天神地祇之禮然天神曰神地神曰祇也毛詩曰懷柔百神]覲明堂臨辟雍揚緝熙宣皇風登靈臺考休徵[東觀漢記曰永平二年正月上宗祀光武皇帝於明堂禮畢升靈臺三月上初臨辟雍行大射禮周書曰明堂者明諸侯之尊卑也故周公建焉而朝諸侯於明堂之位制禮樂頒度量禮記曰天子辟雍毛詩曰維清緝熙文王之典鄭玄毛詩箋曰天子有靈臺所以觀祲象察氣之妖

陸士衡辨亡論下注引作以

祥也尚書曰休徵孔安國曰叙美行之驗也俯仰乎乾坤參象乎聖躬周易曰庖犧氏仰則觀象於天俯則觀法於地近取諸身遠取諸物目中夏而布德瞰四裔而抗稜禮記曰布德和令字書曰瞰望也苦暫切漢書詔曰投諸四裔又曰威稜憺乎鄰國李奇曰神靈之威曰稜西盪河源東澹海濱北動幽崖南燿朱垠漢書曰漢使張騫窮河源案古圖書名河所出曰崐崘墟毛詩曰寘之河之漘兮毛萇曰漘崖也尚書曰宅朔方曰幽都朱垠南方也甘泉賦曰南煬丹崖殊方別區界絕而不鄰自孝武之所不征孝宣之所未臣莫不陸讋水慄奔走而來賓孝武耀威匈奴遠懾孝宣脩德呼韓入臣舉前代之盛猶不如今說文曰讋失氣也章涉切遂綏哀牢開永昌東觀漢記曰以益州徼外哀牢王率衆慕化地曠遠置永昌郡也春王三朝會同漢京是日也天子受四海之圖籍膺萬國之貢珍內撫諸

夏外綏百蠻漢書董仲舒策曰春秋之文正次王王次春春者天之所爲也正者王之所爲也三朝歳首朔日也漢書谷永上書曰今年正月朔日有蝕之於三朝之會周禮曰時見曰會殷覜曰同賈逵國語注曰膺猶受也諸夏巳覲上文其事煩巳重見故易知者直云巳見上文而它皆類此毛詩曰因時百蠻也爾乃盛禮興樂供帳置乎雲龍之庭陳百寮而贊羣后究皇儀而展帝容漢書成紀曰三輔長無供帳繇役之勞張晏曰帳帷帳也洛陽宮舍記有雲龍門百僚巳見上文尚書曰班瑞于羣后於是庭實千品旨酒萬鍾列金罍班玉觴嘉珍御太牢饗音左氏傳孟獻子言於公曰臣聞聘而獻物於是有庭實旅百毛詩曰我有旨酒說文曰鍾酒器也孔叢子曰堯飲千鍾毛詩曰我姑酌彼金罍漢書音義曰觴爵也珍八珍也大戴禮曰牛曰太牢爾乃食舉雍徹太師奏樂陳金石布絲竹鐘鼓鏗鎗管絃燁煜蔡雍禮樂志曰漢樂有四品一曰太予樂郊祀陵廟殿中諸會食

抄李注一葉　抄李注六昧
兜離即朱離林離　刻字誤耳　抄內

晏

舉也禮記曰客出以雍徹周禮曰太師下大夫又曰播之以八音金石土革絲木匏竹鄭玄曰金鐘鎛也石磬也土塤也革鼓鼗也絲琴瑟也木柷敔也匏笙也竹管簫也禮記曰子夏曰鐘聲鏗鏗苦耕切鞀亦聲也呼萌切煯煜聲之盛煜由鞠切**抗五聲極六律歌九功舞八佾韶武備泰古畢**左氏傳曰予晏曰五聲六律杜預曰五聲宮商角徵羽也六律黃鐘太蔟姑洗蕤賓夷則無射陽爲律陰爲呂此十二月之氣也尚書禹貢曰水火金木土穀惟修正德利用厚生惟和九功惟敘九序惟歌穀梁傳曰舞夏天子八佾馬融論語注曰佾列也八人爲列八八六十四人也論語曰子謂韶盡美矣又盡善也謂武盡美矣未盡善也泰古泰古之樂也**四夷間奏德廣所及僸佅兜離罔不具集**孔安國尚書傳曰間迭也古莧切毛萇詩傳曰僸四夷之樂大德廣所及也孝經鉤命決曰東夷之樂曰佅南夷之樂曰任西夷之樂曰林離北夷之樂曰僸毛萇詩傳曰東夷之樂曰韎南夷之樂曰任西夷之樂曰朱離北夷之樂曰禁然說樂是一而字並不同蓋古音有輕重也僸音禁佅莫芥切兜丁侯切**萬樂備百**

何曰宋本作泉今案淵字是真善本

萬　仲

禮畢皇歡浹群臣醉降烟煴調元氣毛詩曰烝畀祖妣以洽百禮周易曰天地絪緼万物化醇春秋命歷序曰元氣正則天地入卦兹孳也然後撞鐘告罷百寮遂退撞猶擊也尚書大傳曰天子將入則撞蕤賓之鐘左五鐘皆應之於是聖上覩萬方之歡娛又沐浴於膏澤懼其侈心之將萌而怠於東作也孝經曰故得萬國之歡心沐浴膏澤已見西都賦尚書曰分命羲叔平秩東作乃申舊章下明詔命有司班憲度昭節儉示太素去後宮之麗飾損乘輿之服御抑工商之淫業興農桑之盛務遂令海內棄末而反本背偽而歸真女脩織紝男務耕耘器用陶匏服尚素玄恥纖靡而不服賤奇麗而弗珍捐金於山沈珠於淵左氏傳季桓子曰舊章不可忘也漢書曰文帝躬節儉素也漢書詔曰農天下之大本也而人

或不務本而事末故生不遂李奇曰本農也末賈也淮南子曰守道順理者不免於飢寒之患而欲民之去末反本是猶發其源而壅其流也禮記曰女織紝組紃杜預左氏傳注曰纖維紃繒布也毛萇詩傳曰耘除草也禮記曰器用陶匏尚禮殺也莊子曰捐金於山藏珠於淵不利貨財不尚富貴也於是百姓滌瑕盪穢而鏡至清形神寂漠耳目弗營嗜欲之源滅廉恥之心生莫不優游而自得玉潤而金聲楊雄集曰滌瑕蕩穢而猶若然毛萇詩傳曰瑕猶過也字書曰穢不潔清也淮南子曰鏡大清者視大明又曰形者生之舍也神者生之制也又曰和順以寂漠尚書曰弗役耳目百度惟貞淮南子曰至人之治也除其嗜欲優游委縱又曰吾所謂有天下者自得而已禮記孔子曰君子比德於玉焉溫潤而澤仁也尚書傳曰天下諸侯受命於周莫不磬折玉音金聲是以四海之內學校如林庠序盈門獻酬交錯俎豆莘莘下舞上歌蹈德詠仁漢書曰平帝立學官郡國曰學縣道侯國曰校

鄉曰庠聚曰序韋昭曰小於鄉曰聚尚書曰受率其旅若林毛詩曰韓侯顧之爛其盈門又曰獻酬交錯論語孔子曰俎豆之事則嘗聞之矣毛萇詩傳曰莘莘衆多也莘所巾切禮記曰歌者在上匏竹在下貴人聲也詩序曰嗟嘆之不足故詠歌之詠歌之不足不知手之舞之足之蹈之也

登降飫宴之禮既畢

因相與嗟歎玄德讜言弘說咸含和而吐氣頌曰盛哉乎斯世

毛詩曰儐爾籩豆飲酒之飫毛萇曰不脫屨升堂謂之飫薛君韓詩章句曰飲酒之禮下跣而上坐者謂之宴尚書曰玄德升聞乃命以位字林曰讜美言也音黨淮南子曰故聖人執中含和不下廟堂而行于四海

今論者但知誦虞夏之書詠殷周之詩講羲文之易論孔氏之春秋罕能精古今之清濁究漢德之所由

尚書有虞書夏書毛詩有周詩商頌周易曰古者庖犧氏始作八卦以通神明之德以類萬物之情又曰易之興也其當殷之末世周之盛德邪當文王與紂之事邪史記孔子曰吾道不行矣乃因史記作春秋

唯

抄李注屬五

抄李注觀　抄御巾

子頗識舊典又徒馳騁乎末流温故知新已難而知德者鮮矣（班固漢書游俠傳論曰不入於道德苟放縱於末流論語曰温故而知新可以爲師矣又曰由知德者鮮矣）且夫僻界西戎險阻四塞脩其防禦孰與處乎土中平夷洞達萬方輻湊（史記曰秦僻在雍州毛詩序秦風曰襄公能備其兵甲以討西戎戰國策蘇秦說孟嘗君曰秦四塞之國也高誘曰四面有山關之固故曰四塞之國防禦已見上文子曰羣臣輻湊張湛曰如衆輻之集於轂漢書上曰智略輻湊）秦嶺九嵕（則工切）涇渭之川曷若四瀆五嶽帶河泝洛圖書之淵（爾雅曰江河淮濟爲四瀆又曰泰山爲東岳霍山爲南岳華山爲西岳恒山爲北岳嵩山爲中岳周易曰河出圖洛出書聖人則之）建章甘泉館御列仙孰與靈臺明堂統和天人（建章甘泉已見上文禮含文嘉曰天子靈臺以考觀天人之際法陰陽之會也）太液昆明鳥獸之囿

而

邑若辟雍海流道德之富白虎通曰天子立辟雍者何所以宣德化也壅以水象教化流行也三輔黄圖曰辟雍水四周於外象四海也游俠踰侈犯義侵禮孰與優法度翼翼濟濟也游俠已見上文漢帝年紀曰禁踰侈爾雅曰翼翼恭也毛詩曰濟濟多士毛萇曰多威儀也子徒習秦阿房之造天而不知京洛之有制也識函谷之可關而不知王者之無外也史記曰秦皇上林苑中作阿房宮未成欲更擇令名作宮阿房故天下謂之阿房宮公羊傳曰天王出居于鄭王者無外此其言出何不能于母弟也主人之辭未終西都賓矍然失容逡巡降階惵然意下捧手欲辭主人曰復位今將授子以五篇之詩説文曰矍矍驚視貌也許縛切公羊傳趙盾逡巡北面再拜郭璞爾雅注曰逡巡却去也周書曰臨攝以威面氣惵惵猶恐懼也徒頰切孔子三朝記曰孔子受業而有疑捧手問之不當避席賓既卒

何云倣封禪文

抄本題曾在詩後

抄本即接其詩曰

業乃稱曰美哉乎斯詩義正乎楊雄事實乎相如匪唯主人之好學蓋乃遭遇乎斯時也小子狂簡不知所裁既聞正道請終身而誦之其詩曰〔楊雄相如辭賦之高者故假以言焉非唯主人好學而富乎辭藻抑亦遭遇太平之時禮文可述也論語子曰吾黨之小子狂簡斐然成章不知所以裁之又曰不忮不求何用不臧子路終身誦之〕

明堂詩

於昭明堂明堂孔陽〔毛詩曰於昭于天又曰我朱孔陽〕聖皇宗祀穆穆煌煌〔孝經曰宗祀文王於明堂以配上帝毛詩曰穆穆皇皇宜君宜王〕上帝宴饗五位時序〔漢書曰天神之貴者太一其佐曰五帝河圖曰蒼帝神名靈威仰赤帝神名赤熛怒黃帝神名含樞紐白帝神名白招拒黑帝神名汁光紀楊雄河東賦曰靈祇既饗五位時序〕誰其配之世祖

光武東觀漢記曰明帝宗祀五帝於明堂光武皇帝配之左氏傳輿人誦子産若死其誰嗣之普天率土各以其職毛詩曰普天之下莫非王土率土之濱莫非王臣孝經子曰四海之內各以其職來祭猗歟緝熙允懷多福毛詩曰猗歟那歟緝熙巳見上文尚書曰兆人允懷又曰求膺多福

辟雍詩

乃流辟雍辟雍湯湯孔安國尚書傳曰湯湯流貌聖皇莅止造舟爲梁毛詩曰方叔涖止人曰造舟爲梁皤皤國老乃父乃兄說文曰皤老人貌也蒲河切愷記曰養國老於上庠孝經援神契曰天子尊事三老兄事五更應劭漢官儀曰天子父事三老抑抑威儀孝友光明毛詩威儀抑抑爾雅曰善事父母爲孝善事兄弟爲友於赫太上示我漢行毛詩曰於赫湯孫漢書上令薄昭與淮南厲王書曰王欲以親戚之意望於太上如湻曰

尤云抑抑威儀五臣作皇儀

顏延年宋文皇帝元皇后哀冊文注引作鴻

校蕪

太上天子也毛詩曰示我顯德行洪化惟神永觀厥成文子曰執玄德於心化馳如神毛詩曰我客戾止永觀厥成

靈臺詩

乃經靈臺靈臺既崇毛詩曰經始靈臺經之營之帝勤時登爰考休徵東觀漢記曰永平二年詔曰登靈臺正儀度休徵已見上文三光宣精五行布序淮南子曰夫道紘宇宙而章三光高誘曰三光日月星也尚書曰五行一曰水二曰火三曰木四曰金五曰土也習習祥風祁祁甘雨毛詩曰習習谷風禮斗威儀曰君乘火而王其政頌平則祥風至宋均曰即景風也其來長養萬物毛詩曰興雨祁祁尚書考靈耀曰熒惑順行甘雨時也百穀蓁蓁庶草蕃音繁廡音武韓詩曰帥時農夫播厥百穀薛君曰穀類非一故言百也又曰蓁蓁者莪薛君曰蓁蓁盛貌也尚書曰庶草蕃廡屢惟豐年於皇樂胥毛詩

曰紱萬國屢豐年又曰於
皇時周又曰君子樂胥

寶鼎詩

嶽修貢兮川效珍吐金景兮歊浮雲說文曰歊氣上出貌呼朝切寶鼎見兮色紛縕煥其炳兮被龍文東觀漢記曰永平六年廬江太守獻寶鼎出王雒山漢書曰武帝爲人祠后土營旁得鼎有黃雲焉公卿大夫議尊寶鼎有司曰今鼎至甘泉光潤龍變承休無疆也登祖廟兮享聖神昭靈德兮彌億年東觀漢記明帝曰太常其以礿祭之日陳鼎於廟以備器用尚書曰公其以予萬億年敬天之休

白雉詩

啓靈篇兮披瑞圖獲白雉兮效素烏范曄後漢書曰永平十年白雉所在出焉東觀漢記章帝詔曰乃者白烏神雀屢臻降自京師也嘉祥阜兮集皇都

嘉祥句上當有後漢書無

礿

何

抄本注云王作淳

淳

發皓羽兮奮翹英容絜朗兮於純精楚辭曰砥室翠翹絓曲瓊王逸曰翹羽名彰皇德兮侔周成永延長兮膺天慶韓詩外傳曰成王之時越裳氏獻白雉於周公河圖曰謀道吉謀德吉能行此大吉受天之慶也

文選卷第一

壬戌六月廿四日　黄侃誦

先崖父評此書時年三十有七時寓武昌黃土坡三十四號今改首義路

先崖父季剛先生以乙亥九月十一日殁於南京年五十

辛丑二月初一日依先崖父原評本校讀時年六十寓居武昌

武漢大学二區四十七号

抄與卷一同卷

抄無此行

尤例應重一行

綜注與善今刻本時亦相亂凡有舊注者皆然

文選卷第二

梁昭明太子撰

文林郎守太子右内率府録事參軍事崇賢館直學士臣李善注上

京都上

台去西都主於胜摽雅窮懷舊之風此則極陳後泰以歸於諷諫

西京賦一首

姚氏曰西京雄麗欲掩孟堅東京則氣不足舉其辭

張平子　善曰范曄後漢書曰張衡字平子南陽西鄂人也少善屬文時天下太平日久自王侯以下莫不踰侈衡乃擬班固兩都作二京賦因以諷諫十年乃成安帝雅聞衡善術學公車徵拜郎中出爲河閒相乞骸骨徵拜尚書卒楊泉物理論曰平子二京文章卓然

薛綜注　善曰舊注是者因而留之並於篇首題其姓名其有乖繆臣乃具釋並稱臣善以題

崇賢不掩前人之長後人專揚崇賢之短亦異于前文人之用心矣

薛注 別本同作泰舊音太 忕疑泰

批奢

代 五臣作世 新延年陶徵士誄注引作世

批世

鄭上有提字

善曰上當有 批氏旁注人

以别之他皆類此

有憑虛公子者憑依託也虛無也言無有此公子也善曰博物志曰王孫公子皆古人相推敬之辭憑皮兵切心奓體忕奓忕言公子生於貴戚心志奓溢體安驕泰也泰或謂忕習之忕言習於麗好也善曰聲類曰奓侈字也呂氏切小雅曰狃忕也雅好博古學乎舊史氏言公子雅性好博知古事故學於舊史舊史太史掌圖典者也是以多識前代之載善曰劉向七言曰博學多識與凡殊小雅曰載事也言於安處先生公子為先生言也安處猶烏處若言何處亦謂無此先生也鄭玄禮記注曰先生老人教學者曰夫人在陽時則舒在陰時則慘此牽乎天者也陽謂春夏陰謂秋冬牽猶繫也善曰春秋繁露曰春之言猶偆也偆者喜樂之貌也秋之言猶湫也湫者憂悲之狀也偆充尹切湫子由切處沃土則逸處瘠土則勞此繫乎地者也善曰國語公甫文伯之母曰沃土之人不材淫也瘠

抄二字倒

上當有善曰

土之人莫不向義勞也韋昭曰磽埆爲瘠沃肥美也慘則尠於驩勞則褊於惠能

違之者寡矣違猶易也言人慘戚則不能以驩逸勞苦褊不能以施惠少有能易此者善曰

尠少也與鮮通也廣雅曰褊狹也畢緬切小必有之大亦宜然小謂庶人大謂王者

善曰庶人因沃瘠而勞逸殊王者亦因險易而彊弱異也故帝者因天地以致化兆

人承上教以成俗言帝王必欲順陽時居沃土歡逸其人使下承而化之以成奢泰之俗善曰

管子曰君據法而出令百姓順上而成俗化俗之本有與推移言化之本還與沃瘠相隨

遂推移也善曰淮南子曰法其所以爲法與化推移也何以覈諸覈驗也胡革切秦據

雍而彊周即豫而弱高祖都西而泰光武處東而約

政之興衰恒由此作作起也善曰過秦論曰秦孝公據雍州之地呂氏春秋曰河漢之間

爲豫州也按雍州厥土惟黃壤厥田惟上上是沃土也故云秦據雍而彊高祖都西而泰荆河惟豫州厥土惟墳

在字疑應在弘農上

贔屓本字當作𡙇

墟。厥田惟中上。是瘠土也。故云周即豫而弱。光武處東而約。左傳晉叔向曰存亡之道恒由此與周禮曰夫筋之所由瞻恒由此作**先生獨不見西京之事歟。請爲吾子陳之。**善曰鄭玄禮記注曰吾子相親之辭也**漢氏初都在渭之涘。**涘涯也善曰漢書東方朔曰漢都涇渭之南毛詩曰在渭之涘**秦里其朔。寔爲咸陽。**里居也朔北也寔是也秦地居其北是曰咸陽善曰史記曰秦孝公作咸陽徙都之**左有崤函重險桃林之塞。**崤及函谷關桃林皆在長安東故言左善曰殽函已見西都賦左氏傳曰以守桃林之塞按桃林弘農在閿鄉南谷中**綴以二華。巨靈贔屓。高掌遠蹠。以流河曲。厥跡猶存。**華山名也巨靈河神也巨大也古語云此本一山當河水過之而曲行河之神以手擘開其上足蹋離其下中分爲二以通河流手足之跡于今尚在贔屓作力之貌也善曰賈逵國語注曰綴連也山海經曰太華之西少華之山遁甲開山圖曰有巨靈胡者徧得坤元之道能造山川出江河楊雄河東賦曰河靈矍踼掌

首叙山川形勢

善曰二字宜列說文上

至于四字刪

隆崛之類皆

華蹈𧀎顛扶祕切切肩許偷切切蹠之石切矍籰居縛切踢丑略切右有隴坻之隘隔閡華戎善曰漢書音義應劭曰天水有大阪曰隴坻丁禮切廣雅曰隘狹也說文曰隔塞也小雅曰閡限也五代切岐梁汧雍說文曰岐山在長安西美陽縣界山有兩岐因以名焉善曰漢書右扶風好畤縣有梁山又汧山在扶風汧縣西汧音牽陳寶鳴雞在焉善曰漢書曰秦文公獲若石于陳倉北坂城祠之其神光輝若流星從東方來集于祠城則若雄雉其聲殷殷云野雞夜鳴以一太牢祠之名曰陳寶應劭曰時以寶瑞作陳寶祠在陳倉故曰陳寶於前則終南太一二山名也善曰尚書曰終南惇物至于鳥鼠漢書曰太一山古文以爲終南五經要義曰太一一名終南山在扶風武功縣此云終南太一不得爲一山明矣蓋終南南山之總名太一一山之別號耳隆崛崔崒隱轔鬱律山形容也善曰埤蒼曰崛特起也魚勿切崔徂回切崒情律切轔怜軫切連岡乎嶓冢善曰爾雅曰山脊曰岡尚書曰導嶓冢至于荊山嶓音波抱杜含鄠音戶杜陵鄠縣言終南太一含裹之歕灃吐鎬善曰灃鎬二水名也已見西都

善四刪
抄下沿有字云一本

无音據二字本字踞
下注據字
抄皖

薛注有误

賦說文曰欱歠也呼合切歠昌悅切爰有藍田珍玉是之自出藍田弘農縣也善曰爾雅曰爰有寒泉范子計然曰玉英出藍田是之自出謂玉出自藍田之中也於後則高陵平原據渭踞涇善曰爾雅曰大阜曰陵又曰高平曰原毛萇詩傳曰據依也大戴禮曰獨坐不踞然踞却倚也音據澶漫靡迤作鎮於近澶漫靡迤陵原之形為作近鎮也善曰子虛賦曰登降阤靡案衍澶漫澶徒旦切漫莫半切其遠則九嵕甘泉涸陰沍寒日北至而含凍此焉清暑九嵕甘泉其處常陰寒日北至謂夏至時猶沍寒而有凍帝或避暑於甘泉宮故云清暑善曰左氏傳申豐曰涸陰沍寒沍胡故切漢書曰夏至于東井北近極故晷短為溫暑上林賦曰盛夏含凍裂地爾乃廣衍沃野厥田上上善曰鄭玄周禮注下平曰衍漢書曰秦地沃野千里尚書雍州曰厥田惟上上寔惟地之奧區神皋神皋擬神之聲善曰漢書曰自古以雍州積高神明之隩故立畤郊上帝諸神祠皆聚之廣雅曰皋局也謂神

毛詩
侃改

用以也。

王引之云翦讀為踐
文王世子不踐其類也
周禮甸師注引翦作
踐玉藻凡有血氣之
類弗身踐也注踐當
為翦踐居也

宅見宅也。

言緯共二十八宿隨天左
轉为經五星右旋为緯

明之界昔者大帝說秦繆公而覲之饗以鈞天廣樂帝局也有醉焉乃為金策錫用此土而翦諸鶉首大帝天也翦盡也善曰山海經曰浪風之山或上倍之是謂玄圃或上倍之是謂大帝之居史記趙世家及扁鵲傳曰趙簡子疾扁鵲視之曰昔繆公常如此七日而寤寤之日告公孫支曰我之帝所甚樂帝告我晉國且大亂今主君之疾與之同三日簡子寤曰我之帝所甚樂與百神遊于鈞天廣樂九奏萬舞不類三代之樂其聲動心虞喜志林曰喭曰天帝醉秦暴金誤隕石墜謂秦繆公夢天帝奏鈞天樂已有此喭列仙傳讃曰秦繆公受金策祚世之業漢書曰自井至柳謂之鶉首之次秦之分也盡取鶉首之分為秦之境也是時也並為彊國者有六韓魏燕趙齊楚然而四海同宅西秦豈不詭哉宅居也詭異也初繆公夢然後六國竟滅秦果并而居之豈不異哉自我高祖之始入也五緯相汁以旅于東井善曰五緯五星也漢書曰漢元年十月五星聚于東井沛公至灞上又曰此高祖受命之符已見西

宅都

一本二字在漢書上

此注前後異義疑善曰
二字當在漢書音義上
薛注訓幹爲干訓幹非
其議爲不合干上妄議
李注則訓幹爲正也
天輅胡七字在本文下注
陸佐公石闕銘注引其心
作之心

時是也 言意謀也
王念孫曰意亦形抑亦也抑与
意古字通論語學而篇抑
与之與漢石經抑作意
肆予作王曰

謟—疑也

都賦方言曰汁叶也之
十切郭璞曰叶和也
婁敬委輅幹非其議
善曰漢
書婁敬
脫輓委輅曰臣願見上言便宜又說上曰陛下都洛陽
不如入關中言婁敬貧賤之人不合干上妄議其說允合
帝心漢書音義應劭曰輅謂以木當胷以輓輦也輅胡
格切幹音干薛君韓詩章句曰幹正也謂以其議非而
正之
天啓其心
謂五星
聚也
人惎之謀
惎教也謂婁敬之
謀善曰惎音忌
及
帝圖時意亦有慮乎神祇宜其可定以爲天邑
言高
帝圖
此居之時意亦以慮於天地陰陽而思可宜定以爲天
邑善曰爾雅曰圖謀也尚書曰肆予敢求爾于天邑商
豈伊不虔思于天衢
伊惟也虔敬也言此時豈惟不敬
思於天氣四交之處邪謂東京也
豈伊不懷歸于枌榆
懷思也枌榆豐社高祖所起也豈
惟不思歸處枌榆社之域都於洛
邑也善曰漢書曰高祖禱豐枌榆社張晏
曰枌白榆也社在豐東北一十五里是也
天命不滔疇
敢以渝
渝易也天使都長安謂五星聚于東井也善
曰左氏傳子高曰天命不滔滔與謟音義同
於

胡

无以字
馬韓本有

經輪五臣作經綸

城

六臣本啟作稽　尤云啟度五臣作稽度

抄上有爾字

王元長三月三日曲水詩序注引作崇岌

蓋者引而高之之謂

亙爲極之至文是也

是量徑輪考廣袤南北爲徑東西爲廣善曰周禮大司徒掌九州之地廣輪之數鄭玄曰輪縱也說文曰南北曰袤莫又切經城洫營郭郭洫域池也善曰周禮曰廣八尺深八尺謂之洫呼域切公羊傳曰郛者何域外大郭也芳俱切取殊裁於八都豈啓度於往舊裁制也八都猶八方也啓開也言采取八方異制以爲宮室之巧非復遵往日之故法也乃覽秦制跨周法跨越也因秦制故曰覽比周勝故曰跨之也狹百堵之側陋增九筵之迫脅詩曰築室百堵今以爲陋周禮明堂九筵今又增之也善曰以九筵爲迫脅故增廣之周禮曰明堂度九筵東西九筵各九尺正紫宮於未央表嶢闕於閶闔天有紫微宮王者象之紫微宮門名曰閶闔宮門立闕以爲表嶢者言高遠也善曰辛氏三秦記曰未央宮一名紫微宮然未央爲總稱紫宮其中別名疏龍首以抗殿狀巍峩以岌嶪抗舉也善曰三輔黃圖曰營未央因龍首以制前殿上林賦曰嵯峨嶕嶫此之謂也亘雄虹之長梁

城市

胡按域字未必非

宮殿

棼複屋棟也
京應作都
藻井亦謂之綺井。魏都賦綺井列疏以懸蔕 今俗云天花板
狎獵亦作㨗擸。㨗。擸。廣雅㨗擸桔也
上林賦華榱璧璫 韋昭曰裁金爲璧以當榱頭
五臣作韡 舊音偉
碣疑舄 鮑明遠代君子有所思詩注引碣作舄
王逸楚辭注曰軒樓板也 周禮夏后氏世室九階鄭玄曰南面三三面各二也
西都賦善注平與以文塼相亞次也城者爲陛級也

亘徑度也虹蝃蝀也謂殿梁皆徑度朱畫五色如蝃蝀蝃蝀有雌雄雄者色鮮好也善曰楚辭曰建雄虹之采旄亘古鄧切**結棼橑以相接**善曰棼橑已見西京賦**帶倒茄於藻井披**茄藕莖也以其莖倒殖於藻井其華下向反披狎獵重接貌藻井當棟中交木方爲**紅葩之狎獵**之如井幹也善曰聲類曰蔕果鼻也蔕音帝孔安國尚書傳曰藻水草之有文者也風俗通曰今殿作天井者東井之像也菱水中之物皆所以厭火也說文曰葩華也普華切**飾華榱與璧璫**華榱畫其榱也善曰璧璫已見西都賦也**流景曜之韡曄**曜光也韡曄言明盛也善曰景光景也**雕楹玉碣**善曰西都賦曰彫玉瑱以居楹說文曰楹柱也廣雅曰碣礩也碣與舄古字通**繡栭雲楣**栭斗也楣梁也皆雲氣畫如繡也善曰王褒甘泉頌曰采雲氣以爲楣**三階重軒鏤檻文槐**檻闌也皆刻畫又以大板廣四五尺加漆澤焉重置中間闌上名曰軒善曰西都賦曰重軒三階王褒甘泉頌曰編瑇瑁之文槐聲類曰槐屋連緜也婢祗切**右平左城**城限也謂階齒也天子殿

壁作璧　被應作

說文墀涂地也禮天子赤墀

福　臣瓚曰

斗或當作陡

高九尺階九齒各有九殿其側階各中分左右左有齒右則滂沲平之令輦車得上善曰西都賦曰左城右平也青瑣丹墀善曰漢書曰赤墀青瑣音義曰以青畫戶邊鏤中王逸楚辭注曰文如連瑣漢官典職曰丹漆地故稱丹墀刊層平堂設切厓隒刊削也善曰郭璞山海經注曰層重也宋衷太玄經注曰堂高也切與砌古字通說文曰隒厓也和檢切坻崿鱗眴棧齴巉嶮殿基之形勢也善曰廣雅曰坻除也文字集略曰崿崖也埤蒼曰眴音荀棧士眼切齴音眼巉助奄切嶮魚檢切鱗眴無涯也棧嶮皆高峻貌襄岸夷塗脩路陖險襄謂高也夷平也陖陗也險危也重門襲固姦宄是防姦邪也竊寶曰宄善曰周易曰重門擊柝以待暴客淮南子曰閨門重襲以避姦賊郭璞爾雅注曰襲重也孔安國尚書傳曰寇賊在外曰姦在內曰宄仰福帝居陽曜陰藏帝居謂太微宮五帝所居福猶同也太微宮陽時則見陰時則藏言今長安宮上與之同法矣洪鐘萬鈞猛虡趪趪洪大也猛怒也三十斤曰鈞縣鐘格曰筍植曰虡趪趪張設貌言大鐘乃重三十萬斤虡力猛怒故能勝

山刪

說文驤馬之低仰也

抓跂一作斗

抄賁旁注良曰作力皃
抄旁注六笋

注刪

之焉善曰周禮曰梟氏爲獸之形大聲有力者以爲鐘虡虡音巨趪音黃負筍業而餘怒乃
奮翅而騰驤當筍下爲兩飛獸以背負又以板置上名爲業騰超也驤馳也言獸負此筍業已重
乃有餘力奮其兩翼如將超馳者矣朝堂承東溫調延北西有玉臺聯以
昆德皆殿與臺名也善曰爾雅曰延陳也說文注曰聯連也嵯峩崨嶫形勢也罔
識所則不能名其所法則也若夫長年神僊宣室玉堂四殿之名
善曰並見西都賦麒麟朱鳥龍興含章善曰龍興含章皆殿名也漢宮闕名
有麒麟殿朱鳥殿譬衆星之環極極北極也環猶繞也言宮觀臺榭棲閣之
周於正殿如衆星之繞北極也善曰中宮天極星環之筐十二星藩臣西都賦曰奐若列宿紫宮是環
叛赫戲以煇煌叛猶煥也赫戲炎盛也煇煌光耀也善曰淮南子曰焜昱錯眩照耀
煇煌叛音判戲音羲煇音輝煌音皇正殿路寢用朝羣辟周曰路寢漢曰正殿羣辟謂王

○胡

侯公卿大夫士也大夏耽耽九戸開闢屋之四下者爲夏耽耽深邃之貌也都南切善
曰三輔三代故事曰大夏殿始皇造銅人十枚在殿前大戴禮曰明堂者古有之凡九室鄭玄禮記注曰天子
路寢制如明堂然則既有九室室有一戸也説文曰闢開也嘉木樹庭芳草如積善曰韓詩
曰緑蕃蕃如蕢蕢積也薛君曰蕢緑蕃蕃盛如積也蕃音伐高門有閌列坐金狄善曰毛詩
曰皋門有伉與閌同鄭玄禮記注曰皋之言高也金狄金人也史記曰始皇收天下兵銷以爲金人十二各重
千斤致於宮中内有常侍謁者常侍閹官謁者寺人也奉命當御善曰奉傳詔命
而遞當進也左傳子朱曰朱也當御蔡邕獨斷曰御進也凡進皆曰御也蘭臺金馬遞宿
迭居蘭臺臺名善曰金馬已見西都賦序爾雅曰遞迭也小雅曰迭更也迭結切次有天禄
石渠校文之處善曰天禄石渠已見上文重以虎威章溝嚴更之
署虎威章溝未聞其意嚴更督行夜鼓署位也徼道外周千廬内附衛尉八

瞂據說文改

抄旁注城

羗注同 抄羗 據注引小雅當如此

周禮鄭玄注次宿衛所在、舍休沐之處。此文次舍序在後宮，蓋指郎衛，與上兵衛不同

色 說文裛書囊也 緐叢

此善曰有誤

屯警夜巡晝衛尉帥吏士周宮外於四方四角立八屯士士則傳宮外向爲廬舍晝則巡行非常夜則警備不虞也徼音叫善曰西都賦曰徼道綺錯漢書曰衛尉掌門衛屯兵孔安國尚書傳曰警戒也植鎩懸瞂用戒不虞植柱也善曰說文曰鎩鈹有鐔也曰鋋似兩刃刀方言曰盾或謂之瞂周易曰君子以治戎器戒不虞鈹芳皮切鎩山例切瞂音伐後宮則昭陽飛翔增成合驩蘭林披香鳳皇鴛鸞皆後宮別名善曰皆殿名已見西都賦漢宮闕名有鳳皇殿羣窈窕之華麗嗟內顧之所觀觀覩也謂內顧所覩覩皆盛好也善曰窈窕已見西都賦小雅曰嗟發聲也三略曰將內顧則士卒慕之也故其館室次舍善曰周禮曰宮正掌宮中次舍鄭玄禮記注曰次自循止之處采飾纖縟采五色也纖細也善曰說文曰縟繁采飾也音辱裛以藻繡文以朱綠善曰西都賦曰裛以藻繡傳毅七激曰襜褕雕藻文以朱綠也翡翠火齊絡以美玉善曰翡翠鳥名也火齊玫瑰珠也六韜曰紂作瓊室

此叙宮人所居

戰國策應侯謂秦王曰梁有懸黎楚有和璞

璘彬亦作璘豳璘班

梁什圖曰鉤陳後宮也

鹿臺飾以美玉列子曰穆王爲中天之臺絡以珠玉齊才計切流懸黎之夜光綴隨珠以爲燭明月大珠夜則有光如燭也善曰懸黎夜光隨珠已見西都賦金戺玉階彤庭煇音渾煇彤赤也煇煇赤色貌善曰廣雅曰戺砌也音俟西都賦曰玉階彤庭珊瑚琳碧瓀珉璘彬璘彬玉光色雜也善曰珊瑚瓀珉已見西都賦璘力神切彬方珉切珍物羅生煥若崑崙珍美之物羅列布見煥焉如崑崙之所生者善曰山海經云崑崙之墟有珠樹文王樹雖厥裁之不廣侈靡踰乎至尊謂其裁制雖事事狹小於至尊然其靡麗之好乃過之也善曰裒服傳曰天子至尊裁才再切於是鉤陳之外閣道穹隆善曰鉤陳已見西都賦穹隆長曲貌屬長樂與明光徑北通乎桂宮長樂桂宮皆宮名明光殿名也善曰漢書武帝故事上起明光宮桂宮長樂宮皆輦道相屬懸棟飛閣北度從宮中西上城至神明臺命般爾之巧匠般魯般一云公輸之子魯哀公時巧人爾王爾皆古之巧者也

楚人離宮

長樂

何

音憑　莊子盜跖篇侅溺于馮氣　釋文曰言憤畜不通之氣也　說文憑煩也莫困切

鈔本注音決作塏　雲陽今陝西淳化縣地

善曰淮南子曰魯般以木爲鳶而飛之般音班又曰王爾無所錯其剞劂盡變態乎其中變奇也態巧也後宮不移樂不從懸善曰上林賦曰庖廚不徙後宮不移劉向新序曰子孟獻子聘於晉韓宣子止而觴之飲三徙鐘石之懸不移而具也門衛供帳官以物辨善曰供帳已見東都賦門衛已見上恣意所幸下輦成燕窮年忘歸猶弗能徧善曰孫卿子曰知物之理沒世窮年不能徧也瑰異日新殫所未見瑰奇也殫盡也言奇異之好日日變易皆所未嘗目見之物也惟帝王之神麗懼尊卑之不殊雖斯宇之既坦心猶憑而未攄坦大也憑懣也攄舒也思比象於紫微恨阿房之不可廬廬居也時阿房已壞故不得居也覛往昔之遺館獲林光於秦餘覛視也善曰漢書音義瓚曰林光秦離宮名也覛士狄切處甘泉之爽塏乃隆崇而弘敷甘泉山名也應劭曰甘泉在馮翊雲陽縣爽明也隆崇高也

甘泉

抄高
墆霓一作墆嵲墆嵲形突兀也
尤之通天訬五百訬作眇
書刪　抄峙
廣韵辯与斑同
梁元帝筆賦文云辯采文麗也
斗
曹植七啟注引作鵾
高誘淮南注以鵾雞为鳳皇別名張揖上林賦注昆雞似鶴黃白色
俯

弘敷猶延蔓也善曰左氏傳曰齊景公欲更晏子之宅曰請更諸爽塏者杜預曰就高燥也既新作於迎風增露寒與儲胥善曰漢書曰武帝因秦林光宮元封二年增通天迎風儲胥露寒託喬基於山岡直墆霓以高居墆霓高貌也善曰墆徒結切霓五結切通天訬以竦峙通天臺名武帝元封二年作漢書舊儀云高三十丈望見長安城訬高也竦立也峙住也善曰訬音眇徑百常而莖擢徑度也倍尋曰常莖特也擢獨出貌也上辯華以交紛下刻陗其若削辯華數大也刻陗高也善曰辯音班又音葩陗七笑切翔鶤仰而不逮況青鳥與黃雀鶤大鳥青鳥黃雀皆小鳥翔高飛也善曰穆天子傳曰鶤雞飛入百里郭璞曰鶤即鵾鷄也鵾與鶤同音昆左氏傳曰青鳥氏司落者也杜預曰青鳥鶬鷃也戰國策莊辛曰黃雀俯啄百粒伏櫺檻而頫聽聞雷霆之相激伏猶憑也櫺臺上蘭也頫低頭也蒼頡篇曰霆霹靂也言臺之高於上低頭聽雷聲乃在下善曰頫古字音府柏梁

陳　陳

西都　散雲雨於半虹霓迴帶於棼楣

程瑶田通藝錄云薨凡有蒙也凡屋通以瓦蒙之曰甍王念孫以程說与內外傳俱合

又曰八字有誤

騫據引說文改

西

既災越巫陳方建章是經用厭火祥善曰漢書曰柏梁災越俗有火災復起屋必以大用勝服之於是作建章宮漢武故事曰以香柏為之香聞數十里厭於冉切營宇之制事兼未央兼猶倍也所以順巫言也善曰漢書曰劉向上疏曰項籍燔其宮室營宇圜闕竦以造天若雙碣之相望善曰字書曰圜亦圓字也甘泉賦曰直嶢嶢以造天音操孔安國尚書傳曰造至也又曰碣石海畔山也又曰三山言相望也鳳騫翥於甍標咸遡風而欲翔甍棟也標末也遡向也謂作鐵鳳凰令張兩翼舉頭敷尾以函屋上當棟中央下有轉樞常向風如將飛者焉善曰楚辭曰鳳騫翥而飛翔說文曰騫飛貌也騫許言切翥之庶切閶闔之內別風嶕嶢高皃善曰閶闔已見上文別風已見西都賦何工巧之瑰瑋交綺豁以疏寮瑰瑋奇好也疏刻穿之也善曰交結綺文豁然穿以為寮也說文曰綺文繒也廣雅曰豁空也豁然此刻鏤為之善曰蒼頡篇曰寮小窗也古詩曰交疏結綺窗干雲霧而上達狀亭亭以

建章

苕苕亭亭苕苕高貌也干犯也神明崛其特起井幹疊而百增崛高貌善曰廣雅曰增重也神明井幹已見西都賦跱遊極於浮柱結重欒以相承跱猶置也三輔名梁爲極作遊梁置浮柱上欒柱上曲木兩頭受櫨者廣雅曰曲枅曰欒釋名曰欒柱上曲拳也累層構而遂隮望北辰而高興隮升也子奚切北辰北極也善曰山海經曰層重也消雰埃於中宸集重陽之清澂消散也雰埃塵穢也宸天地之交宇也言神明臺高既除去下地之埃穢乃上止於天陽之宇清澂之中上爲清陽又爲陽故曰重陽善曰楚辭曰集重陽而入帝宮兮造旬始而觀清都雰芬音宸音辰瞰宛虹之長鬐察雲師之所憑鬐脊也雲師畢星也臺高悉得視之善曰鬐音渠祇切廣雅曰瞰視也如淳漢書注曰宛虹也小雅曰憑依也廣雅曰雲師謂之豐隆上飛闥而仰眺正睹瑤光與玉繩飛闥突出方木也善曰春秋運斗樞

見漢書地理志

胡紹瑛云燾奡桔桀並高峙之皃漢書司馬相如傳糾蓼叫奡與此奡音近。嵺嶱雲雲旟蔚以燾奡奡字亦用燾奡字桔與楬通桔桀又作楬孽。魯靈光殿賦陛楬孽善注高貌別本增睽罛庨𡨤深空之皃說文巖大空也溈若詩施罛濊濊衛風碩人施罛濊濊大魚罔目大𩒳𩒳然也庨屋之空也馬融長笛賦庨窌於老善注深空之皃

又字集略曰鍔鍔崖通崿崖也列亦作𠛱𠛱又作烈說文巘危高也玉𡾰云巍也禮記祭法注厲山氏或曰烈山氏是列之即𡾰也

胡紹瑛曰業業高大之皃詩蓋氏四牡業業傳業業高大也宇高大謂之業業其義同也文選所載福殿賦戩戩業業業業作嶪

梁章鉅曰說文𨏹載高皃也毛詩碩人庶姜孽孽韓詩作𡽱𡽱云長皃胡紹瑛云車載高謂之𨏹引伸凡高皆謂之𨏹𨏹文通作孽詩皇矣崇墉言言傳高大也是言言亦孽孽之也

曰北斗七星第七曰搖光春秋元命苞曰玉衡北兩星爲玉繩將乍往而未半怵悼慄而從兢怵恐也悼傷也慄憂戚也言恐墮也善曰廣雅曰乍暫也方言曰從慄也先拱切怵音黜慄音栗非都盧之輕趫孰能超而究升善曰漢書曰自合浦南有都盧國太康地志曰都盧國其人善緣高說文曰趫善緣木之士也綺驕切駁娑駘盪燾奡桔桀枍詣承光睽罛庨𡨤駁娑駘盪枍詣承光皆臺名燾奡桔桀睽罛庨𡨤皆形皃善曰燾徒到切奡五告切桔音吉睽呼圭切罛計孤切庨呼交切櫓桴重棼鍔鍔列列善曰鍔鍔列列皆高貌反宇業業飛檐轍轍凡屋宇皆垂下向而好大屋飛邊頭瓦皆更微使反上其形業業然檐板承落也轍轍高皃善曰西都賦曰上反宇以蓋載轍魚桀切流景內照引曜日月言皆朱畫華采流引日月之光曜於宇內天梁之宮寔開高闈天梁宮名

礼運釋文引居櫓巢 櫓本又作增 出經棟謂之桴 說文棼複屋棟也又曰棼橑也

說文扃外閉之關也引申凡横木所以為闔鍵者皆稱扃
朱珔云蘄當蘄之借說文蘄當靡也訂戎毛傳游環蘄環也游環在服馬背上驂馬外轡貫之以止驂之出故謂之蘄環
櫟注及別本
連匿譌正俗引及別本
尤本途閣五臣作連閣
說文閈門也

宮中之門謂之闈此言特高大旗不脫扃結駟方蘄爾雅曰熊虎爲旗扃關也謂建旗車上有關制之令不動揺曰扃每門解下之今此門高不復脫扃結駕駟馬方行而入也蘄馬銜也善曰左氏傳曰楚人惎之脫扃古熒切蘄巨衣切楚辭曰青驪結駟齊千乘轙輅輕騖容於一扉駁車欲馬疾以箠櫟於輻使有聲也長廊廣廡途閣雲蔓謂閣道如雲氣相延蔓也善曰許慎淮南子注曰廊屋也說文曰廡堂下周屋也無宇切閈汗庭詭異門千戶萬善曰蒼頡篇曰閈垣也胡旦切說文曰詭違也西都賦曰張千門而立萬戶重閨幽闥轉相踰延移賤切宮中之門小者曰閨言互相周通望㝅窱以徑廷眇不知其所返㝅窱徑廷過度之意也言入其中皆迷惑不識還道也善曰㝅窱他弔切廷他定切返方萬切既乃珍臺蹇產以極壯墱道邐倚以正東蹇產形貌也墱閣道也邐倚一高一下一屈一直也乃從建章館踰西城東入於正宮中也善曰甘泉賦曰珍臺閒館西都賦曰凌墱道而超西墉

㝅與窈同㝅窱即西都賦之杳窱廣雅釋詁窈窱深也
莊子逍遥遊大有逕庭釋文引李云逕庭謂激過也
墱西都賦作隥　楚詞九章哀郢心絓結而不解兮思蹇產而不釋　偃蹇
離騷望高臺之偃蹇兮王逸注偃蹇高貌又为屈曲之
大人賦綢繆偃蹇是也

何改壯為北
杪櫟

嶝都亘切邐力氏切倚其綺切似閶風之遐坂橫西洫而絕金墉閶風崐崘山名也洫城池也墉謂城也絕度也言閣道似此山之長遠橫越西池而度金城也西方稱之曰金善曰東方朔十洲記崐崘其北角曰閶風之巔洫已見上文城尉不弛柝而內外潛通弛廢也潛嘿也言城門校尉不廢擊柝之備內外已自嘿通也善曰弛詩紙切鄭玄周禮注曰㯫戒夜者所擊也柝與㯫同音前開唐中彌望廣潒彌遠也善曰唐中已見西都賦漢書曰五侯大治第室連屬彌望彌竟也言望之極目字林曰潒水潒瀁也大朗切顧臨太液滄池漭流漭沆猶洸潒亦寬大也善曰太液已見西都賦漭莫朗切沆胡朗切漸臺立於中央赫昈昈以弘敞善曰漸臺高二十餘丈已見西都賦埤蒼曰昈赤文也音戶清淵洋洋神山峩峩列瀛洲與方丈夾蓬萊而駢羅上林岑以壘嵬下嶄巖以嵓齬三山形貌也峩峩高大也善曰三輔三代舊事曰建章宮北作清淵海毛詩曰河水洋洋三山已見西都賦駢

作嵳峨東方朔七諫望高山之嵳峨是也

說文㯫夜行所擊者

洞簫賦彌望廣潒儻莽廣潒即儻莽廣大無涯之皃

彌竟八字删

水經渭水注引漢武故事建章宮北有太液池池中有漸臺高三十丈

上林賦煌煌扈扈。馮衍顯志賦光扈扈而煬燿兮扈扈與昈昈同並光采盛也

林岑猶岑崟崟亦作岑巖子虛賦其山則岑崟參差史記崟作巖亦作嶔巖嶔巖公羊傳三十二年何殽之嶔巖是也

壘嵬說文作㠑嵬。

抄之 張景陽七命注引作權靈芝之朱柯

抄鯢 抄跎

何焯曰端信貞固皆徵詞下乃反言也

抄滄

猶並也罼魯罪切嶵音罪嶄士咸切巘音吾長風激於別隯起洪濤而揚波。

水中之洲曰隯音島善曰高唐賦曰長風至而波起浸石菌於重涯濯靈芝以朱

柯石菌靈芝皆海中神山所有神草名仙之所食者浸濯也重涯池邊也朱柯芝草赤色也善曰菌芝屬

也抱朴子曰芝有石芝菌求隕切海若游於玄渚鯨魚失流而蹉跎海若

海神鯨大魚善曰楚辭曰令海若舞馮夷又曰臨沅湘之玄淵薛君韓詩章句曰水一溢而爲渚三輔舊事曰

清淵北有鯨魚刻石爲之長三丈楚辭曰驥垂兩耳中坂蹉跎廣雅曰蹉跎失足也於是采少君

之端信庶欒大之貞固。善曰史記曰李少君亦以祠竈穀道却老方見上上尊之少君

者故深澤侯舍人主方欒大見西都賦凡人姓名及事易知而別卷重見者云見某篇亦從省也他皆類此

立脩莖之仙掌承雲表之清露屑瓊蕊以朝飡必性命

之可度。善曰漢書曰孝武作栢梁銅柱承露仙人掌之屬三輔故事曰武帝作銅露盤承天露和玉屑

曹子建王仲宣誄注引作喬松

史記封禪書羨門高燕人

何焯曰漢武作鼎湖宮於藍田見楊雄羽獵賦

孫詒讓曰凡可居之地未有宅肆者謂之廛已有宅肆者謂之里

飲之欲以求仙楚辭曰屑瓊蘂以爲糧王逸曰糜屑也美往昔之松喬要羨門乎天路善曰松喬已見西都賦史記曰始皇之碣石使燕人盧生求羨門韋昭曰羨門古仙人也枚乘樂府詩曰美人在雲端天路隔無期要鳥堯切想升龍於鼎湖豈時俗之足慕善曰史記曰齊人公孫卿曰黃帝采首山銅鑄鼎於荆山下鼎既成龍垂胡髯下迎黃帝黃帝騎龍乃上去名其處鼎湖天子曰嗟乎誠得如黃帝吾視去妻子如脫屣耳若歷世而長存何遽營乎陵墓善曰言若歷代而不死何急營於陵墓乎徒觀其城郭之制則旁開三門參塗夷庭方軌十二街衢相經街大道也經歷也一面三門門三道故云參塗塗容四軌故方十二軌軌車轍也夷平也庭猶正也善曰方言九軌之塗九有十二也周禮曰營國方三門鄭玄儀禮注曰方併也周禮曰國中營途九軌西都賦曰立十二之通門廛里端直甍宇齊平都邑之空地曰廛甍棟也善曰周禮曰以廛任國中之地北闕甲第當道直啓

以下歷叙居民郭市

胡

籣蘭之通借字說文籣所以盛弩矢人所負也史記信陵君傳平原君負韊矢𡚁籣字籣室也

三字有誤　魏都賦有材以蘭錡善彼注未引劉注

下善曰二字當在崔上

第館也甲言第一也善曰漢書曰贈霍光甲第一區音義曰有甲乙次第故曰第也北闕當帝城之北也程巧致功期不陁陊言皆程擇好匠令盡致其功夫既牢又固不傾陊也善曰方言曰陁壞也陁式氏切說文曰陊落也直氏切木衣綈錦土被朱紫言皆采畫如錦繡之文章也善曰說文云綈厚繒也朱紫二色也武庫禁兵設在蘭錡錡架也武庫天子主兵器之官也善曰劉逵魏都賦注曰受他兵曰蘭受弩曰錡音蟻匪石匪董疇能宅此善曰漢書曰石顯字君房少坐法腐刑爲黃門中尚書元帝被疾不親政事事無大小因顯口決又曰董賢字聖卿哀帝悅其儀貌拜爲黃門郎詔將作監爲賢起大第北闕下土木之功窮極技巧柱檻衣以綈錦武庫禁兵盡在董氏爾乃廓開九市通闤帶闠廓大也闤市營也闠中隔門也崔豹古今注曰市牆曰闤市門曰闠善曰九市已見西都賦蒼頡篇曰闤市門胡關切旗亭五重俯察百隧旗亭市樓也善曰史記褚先生曰臣爲郎與方士會旗亭下隧已見西都賦周制大胥今也

文二　十三

胡　侃改今注無此文

肆則一

方言曰悖也謂悖惑也

惟尉善曰周禮曰司市胥師二十人然尊其職故曰大漢書曰京兆尹長安四市皆屬焉與左馮翊右扶風爲三輔然市有長丞而無尉蓋通呼長丞爲尉耳瓌貨方至鳥集鱗萃瑰奇貨也方四方也奇寶有如鳥之集鱗之萃也鬻者兼贏求者不匱鬻賣也兼倍也贏利也匱乏也爾乃商賈百族裨販夫婦坐者爲商行者爲賈裨販買賤賣貴以自裨益裨必彌切善曰周禮曰大市日仄而市百族爲主朝市朝時而市商賈爲主夕市夕時爲市裨販夫販婦爲主鬻良雜苦蚩眩邊鄙良善也先見良物價定而雜與惡物以欺惑下士之人善曰周禮曰辨其苦良而買之鄭玄曰苦讀爲鹽苦頡篇曰蚩侮也廣雅曰眩亂也杜預左氏傳注曰鄙邊邑也何必昏於作勞邪贏優而足恃昏勉也邪僞也優饒也言何必當勉力作勤勞之事乎欺僞之利自饒足恃也善曰尚書曰不昏作勞彼肆人之男女麗美奢乎許史言長安市井之人被服皆過此二家善曰漢書曰孝宣許皇后元帝毋帝封外祖父廣漢爲平恩侯又曰衛太

胡

子史良娣宣帝祖母也兄恭宣帝立恭巳死封恭長子高爲樂陵侯若夫翁伯濁質張里之家擊鍾鼎食連騎相過東京公侯壯何能加善曰漢書食貨志曰翁伯以販脂而傾縣邑濁氏以胃脯而連騎質氏以洗削而鼎食張里以馬醫而擊鍾晉灼曰胃脯今大官以十月作沸湯燖羊胃以末椒薑坋之訖曝使燥者也燖在鹽切坋步寸切洒曰洗削謂作刀劒削也張里里名也都邑游俠張趙之倫齊志無忌擬跡田文善曰漢書曰長安宿豪大猾箭張回酒市趙放皆通邪結黨一云張子羅趙君都其長安大俠具游俠傳輕死重氣結黨連羣寔蕃有徒其從如雲寔實也蕃多也徒衆也善曰尚書曰寔繁有徒毛詩曰齊子歸止其從如雲茂陵之原陽陵之朱趫悍虓豁如虎如貙善曰原原涉也朱朱安世也史記曰誅獟猂獟與趫同欺譙切說文曰悍勇也户旦切毛詩曰闞如虓虎呼交切爾雅曰貙獌似貍貙勑珠切睚眦蠆芥

遊麗 按今言遊歷

茂

沈休文恩倖傳論注 創作鑱

近

屍僵路隅僵仆也善曰漢書曰原涉字巨先自陽翟徙茂陵涉外温仁内隱忍好殺睚眦於塵中觸死者甚衆廣雅曰睚裂也說文曰眥目匡也淮南子曰瞋目裂眥睚五解切眥在賣切張揖子虛賦注曰蔕介刺鯁也蠆與蔕同並丑介切丞相欲以贖子罪陽石汙而公孫誅善曰漢書曰公孫賀爲丞相子敬聲爲太僕擅用北軍錢千九百萬下獄是時詔捕陽陵朱安世賀請逐捕以贖敬聲罪後果得安世安世遂從獄中上書曰敬聲與陽石公主私通遂父子俱死獄中也陽石比海縣名也若其五縣遊麗辯論之士街談巷議彈射臧否剖析毫釐擘肌分理善曰五縣謂五陵也長陵安陵陽陵武陵平陵五陵已見西都賦毛詩曰未知臧否聲類曰毫長毛也漢書音義曰十毫爲氂氂力之切鄭玄周禮注曰擘破裂也補革切說文曰肌肉也所好生毛羽所惡成創痏毛羽言飛揚創痏謂瘢痕也善曰蒼頡曰痏敺傷也胡軌切郊甸之内鄉邑殷賑五十里爲近郊百里爲甸師殷賑謂富饒也善曰尚書曰五百里甸服爾雅曰

賑富也之忍切五都貨殖，既遷既引。遷易也引致也善曰五都已見西都賦遷謂徙之於彼引謂納之於此商旅聯槅，隱隱展展。言賈人多車梔相連屬隱隱展展重車聲也丁謹切善曰說文曰槅大車梔也居責切冠帶交錯，方轅接軫。冠帶猶搢紳謂吏人也善曰楊雄蜀都賦曰方轅齊轂隱隱軫軫枚乘兔園賦曰車馬接軫相屬方輪錯轂說文曰軫車後橫木也封畿千里，統以京尹。善曰毛詩曰封畿千里惟民所止漢書曰內史周官武帝更名京兆尹張晏曰地絕高曰京十億曰兆尹正也郡國宮館百四十五。離宮別館在諸郡國者善曰三輔故事曰秦時殿觀百四十五所右極盩厔，并卷酆鄠。盩厔山名因名縣善曰漢書曰右扶風有盩厔縣盩張流切厔張栗切左暨河華，遂至虢土。暨言及也華陰縣故屬京兆善曰漢書右扶風有虢縣上林禁苑，跨谷彌皐。跨越也弥猶掩也大陵曰皐上林苑名禁禁人妄入也東至鼎湖，邪界細柳。鼎湖細柳皆池名也鼎湖在華陰東

注亘當作亙　垣疑亘薛注垣同
植物八字當别為節 斷以下
植物二十五字為注

植物八字薛注

駓騃馬融傳作鄙騃獸奮迅皃也
毛詩吉日儦儦俟俟傳云趨則儦儦行則俟俟儦儦韓詩作駓駓
魯頌駉以車伾伾傳云伾伾有力也

細柳在長安西北。**掩長楊而聯五柞**，長楊宮在盩厔，五柞亦館名，云有五株柞樹。善曰：鄭玄毛詩箋曰：掩，覆也。**繞黃山而款牛首**。繞，裹也。款，至也。善曰：漢書右扶風槐里縣有黃山宮。三輔黃圖曰：甘泉宮中有牛首山。**繚垣緜聯，四百餘里，植物斯生，動物斯止**。繚垣，猶繞了也。緜聯，猶連蔓也。四百餘里，苑之周圍也。善曰：今並以亘為垣。西都賦曰：繚以周牆。三輔故事曰：北有甘泉九嵕，南至長楊五柞，連緜四百餘里也。植物，草木；動物，禽獸。善曰：周禮曰：動物宜毛物，植物宜皁物也。**眾鳥翩翻，群獸駓騃**，皆鳥獸之形皃也。善曰：薛君韓詩章句曰：趨曰駓，行曰騃。駓音鄙，騃音俟。**散似驚波，聚以京峙**。京，高也。水中有土曰峙。言禽獸散走之時，如水驚風而揚波，聚時如水中之高土也。善曰：峙，直里切。**伯益不能名，隸首不能紀**。善曰：列子曰：此海有魚名鯤，有鳥名鵬，大禹行而見之，伯益知而名之，夷堅聞而志之。世本曰：隸首作數。宋衷曰：隸首，黃帝史也。**林麓之饒，于何不有**。木叢生曰林。善曰：穀梁傳曰：林屬於山曰麓。注曰：麓，山足也。**木則樅栝**

八字乃綜注下善曰當有

埃篸說文〻〻日無光也後出字作靉靆
[illegible]　[illegible]說文橚長木皃
橚槮上林賦作萷蔘
九辯萷橚槮之可哀
王逸注蔘獨立也

梫柟梓棫楩楓梫松葉柏身也栝柏葉松身梓如栗而小棫白蕤也楓香木也善曰郭璞山海經注曰梫一名幷閭爾雅曰梅柟郭璞曰柟木似水楊又曰棫白桵樅七容切栝古活切梫子公切柟音南梓音姊棫音域郭璞上林賦注曰楩杷也似梍楩皁緜切楓音風嘉卉灌叢蔚若鄧林嘉猶美也灌叢蔚若皆盛皃也善曰山海經曰夸父與日競走渴飲河渭不足北飲大澤未至道渴死棄其杖化爲鄧林鬱蓊薆薱橚爽櫹槮皆草木盛皃也善曰薱徒對切橚音肅櫹音蕭槮音森吐葩颺榮布葉垂陰葩華也草則葴莎菅蒯薇蕨荔苀善曰爾雅曰葴馬藍郭璞曰今大葉冬藍音針爾雅曰薃侯莎又曰白華野菅郭璞曰菅茅屬古顏切聲類曰蒯草中爲索苦怪切毛萇詩傳曰薇菜也爾雅曰蕨鼈也說文曰荔草似蒲音隸爾雅曰苀東蠡郭璞曰未詳苀胡郎切王芻莔臺戎葵懷羊善曰爾雅曰菉王芻郭璞曰今菉蓐也爾雅曰莔貝母郭璞曰似韭武行切爾雅曰臺夫須又曰萺茙葵郭璞曰今蜀葵萺音冒茙音戎爾雅曰瘣懷羊郭璞

蓬茸司馬相如傳作蘢茸，南都賦作蒚茸，並雙聲連語皆草木叢聚之皃

說文田踐處曰町　蒼頡篇町田區也

黑水玄址用天問

天問黑水玄阯三危安在洪氏補注謂此昆明靈沼取象於黑水玄阯也

西都賦注引漢宮闕疏曰昆明池有二石人牽牛織女象

湯

湯

曰朴詳苹蓴蓬茸彌皐被岡彌猶覆也言草木熾盛覆被於高澤及山岡之上也善曰苹音本。蓴子本切篠簜敷衍編町成篁篠竹箭也蕩大竹也敷布也衍蔓也編連也町謂畎畝篁竹墟名也善曰尚書曰瑤琨篠簜既敷町音挺。山谷原隰泱漭馬黨切無疆泱漭無限域之貌言其唆無境限也善曰泱烏朗切。迺有昆明靈沼黑水玄阯上小渚曰阯善曰漢書曰武帝穿昆明池黑水玄阯。謂昆明靈沼之水沚也水色黑故曰玄阯也。周以金堤樹以柳杞金堤謂以石爲邊隒而多種杞柳之木善曰金堤言堅也子虛賦曰上金堤杞即梗木也。山海經曰杞如楊赤理豫章珍館揭焉中峙皆豫章木爲臺館也善曰三輔黃圖曰上林有豫章觀說文曰揭高舉也渠列切。牽牛立其左織女處其右善曰已見西都賦。日月於是乎出入。象扶桑與濛汜。善曰言池廣大日月出入其中也。淮南子曰日出暘谷拂于扶桑楚辭曰出自陽谷入于濛汜汜音似。其中則有

並胡

胡

鯋 注及別本

注

鄭注曰 毛萇五字改 又曰
鮪鱣屬鯢似鮎
又曰改毛萇詩傳曰

卉後出字作㖆玉篇嘒嘒㖆㖆
軿亦作軯

聲字義胡校誤

鼉鼊巨鼈鱣鯉鱮鮦鮪鯢鱨鯊修額短項大口折鼻詭類殊種自鱨鯊以上皆魚名也修額至折鼻皆魚形也詭類殊種多雜物也善曰郭璞山海經注曰鼉似蜥蜴徒多切郭璞爾雅注曰鱣似鱓知連切鄭玄詩箋曰鱮似魴翔與切爾雅曰鱧鮦也音童毛萇詩傳曰鮪鮪乎軌切鮎奴謙切曰鱨揚也鯊鮀也鱨音常鳥則鷫鷞鴰鴇駕鵝鴻鶤善曰高誘淮南子注曰鷫鷞長脛綠色其形似鴈張揖上林賦注曰駕鵝野鵝又曰鶤雞黃白色長頷赤喙鴰鴇已見西都賦凡魚鳥草木皆不重見他皆類此鷫音肅駕音加鶤音昆上春候來季秋就溫善曰周禮曰上春生穜稑之種禮記曰孟春鴻來鄭玄曰鴈自南方來將北反其居也又曰季秋之月鴻鴈來賓鄭玄曰來賓止而未去也列子曰禽獸之智違寒就溫南翔衡陽北棲鴈門善曰尚書曰荊及衡陽惟荊州孔安國曰衡山之陽漢書有鴈門郡奮隼歸鳧沸卉軿訇奮迅聲也隼小鷹也善曰周易曰射隼高墉之上軿芳耕切訇火宏切衆形殊聲不可勝論

何　並胡　雁　佀改

抄李注五作鷙鳥

○別本作鷙鳥舊音至

抄許曰衍陸曰匡君曰以善反中布也衍五臣作之舒布也王之衍地絡入手篇案匡君者此據李注已注本避其家諱也

抄於

嵇叔夜琴賦霍濩紛葩注●盛皃與此皆疊韻連語

論說也善曰廣雅曰勝舉也於是孟冬作陰寒風肅殺寒氣急殺於萬物孟冬十月陰氣始盛萬物彫落善曰禮記曰孟秋天氣始肅仲秋殺氣浸盛雨雪飄飄冰霜慘烈飄飄雨雪貌慘烈寒也善曰李陵書曰邊土慘烈百卉具零剛蟲搏摯草木零落陰氣盛殺鷹犬之屬可摯擊也善曰毛詩曰百卉具腓禮記曰季秋豺祭獸戮禽也爾乃振天維衍地絡維綱也絡網也謂其大如天地矣振整理也衍申布也善曰衍以善切蕩川瀆簸林薄林薄草木叢生也蕩動也簸揚也謂驅獸也鳥畢駭獸咸作草伏木棲寓居穴託謂禽獸驚走得草則伏遇木則棲非其常處苟寄而居值穴而託爲人窮迫之意起彼集此霍繹紛泊謂爲彼人所驚而來集此人之前霍繹紛泊飛走之貌在彼靈囿之中前後無有垠鍔言禽獸之多前却顧視無復齊限也善曰靈囿已見東都賦淮南子曰出於無垠鄂之門許慎曰垠鍔端崖也虞人掌焉爲之營域虞人掌禽獸之

注

駢田猶駢陳聚也亦作駢闐

抄迺　抄雕

抄載下善曰當在古字上

倚

又

抄戈

玄弋何焯改為玄戈今見日本抄本竟与之同

官善曰周禮曰山虞若大田獵則萊山之野焚萊平場柞木翦棘善曰周禮曰牧師贊焚萊毛萇詩傳曰萊草也賈逵國語注曰槎邪斫也柞與槎同仕雅切左氏傳曰翦其荆棘結罝音嗟百里迒杜蹊塞罝網也迒道也蹊徑也皆以網杜塞之也善曰迒公郎切小雅曰杜塞也麀鹿麌麌駢田偪仄鹿北曰麀麌麌鹿形貌駢田偪仄聚會之意善曰毛詩曰麀鹿攸伏麀於牛切麌魚矩切天子乃駕彫軫六駿駮彫畫也天子駕六馬駮白馬而黑畫爲文如虎者戴翠帽倚金較翠羽爲車蓋黃金以飾較也古今注曰車耳重較文官青武官赤或曰車蕃上重起如牛角也善曰毛詩曰猗重較兮音倚說文曰較車輢上曲鉤也較工卓切輢一伎切璿弁玉纓遺光儵音叔爚弁馬冠也叉髦以璿玉作之纓馬鞅爚也以玉飾之遺餘也儵爚有餘光也爚音樂建玄弋樹招搖玄弋北斗第八星名爲矛頭主胡兵招搖第九星名爲盾今鹵簿中畫之於旗建樹之以前驅善曰禮記曰招搖在上急繕其怒鄭玄曰繕讀曰勁畫招搖星於其上以起軍堅勁

何　胡

脩 抄改

張 抄震學注宸一本評作宸
注云字林云宸或作宸通

猲 抄猲

軍之威怒象天帝也棲鳴鳶曳雲梢禮記曰前有塵埃則載鳴鳶棲謂畫其形於旗上雲梢謂
旌旗之流飛如雲也善曰高唐賦曰建雲旆弧旌枉矢虹旃蜺旄弧星名通帛爲旃雄
曰虹維曰蜺善曰周禮曰弧旌枉矢以象牙飾楚辭曰建雄虹之采旄上林賦曰拖蜺旌也華蓋承辰
天畢前驅華蓋星覆北斗王者法而作之畢網也象畢星也前驅載之善曰劉歆遂初賦曰奉華蓋
於帝側韓詩曰伯也執殳爲王前驅千乘雷動萬騎龍趨善曰東都賦曰千乘雷起
方騎紛紜屬車之簉載獫獝猲獢大駕最後一乘懸豹尾以前爲省中侍御史載之簉副也
善曰古今注曰豹尾車周制也所以象君豹變言尾者謙也屬車已見東都賦毛詩曰輶車鑾鑣載獫猲獢毛
萇曰獫猲獢皆田犬也長喙曰獫短喙曰猲獢簉初遘切獫呂驗切獢許喬切匪唯翫好乃有
祕書小說九百本自虞初小說醫巫厭祝之術凡有九百四十三篇言九百舉大數
也善曰漢書曰虞初周說九百四十三篇初河南人也武帝時以方士侍郎乘馬衣黃衣號黃車使者小說家者流蓋

文二　十八

何

胡

姚鼐曰蚩尤以下六句謂旌頭

西都賦注長安作飛廉館上林有上蘭觀　抄子

出於稗官應劭曰其說以周書爲本。從容之求寔俟寔儲持此祕術儲以自隨待上所求問皆常具也善曰尚書曰從容以和爾雅曰俟待也說文曰儲具也於是蚩尤秉鉞奮鬣被般善曰山海經曰蚩尤作兵伐黃帝史記曰黃帝與蚩尤戰於涿鹿之野蒼頡篇曰鉞斧也毛萇曰鬐鬣般虎皮也上林賦曰被班文般與班古字通禁禦不若以知神姦螭魅魍魎莫能逢旃善曰左氏傳曰王孫滿謂楚子曰昔夏鑄鼎象物使人知神姦故人入川澤不逢不若螭魅魍魎莫能逢旃杜預曰若順也說文曰螭山神獸形魅怪物魍魎水神毛萇詩傳曰旃之也陳虎旅於飛廉正壘壁乎上蘭陳列也善曰周禮虎賁下大夫旅賁氏中士也飛廉上蘭已見西都賦結部曲整行伍善曰司馬彪續漢書曰大將軍營五部部有校尉一人部下有曲曲有軍候一人左傳曰行出犬雞杜預云二十五人爲行行亦卒之行列也周禮曰五人爲伍燎京薪駴雷鼓積高爲京燎謂燒之善曰周禮曰鼓皆駭鄭玄曰雷擊鼓曰駭駭與駴同縱獵徒赴長

抄驕

胡最是

獵字一層

抄列

陳孔璋爲袁紹檄豫州注劉孝標廣絕交論注任彥昇齊竟陵文宣王行狀注並引作跋

尤云光炎五臣作光焰

跋

答賓戲

抄趣　抄徼

別本作㩳舊音肅

趨

莽莽草長謂深且遠也方言曰草南楚之間謂之莽迾卒清候武士赫怒善曰鄭玄禮記注曰迾遮也迾旅結切清候清道候望也鄭玄毛詩箋曰赫怒意也緹衣韎韐睢盱拔扈善曰緹衣韎韐武士之服字林曰緹帛丹黃色他迷切毛詩曰韎韐有奭毛萇曰韎者茅蒐染也字林曰睢仰目也盱張目也睢火隹切盱火于切毛詩曰無然畔援鄭玄曰畔換猶拔扈拔扈與跋古字通光炎燭天庭嚻聲震海浦燭照也海浦四瀆之口善曰解嘲曰未仰天庭鄭玄周禮注曰嚻讙也許朝切河渭爲之波盪吳嶽爲之陁雉堵波盪搖動也陁落也善曰漢書曰自華西名山七一曰吳山郭璞云吳岳別名百禽㥄遽騤瞿奔觸㥄猶怖也遽促也騤瞿走貌奔觸唐突也善曰羽獵賦曰虎豹之陵遽白虎通曰禽鳥獸之總名爲人禽制㥄音陵遽渠庶切騤音逵瞿巨駒切喪精亡魂失歸忘趨投輪關輻不邀自遇言禽獸亡失精魂不知所當歸趨也反關入輪輻之間不須邀逐往自得之趣向也邀遮也飛罕潚箾流

十九

胡

抄跋

畔援五臣本作伴換漢書作叛換即跋扈　秦陽作伴奐　詩箋作判渙　論語鄭注作畔喭　或作吸喭

說文鏑矢鏠也都歷切

鋋市連切又以然切

呂向曰揘畢猶擊刺也　抄揘

胡紹瑛曰田蔟當爲簇凡刺物謂之簇故呼所刺之物爲簇方言凡相推搏曰捔又推擊也

其　衍　抄無

說文沆大澤也玉篇䲨鹽澤也或作阬坑同

鏑攙摞。潚箾，罼形也。攙摞，中聲也。善曰：說文曰：罼，網也。潚音蕭，箾音朔，攙普麥切，摞芳邈切。矢不虛舍，鋋不苟躍。舍，放也。躍，跳也。矢鋋跳躍必有獲矣。善曰：說文曰：鋋，小戈也。當足見蹍，值輪被轢。轢音歷。足所蹈爲蹍，車所加爲轢。善曰：蹍，女展切。僵禽斃獸，爛若磧礫。磧，七亦切。礫，歷。僵，仆也。石細者曰礫。謂所獲禽鳥爛然如聚細石也。但觀罝羅之所羂結，竿殳之所揘畢。羂，縊也。結，縛也。竿，竹也。殳，杖也，八稜，長丈二而無刃，或以木爲之，或以竹爲之。揘畢，謂撞挃也。善曰：羂，古犬切。揘音橫。畢，于筆切，又音筆。叉蔟之所攙捔，徒搏之所撞挃。攙捔，貫刺之。撞挃，猶揘畢也。善曰：蔟，楚角切。攙，士銜切。捔，助角切。撞，直江切。挃，旁結切。白日未及移其晷，已獮思衍切其什七八。晷，景也。獮，殺也。言日景未移，禽獸什已殺七八矣。善曰：漢書張竦曰：日不移晷，霍然四除。若夫游鷮高翬，絕阬踰斥。雉之健者爲鷮，尾長六尺。詩云：有集唯鷮。翬翬，飛也。斥，澤崖也。善曰：鷮，舉喬切。阬音剛。斥音尺。毚兔

說文攙刺也捔與擉同

撞捔與揘畢爲一賦中類此者不少特詞家推避法耳

獮專二層

一本不重疊

抄淩

聯猭吳都賦作獑猭注引埤蒼云逃也史記貨殖傳陳掾其間索隱云核繚繞驅逐也聯猭之義當亦如此

云衍 御改銜

說文鷙擊殺鳥也摯爲鷙之借說文韝射臂決也

善曰 刪 抄紲

抄眶

聯猭陖巒超壑。䨲狡兔也聯猭走也巒山也壑阬谷也自游鶻至此皆說禽獸輕狡難得也善曰毛詩曰

趯趯毚兔毚音讒猭勑緣切比諸東郭莫之能獲。善曰戰國策淳于髡曰夫韓國盧天下之駿狗也東

郭㕙海內之狡兔也環山三騰罔五韓盧不能及之鄭玄禮記注曰比猶比方也孔安國尚書傳曰諸之也乃有迅

羽輕足尋景追括。迅羽鷹也輕獜好犬也也括箭括之御弦者鳥不暇舉獸不

得發。舉飛也發駭走也善曰高唐賦曰飛鳥未及起走獸未及發青骹摯於韝下

韓盧噬於緤末。青骹鷹青脛者善曰韓盧犬謂黑色毛也摯擊也噬齧也緤攣也韝臂衣鷹下

韝而擊犬攣末而齧皆謂急搏不遠而獲善曰說文曰骹脛也戰國策淳于髡曰韓國盧者天下之駿狗也骹苦交切緤音薛

礼記曰犬則執緤鄭玄注曰緤紖勒皆所以繫制之者守犬田犬問名畜養者當呼之名謂若韓盧宋鵲之屬及其猛

毅髬髵丕而隅目高匡。髬髵作毛鬣也隅目角眼視也高匡深瞳子也皆謂猛獸作怒可畏者善曰髬音悲

切髵音而威懾兕虎莫之敢伉。兕水牛類也伉當也謂獸猛兕虎且猶畏之人無敢當之者善曰鄭玄毛

文二 二十

、ㄨ三

陳

曰衍 別本如此

獵字三層

鬘 髽鬘宜作髽 作計切則
此注不引說文而引通
俗文未必服不作髽
二作計切猶諾讀錢
耳未可輒改也

五臣本奎作踰 說文
奎兩髀之閒
說文踽疏行皃
左傳杜注云搋挃手屈
肘爲戟形
子虛賦蟃蜒郭璞云
大獸長百尋下文亦
云巨獸百尋是爲曼
延字雖互異即此一物
狒說文作𥝢
爪又釋獸狒狒類貙
虎爪食人迅走釋文狒
亦作𤝢或作𤞷或作
窫山海經作窫窳

詩箋曰慴恐懼也伉古郎切迺使中黄之士育獲之儔朱鬘莫亞髽髽士瓜植髮如竿絳帕額露頭髻植髮如竿以擊猛獸能服之也善曰尸子曰中黄伯曰余左執泰行之獶而右搏雕虎戰國策范雎說秦王曰烏獲之力焉而死夏育之勇焉而死說文曰鬘帶髻頭飾也通俗文曰露髻曰髽以麻雜爲髻如今撮也鬘莫亞切髽士瓜切髽作計切袒裼戟手奎踽盤桓開足也盤桓便旋也善曰毛詩曰袒裼暴虎左傳曰戟其手廣雅曰盤桓不進也奎欺棰切踽去禹切鼻赤象圈巨狿象鼻赤者怒巨狿麙也怒走者爲狿謂能戾象鼻又穿麙以著圈善曰說文曰圈畜閑也其狿音延摣狒猬批窳狻狒獸身人面身有毛被髮迅走食人猬其毛如刺窳狻窳狻也類貙虎爪食人狻猊也一曰師子摣批皆謂戟撮之善曰摣子加切狒房沸切猬音謂批側倚切窳音庾狻音酸猊五奚切揩㮇落突棘藩善曰字林曰揩摩也口階切說文曰㮇木似橘居紙切杜預左氏傳注曰藩籬也落亦籬也梗林爲之靡拉樸叢爲之摧殘靡拉

鬘与帞帕通

巘疑巚注皆同

爾雅釋畜騉駼李孫郭皆以爲名馬

摧殘言指笑之皆擗碎毀拆也拉郎荅切善曰方言曰凡草木刺人爲梗古杏切毛萇詩傳曰樸包木也補木切

輕銳僄狡趫捷之徒輕銳謂便利捷疾也言如此者多也赴洞穴探封狐陵重巘獵昆駼洞穴深且通也探取也封大也陵猶升也山之上大下小者曰巘昆駼如馬跂蹄善登高言能升重巘之嶺而獵取昆駼之獸善曰巘言免切駼音途

杪木末擭獑猢杪猶表也獑猢猨類而白腰以前黑在木表擭謂取之也善曰杪音眇擭於白切獑在銜切猢音胡超殊榛擸飛鸓殊猶大也榛木也擸捎取之也善曰爾雅曰鸓鼠夷由郭璞曰狀如小狐肉翅飛且乳擸大結切鸓音吾

是時後宮嬖人昭儀之倫嬖幸也昭儀後宮官也常亞於乘輿亞次也乘輿天子所乘車慕賈氏之如皋樂北風之同車善曰左氏傳曰賈大夫惡取妻三年不言不笑御以如皋射雉獲之其妻始笑而言杜預曰賈國之大夫詩北風曰惠而好我攜手同車盤于游畋其樂只且盤樂也善曰尚書曰不敢盤于游畋毛詩

且

周礼牛人凡祭祀共其牛牲之互鄭注互若今屠家縣肉格孫詒讓曰一切經音義十四引蒼頡篇云格椸架也詩小雅楚茨孔疏引周礼鄭注格作架蓋以義改

曰其樂只且辭也子余切於是鳥獸殫目觀窮殫盡也窮極也所觀畢也善曰國語伍舉曰若周於目觀遷延邪睨集乎長楊之宮遷延退旋也善曰高唐賦曰遷延引身也說文曰睨斜視也魚計切息行夫展車馬息休也善曰左氏傳曰子反令軍吏繕甲兵展車馬鄭玄禮記注曰展整也張輦切收禽舉胔數課衆寡胔死禽獸將腐之名也數計課録校所得多少善曰胔取肉名不論腐敗也置互擺牲頒賜獲鹵互所以挂肉擺謂破礫懸之頒謂以所鹵獲之禽獸賜士衆也善曰擺芳皮切漢書音義曰鹵與虜同割鮮野饗犒勤賞功謂饗食士衆於廣野中勞勤苦賞有功善曰子虛賦曰割鮮染輪杜預左氏傳曰犒勞也犒苦到切五軍六師千列百重善曰漢官儀漢有五營五軍即五營也周禮天子六軍六師即六軍也尚書曰張皇六師千列列千人也酒車酌醴方駕授饔酒肴皆以車布之善曰鄭玄儀礼注曰方併也杜預左氏傳注曰熟曰饔升觴舉燧既釂鳴鐘燧火也謂行酒舉烽

纚羅而飲

廣雅釋詁三揮開也王念孫云揮之言擘也後漢書馬融傳注引字書云擺亦揮字也周官大宗伯以疈辜祭四方百物故書疈為罷說文副判也籀文作疈

抄學注儴佯

相羊五臣作儴佯廣雅作儴佯、上林賦作襄羊、哀十二年傳衛逐而方羊 呂氏春秋行論篇彷佯於野、淮南子原道訓云彷徉乎山峽之旁 史記吳王濞傳彷徉天下 漢書作方洋 字異而義同 又作徜徉、尚羊、常羊 相羊並同

日 刪

火以告衆也以醻鳴鍾鼓也善曰升進也說文曰醻飲酒盡也焦曜切膳夫馳騎察貳廉空膳夫宰夫也察廉皆視也貳爲兼重也空滅無也言宰人騎馬行視肴有兼重及滅無者也善曰礼記曰御同於長者雖貳不辭鄭玄曰貳重也肴膳也炙炰夥清酤敍皇恩溥洪德施詩有炰鼈清酤美酒也善曰史記曰楚人謂多爲夥音禍毛詩曰既載清酤音戶廣雅曰敍敍也多也音巨皇皇帝普博施也徒御悅士忘罷善曰毛詩曰徒御不驚毛萇曰徒輦者也御御馬也罷音皮巾車命駕迴旆右移巾車主車官也回車右轉將旋也善曰孔叢子歌曰巾車命駕將適唐都鄭玄周禮春官注曰巾猶衣也相羊乎五柞之館旋憩乎昆明之池相羊仿羊也池卽所謂靈沼也善曰楚辭曰聊逍遙以相羊憩息也登豫章簡矰紅豫章池中臺也簡省也繳射矢長八寸其絲名矰音曾蒱且發弋高鴻善曰列子蒱且子之弋弱矢纖繳射乘風而振之連雙鶬於青雲也且子余切挂白鵠聯飛龍挂矢絲挂鳥也飛龍鳥名也磻不特絓往

說文䚄察視也

○胡云衍

并寫小嬉

徉傸矯 字之誤

以

雍門子周見說苑又見大周正樂御覽引

鷁穀梁作鶂

說文簇吹鞭也葭即簇通作笳

和已下疑善注　杜上有捉字

必加雙沙石膠絲爲磻非徒獲一而已必雙得之善曰說文曰磻以石著繳也磻音波絓音卦於是命舟牧爲水嬉舟牧主舟官嬉戲也善曰禮記曰舟牧覆舟琴道雍門周曰水嬉則艕龍舟浮鷁首翳雲芝船頭象鷁鳥厭水神故天子乘之翳羽覆也爲畫芝草及雲氣以爲船覆飾也善曰淮南子曰龍舟鷁首甘泉賦曰登夫鳳皇而翳華芝垂翟葆建羽旗謂垂羽翟爲葆蓋飾建隼羽爲旌旗也善曰琴道雍門周曰水嬉則建羽旗齊栧女縱櫂歌善曰栧女鼓栧之如漢書音義韋昭曰栧楫也揚至切櫂歌引櫂而歌也西都賦曰櫂女謳漢武帝秋風辭曰發櫂歌方言曰楫或謂之櫂郭璞曰今云櫂歌也直教切發引和校鳴葭奏淮南度陽阿發引和言一人唱餘人和也葭更校急之乃鳴和胡卧切挃摯葭賦曰李伯陽入西戎所造漢書曰有淮南鼓員四人謂舞人也淮南子曰足蹀陽阿之舞感河馮懷湘娥善曰感動也莊子曰馮夷得道以潛大川說文曰懷念思也楚辭曰帝子降兮北渚王逸曰言堯二女娥皇女英隨舜不及墮湘水中因爲湘夫人

何　胡

鮋，陸佃埤雅云江湖間謂之餐魚。

說文馽絆馬也，重文作縶

說文嶰一曰小谿，爾雅釋山嶰為小谷，故澥為水。說文澥郭澥海之別也，謂海之小者也。

罭疑緎

注

罝刪

驚蝄蜽，憚蛟蛇。蝄蜽水神，蛟龍類。驚憚謂皆使駭怖也。善曰：揚雄蜀都賦曰：其深則有水豹蛟虵也。然後釣魴鱧，纚鰋鮋。纚網如箕形，狹後廣前。魴鱧鰋鮋皆魚名。善曰：纚所買切，鮋長由切。摭紫貝，搏耆龜。搏摭皆拾取之名。耆，老也。龜之老者神。善曰：相貝經曰：赤電黑雲謂之紫貝。楚辭曰：耆蔡兮踊躍。王逸曰：蔡，龜也。摭之石切。搤水豹，馽潛牛。水豹潛牛皆謂水處也。善曰：說文曰：搤，捉也。楊雄蜀都賦曰：水豹蛟蛇。說文曰：馽，絆馬也。上林賦曰：沈牛麈麋。南越誌：潛牛形角似水牛。搤音厄。馽中立切。澤虞是濫，何有春秋？澤虞主水澤官。濫施罛罔也。言不順時節常設之也。善曰：周禮曰：澤虞掌國澤之政。國語曰：魯宣公濫於泗流。擿㵳澥，搜川瀆，布九罭，設罜䍡。㵳澥小水別名。擿搜謂一一周索也。善曰：毛詩曰：九罭之魚鱒魴。爾雅曰：九罭，魚網。國語里革曰：罝禁罜䍡。韋昭曰：罜䍡，小網也。擿土狄切。㵳音了。澥音蟹。罭與緎古字通。罭音域。罜音獨。䍡音鹿。摷鯤鮞，殄水族。鯤，魚子。鮞，細魚。族，類也。摷殄言盡取之。摷責交切。善曰：國語里革曰：魚禁鯤鮞。鯤音昆。鮞

文二　十三

胡刪

注

五臣蘧作蕖此為借字
𢽸周礼作𣪠說文魚部𩺰捕魚也無𢽸字
摎一作𤜼廣雅釋詁三𤜼擭也莊子天道篇膠膠擾擾摎𤜼膠音義並同与
漢書揚雄傳注引音義韋昭曰浶騷也广雅釋詁三曰騷擾也
宋本作蝮蜪漢書五行志引董仲舒劉向說並以蝝為蝗始生大春秋宣十五年冬蝝生杜注謂蝝子從劉董說
孫志祖曰張帳古字通

音而蘧藕拔蜃蛤剥蘧芙蕖蜃蛤蚌也善曰蜃音腎逞欲畋𢽸效獲麑麌逞極也麑子曰麑麋子曰麌善曰左氏傳季良曰今民餒而君逞欲廣雅曰逞快也孔安國尚書傳曰田獵也田與畋同說文曰𢽸捕魚也音魚國語曰獸長麑麌麑音迷麌烏老切摎蓼浶浪所求備也善曰摎古巧切蓼音老浶音勞浪音郎也乾池滌藪善曰孔安國尚書傳曰滌除也鄭玄禮記注曰藪大澤上無逸飛下無遺走擭胎拾卵蚳蝝盡取善曰國語曰鳥翼鷇卵蟲舍蚳蝝韋昭曰蚳蟻子也可以為醢蝝復陶也可食未乳曰卵蚳直尸切蝝音緣取碁苟切取樂今日遑恤我後皇暇也言且快今日之苟樂焉能復顧後日之長久也善曰毛詩曰我躬不閱遑恤我後既定且寧焉知傾陁天下已定貴在安樂極意恣心何能復顧後日傾壞也陁音雉大駕幸平樂張甲乙而襲翠被平樂館大作樂處也襲服也李尤樂觀賦曰設平樂之顯觀處金商之維限善曰班固漢書贊曰孝武造甲乙之帳襲翠被馮玉几音義

陈百戲
浶浪狼牢
籠蓯籠絡

注抄舩 關舡 抄陋 抄薇 此假渡華山之形

曰甲乙帳名也左氏傳曰楚子翠被扗頭曰翠羽飾被披義切攢珍寶之玩好紛瑰麗以奓靡攢聚也紛猶雜也瑰奇也麗美也奓靡奢放也臨迴望之廣場程角觝之妙戲程謂課其技能也善曰漢書曰武帝作角觝戲文穎曰秦名此樂爲角觝兩兩相當角力技藝射御故名角觝也烏獲扛鼎都盧尋橦善曰史記曰秦武王有力士烏獲孟說皆大官王與孟說舉鼎說文曰扛横關對舉也扛與舩同古巷切漢書曰武帝享四夷之客作巴俞都盧音義曰體輕善緣橦直江切衝狹鷰濯胷突銛鋒卷簟席以矛插其中伎兒以身投從中過鷰濯以盤水置前坐其後踊身張手跳前以足偶節踰水復却坐如鷰之浴也善曰漢書音義曰銛利也息廉切跳丸劒之揮霍走索上而相逢揮霍謂丸劒之形也索上長繩繫兩頭於梁舉其中央兩人各從壹頭上交相度所謂儛絙者也跳都彫切華嶽峩峩岡巒參差神木靈草朱實離離華山爲西嶽峩峩高大皃參差低仰皃神木松栢靈壽之屬靈草芝英朱

胡 舩一作舡

赤也離離實垂之貌善曰西都賦曰靈草冬榮神木叢生毛詩曰其桐其椅其實離離毛萇曰離離垂也

總會僊倡戲豹舞羆白虎鼓瑟蒼龍吹篪仙倡偽作假形謂如神也羆熊豹熊虎皆爲假頭也女娥坐而長歌聲清暢而蜲蛇蜲蛇聲餘詰曲也善曰女娥娥皇女英也洪涯立而指麾被毛羽之襳襹洪涯三皇時伎人倡家託作之衣毛羽之衣襳毛形也善曰襳所炎切襹史宜切度曲未終雲起雪飛初若飄飄後遂霏霏飄飄霏霏雪下貌皆巧僞作之善曰班固漢書曰元帝自度曲讚曰度曲歌終更授其次謂之度曲毛詩曰雨雪霏霏複陸重閣轉石成雷複陸複道閣也於上轉石以象雷聲礔礰激而增響磅礚象乎天威增響重聲也磅礚雷霆之音如天之威怒善曰礔敷赤切磅怖萌切礚古盖切巨獸百尋是爲曼延作大獸長八十丈所謂蛇龍曼延也善曰漢書曰武帝作漫衍之戲也神山崔巍欻從

轔囷屈曲之皃吳都賦
輪囷糾蟠輪囷即轔囷
抄評作鱗囷引鈔曰長皃也
抄旁注云或作此呀同

背見欻之言忽也僞所作也獸從東來當觀樓前背上忽然出神山崔巍也欻許律切熊虎升
而拏攫猨狖超而高援皆僞所作也善曰拏攫相搏持也拏奴加切攫居縛切怪
獸陸梁大雀踆踆皆僞所作也陸梁東西倡佯也踆踆大雀容也七輪切善曰尸子曰先王
豈無大鳥怪獸之物哉然而不私也白象行孕垂鼻轔囷僞作大白象從東來當觀
前行且乳鼻正轔囷也善曰轔音鄰囷巨貧切海鱗變而成龍狀蜿蜿以蝹蝹
海鱗大魚也初作大魚從東方來當觀前而變作龍蜿蜿蝹蝹龍形貌也善曰蜿於表切蝹於君切含利
颬颬化爲仙車驪駕四鹿芝蓋九葩含利獸名性吐金故曰含利颬颬容
也驪猶羅列駢駕之也以芝爲蓋蓋有九葩之采也善曰颬呼加切蟾蜍與龜水人弄蛇
作千歲蟾蜍及千歲龜行舞於前也水人俚兒能禁固弄蛇也善曰蟾昌詹切蜍市余切奇幻儵忽
易貌分形儵忽疾也易貌分形變化異也善曰幻下辦切吞刀吐火雲霧杳冥

善曰西京雜記曰東海黃公立興雲霧漢官典職曰正旦作樂漱水成霧楚辭曰杳冥兮晝晦畫地成川流渭通涇善曰西京雜記曰東海黃公坐成山河又曰淮南王好方士方士畫地成河東海黃公赤刀粵祝音呪東海有能赤刀禹步以越人祝法厭虎者號黃公又於觀前爲之冀厭白虎卒不能救善曰西京雜記曰東海人黃公少時能幻制蛇御虎常佩赤金刀及衰老飲酒過度有白虎見於東海黃公以赤刀往厭之術不行遂爲虎所食故云不能救也皆僞作之也挾邪作蠱於是不售蠱惑也售猶行也謂懷挾不正道者於是時不得行也爾乃建戲車樹脩旃樹植也旃謂橦也建之於戲車上也侲僮程材上下翩翻侲之言善善童幼子也程猶見也材伎能也翩翻戲橦形也善曰史記徐福曰海神云若侲女即得之矣侲之刃切突倒投而跟絓譬隕絕而復聯綜突然倒投身如將墜足跟反絓橦上若已絕而復連也善曰投他豆切說文曰跟足踵也音根百馬同轡騁足並馳於橦上作其形

批般當注盤

漢書武帝与北地良家子期諸殿門故有期門之號

要屈猶知屈

〔狀善曰陸賈新語曰楚平王增駕百馬同行也〕橦末之伎態不可彌〔彌猶極也言變巧之多不可極也〕彎弓射乎西羌又顧發乎鮮卑〔彎挽弓也鮮卑在羌之東皆於橦上作之善曰魏書曰鮮卑者東胡之餘也別保鮮卑山因號焉〕於是衆變盡心醒醉盤樂極悵懷萃〔醒飽也萃猶至也於是游戲畢心飽於悅樂悵然思念所當復至也善曰孟子曰盤游飲酒馳騁田獵〕陰戒期門微行要屈〔要或爲徼善曰期門已見西都賦漢書曰武帝微行所出張晏曰騎出入市里不復警蹕若微賤之所爲故曰微行要屈至尊同乎卑賤也〕降尊就卑懷璽藏紱〔天子印曰璽紱綬也懷藏之自同卑者也〕便旋閭閻周觀郊遂〔善曰閭里門也閭里中門也郊已見西都賦周禮有六遂也〕若神龍之變化章后皇之爲貴〔龍出則昇天潛則泥蟠故云變化章明也天子稱元后皇漢帝稱也善曰管子曰龍被五色欲小則如蠶蠋欲大函天地也〕然後歷掖庭適驩館〔掖庭今宫〕

陳

極云微行數語只輕薄說接入聲色之娛層閭閻部盛歸至掖庭皆自一貫

五臣此作跐
别本作跐舊音此
舊音
别本作羆舊音媿美切羆當音媚美切袁本茶陵本羆作羅音媿美切其正文与音皆误并羅有叶音斯可證也
宋書樂志音初有柸槃舞
抄旁注履

主後宮擇所曬者乃幸之捐衰色從嬿婉嬿婉美好之貌善曰毛詩序曰華落色衰韓詩曰嬿婉之求嬿婉好貌嬿於見切婉於萬切捐棄也促中堂之陿坐羽觴行而無筭中堂中央也善曰楚辭曰瑤漿蜜勺實羽觴漢書音義曰羽觴作生爵形儀禮曰無筭爵鄭玄曰筭數也祕舞更奏妙材騁伎祕言希見爲奇也更遞也奏進也妖蠱豔夫夏姬美聲暢於虞氏善曰左氏傳子產曰在周易女惑男謂之蠱音古又左氏傳曰楚莊王欲納夏姬杜預曰夏姬鄭穆公女陳大夫御叔妻七略曰漢興善歌者魯人虞公發聲動梁上塵暢條暢也𦕈亮切蠱媚也始徐進而羸形似不任乎羅綺嚼清商而却轉增嬋蜎以此豸音雉清商鄭音嬋蜎此豸姿態妖蠱也善曰宋玉笛賦曰吟清商追流徵嬋音蟬蜎於緣切紛縱體而迅赴若驚鶴之羣罷縱體舞容也迅疾赴節相越也相鶴經曰後七年學舞又七年舞應節振朱屣於盤樽振猶掉也朱屣赤絲屣也奮

尤云振朱屣五臣作珠履

抄邈

昭藐猶緜藐上林賦微睇緜藐郭璞云緜藐遠視皃王念孫云好視皃

長袖之颬纚舞人特作長袖颬纚長貌也善曰韓子曰長袖善舞颬素合切纚所倚切要紹修態麗服颺菁要紹謂婠嬋作姿容也修爲也態嬌媚意也菁華英也善曰楚辭曰夸容脩態要於妙切菁音精昭藐流眄一顧傾城昭眉睫之間藐好視容也流眄轉眼貌也昭七井切善曰漢書李延年歌曰北方有佳人絶世而獨立一顧傾人城再顧傾人國展季桑門誰能不營善曰國語曰臧文仲聞柳下惠之言韋昭曰柳下展禽之邑季字也家語曰昔有婦人召魯男子不往婦人曰子何不若柳下惠然嫗不逮門之女也國人不稱其亂焉桑門沙門也東觀漢記制楚王英曰以助伊蒲塞桑門之盛饌說文曰營惑也列爵十四競媚取榮後宮從皇后以下凡十四等競爭邪媚求榮愛也善曰列爵十四見西都賦也盛衰無常唯愛所丁善曰爾雅曰丁當也衛后興於鬒髮飛燕寵於體輕善曰漢書曰孝武衛皇后字子夫漢武故事曰子夫得幸頭解上見其美髮悅之毛詩云鬒髮如雲之忍切荀悅漢紀以趙氏善舞號曰

詩月出作夭紹

巷伯傳

尤云窮身作窮躬

皆衍

事刪

趙氏上有從文

飛燕上說之事由軆輕而封皇后也爾乃逞志究欲窮身極娛逞娛也娛樂也善曰楚辭曰逞志究欲心意安之也鑒戒唐詩他人是媮唐詩刺晉僖公不能及時以自娛樂曰子有衣裳弗曳弗婁宛其死矣他人是媮言今日之不極意恣嬌亦如此也善曰國語曰鑒戒而謀賈逵曰鑒察也自君作故何禮之拘善曰國語魯侯曰君作故事韋昭曰君所作則爲故事也商君書曰賢者更禮不肖者拘焉增昭儀於婕妤賢既公而又侯善曰漢書曰孝成帝趙皇后有女弟爲婕妤絕幸爲昭儀又曰孝元帝傅婕妤有寵乃更號曰婕妤在昭儀上尊之也又曰封董賢爲高安侯後代丁明爲大司馬即三公之職也許趙氏以無上思致董於有虞善曰漢書曰成帝謂趙昭儀曰趙氏故不立許氏使天下無出趙氏上者王閎爭於坐側漢載安而不渝渝易也善曰漢書曰上置酒麒麟殿視董賢而笑曰吾欲法堯禪舜何如王閎曰天下乃高帝天下非陛下有之統業至重天子無戲言高祖創業繼體承基暫勞

胡刪

永逸無爲而治善曰劇秦美新曰漢祖創業蜀漢漢書平當曰今漢繼體承基三百餘年又楊雄曰不一勞者不久佚論語曰無爲而治其舜也歟耽樂是從何慮何思善曰尚書曰惟耽樂之從周易曰天下何思何慮多歷年所三百餘朞朞一帀也從高祖至于王莽二百餘年善曰尚書曰殷禮配天多歷年所徒以地沃野豐百物殷阜沃肥也豐饒也殷盛也阜大也巖險周固衿帶易守謂左崤函右隴坻前終南後高陵善曰左氏傳曰制巖邑也李尤函谷關銘曰衿帶咽喉管子曰地形險阻易守難攻得之者強據之者久流長則難竭柢深則難朽故奢泰肆情馨烈彌茂言土地險固故得放心極意而奢泰之馨香烈益以茂盛鄙生生乎三百之外傳聞於未聞之者鄙生公子自稱謙辭也三百自高祖以下至作賦時也善曰孔叢子子高謂魏王曰君聞之於耳邪聞之於傳邪者之與坳曾髣髴其若夢未一隅之能睹善曰甘泉賦曰猶髣髴其若夢說文曰彷佛相似見不諦也論語曰子曰舉一隅而

示之此何與於殷人屢遷前八而後五居相圮耿不常厥土盤庚作誥帥人以苦善曰廣雅曰與如也言欲遷都洛陽何如殷之屢遷乎言似之也尚書曰自契至成湯八遷尚書序曰盤庚五遷又曰河亶甲居相祖乙圮于耿孔安國曰河水所毁曰圮盤庚遷于殷殷人弗適有居率籲衆慼出矢言圮平鄙切方今聖上同天號於帝皇天稱皇天帝今漢天子號皇帝兼同之善曰方今猶正今也尚書刑德放曰帝者天號也天有五帝春秋元命苞曰皇者煌煌也掩四海而爲家掩覆也善曰禮記孔子曰大道既隱天下爲家又曰聖人能以天下爲一家也富有之業莫我大也三皇以來無大於漢者善曰周易曰富有之謂大業也徒恨不能以靡麗爲國華善曰國語季文子曰吾聞以德爲國華章昭曰爲國光華也獨儉嗇以齷齪忘蟋蟀之謂何儉嗇節愛也蟋蟀唐詩刺儉也言獨爲節愛不念唐詩所刺邪漢書注曰齷齪小節也王逸楚辭注曰謂說也何休公羊傳注曰謂據疑

抄第 抄一

問所不知者曰何也豈欲之而不能將能之而不欲歟蒙竊惑焉言我不解何故反去西都從東京置奢逸即儉嗇也善曰蒙謙稱也周易曰匪我求童蒙也願聞所以辯之之說也說猶分別解說

也删

文選卷第二

壬戌六月廿四日 侃誦

列子黃帝篇釋文間少時也

莧从𥄎意改當作莧　羊之莧也法同　莧从𥄎目不正也莧取目不正義論語本作莞今作莞依唐石經徵也作莧乃隸書之訛虞世南夫子廟

文選卷第三

梁昭明太子撰

文林郎守太子右內率府録事參軍事崇賢館直學士李善注上

京都中

京都有三卷此卷居中故曰京都中

東京賦

武東京謂洛陽其賦意與班固東都賦同

張平子　薛綜注

安處先生於是似不能言憮亡甫然有間有間謂有頃之間也先生聞公子稱西京奢泰之事心怪其所貴者謂違禮失道故愕然有頃乃能言也善曰安猶烏也處處也言何處有此先生蓋虛假之也論語曰孔子似不能言者孟子曰夷子憮然爲間也趙岐曰憮然猶悵然也乃莞爾而笑曰若客所謂末學膚受貴耳而賤目者也莧爾舒張面目

別本此音在句末是知句中音未必不出于善不可妄刪以後凡刪本在注中者皆以△記之

胡曰此二注非善非五臣

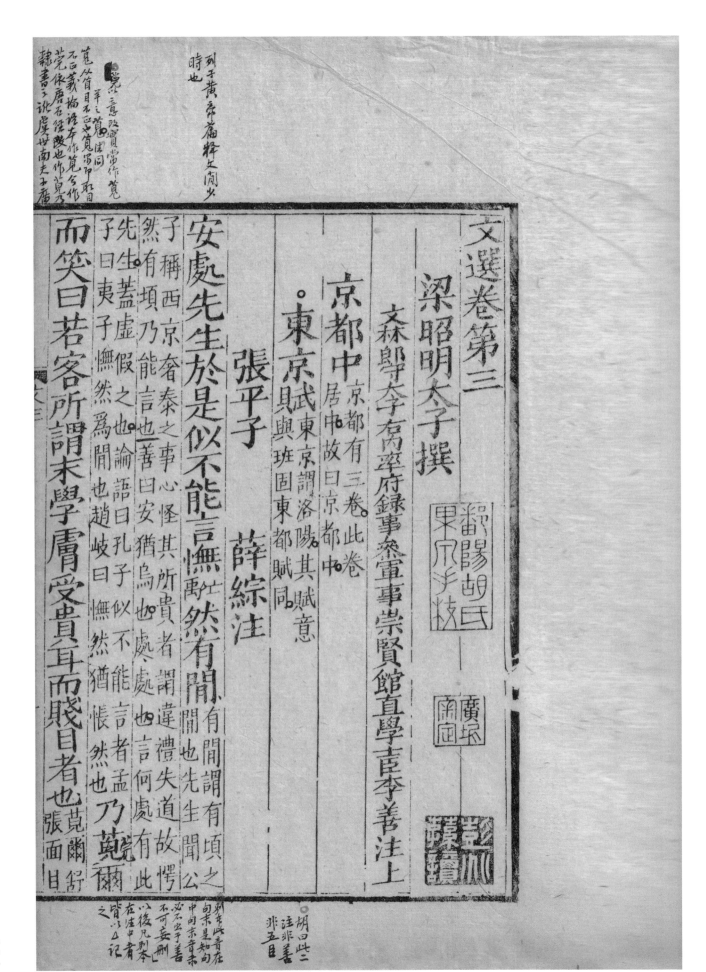

堂碑睍而微笑蓋因莧訛爲莧又別作睍也謂西京賤目

夫上有挩字

說文悝啁也段云啁即今之嘲字悝即今之詼字謂悝諧啁調也今則詼嘲行而悝啁廢矣

之貌也未詳謂不經根本膚受謂皮膚之不經於心胷
貴耳謂東京先生笑公子以西京爲貴以東爲賤也善
曰論語曰莧爾而笑又曰膚受之愬桓子新論曰世咸尊古卑今貴所聞賤所見苟有胷而無
心不能節之以禮苟猶誠也言寘誠信胷臆之所聞而心不能以禮節度其可否也善曰韓
詩曰鄙野之人僻陋無心也論語曰不以禮節之賈逵國語注曰節制也宜其陋今而榮古
矣言人不能以禮節度其事情者固宜薄陋今日之事而以此所聞古事爲榮貴也善曰夫尊古而卑今學
者之流也由余以西戎孤臣而悝苦灰繆穆公於宮室孤臣謂孤
陋之臣也善曰史記曰由余本晉人亡入西戎相戎王
使來聘秦觀秦之强弱穆公示以宮室引之登三休之
臺由余曰臣國土階三尺茅茨不翦寡君猶謂作之者
勞居之者淫此臺若鬼爲之則神勞矣使人爲之則人
亦勞矣於是穆公大慙鄭玄禮記注曰凡穆或作繆悝猶嘲也如之何其以溫故知新
研覈是非近於此惑如奈也覈實也研審也先生言由余但西戎孤陋之臣耳尚知非泰

侃沾　陳

侃曰有挩

陸士衡答賈長淵詩善注引石氏星經曰昴者西方白虎之宿也太白者金之精太白入昴金虎相薄主有兵亂

宮鄰金虎以薛注為宜解

王元長曲水詩序宮鄰昭泰

朱珔以鄰為臣鄰之鄰謂指皇父等句通

正文搏有誤孫志祖云搏疑當作傅焯案孫說是經籍無訓搏為著者搏与坿同

化

宮室之大如何公子雅好博古溫故知新之德當審實事理之是非而返惑於此事論語曰溫故知新可以爲師矣王褒責髯奴曰研覈否臧

周姬之末不能厥政政用多僻姬周姓也末謂幽厲二主周末世之王多邪僻之政也善曰毛詩曰民之多僻也

始於宮鄰卒於金虎鄰近也謂幽王近於宮室惑於褒姒卒有禍敗也金虎西方白虎神主金金白也善曰應劭漢官儀曰不制之臣相與比周比周者宮鄰金虎言小人在位比周相進與君爲隣貪求之德堅若金讒謗之言惡若虎也

嬴氏搏音附翼擇肉西邑嬴秦姓也周書曰無爲虎搏翼翼將飛入邑擇人而食也搏翼謂著翼也搏與附同

是時也七雄並爭競相高以奢麗七雄謂韓魏燕趙齊楚秦也爭謂各強盛而競相高以奢溢將爲國好不復顧於禮法也善曰荅賔戲曰七雄虓闞史記張釋之曰秦以苛察相高尚書曰弊俗奢麗也

楚築章華於前趙建叢臺於後左氏傳曰楚子成章華之臺於乾谿一朝叛之於前在春秋之時史記曰趙武靈王起叢臺太子圍之三月於後在六國

佩曰撓善曰

漢書上當從善曰

尤云冠南山五臣冠作觀

之時善曰鄒陽上書曰全趙之時武力鼎士袨服叢臺之下臣瓚曰在邯鄲城內也秦政利觜長距。終得擅場。言秦以天下爲大場喻七雄爲鬬雞利喙長距者終擅一場也史記曰秦始皇秦莊襄王子名政說文曰擅專也思專其侈。以莫己若。莫無也若如也言始皇所以思專擅其奢侈者以天下之君無如於我也廼構阿房傍起甘泉三輔故事秦始皇上林苑中作離宮別觀一百四十六所不足以爲大會羣臣二世胡亥起阿房殿東西三里南北三百步下可建五丈旗在山之阿故號阿房也甘泉山名也戰國策范雎曰秦北有甘泉宮謂其下有甘泉水因以名之善曰阿房甘泉已見上文結雲閣冠南山結連也雲閣閣名也高如雲故言雲三輔故事曰秦二世胡亥起雲閣欲與山齊冠覆也終南山在長安南征稅盡人力殫言征稅之賦盡於奢秦之用天下之力盡於長城與宮室也殫盡也善曰鄭玄禮記注曰征稅也毛萇詩傳曰稅斂也然後收以太半之賦威以參夷之刑漢書伍被曰秦作阿房宮收太半之賦韋昭曰凡數三分有二爲太

侃曰挽善曰

侃曰挽善曰莊 胡

左上挖善曰

說文蹐小步也又趚側下云行也引詩不敢不趚玉篇蹐趚並子亦切云趚小行也

老子作歙歙釋文曰一作慄慄

北言秦造宮室奢麗費用不足乃復收其太半之賦百姓賦稅不得者誅其三族漢書曰秦用商鞅之法造參夷之誅參三也謂滅三族也其遇民也若薙氏之芟所衛草遇逢遇也周禮有薙氏掌山澤芟除草莽毛詩載芟載柞也既蘊崇之又行火焉左氏傳曰周任有言曰若農夫之務去草芟夷蘊崇之杜預曰芟殺蘊積也崇聚也言秦始皇酷虐百姓如芟草積而放火焉慄慄徒頰切黔首豈徒跼局高天蹐籍厚地而已哉乃救死於其頸史記曰秦皇更名民曰黔首謂黑頭無知也跼蹐恐懼之貌也毛詩曰謂天蓋高不敢不跼蹐傴僂也謂地蓋厚不敢不蹐累足也謂此時之民非徒跼高天蹐厚地而已乃晝夜畏死其頸善曰豈非也老子曰聖人在天下慄慄焉國語單襄公曰兵在其頸不可久也毆以就役唯力是視謂不復知民有緩急與飢寒唯趍毆令作力而已善曰左氏傳曰除君之惡唯力是視言所觀者唯力是求餘無所顧也百姓弗能忍是用息肩於大漢而欣戴高祖忍堪也言秦天

挖善曰侃

膺或作應膺是也

下之民若檐重物不得休息今來歸漢得息肩善曰左氏傳曰鄭成公疾子駟請息肩於晉杜預曰以負檐喻也國語曰祭公謀父曰商王大惡庶民不忍欣戴武王賈逵曰戴奉也高祖膺籙受圖順天行誅杖朱旗而建大號膺籙謂當五勝之籙受圖卯金刀之語順天謂順天命而起又悟神姥之言舉朱旗而大呼天下之英雄與其定事也善曰春秋命歷引曰五德之運徵符合膺籙次相代周易曰順乎天漢書高祖立為沛公旗幟皆赤故曰朱也周易曰渙汗其大號鄭玄曰號令也所推必亡所存必固言高祖所推擊者使之亡所存者使之堅固善曰尚書曰推亡固存邦乃其昌掃項軍於垓下紲子嬰於軹塗掃除也項項羽也垓地名漢王圍項羽於垓下羽聞四面有楚歌乃與數百騎走高祖使灌嬰追之斬羽東城紲猶繫也子嬰秦子嬰也善曰史記秦王子嬰乘素車白馬繫頸以組降於軹道旁也蘇林曰軹亭名在長安城東十三里因秦宮室據其府庫因仍也據就也府庫謂官吏所止為府車馬器械所居曰庫也作洛之制

一作應

陽成延　下之術　序

我則未暇。作洛謂造洛邑也我我高祖也謂天下新造草創不暇改作如制禮也是以西匠營宮目翫阿房西匠謂秦之舊匠也目視也翫習也阿房宮名也漢書曰梧齊侯陽城人名延爲少府作長樂未央宮也規摹踰溢不度入不臧規圖也踰越也溢過也度法也臧善也謂西匠所圖越過不得禮法皆言不善也善曰聲類曰摹法也損之。又損之。然尚過。於周。堂。損減也言高祖雖數損減其制度猶過於周家之堂也善曰老子曰損之又損之以至於無爲也觀者。狹。而。謂之。陋。帝。已。譏。其。泰。而。弗。康。觀視也陋小也康安也言觀者習見秦之奢麗睹今日之滅小皆以爲陋然高祖猶已譏其泰而不安也謂七年冬上自將擊韓王信蕭丞相留長安營起未央宮立東闕前殿武庫太倉高祖見其壯麗怒曰何修宮室之過也且高既受命建家造我區夏矣高高祖也區區域也夏華夏也言高祖受上天之命建立國家制造區夏善曰毛詩曰文王受命作周也鄭玄曰受天命以王天下尚書盤庚曰永建乃家用肇造我區夏文又

何

禹上有按文

王仲寶褚淵碑文注引大作廣

武帝禪泰山下阯東北肅然山　郊祀志

武帝為世宗、宣帝為中宗

躬自菲薄治致升平之德文文帝也躬自菲薄謂儉約漢書曰文帝欲作露臺召匠計直百金曰善奉先帝宮室常恐太奢何用臺爲故文景之際號爲升平升平謂國太平也善曰禹菲薄飲食。孝經鉤命決曰明王用孝升平致譽武有大啓土宇紀禪肅然之功武武帝也漢書武紀曰定越地爲南海七郡北置朔方等五郡故云大啓土宇啓開也紀記也肅敬也謂登封太山外禪肅然善曰尚書曰建邦啓土毛詩曰大啓爾宇宣重直用威以撫和戎狄呼韓來享宣宣帝也漢書宣紀曰呼韓邪單于款五原塞願奉國珍毛詩曰自彼氐羌莫敢不來享享獻也撫安也戎狄呼韓並國名也左氏傳曰子教寡人和戎狄言宣帝能和戎狄咸用紀宗存主饗祀不輟咸皆也紀錄也宗太宗文帝廟號也主木主言刻木爲人主神置廟中而祭之輟止也凡天子五世則廢今廟不遷毁其主各四時祭祀無止絶時善曰漢書景紀曰高皇帝爲太祖廟文皇帝爲太宗廟言天子宜世世獻祖宗之廟也鄭玄論語注曰輟止也銘勳彝器歷世彌光彝常也宗廟之器稱

乂治

有挩

當作降　侃

吳摯甫云旅与顧同
尤云往初五臣作故舊

苑

彝勳功也歷經也彌益也銘勒也勒銘於宗廟之器于鐘鼎萬祀彌益光明也善曰左氏傳臧武仲曰夫以大伐小取所得彝器銘其功烈以示子孫也字林曰銘題勒也今捨純懿而論爽德爾雅曰純大懿美也爽差也今公子反含四帝純大懿美之德而專論說爽差之過失者也善曰國語曰實有爽德賈逵曰爽貳也以春秋所諱而爲美談春秋諱國之惡今公子反以爲美談也善曰公羊傳曰大惡諱之小惡書之又云魯人至今以爲美談也宜無嫌於往初故蔽善而揚惡祇吾子之不知言也宜之言義也無猶不也祇是也今公子之義不嫌於蔽國之善揚國之惡是公子之不知言也善曰說苑楚文侯曰邑中豪好蔽善而揚惡可親問之論語子曰不知言無以知人也毛萇詩傳曰祇適也必以肆奢爲賢則是黃帝合宮有虞總期固不如夏癸之瑤臺殷辛之瓊室也肆放也賢善也謂黃帝明堂以草蓋之名曰合宮舜之明堂以草蓋之名曰總章言難公子黃帝等造此是守儉也善曰尸子曰欲觀黃帝之

侃改

誰何也

淮南子泰族篇曰故天子得道守在四夷天子失道守在諸侯与襄二十三年傳合而与薛注引不同

㕣依綜改

及

行於合宮觀堯舜之行於總章章期一也汲冢古文曰
夏桀作傾宮瑤臺殫百姓之財殷紂作瓊室立玉門也
湯武誰革而用師哉湯謂殷湯武謂武王革改也言誰
遣革改殷紂夏桀而用師哉以其
奢侈淫放所以湯武順天命而行罰之此譏西京公子也
善曰湯武革命已見東都賦孔叢子曰舜禹揖讓湯武用
師非相詭
乃時也
盍合亦覽東京之事以自寤乎盍猶何不也
覽視也自寤
自覺寤也言公子何不視
東京之行事心自覺寤耶
且天子有道守在海外淮
南
子曰若天下無道守在四夷天下有道守在海外
言四夷皆爲臣僕善曰鄭玄禮記注曰道謂仁義也
守位
以位人綜作人不恃隘害位人謂衆庶也隘險也言要須擇任
賢臣不以隘害爲牢固善曰周易
曰何以守
位曰位人也
苟民志之不諒何云巖險與襟帶苟誠也諒
信也公子
彌巖險周固襟帶易守故令荅曰誠使人心不信何用
周固厥易守乎善曰李尤函谷關銘曰襟帶咽喉也
秦負阻於二關卒開項而受沛負恃也卒終也言負二
關以爲牢固終二人

胡　胡　侃刪

方言曰掩同也案掩觀
猶統觀

所入也二人謂高祖從武關入項羽從函谷關入善曰
漢書曰沛公使兵守函谷關項羽使黥布攻破之至戲
下又云沛公攻武關入
秦應劭曰武關秦南關彼偏據而規小豈如宅中而圖
大。彼謂秦也據依也言彼秦偏據關西所規近在二關
之内故云小也豈如東京居天地之中所圖者四海
之外善曰尚書曰自服于土中孔安國曰洛邑地勢
之中孔叢子曰子貢謂東郭充曰今子位卑而圖大昔
先王之經邑也先王謂周成王也邑洛邑也
善曰毛萇詩傳曰經度也掩觀九隩
靡地不營掩猶及也九隩謂九州之内也靡地不營謂
徧求之卜瀍澗及黎水皆不吉善曰新亭曰
營度也九隩
合道四海也土圭測景不縮不盈鄭玄曰土度也縮短
也盈長也謂圭長一
尺五寸夏至之日豎八尺表日中而度之圭影正等天
當中也若影長於圭則太近北圭長於影則太近南近
北多寒近南多暑近
東多風近西多雨總風雨之所交然後以建王城總猶
括也王城今河南也周禮曰土圭之法測土深正日景
以求地中四時之所交風雨之所會陰陽之所和乃建

孫詒讓云先鄭意蓋以曲直方面形勢平列爲三事皆當審察之 初學記器物部引後梁甄玄成車賦有六面勢而審曲王語潘岳笙賦云審洪纖面短長則六朝人訓面爲向亦可通

薛綜曰十八字删

王國也審曲面勢審度也謂審察地形曲直之勢而建王都善曰周禮曰或審曲面勢以飭五材以辨民器鄭司農曰察五材曲直方面形勢之宜也泝素洛背河左伊右瀍泝向也洛洛水河黃河伊伊水瀍瀍水善曰尚書曰予朝至于洛師卜澗水東瀍水西惟洛食孔安國曰洛出上洛山伊出陸渾山瀍出河南北山西阻九阿東門于旋謂東有旋門在成皋（汜水縣）西南十數里阪形周屈故曰于旋善曰穆天子傳曰天子西升九阿郭璞曰旋今新安縣十里有九坂阻險也阿曲也盟津達其後太谷（鞏縣）通其前孟津四瀆之長故武王爲諸侯約誓於其上尚書曰東至于盟津盟津地名在洛北都道所湊古今以爲津太谷在輔氏北洛陽西也洛陽記曰太谷洛城南五十里舊名通谷迴行道乎伊闕（在河南縣）邪徑捷乎轘轅伊闕山名也轘轅阪名也迴曲也捷邪也謂大道迂曲乃當伊闕之外邪徑趣疾當歷轘轅善曰賈逵國語注曰道由也史記吳起曰桀之居伊闕王逸楚辭注曰捷疾也左氏傳注曰捷邪出也漢書曰沛公從轘轅薛綜曰轘轅坂十二曲道將去復還故曰轘轅臣瓚曰在緱氏東南大室作

○揔善曰 侃

十二字一本無

說文鐔劒鼻也

大荒西經注引孝經援神契曰王者德至山陵而黑丹出　黑丹石緇爲二物黑丹又謂之石涅石緇緇石也賦特側言之以協韻耳

鎮揭竭以熊耳大室嵩高別名也揭猶表也言以嵩高之嶽爲國之鎮也復表以熊耳之山善曰郭璞山海經注曰大室在陽城縣西羽獵賦曰揭以崇山熊耳山名也尚書傳曰熊耳山在宜陽之西也厎柱輟流鐔徒南以大岯厎柱山名也在河東縣東南居河中猶柱然也輟止也善曰尚書曰導河至於厎柱東過大岯韻集曰鐔劒口也言大岯之險同乎劒口也莊子曰天子之劒以周宋爲鐔温液湯泉黑丹石緇言泉水如湯浴之可以除病在河南梁縣界中也黑丹石緇謂黑石雜色也言温液即湯泉之流黑丹石緇之所出也善曰孝經援神契曰德至于山陵則出黑丹張揖子虛賦注曰玄厲黑石可用磨也王鮪岫居能奴來鼇三趾山有穴曰岫也王鮪魚名也居山穴中長老言王鮪之魚由南方來出此穴中入河水見曰目眩浮水上流行七八十里釣人見之取之以獻天子用祭其穴在河南小平山善曰周禮曰春獻鮪鄭玄曰王鮪魚之大者山海經曰陽狂水西南流注于伊水中有三足鼈爾雅曰鼈三足曰能宓妃攸館神用挺紀攸所也館舍也傳曰成王遷九鼎於

洛邑卜年七百卜世三十後皆如其言故云神所挺紀謂告年紀之處也善曰楚辭曰迎宓妃於伊洛王逸曰宓妃神女蓋伊洛之水精**龍圖授羲龜書畀姒**尚書傳曰伏羲氏王天下龍馬出河遂則其文以畫八卦謂之河圖又曰天與禹洛出書謂神龜負文而出列於背善曰爾雅曰畀賜也史記禹姓姒氏**召伯相宅卜惟洛食**相視也宅居也惟有也食謂吉兆善曰尚書曰召公既相宅卜惟洛食孔安國曰卜必先墨畫龜然後灼之兆順食墨吉也**周公初基其繩則直**謂初造洛邑言召公先相宅卜之吉周公繩度之合於制度善曰尚書曰周公初基作新大邑于東國洛毛詩曰其繩則直毛萇曰言不失繩直之宜也**萇直弘魏舒是廓是極**萇弘周大夫也魏舒晉大夫獻子也廓猶規也極致也謂二人率諸侯曰敬以致功規度王城三句而立之善曰國語曰敬王十年劉文公與萇弘欲城周爲之告晉左氏傳曰晉魏舒合諸侯之大夫以城周也**經途九軌城隅九雉**南北爲經途道也軌車轍也善曰周禮國中經途九軌鄭玄曰塗容九軌謂轍廣也又周禮曰王城

毛上有挍字

隅之制九雉鄭玄云雉度也謂高一丈長三丈爲雉度徒洛堂以筵度室以几堂明堂也筵席也長九尺几俎也長七尺善曰周禮曰室中度以几堂上度以筵京邑翼翼四方所視京大也大邑謂洛陽也翼翼禮儀盛貌言常爲四方觀翼翼然也善曰毛詩曰商邑翼翼四方之極漢初弗之宅故宗緒中圮痞緒統也圮絶也漢家不居於洛故宗廟之統中途廢絶也巨猾間去聲釁許覲竊弄神器巨王莽字巨君也猾狡也間候也釁隙也神器帝位也言王莽因成哀無嗣元后秉政漢祚微弱篡處高位善曰老子曰天下神器不可爲也爲者敗之韋昭漢書注曰神器天子璽也歷載三六偷安天位載年也三六十八年謂王莽篡位一十八年也天位帝位也善曰尚書曰天位艱哉于時蒸民罔敢或貳于於也蒸衆也罔無也言是時衆民無敢有二心於莽者毛詩曰于時言言尚書蒸民乃粒其取威也重矣威畏也重猶多也謂爲天下所畏己者多矣善曰左氏傳先軫曰報施救患取威定霸我世祖忿

後漢帝紀注光武舊宅在今隨州棗陽縣東南宅南二里有白水焉

河

寓依注改

之世祖光武也忿恚疾王莽威重如此也乃龍飛白水鳳翔參所今墟白水謂南
陽白水縣也世祖所起之處也初爲更始大司馬討王郎於河北河北爲參虛分野龍飛鳳翔以喻聖人之興也
善曰周易曰飛龍在天大人造也授鉞四七共工是除授與也鉞斧鉞也四七二十八將也共工霸天下者以喻王莽也六韜曰凡國有難君召將以授斧鉞漢書曰顓頊有共工之陣以定水災
欃槍旬始羣凶靡餘欃槍星名也謂王莽在位如妖氣之在天世祖除之凶惡無餘
爾雅曰彗星爲欃槍也旬始妖氣也史記曰旬始狀如雄雞也靡無也今言世祖除凶賊無有遺餘也區宇寓乂
寧思和求中天地之內稱寓言海內既乂安思求陰陽之和天地之中而居之睿哲玄
覽都茲洛宮睿聖也玄通也言通通見此洛陽宮也善曰尚書曰睿作聖明作哲老子曰滌除玄覽
河上公曰心居玄冥之處覽知萬物故謂之玄覽王弼曰玄物之極也廣雅曰玄遠也曰止曰時昭
明有融曰辭也時是也融長也言當止居是洛邑必有昭明之德長久之道也善曰毛詩曰曰止曰時

何

攙善曰

侃

昭明有融既光厥武仁洽道豐止戈曰武謚法曰功格天下曰光尅定禍亂曰武洽合也豐盛也世祖既能止戈故謚光武言仁義之道大豐盛也善曰洽霑也登岱勤封與黃比崇登上也岱泰山也謂王者功成作樂治定制禮故封泰山勒功於石以紀號也黃黃帝也史記曰崇高也言世祖與黃帝比其尊號善曰史記曰黃帝封泰山禪云亭司馬彪續漢書曰建武三十二年乃封禪孔安國尚書傳曰崇尊也逮至顯宗六合殷昌逮及也殷盛也昌熾也顯宗明帝號也六合天地四方也善曰呂氏春秋曰神通乎六合高誘曰四方上下爲六合也乃新崇德遂作德陽崇德德陽皆殿名也崇德在東德陽在西相去五十步啓南端之特闈立應門之將將啓開也端門南方正門應門中門也善曰爾雅曰宮中門謂之闈洛陽宮舍記曰洛陽有端門毛詩曰應門將將毛萇曰將將嚴正之貌昭仁惠於崇賢抗義聲於金商崇賢東門名也金商西門名也謂東方爲木主仁如春以生萬物昭天子仁惠之德故立崇賢門於東也西爲

舊章法七字刪

木

金主義音爲商若秋氣之殺萬物抗天子德義之聲故立金商門於西也善曰漢書曰角爲木爲仁商爲金爲義也

飛雲龍於春路屯神虎於秋方德陽殿東門稱雲龍門德陽殿西門稱神虎門神虎金獸也秋方西方也飛龍也易曰雲從龍爲林獸春路東方道也善曰漢書曰東宮蒼龍又曰東方於時爲春宮殿簿北宮有雲龍門王逸楚辭注曰屯陳也漢書曰西宮白虎又曰西方於時爲秋宮殿簿北宮有神虎門

建象魏之兩觀旌六典之舊章象魏闕也一名觀也旌表也言所以立兩觀者欲表明六典舊章之法謂懸書于象魏浹日而斂之善曰周禮曰太宰掌建邦之六典一曰治典二曰教典三曰禮典四曰政典五曰刑典六曰事典舊章法令條章也左傳曰舊章不可忘

其內則含德章臺天祿宣明溫飭迎春壽安永寧八殿皆以休令爲名美時君之德在應門之內也

飛閣神行莫我能形言閣道相通不在於地故曰飛人不見行往故曰神形謂天子之形容言我無能說其形狀也

濯龍芳林九谷八溪洛陽圖經曰濯龍池名故

舊音

尤云鶺鴒五臣鶺作鶺

鵹麗古字通音離

鵁鶄　別本　注同誤

雲

歌曰濯龍望如海河橋渡似雷芙蓉覆水秋蘭被涯芳林苑名九谷八溪養魚池音宜芙蓉荷華也秋蘭香草生水邊秋時盛也善曰楚辭曰秋蘭兮青青鄭玄注周易曰蘭香草也被亦覆也渚戲躍魚淵游龜蠵音惟渚水渚也戲游也躍跳也毛詩曰王在靈沼於牣魚躍蠵龜類也凡此物謂取有時非時則恣之游戲不驚動也永安離宮脩竹冬青永安宮名也脩長也冬青謂不彫落也陰池幽流玄泉洌清水稱陰幽流謂伏溝從地下流通於河也水黑色故曰玄泉洌清澄貌善曰楚辭曰臨沅湘之玄淵毛詩曰洌彼下泉鵯匹鶋居秋捿鶻骨鵃竹交春鳴爾雅曰鸒斯鵯鶋郭璞曰鵯鶋匹鳥腹下白也又曰鶌鳩鶻鵃郭璞曰鶻鵃似山鵲頭尾青黑色秋棲春鳴謂各得其性也鴡七余鳩麗離黃關關嚶嚶爾雅曰鴡鳩王鴡也郭璞曰鵰類也又曰鶬鶊鵹鳥黃也郭璞曰鸝黃黑也關關嚶嚶謂音聲和也於南則前殿靈臺龢驩安福前殿露寢也靈臺臺名也龢驩安福二殿名並在德

何

何沾

說文周景王作洛陽謻臺徐鍇曰謻臺猶別館也礼記大傳正義在旁而及曰移

鉤盾五丞見續漢百官志

周亦稱殿殿亦有名始見於此

彫

蘌即籞字

籞語冊

音圍

陽殿之南謻直移門曲榭邪阻城洫謻門冰室門也臺有木曰榭阻依也洫城下池冰室門及榭皆屈曲邪行依城池爲道也奇樹珍果鉤盾垂允所職奇異也珍貴也鉤盾令官主小苑善曰鉤盾五丞也爾雅曰職主也西登少華亭候修勑登升也並有亭有候也修治也勑整也謂西園中有少華之山九龍之內寔曰嘉德九龍本周時殿名也門上有三銅柱柱有三龍相糾繞故曰九龍嘉德殿名在九龍門內也西南其戶匪雕匪刻毛詩曰西南其戶不雕不刻尚質也言殿舍之多其戶或西或南也我后好約乃宴斯息我后謂明帝也宴安也息止也善曰周易曰君子以嚮晦入宴息也於東則洪池清蘌語洪池名也在洛陽東三十里阜多也豐饒也內多魚鼈外饒蘆薍也善曰漢書音義應劭曰籞在池水上作室可用棲鳥鳥入則捕之淥水澹澹徒敢內阜川禽外豐葭菼唐賦曰水澹澹而盤紆說文曰澹澹水搖貌也爾雅曰葭葦也菼薍也薍五患切獻鼈蜃與

曰加刪

音儉

得當作德

趣當趨　別本注同　家上有挩

鼊魚供蝸䗂古花蠯蒲佳與蔆芡蝸螺也蔆芰也芡雞頭也善曰周禮曰春獻鼈蜃秋獻鼊魚祭祀供蜱蠃鄭玄曰蠯大蛤也杜子春曰蠯蜯也蜱與蠯同禮記曰蝸醢而苽食周禮四加籩豆之實有蔆芡也

其西則有平樂都場示遠之觀平樂觀名也都謂聚會也為大場於上以作樂使遠觀之謂之平樂在城西也龍雀蟠蜿紆元天馬半漢龍雀飛廉也天馬銅馬也蟠蜿半漢皆形容也善曰華嶠後漢書曰明帝至長安迎取飛廉并銅馬置上西門平樂觀也瑰異譎詭燦爛炳煥瑰奇也譎詭變化也燦爛炳煥絜白鮮明之貌奢未及侈

儉而不陋言皆合於禮故奢不至侈儉不至陋也規遵王度動中得趣規摹也遵循也趣意也度先王之法度舉動合禮之意也家語孔子曰公甫之婦動中得趣於是觀禮禮舉儀具具足也言觀王之光明禮儀皆備具也善曰左氏傳曰諸侯宋魯於是觀禮

經始勿亟居力成之不日勿猶不也亟急也成之不日言不用一日即成之善

上胡刪下何刪

別本

別本挩善曰依

陸佐公石闕銘注引複作復

叙刪

曰毛詩曰經始勿亟庶人子來毛萇曰經度也又曰庶民攻之不日成之猶謂爲之者勞居之者逸勞苦也逸樂也善曰賈子曰翟王使使者之楚楚王饗客於章華之臺楚王曰翟亦有臺乎使者曰翟王茅茨不剪采椽不斲猶以作者大勞居者大逸也慕唐虞之茅茨思夏后之卑室唐唐堯也虞虞舜也夏后夏禹也善曰墨子曰堯舜茅茨不剪采椽不刊說文曰茅茨蓋屋也論語云禹卑宮室而盡力於溝洫也乃營三宮布教頒班常三宮明堂辟雍靈臺頒布也常舊典也所以行教化布典禮之宮也複福廟重屋八達九房複廟重覆也重屋重棟也謂明堂廟屋前後異制善曰禮記曰複廟重檐達鄉謂天子廟飾也大戴禮曰明堂九室而有八牖然九室則九房也八牖八達也規天矩地授時順鄉謂宮室之飾圓者象天方者則地也鄉方也言頒政賦教常隨時月而居其方月令曰孟春居蒼龍左个善曰大戴禮曰明堂者上圓下方范子曰天者陽也規也地者陰也矩也三輔黃圖曰明堂方象地圓象天又曰明堂順四時行令也造舟清池惟

儀

淮南子本經篇高注曰旁
䢴也許注曰旁方也
注

饗
老字误

水泱泱央造舟以舟相比次爲橋也毛詩曰造舟爲梁泱泱水流貌善曰毛詩曰瞻彼洛矣維水泱
泱左制辟雍右立靈臺言德陽殿東有辟雍西有靈臺謂於其上班教令者曰
明堂大合樂射鄉者曰辟雍司歷紀候節氣者曰靈臺也因進距衺表賢簡能進善也衺
老也言因其進則舉而用之衺滅者拒而退之謂擇賢以大射所以表明德行簡録其能否謂辟雍也善曰尸子曰
治國有四術一忠愛二無私三用賢四簡能爾雅曰簡猶擇也馮皮冰相息亮觀祲浸祈禠
緜禳災善曰周禮曰春官宗伯馮相氏掌歲日月星辰之位辨其災祥以爲時候鄭玄曰馮乘也相視
也祲謂陰陽氣相浸漸以成災也祈求福也禳除也災禍也謂求祈福而除災害也爾雅曰禠福也鄭玄周禮
曰却變異曰禳於是孟春元日羣后旁戾尚書曰正月元日舜格于文祖孟春正月
也元日正日也羣后公卿之徒也旁四方也戾至也言諸侯正月一日從四方而至各來朝享天子也百僚
師師于斯胥洎尚書曰百僚師師百僚謂百官也師師謂相師法也胥相也洎及也言元日百官於

何

綜曰刪

事

尚書曰

今本作共

吴摯甫曰數當讀上声數萬以二者謂以萬數者二也質言之即二萬也

此相連及而來朝賀也藩國奉聘要荒來質綜曰謂王侯藩國也言要荒之外所奉聘令者盡來朝見善曰周禮曰鎮服外五百里曰藩服魏相上封曰顯明功臣以鎮藩國鄭司農周禮注曰衆來曰頫寡來曰聘尚書曰五百里要服又五百里荒服漢書曰樓蘭王遣子質漢也具惟帝臣獻琛執贄具之言俱也獻貢也琛寶也執持也贄禮也言藩國來貢者謂隨土所出寶而貢之也善曰萬邦黎獻具惟帝臣毛詩曰來獻其琛封禪書曰百蠻執贄周禮曰以六禽作六贄鄭玄曰贄之言至也所執以自致也當覲乎殿下者蓋數萬以二覲見也言於此之時當入見於殿下者可數萬人分於闕下夾道爲二部爾乃九賓重平臚盧人列言鴻臚所主羌胡之人皆羅列於朝廷也善曰漢書曰羣臣朝十月儀大行人設九賓臚句傳韋昭曰九賓則周禮曰九儀謂公侯伯子男孤卿大夫士也臚傳也次以傳上令也蘇林曰上傳語告下臚下傳告上句臚猶行也二訓雖殊皆以行上語爲臚也崇牙張鏞庸鼓設崇牙枸虡上板作鋸鋙者橫曰栒植曰虡張謂樹之

胡刪

匯乙

何

何

京師猶京房
彫
書術

東都十五字改三朝
已見東都賦

以縣鍾鼓也善曰毛詩曰崇牙樹羽又曰鏞鼓有斁毛萇詩傳大曰鏞郎將司階虎戟交
鎩殺言虎賁中郎將主夾階而立虎賁或執戟或持鎩而相對也交鎩謂交加而設兵器也善曰漢書曰
儀兵郎中夾階說文曰鎩鈹有鐔龍輅充庭雲旗拂霓馬八尺曰龍輅天子之車也故
曰龍輅充滿也庭朝廷旗謂熊虎爲旗爲高至雲故曰雲旗也楚辭曰載雲旗之逶夷拂至也霓天邊氣也
夏正三朝庭燎晢晢夏家建寅之正漢家所用也三朝歲月日朝晢晢大光明也善
曰東都賦曰春王三朝三朝歲首朔日也毛詩曰夜如何其夜未艾庭燎晣晣撞洪鍾伐靈鼓撞鏜
也伐擊也靈鼓六面鼓也善曰周禮曰靈鼓靈鼗旁震八鄙軯普耕磕苦代隱訇火宏
旁四方也震驚也入鄙四方與四角也軯磕隱訇鍾鼓之聲也若疾霆轉雷而激迅風
也霆霹靂也迅疾也言鍾鼓之聲又若雷霆之相轉亦如急風之迅疾也是時稱警蹕已
下雕輦於東廂警謂清道也輦人挽車彫謂有彫飾也殿東西次爲廂善曰漢書儀注曰

飾
佩刪

周禮司几筵先鄭注紛讀爲豳又讀爲和粉之粉謂白繡也

毛詩曰

皇帝輦動則左右侍帷幄者稱警孔安國尚書傳曰雕刻鏤也冠通天佩玉璽通天冠名也佩
帶也玉璽天子印也蔡雍獨斷曰天子冠通天紆皇組要干將紆垂也皇大也組綬也干
將劍名也越絶書曰楚王令歐冶子干將爲鐵劍三枚曰龍淵二曰太阿三曰工市也吴越春秋曰干將者
夫人造劍二枚一曰干將二曰莫耶負斧扆次席紛純白與黑謂之斧扆屏風樹之坐後也
次席竹席也紛純謂以組爲緣善曰禮記曰天子負斧扆南向而立鄭玄曰負之言背也周禮曰大朝覲王設
黼依設莞席紛純次席黼純左右玉几次席紛純謂二席俱設互言之左右玉几而
南面以聽矣周禮曰天子左右玉几鄭玄曰左右有几優至尊也善曰周易曰離者明也南方之
卦也聖人南面聽天下嚮明而治蓋取於此也然後百辟乃入司儀辨等百辟諸侯
也司主也儀法也辨別也言百官有分別者謂司主之次也善曰百辟其刑之周禮曰司儀主禮掌九儀之賓
客分別五等之諸侯左傳臧僖伯曰明貴賤辯等差尊卑以班璧羔皮帛之贄既

撓善曰 侃

撓善曰 侃

何

奠班位次也謂尊卑有等差也善曰國語曰班爵貴賤以列之周禮曰子執穀璧孤執皮帛卿執羔大夫執鴈士雉各有次第奠置也天子乃以三揖之禮禮之善曰周禮曰王土揖庶姓時揖異姓天揖同姓鄭玄曰庶姓無親者也土揖推手小下之也異姓昏姻也時揖平推手也天揖推手小舉之又曰諸侯心平手禮伯男手在心下禮外國君在心上禮穆穆焉皇皇焉濟濟焉將將焉信天下之壯觀也壯觀言天下之大觀覽見也禮記曰天子穆穆諸侯皇皇大夫濟濟士將將鄭玄曰威儀容止之貌史記曰天下之壯觀也乃羨公侯卿士登自東除羨延也登進也謂命之上殿也天子從中階諸侯從東西階善曰東除堦也訪萬機詢朝政尚書曰一日二日萬機言機微之事曰有萬種詢謀也謂與謀朝政有所先後者也勤恤民隱而除其眚恤憂也隱痛也眚病也言有隱痛不安者今憂恤之也善曰國語祭公謀父曰勤恤民隱而除其害也人或不得其所若己納之於隍隍城下坑無水者善曰孟子曰

說文九字改隍已見東都賦

怠

序

伊尹思天下之民匹夫匹婦不與被堯舜之澤者若已推而納之於溝中也鄭玄毛詩箋曰納內也說文曰城池無水曰隍

荷天下之重任。匪怠皇以寧靜。荷負也怠懈也皇暇也言無有懈怠於寧靜者謂常有所憂也善曰孫卿子曰國者天下之大器也重任也可不善擇而後錯之毛詩曰不敢遑遑

發京倉散禁財發開也京大也禁藏也善曰尚書曰散鹿臺之財發鉅橋之粟毛詩曰曾孫之庾如坻如京

賚皇寮逮輿臺賚賜也皇寮百官也逮及也言天子散發禁庫之財無問貴賤皆賜及之善曰左氏傳曰人有十等王臣公公臣大夫大夫臣士士臣皁皁臣輿輿臣隸隸臣寮寮臣僕僕臣臺漢書公卿言曰陛下出禁錢以振元元應劭曰少府掌山澤陂池之稅名曰禁錢以給私養

命膳夫以大饗饔餼浹乎家陪周禮曰膳夫主食之官熟曰饔腥曰餼浹徧也家陪謂公卿大夫之家善曰毛詩曰牲牢饔餼論語曰陪臣執國命

春醴惟醇燔炙芬芬醇厚也燔炙謂炙肉也芬芬香氣盛也善曰毛詩曰爲此春酒又曰燔炙芬芬呂氏春秋曰厚酒肥肉

君臣

歡康具醉熏熏康樂也具俱也熏熏和說貌言君臣皆歡樂而和說也善曰毛詩曰公尸來止熏熏毛萇曰熏熏和悅也千品萬官已事而踆七旬已止也踆退也謂品秩官僚等並止事而退還也善曰國語曰觀射父曰百姓千品萬官億醜管仲曰有司已事而竣踆與竣同也勤屢省昔井懋乾乾屢數也省察也懋勉也乾乾敬也善曰尚書曰屢省乃成周易曰君子終日乾乾也清風協於玄德湻化通於自然協同也湻厚也玄天也自然通神明也言帝如此清惠之風同於天德湻厚之化通於神明也善曰孔安國尚書傳曰風教也老子曰爲而不持長而不宰是謂玄德王弼曰玄德者皆有德不知其至出于幽冥者也老子曰天法道道法自然王弼曰自然者無稱之言窮極之辭憲先靈而齊軌必三思以顧愆憲法也先靈先聖之神靈即謂堯舜也愆過也齊同也軌迹也言有事能思信與先聖同軌迹也善曰論語曰季文子三思而後行招有道於側陋開敢諫之直言招明也有道言使郡國於側陋之中舉有道之士而用之也直言謂直諫

善曰

此善曰當在欲也下

穆穆已見上

者也善曰尚書曰明明揚側陋漢書曰皋能直言極諫者聘丘園之耿絜旅束帛之戔戔（殘）耿清也旅陳也謂有清絜者也言丘園中有隱士貞絜清白之人聘而用之束帛謂古招士必以束帛加璧於上周易曰六五賁于丘園束帛戔戔王肅云失位無應隱處丘園蓋蒙闇之人道德彌明必有束帛之聘也戔戔委積之貌也上下通情式宴且盤上謂君下謂臣式用也盤樂也言君情通於下臣情達於上故能國家安而君臣歡樂也善曰墨子曰古者聖王惟能審以尚同是故上下通情毛詩曰嘉賓式宴以樂也及將祀天郊報地功善曰將欲也白虎通曰祭天必在郊者天體至清故祭必於郊取其清絜也周禮以正月上辛郊祀告于上帝祭天而郊以報去年土地之功京房易占曰立秋報地功祈福乎上玄思所以為虔祈求也玄天也玄黃天地言天子祭天地之際思念所以盡其忠敬也善曰禮記曰共皇天上帝之神以為人祈福周易曰天玄而地黃也肅肅之儀盡穆穆之禮殫殫盡也善曰毛詩頌曰至止肅肅禮記曰天子穆穆然後以獻精

胡說是

是善演連珠注上引王肅此文

侃乙

今改

紞者懸瑱之繩垂於冠之兩旁纓用兩組結於項下紘用一組垂於其旁冠以木為幹以玄布衣其上謂之綖

讀

服虔左傳注以藻為畫藻率為刷巾

廣雅釋詁四袷重也衣有表裏謂之袷車有副貳亦謂之袷

誠奉禋祀曰允矣天子者也。獻進也允信也天子言是天帝之子也善曰國語曰精意以享謂之禋祀周禮曰以禋祀祀昊天上帝毛詩曰允矣君子乃整法服正冕帶整理也冕所謂平天冠也言天子素帶朱裏謂三皇已來始冕制有數種鄭玄曰長一尺七寸廣八寸前圓後方以珠玉飾之也法服謂衣服並有法度善曰孝經曰非先王之法服不敢服珩行紞丁敢紘宏綖延玉笄綦其會笄簪也謂以玉飾之善曰左氏傳曰珩紞紘綖昭其度也杜預曰珩維持冠者紘纓從下上者紞冠之垂者也綖冠上覆者周禮曰王之五冕玉笄也又曰王之皮弁會五采玉璂鄭玄曰會縫中璂如綦綦謂結皮弁於縫中每貫結五采玉十二以為飾謂之綦會火龍黼黻藻繂律。鞶厲善曰左氏傳曰火龍黼黻昭其文也藻繂鞞鞛鞶厲斿纓昭其數也杜預曰火畫火也龍畫龍也白與黑謂之黼黻兩已相戾也藻繂以韋為之所以藉玉鞞佩刀削上飾鞛下飾鞶厲紳帶之垂者斿旌旗之斿纓在馬膺前結飛雲之袷輅樹翠羽之高蓋袷輅次車也次車樹翠羽為蓋蓋如雲飛也今世謂之

胡　　佩刪

三字删
焱悠形嫖姚飄搖
容裔亦作溶濤動搖
皃
廣雅釋訓奕奕盛也
弈疑奕
司馬相如傳顔注引張揖曰沛艾駊騀也說文駊
騀馬搖頭皃
說文纛翳蓋也
鍚
轙當着橫木以尾馬頸名曰軛軛上施環以貫轡謂之轙
鍚
蘆音
鍚删
方讀爲防說文云乘輿馬頭上防釳插以翟尾鐵翮象角所以防罔羅釳之之

羽蓋車也善曰高唐賦曰翠爲蓋**建辰旒之太常紛焱**飆亦作**悠以容裔**辰謂日月星也畫之於旌旗垂十二旒名曰太常上畫三辰以象天明也謂天子十二旒諸侯九旒大夫三旒紛盛也悠悠從風貌容裔高低之貌焱火花也言風鼓動旌旗紛紜盛亂如火花之飛起善曰周禮曰日月爲常左氏傳曰三辰旂旗昭其明也**六玄虬之弈弈齊騰驤而沛艾**六六馬也玄黒也天子駕六馬騰驤趣走也弈弈光明沛艾作姿容貌也善曰甘泉賦曰六玄虬毛詩曰四牡弈弈司馬相如大人賦曰沛艾赳螑**龍輈華轙**蟻**金鋑**亡犯**鏤鍚**輈車轅轅端上刻作龍頭也華采畫也善曰爾雅曰載轡謂之轙郭璞曰在軾上環轡所貫也蔡雍曰金鋑者馬冠也高廣各五寸上如玉華形在馬髦前鏤彫飾也當顱刻金爲之**方釳左纛鉤膺玉瓖**音襄方釳謂轅旁以五寸鐵鏤鍚中央低兩頭高如山形而貫中以翟尾結著之轅兩邊恐馬相突也左纛以旄牛尾大如斗置騑馬頭上以亂馬目不令相見也鉤膺當胷也瓖馬帶玦以玉飾也善曰廣雅曰釳許乞切**鑾聲噦噦**

胡文誤存
陳
陳删
有挖字
侃

和鈴鉠鉠於良切鑾在衡和在軾皆以金爲鈴也噦噦和鳴聲鉠鉠小聲善曰毛詩曰鑾聲噦噦和鈴鉠鉠重輪貳轄疏轂飛軨零綦維獨斷曰乘輿重轂外復有一轂副轄其外乃復設轄然重輪即重轂也飛軨以緹紬廣八尺長柱地畫左青龍右白虎繫軸頭取兩邊飾綦雍月令章句曰疏鏤也羽蓋威蕤葩瑵爪曲莖羽蓋以翠羽覆車蓋也威蕤羽貌葩爪悉以金作華形莖皆曲蔡雍獨斷曰凡乘輿車皆羽蓋金華爪與瑵同順時服而設副咸龍旂而繁纓五時之服各隨其車車各一色以爲副貳副車各一乘今謂之五帝車也龍旂者交龍爲旂也鞶今之馬大帶也纓馬鞅也善曰毛詩曰龍旂陽陽周禮曰玉路錫樊纓鄭玄曰樊讀如鞶鞶謂今之馬大帶也繁與鞶古字通立戈迤戛農輿輅木戈謂本勾子戟也戛長矛也矛罝車上邪柱之是謂戎輅農輿無蓋所謂耕根車也言耕稼於藉田乘馬無飾故稱木善曰迤邪也屬車九九乘軒並轂副車曰屬言相連也屬車有藩者曰軒皆在後爲三行故曰並轂善曰漢雜事曰諸侯貳車九乘秦滅九國兼其車

朱旄供旄旗之用、

張銑曰鸞鳥旗皮軒皆車也
周禮司常鄭玄注通帛大赤從周正色無飾
綪縿旒曰旆

薛曰鋋注闟與鈒音義同
闟戟插車上旁小戟也
茷音旆
蒨音蒨

旗

轇音膠
輵音葛

前漢司馬相如傳蒙鶡蘇
孟康注蘇析羽也如今之
流蘇本以五采羽爲之後
乃用絲綫繡之遂
騷殺之流蘇纍縈也

服故大駕屬車八十一乘軖伏弩重旃朱旄青屋通帛曰旃朱旄旄朱尾赤色者也青
屋青作蓋裏也善曰說文曰軖車藺閭皮筐以安其弩也徐廣車服志曰輕車置弩於軾上載以屬車然置弩
於軖曰軖弩奉引既畢先輅乃發奉引謂引道者言引道之次已定前車乃發善
曰漢官儀曰大駕則公卿奉引尚書曰先路在左塾之前鸞旗皮軒通帛綪蒨旆鸞旗
謂以象鸞鳥也皮軒以虎皮爲之善曰蔡邕車服志曰鸞旗俗人名曰雞翹上林賦曰前皮軒後道斿通帛曰
旗國語曰分魯公以少帛綪茷韋昭曰綪茷大赤也雲罕九斿由闟戟轇交輵膠葛雲罕
旌旗之別名也九斿亦旗名也闟鋋也轇輵雜亂貌善曰上林賦曰載雲罕說文曰斿旍施流也史記曰趙良
謂衛鞅曰君之出也操闟戟者旁車而趨王逸楚辭注曰轇輵參差縱橫也髶而髦利被繡虎夫
戴鶡髶髦髦頭茸騎也善曰漢書羿爲髦頭應劭曰繡衣在天子乘輿之前鶡鷙鳥也鬭至死乃止令武
士戴之取猛也司馬彪續漢書曰虎賁騎皆鶡冠駙付承華之蒲梢飛流蘇之騷

今作笭

膠葛別本在注中

殺桑葛一駙副馬也承華廄名也言取華廄之蒲梢以爲副馬也漢官儀有承華廄善曰後漢書曰蒲梢汗血之馬流蘇五采毛雜之以爲馬飾而垂之續漢書曰駙馬赤珥流蘇摯虞決疑要注曰凡下垂爲蘇騷殺垂貌

總輕武於後陳奏嚴鼓之嘈囐才達後陳者謂北軍五營兵在後陳列嘈囐鼓聲善曰漢書曰噴銅丸以擿鼓聲中嚴鼓之節晉灼曰疾擊鼓戎士介而揚揮戴金鉦而建黃鉞戎兵也士士卒也介甲也揮爲肩上絳幟如燕尾者也金鉦鐲鐃之屬也黃鉞以黃金飾之善曰左氏傳廚人濮曰揚徽者公徒也徽與揮古字通蔡邕獨斷曰乘輿後有金鉦黃鉞清道案列天行星陳清道謂蹕止行者列猶次也言天子行如上天之星行羅列有次善曰司馬相如上疏曰清道而後行周易曰天行健尚書大傳曰明明上天爛然星陳肅肅習習隱隱轔轔肅肅敬貌習習行貌隱隱衆多貌轔轔車聲也殿坫未出乎城闕旆已反乎郊畛諸鄰殿後軍也旆前軍也郊畛謂郊界也言從之多後猶未出城闕前已迴於郊界也善曰論語曰孟

說文韸鼓聲也今詩那作淵有駜作咽咽
周禮鄭注變猶更也樂成則更奏也
曰
音淵
馬融大字改八佾已見東都賦

之反不伐奔而殿宋衷太玄經注曰畛界也盛夏后之致美爰敬恭於明神盛猶嘉也夏后禹也言今嘉欲行禹之事爰布恭敬於神明也善曰論語曰惡衣服而致美於黻冕菲飲食而致孝於鬼神毛詩曰恭敬明神也大司樂爾乃孤竹之管雲和之瑟孤竹國名出竹善曰周禮曰孤竹之管雲龢之瑟和與龢古字通鄭玄曰孤竹特生者也雲和山名也出美木用爲瑟其聲清亮也雷鼓灪灪六變既畢雷鼓八面鼓也凡樂六變爲一成則更奏畢盡也善曰周禮曰雷鼓路鼗鼓奏之若樂六變一變川澤之神見二變山林之神見三變丘陵之神見四變墳衍之神見五變地神見六變天神見毛詩鼓灪灪音灪冠華秉翟列舞八佾冠華以鐵作之上闊下狹以翟雉尾飾之舞人頭戴一行羅列八人八八六十四人謂今麥策花也穀梁傳曰舞夏天子八佾善曰蔡邕獨斷曰大樂郊祀舞者冠建華冠毛詩曰右手秉翟馬融論語注曰佾列也元祀惟稱羣望咸秩元大也祀祭也稱舉也謂大祭天地之禮既舉羣岳衆神望以祭祀之皆有秩次善曰尚書曰咸秩無文王肅曰秩序也左氏

何

說文槱積木燎之也
○別本作槱

善曰

傳曰乃有事于羣望孔安國尚書傳曰在遠者望而祭之 颺槱由燎之炎煬様致高

煙乎太一 颺飛颺也槱燎之言聚也謂聚薪焚之揚其光炎使上達於天也太一天之尊神也曜魄寶

也善曰周禮曰以槱燎祀司中司命郭璞方言注曰火熾猛爲煬說文曰致送也漢書曰中宮天極星其一明

者太一常居也 神歆馨而顧德祚靈主以元吉 歆饗也顧眷也祚報也靈

明也元大也吉福也言天神觀人主之明肅顧饗其馨香之祭故報之以大福尚書曰明德惟馨周易曰黃裳

元吉 然後宗上帝於明堂推光武以作配 宗尊也上帝太微中五帝也配

對也言尊祭五帝於明堂以光武配之漢書曰明帝宗祀五帝於明堂光武皇帝配之 辯辡方位而

正則五精帥而來摧 徂回切辯別也方位謂四方中央之位也則法也五精五方星也帥循也

摧至也言五帝摠集至明堂善曰漢書曰祀五帝於明堂坐位各處其方孝經鉤命決曰宗祀文王於明堂以

配上帝五精之神爾雅曰摧至也 尊赤氏之朱光四靈懋而允懷 赤氏

○挽善曰 佩
○挽善曰 佩

○曾讀為增離騷注曾累 廣雅曰刪

祭法鄭注祧之言超也超上去意也天子遷廟之主以昭穆合藏於二祧之中諸侯無祧藏於祖考之廟中 孔疏云此遷主所藏曰祧非是對例言之耳若散而通論則凡廟曰祧

謂漢火德所統赤帝熛怒也河圖曰四靈蒼帝神名靈威仰赤帝神名赤熛怒黄帝神名含樞紐白帝神名白招拒黑帝神名協光紀今五云四靈謂除赤餘有四懋悅也懷安也善曰尚書曰民其允懷孔安國曰民信歸之於是春秋改節四時迭代改易也迭更也代謝也言感四時之謝而欲享祀也善曰易乾鑿度孔子曰天地有春秋冬夏節故生四時又曰五行迭終四時更廢蒸蒸之心感物曾思廣雅曰蒸蒸孝也感物謂感四時之物即春韭卵夏麥魚秋黍肫冬稻鴈孝子感此新物則思祭先祖也善曰尚書曰虞舜蒸蒸廣雅曰感傷也躬追養於廟祧吐堯奉蒸嘗與禴祠言祭皆追感孝養之道故躬自爲之躬猶身也善曰禮緯曰祭者所以追養繼孝也禮記傳曰遠廟爲祧毛詩曰禴祠蒸嘗公羊曰春曰祠夏曰禴秋曰嘗冬曰蒸物牲辯偏省設其楅衡物牲謂祭祀之牲物皆偏省視之也橫木於牲角端以備抵觸謂之楅衡善曰周禮曰牧六牲而阜蕃其物以供祭祀凡祭祀飾其牛牲設其楅衡杜子春曰楅衡所以持令不得抵觸人也毛炰炮豚

○胡刪

曰删
饋　方簿切

胉博亦有和美善曰鄭玄曰周禮注曰毛炰者豚爓去其毛而炰之以備八珍毛詩曰毛炰胾羹周禮曰饋食之豆其實豚胉杜子春田以胉爲膊謂脅也毛詩曰亦有和羹滌濯靜嘉禮儀孔明滌濯謂洗滌也靜絜也嘉善也孔甚也言禮儀曰甚鮮明也善曰周禮曰大祭祀眂滌濯鄭玄曰滌溉祭器也毛詩曰籩豆靜嘉又曰禮儀既備又曰祀事孔明萬舞奕奕鍾鼓喤喤萬舞干也奕奕舞形也喤喤鼓聲善曰毛詩曰萬舞奕奕鍾鼓喤喤也靈祖皇考來顧來饗平聲靈皇悠名謂先帝也言先帝之神顧神子孫享其食也神具醉止降福穰穰神謂先神也具俱也血已降下也穰穰衆多也善曰毛詩曰神具醉止降福穰穰及至農祥晨正土膏脉起農祥天駟即房星也晨時正中也謂正月初也善曰國語曰虢文公曰太史順時覛土農祥晨正土乃脉發太史告稷曰土膏其動韋昭曰農祥房星也晨正謂立春之日晨中於午也脉理也膏土潤也乘鑾輅而駕蒼龍善曰禮記曰孟春之月乘鑾輅駕蒼龍鄭玄曰鑾輅有虞

爓　胡
胡
覛　胡

何焯感疑戚是也

平

氏之車也有鑾和之飾而飾之以青輅春東方色青也馬八尺爲龍介馭間以剡以冉耜天子車帝在左御在中介處左善曰禮記曰天子祈穀于上帝親載耒耜措之于參保介之御間鄭玄曰保介車右置耒耜於車右與御者之間明以勸農又使勇士衣甲而參乘備非常也保猶衣也毛詩曰以我覃耜毛萇曰覃利也鄭玄禮記注曰耜耒之金也覃與剡同躬三推土回於天田修帝籍之千畝善曰東觀漢記曰永明四年詔書曰朕親耕于籍田以祈農事禮記曰躬耕帝籍天子三推爲籍千畝楊雄上林苑箴曰芒芒天田芃芃作穀供禘郊之粢盛必致思乎勤已禘郊謂祭天於南郊也言天子籍田千畝必須親耕者爲敬其祖考用充宗廟之粢盛故云勤已善曰禮記曰王者禘其祖之所自出鄭玄曰禘大祭也又曰天子籍田千畝以事天地以爲齊盛毛萇詩傳曰器實曰粢在器曰盛鄭玄禮記注曰致之言至也兆民勸於疆埸感懋力以耘耔音子兆民謂百姓也疆田畔也耘去草耔壅本也善曰毛詩曰疆埸有瓜或耘或耔爾雅曰懋勉也春日載陽

東觀十九字改合射辟雍已見東都賦

鼖扶云切鞀音逃

周禮射人注鄭注畫五正之侯中朱次白次蒼次黃玄居外　侯考工記梓人為侯廣與崇方參分其廣而鵠居一焉

合射辟雍

陽暖也言春三月之時與諸侯合射辟雍行禮數善曰毛詩曰春日載陽鄭玄曰載之言則也東觀漢記永平三年三月上初臨辟雍行大射禮

設業設虡宮懸金鏞

設施也業栒上板刻爲鳫齒捷業然植者爲虡横者爲栒以施設懸之宮中也鏞大鍾也善曰毛詩曰設業設虡周禮曰正樂懸之位王宮懸鄭司農曰宮懸四面也鏞已見上文

鼖鼓路鞀樹羽幢幢

鼖大鼓也鞀小鼓也幢幢羽貌善曰周禮曰以鼖鼓鼓軍事又曰路鼓鼓路鞀毛詩曰崇牙樹羽毛萇曰置羽於栒上以爲飾也

於是備物物有其容

言備具也物禮物也射之禮物並有容飾也善曰左氏傳屠蒯曰事有其物物有其容

伯夷起而相儀后夔坐而爲工

伯夷唐虞時明禮儀之官也后夔舜臣掌樂之官言禮以行施故云起樂以靜陳故曰坐善曰左氏傳曰孟僖子不能相儀又曰昔玄妻樂正后夔取之儀禮曰大射工六人

張大侯制五正

善曰毛詩曰大侯既抗毛萇曰大侯君侯也周禮曰王射三侯五正鄭司農曰王張五采之侯即五正之侯也謂天子五正諸

聶崇義三禮圖曰乏一名容似今之屏風其制足廣七尺以牛革鞔漆之

讀

說文輦輓車也一曰卻車抵堂爲輦

星言

楊升庵云以須二字當連上東階爲句

侯三正大夫士二正以布畫取五方正色於大侯之上也設三乏之厞司旌言大射張三侯故設乏之乏以革爲之護旌者之御矢也司旌謂執旌司射中當舉周禮曰服不氏射則以旌居乏而待獲杜子春曰乏之音爲匱乏之乏爾雅曰厞隱也音非并夾既設儲乎廣庭并夾鉗矢者周禮曰射則取矢也言侯高則以并夾取之也儲待也廣大也謂張設於大庭以待天子也於是皇輿夙駕輦於東階輦之言却也謂却於東階下天子未乘之時也善曰毛詩曰皇輿夙駕輦音紫以須消啓明掃朝霞登天光於扶桑須候也消不見也掃滅也言晨時啓明先見尚有餘光日出乃不見霞日邊赤氣也謂天子須啓明光消霞滅日上扶桑乃就乘輿也禮天子曰出乃視朝善曰毛詩曰東有啓明西有長庚淮南子曰登于扶桑爰始將行是謂朏明也天子乃撫玉輅時乘六龍玉輅謂玉飾之也鄭玄禮記注曰撫猶據也東都賦曰登玉輅乘時龍善曰周易曰時乘六龍此謂各隨其時而乘之發鯨魚鏗華鍾發舉也鏗

別本佩　胡　何

月令鄭注句曲生者芒而直曰萌

車攻毛傳佽利也

猶擊也華鐘謂有篆刻文故言華鐘也善曰東都賦曰發鯨魚鏗華鐘大丙弭節風后陪乘善曰淮南子曰若夫鉗且大丙之御也馬莫使之而自交高誘曰二人太一之御也楚辭曰吾令羲和弭節兮王逸曰弭按節徐行也史記曰黃帝舉風后以理人鄭玄曰風后黃帝三公也應劭漢官儀曰常伯任侍中出即陪乘也攝提運衡徐至於射宮攝提有六星玉衡北斗中星主迴轉並飾於車上徐行至於射宮射宮謂辟雍也善曰漢書曰攝提失方音義曰攝提隨斗杓所建十二月也杓匹遙切春秋保乾圖曰斗節運衡何休公羊傳曰運轉也禮事展樂物具展謂舒陳器物也物具謂器物皆具備也王夏闋騶側留虞奏王夏樂名也天子初出奏也闋終也善曰周禮曰出入則奏王夏又曰凡射王奏騶虞之樂決拾既次彫弓斯彀古候決以象骨著右手巨指所以鉤弦也拾韝捍著左臂也彫弓謂有刻畫也彀張也善曰毛詩曰決拾既次鄭玄曰次謂手指相比也達餘萌於暮春昭誠心以遠喻昭明也誠心謂天子之心也善曰禮記曰季春句者

狵 闕刪

錢大昕謂狵爲豝之誤廣韻四覺豝龍尾本字當作豩豩丩流下滴与臀義相近古音豩如篤故射爲闕音

狵丁遘切

畢出萌者盡達白虎通曰天子所以親射何助陽氣達萬物也名之爲侯者何明諸侯不朝者則當射之然則射者帝誠心遠喻於下也文子曰誠心可以懷也

進明德而崇業滌饕叨餮他結之貪慾射義曰射所以觀德也崇猶興也業射業也滌蕩去也言有貪婪嗜慾者皆滌蕩去之也善曰漢書明帝詔曰親射泰侯蓋選士威惡助微達陽也周易曰君子進德修業杜預左氏傳注曰貪財曰饕貪食曰餮

仁風衍而外流誼方激而遐騖衍布也方道也激感也遐遠也騖馳也善曰典引曰仁風翔乎海表禮記曰射者仁道也又曰古諸侯之射所以明君臣之義也廣雅曰方正也

日月會於龍狵闕恤民事之勞疚狵尾也日月會於尾謂十月時也疚病也民勞病於歲事到此月乃終也故天子愍恤勞來之善曰國語云日月會於龍狵國家於是乎蒸嘗也賈逵曰狵龍尾也月令孟冬之日在尾漢書曰東宮蒼龍

因休力以息勤致歡忻於春酒謂田事畢休民力息勤勞也善曰禮記曰孟冬之月勞農以休息春酒謂春時作至冬始熟也毛詩曰春酒惟[illegible]

別本狵當作豝从豕

刻本舊音閒叩闕俗

此條有誤何改爲此春酒陳云緣上文有春醴惟醇而误

為此春酒
注文誤作大字
平
禮記坊記觴酒豆肉讓而受惡民猶犯齒
舊音
濩 易護 注同
尚書九字改聲教已見東都賦

瀆執鑾刀以祖割奉觴豆於國叟言天子親執鑾刀祖右膊而割牲以示敬也善曰東觀漢記曰永明二年詔曰十月元日始尊事三老兄事五更朕親祖割牲毛詩曰執其鑾刀孝經援神契曰天子親臨辟雍祖割禮記曰食三老五更於太學天子袒而割牲執醬而饋執爵而酳降至尊以訓恭送迎拜乎三壽降下也至尊天子也三壽三老也言天子尊而養此三老者以教天下之敬故來拜迎去拜送焉善曰左傳曰享以訓恭儉蔡邕獨斷曰天子事三老使者安車輭輪送迎而至家天子獨拜毛詩曰三壽作朋也敬慎威儀示民不偷以朱反協韻敬宜也儀禮也毛詩曰敬慎威儀視民不佻毛萇曰佻偷也我有嘉賓其樂愉愉嘉賓謂三老五更也愉愉和悅之貌也善曰毛詩曰我有嘉賓聲教布濩護盈溢天區布濩猶散被也天區謂四方上下也言天子教愛及之尚書曰聲教訖于四海文德既昭武節是宣既已也昭明也宣猶發也言文武之教無處不臨善曰尚書曰誕敷文德漢書武帝詔曰躬秉武節三農之隙

梲善曰侃
梲善曰侃

謂期刪

囿刪

靈囿已見上文

周

左傳哀十七年傳渾良夫乘衷甸兩牡衷与中通甸与畋同杜注衷甸一轅卿車蓋田獵宜便捷故不用平時之乘車戎謂畋當於鄭君小箋注讀乃乘言小戎輕車爲先行畋獵居中之車謂之中畋猶行軍居中之軍謂之中軍也

曜威中原隙閑也曜威謂治兵也善曰國語曰三時務農一時講武韋昭曰三時春夏秋西都賦曰曜威而講武事也歲惟仲冬大閱西園西園上林苑也善曰周禮曰仲冬教大閱公羊傳曰大閱者何簡車馬也後漢書曰先帝左開鴻池右作上林苑虞人掌焉先期戒事先期謂期日敕戒羣吏脩獵具也善曰周禮虞人掌山澤之官度知禽獸多少戒猶告也悉率百禽鳩諸靈囿悉盡也率斂也鳩聚也囿苑也囿謂集禽獸於靈囿之中善曰毛詩曰悉率左右以燕天子毛萇曰驅禽獸於王之左右鄭玄曰率循也悉率驅禽獸順其左右之宜以安待王之射毛詩曰王在靈囿獸之所同是謂告備同亦聚也備具也言禽獸皆聚合聚田物具備也善曰毛詩曰獸之所同禮曰告備于王乃御小戎撫輕軒毛詩曰小戎俴收謂小戎之車輕便宜田獵鄭玄曰輕車驅逆之車中畋四牡既佶且閑其中畋馬謂調良馬可用獵者佶栗健也閑習也毛詩曰四牡既佶既佶且閑戈矛若林牙旗繽紛若林言多也繽紛風吹貌兵書曰牙旗者將軍之旌謂古

胡　胡

者天子出建大牙旗竿上以象牙飾之故云牙旗 迄上林結徒營 迄至也結止也徒衆也營域也上林苑名善曰說文曰營市居也 次和樹表司鐸授鉦 次比也和軍之正門爲和也表門表也司主也鉦鐸所以爲軍節善曰周禮曰大閱虞人爲表以旌爲左右和門又曰教振旅辨鼓鐸鐲鐃之用也 坐作進退節以軍聲 言聲中進退取鍾鼓旌之節善曰周禮曰司馬執鐸以教坐作進退疏數之節 三令五申示戮斬牲 示教也言三令五申示衆人畢有不用命者斬之若牲也善曰尹文子曰將戰有司讀誥誓三令五申之既畢然後即敵史記曰孫子約束既布三令五申之周禮曰大閱斬牲以徇陣曰不用令者斬之 陳師鞠旅教達禁成 陳師猶列師衆也鞠之言告也教達謂三令五申禁令已行軍法成也善曰毛詩曰陳師鞠旅 火列具舉武士星敷 具俱也敷布也言武士猶徒如星之布也善曰毛詩曰火列具舉毛萇曰列人持火也 鵝鸛灌魚麗离箕張翼舒 鵝鸛魚麗並陣名也謂武士發於此而列行如箕之張如

射 孟子趙注掩而射之曰詭遇非禮之

詭遇已見東都賦 善曰

訓儉已見上文

翼之舒也善曰左氏傳曰晉荀吴與華氏戰于赭丘鄭翩願爲鸛其御願爲鵝左氏傳曰王伐鄭鄭原繁爲魚麗之陣軌塵掩迒罔匪疾匪徐掩覆也迒迹也謂車軌之塵適自覆跡言得遲疾之中也善曰穀梁傳曰蒐于紅車軌塵馬候蹄也馭不詭遇射不翦毛孟子曰爲之詭遇一朝而獲十劉熙曰横而射之曰詭遇毛萇詩傳曰面傷不獻翦毛不獻升獻六禽時膳四膏升進也四膏者禮記曰牛膏香犬膏臊雞膏腥羊膏羶善曰周禮曰庖人掌共六禽鄭司農曰六禽鴈鶉鷃雉鳩鴿也馬足未極輿徒不勞極盡也輿衆也勞罷勞也善曰韋昭漢書注曰輿車士也成禮三毆驅解罘伏侯放麟大鹿曰麟解散也罘不罔也周易曰王用三毆失前禽也毆與驅同善曰穀梁傳曰四時之田用三焉一曰乾豆二曰賓客三曰充君之庖不窮樂以訓儉不殫物以昭仁窮極也訓教也殫盡也物謂禽獸也言殺禽獸不盡即昭明人君行仁之道謂崇儉故也善曰列女傳曰周宣王姜后曰好奢必樂窮樂者亂之所興左傳曰享以訓躬儉慕天乙之弛罟因教祝以懷

掩 善曰 侃

刪 侃

三字刪

善曰

民。天乙殷湯名也弛廢也善曰呂氏春秋曰湯見罔罝
四面湯拔其三面置其一面祝曰昔蛛蝥作罔今之
人學紓欲高者高欲下者下吾取其犯命者漢南之國
聞之曰湯德至禽獸三十國歸之高誘曰紓緩也毛萇
詩傳曰懷來也 儀姬伯之渭陽。失熊羆而獲人。文王爲西伯姬伯
也善曰史記曰太公望呂尚東海人以漁釣干周西伯
西伯將出獵卜曰所獲非龍非彲非虎非羆所獲霸王
之輔西伯獵果遇太公渭之陽與語大說文王勞之
太公曰臣聞君子樂其志小人樂其事遂載與俱歸 澤
浸昆蟲威振八寓 浸潤也八寓八方區宇也善曰毛詩
序曰文王德及鳥獸昆蟲焉鄭玄禮
記注曰晜明也明蟲者陽而生陰而藏也
蒼頡篇曰宇邊也說文曰寓籀文宇字。好樂無荒允
文允武 允信也無荒言不好荒淫之樂信與文王武王
等其功德也善曰毛詩曰好樂無荒允文允武
昭假薄狩于敖。既璅璅焉。璅子係 敖鄭地今之河南滎陽
烈祖 也謂周王狩也璅璅小
也言鄙陋不足說也詩曰 岐陽之蒐。又何足數。岐陽岐山
建旐設旄薄獸于敖 之陽謂成

刪

王刪

夏官序官　舊音

剛癉見王莽傳晉灼注引剛卯銘

王所狩之地亦以小不足可數也善曰左氏傳曰成王有岐陽之蒐爾乃卒歲大儺奴何毆除羣厲卒終謂一歲之終儺逐疫鬼善曰漢舊儀曰昔顓頊氏之有三子已而爲疫鬼一居江水爲瘧鬼一居若水爲罔兩蜮鬼一居人宮室區隅善驚人爲小鬼於是以歲十二月使方相氏蒙虎皮黃金四目玄衣丹裳執戈持盾帥百隸及童子而時儺以索室中而毆疫鬼也方相秉鉞巫覡胡激操茢音列善曰周禮曰方相氏黃金四目玄衣朱裳執戈揚盾也國語曰在男謂之覡在女謂之巫也說文曰操把持也左傳曰襄公乃使巫以桃茢先祓殯杜預曰茢黍穰也侲震子萬童丹首玄製侲子童男童女也朱丹也玄製皁衣也善曰續漢書曰大儺謂逐疫選中黃門子弟十歲以上十二以下百二十人爲侲子皆赤幘皁製以逐惡鬼于禁中桃弧棘矢所發無臬牛列切飛礫雨散剛癉亶必斃桃弧謂弓也棘矢箭也癉難也言鬼之剛而難者皆盡死也善曰漢舊儀常以正歲十二月命時儺以桃弧葦矢且射之赤丸五穀播灑之以除疾殃左氏傳曰桃弧棘矢以

何

侃改　此善曰刪

侃

除其災說文曰臬射埻的也煌火馳而星流逐赤疫於四裔煌火光也馳覺也赤疫疫鬼惡者也四裔謂四海也星流謂群鬼覺走煌煌然如火光與星流也善曰續漢書曰儺持火炬送疫出端門外騶騎傳炬出宮五營騎士傳火棄洛水中星流言疾也左氏傳曰投諸四裔以禦魑魅然後凌天池絕飛梁凌升也善曰莊子曰北溟者天池也如淳漢書注曰直渡曰絕甘泉賦曰歷倒景而絕飛梁捎所交切魑魅斮側角切獝狂魑魅山澤之神獝狂惡戾之鬼名捎殺也斮擊也善曰諸魑魅之說者各異今隨所釋而載之不改易也斬蝼紆危蛇移腦方良方良草澤之神也腦陷其頭也善曰莊子蝼蛇之狀其大若轂其長若轅紫衣而朱冠也囚耕父於清泠零溺女魃蒲曷於神潢黃清泠水名在南陽西鄂山上神潢亦水名未知所在善曰山海經曰有神耕父處豐山常游清泠之淵出入有光又曰大荒之中有山名不勾有人衣青衣名曰黃帝女魃所居不雨扶葛殘夔魖虛與罔像殪煙計野仲而殲子廉游光

善曰陬子侯切

二人於樹

梗即桃梗

殘猶殺也夔木石之怪如龍有角鱗甲光如日月見則其邑大旱說文曰魖耗鬼也罔象木石之怪殘殺也殲滅也野仲游光惡鬼也兄弟八人常在人間作怪害八靈爲之震慴之涉況魃巨宜蜮域與畢方魅小兒鬼畢方老父神如鳥兩足一翼者常銜火在人家作怪災也善曰楚辭曰合五嶽與八靈王逸曰八靈八方之神也爾雅曰震慴懼也漢舊儀曰魊鬼也魊與蜮古字通度朔作梗哽守以鬱壘神荼副焉對操七刀索葦東海中度朔山有二神一曰神荼二曰鬱壘領衆鬼之惡害者執以葦索而用食虎善曰風俗通曰黃帝書上古之時有神荼鬱壘昆弟二人性能執鬼度朔山上有桃樹下常簡閱百鬼鬼無道理者神荼與鬱壘持以葦索執以飼虎是故縣官常以臘祭夕飾桃人垂葦索畫虎於門以禦凶也毛詩傳曰梗病也謂爲人作梗病者目察區陬司執遺鬼察觀也區陬隅隙之閒也司主也謂於度朔山主執遺餘之鬼也京室密清罔有不韙密靜也清絜也罔無也韙善也謂無復疫癘皆得安善也於是陰陽交和庶物時

此綜引說文

善音

育庶衆也漢書曰陰陽和風雨時言寖𤻮既無陰陽乃和衆物育養也卜征考祥終然允淑征巡行也考問也祥吉也允信也淑善也善曰左氏傳石奐曰先王卜征五年而歲卜其祥祥習則行周易曰視履考祥毛詩曰終然允臧也乘輿巡乎岱嶽勸稼穡於原陸乘輿天子也岱泰山也種曰稼收曰穡謂春勑東方諸侯課民以耕種故尚書云二月東巡狩至於岱宗柴一同衡律而壹軌量齊急舒於寒燠燠於六切衡稱也軌法也寒燠猶苦樂同壹齊皆使中不參差也善曰尚書曰同律度量衡又曰藹恒寒若豫恒燠若省幽明以黜陟乃反旆而迴復省察也幽闇也黜退也陟昇也謂有功者進無功者退也故尚書曰三載考績黜陟幽明也反旆謂迴還也望先帝之舊墟慨長思而懷古先帝先神也舊墟長安也慨歎息也古往也謂前漢初也俟閶風而西遐致恭祀乎高祖俟待也閶風秋風也祠謂祭祀高祖廟也遐逝也善曰東觀漢記曰永明二年十月幸長安祠高廟周書曰恭明祠專明刑易說曰秋閶闔風至既春游以發

黍多　鳻　據蜀都賦注此誤信胡校當曰鳻如故　舊音

生啓諸蟄於潛戶春游謂仲春巡行岱嶽是時蟄蟲皆開戶帝乃東巡助宣氣也善曰爾雅曰春爲發生禮記曰仲春之月蟄蟲咸動啓戶始出度秋豫以收成觀豐年之多稌他杜切秋行曰豫謂秋行禮高祖廟此時萬物始成善曰晏子曰吾王不游吾曷以休吾王不豫吾曷以助一游一豫爲諸侯度爾雅曰秋爲收成毛詩曰豐年多稌毛萇曰稌稻也嘉田畯之匪懈行致賚于九扈嘉善也畯主田官也九扈農正知田事扈正也言天子行慶福致賚於九扈使民不淫放善曰毛詩曰田畯至喜又曰夙夜匪懈左氏傳曰郯子曰九扈爲九農正杜預曰扈有九種也春扈鳻鶞夏扈竊玄秋扈竊藍冬扈竊黃棘扈竊丹行扈唶唶宵扈嘖嘖桑扈竊脂老扈鷃鷃以九扈爲九農之號各隨其宜以教人事也左瞰暘谷右睨玄圃暘谷日出之處玄圃在崑崙山上瞰望也睨視也善曰淮南子曰日出于暘谷浴于咸池也又曰懸圃在崑崙閶闔之中玄與懸古字通眇天末以遠期規萬世而大摹莫補叶韻眇視也摹法也言帝之巡狩眇然

胡

以天末爲遠期規欲以爲萬代之大法
也善曰劇秦美新曰創億兆規萬世且歸來以釋勞
膺多福以安悆豫上聲羊主切悆寍也歸謂西征旋乃釋吏
士之劬勞祭祀受多福以安寍也善
曰尚書曰總集瑞命備致嘉祥總會也集聚也祥神
求膺多福也即騶虞澤馬之屬
也瑞應也即鸞鳳之屬也善曰墨子曰禹親抱天之
瑞命也孝經鉤命決曰帝王起緯合宼嘉瑞貞祥圍
語林氏之騶鄒虞擾澤馬與騰黃圍牢養也林氏山
名也騶虞義獸也
善曰山海經曰林氏有珎獸大若虎五采畢具尾長於
身其名騶吾乘之日行千里劉芳詩義疏曰騶虞或作
吾應劭漢書注曰擾音柔擾馴也陰嬉讖曰聖人爲政
澤出馬山海經曰大封國有文馬縞身朱鬣名曰吉良
乘之壽千歲瑞應圖曰騰黃神馬一
名吉光然吉良騰黃一馬而異名也鳴女牀之鸞鳥舞
丹穴之鳳皇女牀山名在華陰西六百里山海經曰女
牀之山有鳥焉其狀如鶴五色文名曰鸞
鳥見即天下安寍又曰丹穴之山有鳥焉其狀如鵠五
采名曰鳳皇是鳥也飲食自歌自舞見則天下安寍

華平即并閭，如湻說与此同，知之。

魏都賦注引唐作横

越裳見下句

植華平於春圃，豐朱草於中唐。植猶種也。華平，瑞木也。天下平，其華則平；有不平處，其華則向其方傾。中唐，堂塗也。善曰：孝經援神契曰：德至於地，則華平盛也。瑞應圖曰：木名也。宮閣記有春王圃。鶡冠子曰：聖王之德，下及萬靈，則朱草生。抱朴子曰：朱草長三尺，枝葉皆赤，莖似珊瑚也。如湻漢書注曰：唐，庭也。毛詩曰：中唐有甓。惠風廣被，澤洎幽荒。惠，恩也。洎，及也。幽荒，九州外，謂四夷也。比燮素頻丁令，南諧越裳。燮、諧，皆和也。越裳，南蠻，令九真是也。丁令，國名。善曰：漢書曰：匈奴北服丁令也。韓詩外傳曰：成王之時，越裳氏重九譯而至，獻白雉於周公。西包大秦，東過樂浪。音郎。善曰：司馬彪續漢書曰：大秦國名犂鞮鞬，在西海之西。漢書有樂浪郡。重舌之人九譯，僉稽首而來王。重舌，謂曉夷狄語者。九譯，九度譯言，始至中國者也。善曰：國語曰：夫戎狄坐諸門外，而使舌人體委與之。韋昭曰：舌人，能達異方之志，象胥之官也。韓詩外傳曰：成王之時，越裳氏重九譯而至，獻白雉於周公。晉灼漢書注曰：遠國使來，因九譯言語乃通也。說文曰：譯，傳四夷之語者。尚書

當作靬

已見上文

曰禹拜稽首
四夷來王
是以論其遷邑易京則同規乎殷盤
京京
師也

規法也盤庚
殷王之名也
改奢即儉則合美乎斯干
斯干謂周宣王
儉宮室之詩也

今漢光武改西京奢華而就儉約合斯
干之美善曰韓詩曰宋襄公去奢即儉
登封降禪則

齊德乎黃軒
登謂上泰山封土降禪謂下禪梁父也言光
武登上泰山下禪梁父則與黃帝軒轅齊

其功德善曰
黃帝封泰山
為無為事無事永有民以孔安
為作
也事

業也永長也孔甚也以無為為功以無事為業澹然不
煩瀆也善曰老子曰為無為事無事我無為而民自化

我無事而
民自富
遵節儉尚素樸
遵遵循也樸質也言遵循節儉
尚其樸素也善曰漢書曰文

帝躬節儉莊子曰同
乎無欲是謂素樸
思仲尼之克己履老氏之常足
孔
子

曰克己復禮馬融曰克己約
身也善曰老子曰知足常足也
將使心不亂其所在目不

見其可欲
善曰老子曰不見可欲使心不亂河上公
曰放鄭聲遠美人使心不亂不邪淫也
賤

紙删

征氏切

張銑曰侯惟也而語助

廣雅蒔種也

「羣象簡珠玉簡猶略也善曰長楊賦曰賤瑇瑁而跳珠璣藏金於山抵紙璧
於谷藏抵皆謂不取之謂儉故也善曰莊子曰藏金於山藏珠於淵說文曰抵側擊也翡翠不
裂瑇瑁不蔟音族翡翠鳥名也瑇瑁珎名不裂不折其羽以爲玩飾也不蔟不乂蔟取之爲器也
所貴惟賢所寶惟穀善曰尚書曰所寶惟賢則邇人安范子計然曰五穀者萬人之
命國之重寶民去末而反本咸懷忠而抱慤苦角切詐偽爲末忠信爲本善
曰淮南子云守道順理者不免於飢寒之患而欲人之去末反本是猶發其原而壅其流也說文曰慤謹也
于斯之時海內同悅曰吁漢帝之德侯其褘於離而言於此之
時皆同歡樂也于於也悅樂也吁驚也褘美也蓋蓂莢爲難蒔神志也故曠世
而不覿覿見也蓂莢瑞應之草王者賢聖太平和氣之所生生於階下始一日生一莢至月半生十五
莢十六日落一莢至晦日而盡小月則一莢厭不落王者以證知月之小大堯時夾階生之謂一不世見故云難

類篇趢趗言皃与此同

且

蒔也善曰田俅子曰堯爲天子蓂莢生於庭爲帝成歷范曄後漢書班固議曰漢興以來曠世歷年惟我后能殖之以至和平方將數所主諸朝階后帝也惟我帝有至和之德故必能殖之方當生於朝陛得以數知月之大小也謂上文蓂莢也善曰鄭玄毛詩箋曰方直也然則道胡不懷化胡不柔胡何也懷來也柔安也言皆安之也聲與風翔澤從雲游翔游皆行也風者天之號令雲雨者天之膏潤故聲教與風皆翔恩澤與雲俱行也萬物我賴亦又何求我賴賴我也言方物皆賴帝之恩惠以得所無復他求也德寓天覆赴輝烈光燭寓猶蓋也帝之德蓋如天之覆日月之光煇照於遠近也善曰國語勃鞮曰君之德宇何不寛裕也寓與宇同禮記孔子曰天無私覆狹三王之趢祿趗七木軼五帝之長驅狹謂陋也趢趗局小貌也軼過也驅馳也言以三王禮法爲局小狹陋過五帝而遠馳則繼三皇之跡也善曰戰國策曰樂毅長驅至齊踵二皇之遐武誰謂駕遲而不能屬

陳

杜注云挈缾汲者喻小知為人守器猶知不以借人

踵繼也二皇伏羲神農也遐遠也武迹也屬逮也誰敢謂今所駕馬者遲而不能逮言必能逮也東京之
懿未罄雖僮余有犬馬之疾不能究其精詳懿美也罄盡也先生
言東京之美未盡遇我有疾故不能究其美事也善曰孔叢子謂魏王曰臣有犬馬之疾不任國事毛萇詩傳
曰詳審也故粗為賓言其梗槩如此粗猶略也賓西京也梗槩不纖密言粗舉
大綱如此之言也若乃流遁忘反放心不覺樂而無節後離其
戚言若流情放心不自反寤恣意所為淫樂無禮以無節終後卒當罹其憂禍即秦皇王莽是也善曰淮南
子曰凡亂之所由生皆在流遁廣雅曰遁去也孟子曰人有放心不知求學問之道也一言幾渠衣
於喪國我未之學也幾近也先生責公子云取樂今日皇恤我後言今非之也善曰
論語曰一言可以喪邦乎且夫挈苦結缾之智守不假器言挈缾之小智耳尚
不妄以假人也善曰左氏昭七年傳曰人有言曰雖有挈缾之智守不假器禮也況簒祖管帝業而輕

天位已見上文

張銑曰二祖高祖光武也

注有釋戒之文以意改之
怵惕當作惕戒

惕驚也三字當爲薛
注在所中下

天位 篡繼也今如公子言皆淫心放意之事此乃輕居天王之尊位而禪於董賢善曰長楊賦曰㤟帝業尚書曰天位艱哉 瞻仰二祖厥庸孔肆 庸功也孔甚也肆勤也言瞻望高祖功庸甚勤苦而得之也 常翹翹以危懼若乘奔而無轡 言居天子之位常若奔馬而無轡履冰而負重也善曰毛詩曰予室翹翹毛萇曰翹翹危也鄧析曰明君之御民若乘奔而無轡 曰 龍魚服見困豫且 子余切說苑曰吳王欲從民飲伍子胥曰昔白龍下清泠之淵化為魚豫且射中目白龍不化豫且不射君今棄萬乘之位而從於臣恐有豫且之患此言先生責公子陰戒期門微行要屈 雖萬乘之無懼猶怵惕於一夫 萬乘天子也即秦始皇也高祖也昔秦始皇東游為張良所擊中其副車漢高祖於柏人亭殆為貫高所中善曰尚書曰怵惕惟厲孔安國曰怵惕悚懼也方言曰戒備也過秦論曰一夫作難惕驚也 終日不離其輜重獨微行其焉如 輜重車也焉言安也如往也公子說微行要屈故先生問之言欲何往也善曰老子曰終日行不離

○佩

不字衍 據薛注當刪然論語作不者亦古論非衍字

内

賦意謂以走馬載糞車也注牢耶

引河上公非薛注也

輜重張揖曰輜重有衣車也漢書曰武帝微行始出也夫君人者黈纊塞耳車中不内顧黈纊言以黃綿大如丸懸冠兩邊當耳不欲妄聞不急之言也内顧謂不外視臣下之私也善曰大戴禮孔子曰黈纊塞耳所以塞聰也魯論語曰車中不内顧崔駰車左銘曰正位授綏車中不顧塵不出軌鸞以節步珮以制容鑾以節塗珮爲行容鑾爲車節善曰禮記曰君子在車則聞鑾和之聲行則鳴珮玉也行不變玉駕不亂步行合容則玉聲應馬步齊則鑾和響並謂君之禮法却走馬以糞車何惜騕烏皎褭寧少與飛兔却退也老子曰天下無道戎馬生於郊天下有道却走馬以糞河上公曰糞者糞田也兵甲不用却走馬以務農田然今言糞車者言馬不用而車不敗故曰糞車也何惜言不愛之也善曰呂氏春秋曰飛兔騕褭古之駿馬方其用財取物常畏生類之殄也方將也生類謂天下方物之類也殄盡也賦斂任役常畏人力之盡也謂任役使人常畏人力盡也取之以道用之以時論語曰敬事而信節用而愛人使民以時此之謂也善曰毛萇詩傳

徐引河上公老子注疑善注當在卻退也下

胡

人 田 回 劉本作俱人唐據善本改耳其實避諱四段糾錯紛紜亦難是正

任彥昇奏彈劉整注引貞夫懷節

曰太平而微物衆多取之有時用之有道山無槎仕假栫五葛眹不麑烏天胎斜斫曰槎斬而復生曰栫不麑夭胎者言不如公子所道擭胎拾夘校獲麑麌也漢書曰昔先王山不槎蘖眹不殺胎草木蕃廡武鳥獸阜滋蕃滋也廡盛也阜大也滋益也善曰尚書曰庶草蕃廡班固漢書序曰蕃阜庶物民忘其勞樂輸其財民謂百姓也言民不以力役爲勞苦不以財賦爲損費故文王有子來之人武帝時卜式入錢以助官也善曰周易曰悅以使人人忘其勞也百姓同於饒衍上下共其雍熙言富饒是同上下咸悅故能雍和而廣也論語曰百姓足君孰與不足善曰尚書曰黎民於變時雍又曰庶績咸熙洪恩素蓄民心固結洪大也蓄積也固牢固也謂高祖已下積恩施惠人心固結故王莽之時皆謳吟而思漢也善曰四子講德論曰洪恩䜣潤不可究陳國語寗莊子曰民無結不可以固孫子曰吾將固其結也執誼顧主夫懷貞節夫猶人人也言執禮義之心顧思漢德人懷貞正之志分也楚辭曰原生受命于貞節忿姦慝

舊音

序

之下命怨皇統之見替音鐵叫饋慝惡也統嗣也替廢也謂忿王莽之逆命怨漢統之替廢也玄謀設而陰行合二九而成譎玄神也譎變也謂王莽之謀陰行十八年而成變詐也登聖皇於天階章漢祚之有秩聖皇光武也章明也秩常也言明漢家之常秩也善曰甘泉賦曰聖皇穆穆東都賦曰漢祚中鈌若此故王業可樂焉若如此也言如此即王業之可樂也善曰毛詩曰致王業之艱難今公子苟好勦子民以媮逾樂忘民怨之爲仇也勦盡也媮猶侻倖也仇讎也今公子所言苟好盡人以侻倖須史之樂不知人好共怨已當成大讎也善曰左氏傳晉桓子曰無及於鄭而勦民杜預曰勦勞也左氏傳師服曰怨耦曰仇好殫物以窮寵忽下叛而生憂也殫盡也寵驕也忽忘也生憂謂生己之憂患也言好盡人之財以寵極驕逸之樂忘人叛己之爲大患也漢書谷永曰財竭則下叛下叛則上

夫水所以載舟亦所以覆舟覆敗也善曰孫卿子曰君者舟也人者水也庶

陳

國语注

以載舟所以覆舟堅冰作於履霜。尋木起於蘖魚竭栽。言事皆從微至著不可不慎之於初所以尋木起於牙蘖洪波出於涓泉善曰周易曰履霜堅冰至說文曰尋八尺也山海經曰尋木長千里枚乘上書曰十圍之木始生而蘖孔安國尚書傳曰用生枿栽韋昭曰枿生曰蘖鄭玄禮記注曰栽植也蘖與枿古字同昧旦丕顯後世猶怠昧早也丕大也顯明也怠懈也謂起行大明之道後世子孫猶尚懈怠善曰左氏傳讒鼎之銘曰昧旦丕顯後世猶怠況初制於甚泰。服者焉能改裁。去聲叶韻譬如爲人裁衣始制之洪大服者得而衣之何能更小之乎善曰賈逵國語注曰裁制也故相如壯上林之觀揚雄騁羽獵之辭雖系。計以。隤。牆。填。壍。七念亂。以。收。罝。嗟解。罘。浮系繼也亂理也司馬相如上林賦其卒曰乃命有司隤牆填壍使山澤之人得至焉揚雄羽獵賦其末曰放雉兔收罝罘也卒無補於。風。規。祇。以。昭。其。愆。尤。規猶諫也祇適也愆短也尤過也言不能補其愆過臣濟奓以陵君濟謂度也度於奢侈謂僭也陵踰君法若季氏八佾舞於庭左氏傳萇弘曰毛得以濟侈於王都志經國之長基言尊卑所以爲國今反陵之故非所以經國故函谷擊柝託於東西朝顛覆而莫持柝守夜所擊木也顛隕也持扶持也謂王莽之兵猶擊柝守函谷關而三輔兵已自入長安宮朝廷顛隕無復扶持也東謂函谷在京之東西朝則京師也善曰周易曰重門擊柝凡人心是所學體安所習所習爲心所好愛者即學善曰尚書曰夫常人安於俗學溺於所聞鮑肆不知其臰翫其所以先入翫習也先入言久處其俗也善曰家語孔子曰入善人之室如入芝蘭之室久而不知其香入不善之室如入鮑魚之肆久而不知其臰皆猶翫所習故今言公子以長安爲好亦然也咸池不齊度於䵷咬而衆聽或疑齊同也咸池堯樂也䵷咬淫聲也言咸池之音本不與䵷咬同而衆聽者乃有疑惑善曰樂動聲儀曰黃帝樂曰咸池賓戲曰淫䵷而不可聽者非寵宴之樂也李奇曰淫䵷不正也

直氏切

此處羨一字無本可斟　雉刪

雉

毅琴賦曰絶激哇之淫法言曰哇則鄭李軌曰哇邪也舞賦曰吐哇咬則發皓齒然哇與韷同咬亦不正之聲也咬或作蛟也非能不惑者其唯子野乎子野師曠字曉音曲者以喻安處先生也言西京奢泰肆情不依禮度東京儉約依禮行事衆人觀之謂是其一唯安處先生得知其指也善曰左氏傳叔向曰子野之言君子哉客既醉於大道飽於文義客斥公子謂聞東京文義之道若醉飽焉勸德畏戒喜懼交爭勸德謂公子見先生說東京禮法自勸勉行其道德又畏懼先生之戒也罔然若酲朝罷夕倦奪氣褫雉魄之爲者罔然猶惘惘然也酲病酒也朝罷夕倦曉夜不卧惘然如神奪其精氣又若魂魄亡離其身今公子亦如之也善曰說文曰褫奪也忘其所以爲談失其所以爲夸公子本以奢侈爲美談今見先生迷東京之德所以忘美失夸也良久乃言曰鄙哉予乎習非而遂迷也良久頃乃復能言也自鄙其迷惑所學者非正也善曰論語曰荷蕢曰鄙哉硜硜乎廣雅曰鄙固陋不惠楊子

嬴

法言曰習非之勝是況習是之勝非乎幸見指南於吾子言己之惑不知南北今先
生指以示我我則足以三隅反也善曰桓譚上便宜曰管仲桓公之指南若僕所聞華而不
實若如也公子言如僕所聞西京之事蓋是虛華而無實錄善曰左氏傳甯嬴曰晉陽處父華而不實怨之
所聚先生之言信而有徵先生安處先生也徵驗也言先生之言信有徵驗也善曰左氏
傳叔向曰君子之言信而有徵鄙夫寡識而今而後乃知大漢之德
馨咸在於此公子重自鄙曰如今日後日乃知大漢之德在於此耳善曰論語曰鄙夫不可以事
君尚書曰明德惟馨昔常恨三墳五典既泯三墳三皇之書也五典五帝之書也泯滅
也善曰左氏傳楚子曰左史倚相能讀三墳五典八索九丘也仰不睹炎帝帝魁之美睹見
也炎帝神農後也帝魁神農名並古之君號也善曰管子曰管仲對桓公曰神農封泰山炎帝封泰山孝經鉤
命訣曰佳已感龍生帝魁鄭玄曰佳已帝魁之母也魁神名宋衷春秋傳曰帝魁黃帝子孫也得聞先

胡

生之餘論則大庭氏何以尚茲先生安處先生也大庭古國名也尚高也善曰于虛賦曰願聞先生之餘論莊子曰昔容成氏大庭氏結繩而用之若此時則至治也茲此也走雖不敏庶斯達矣走公子自稱走使之人如今言僕矣不敏猶不達也公子言我雖不敏於大道庶幾先生之說遂達矣善曰司馬遷書曰太史公牛馬走孝經曾子曰參不敏

文選卷第三

壬六月廿日　保溫尋之

廿字下當挩四字　烽

周居豫州已見西京賦

爲刪　於張切

○今補

文選卷第四

梁昭明太子撰

文林郎守太子右內率府錄事參軍事崇賢館直學士臣李善注上

京都中

張平子南都賦一首　左太沖三都賦序一首

蜀都賦一首

南都賦（摯虞曰南陽郡治宛在京之南故曰南都）　張平子

於（爲）顯樂都既麗且康（毛萇詩傳曰於歎辭毛詩曰適彼樂國）陪京之南居
漢之陽（京謂洛陽也尚書曰嶓冢導漾東流爲漢鄭玄曰漾水至武都爲漢）割周楚之豐
壤跨荆豫而爲疆（西京賦曰周即豫而弱呂氏春秋曰河漢之間爲豫州也漢書地理志注）

荊

武闕八字刪

方輿紀要云武闕在今商州東百八十里東去河南內鄉縣百七十里

隍已見上文墉已見西京賦

也三

彩金

曰

隋珠夜光已見西都賦

曰南陽屬荊州又曰荊州楚故都體爽塏以閑敞紛郁郁其難詳爽塏已見西京賦揚雄豫州箴曰郁郁荊河伊洛是經也爾其地勢則武闕關其西桐栢揭竭其東武闕山為關在西也漢書音義文穎曰武闕山為關而在西弘農界也漢書曰南陽之平陽縣有桐栢山流滄浪而為隍廓方城而為墉尚書曰漢水又東為滄浪之水左氏傳屈完曰楚國方城以為城漢水以為池說文曰城池無水曰隍毛萇詩傳曰墉城也湯谷涌其後清育水盪其胷盛弘之荊州記曰南陽郡城北有紫山紫山東有一水無所會通冬夏常溫因名湯谷山海經曰攻離之山淯水出焉南流注于漢郭璞曰今淯水在淯陽縣南盪他浪切推淮引湍三方是通淮水自此而去故曰推湍水自彼而來故曰引說文曰推排也山海經曰翼望之山湍水出焉郭璞曰湍鹿摶切今湍水逕南陽穰縣而入淯[illegible]二方東西及南也其寶利珎怪則金彩玉璞隨珠夜光[illegible]采之彩也璞玉之未理者淮南子[illegible]隨侯之珠和氏之璧得

八字一本無

四字一本無

一作清青育

今並存之

合字疑

之而富失之而貪高誘曰隨侯漢中國姬姓諸侯也隨侯見大蛇傷斷以藥傳而塗之後蛇於夜中銜大珠以報之因曰隨侯之珠蓋明月珠也鄒陽曰夜光之璧劉琨云夜光之珠尹文子曰田父得寶玉徑尺置於廡上其夜明照一室然則夜光爲通稱不繫之於珠璧也銅錫鉛鍇苦駭赭堊惡流黃鄭玄周禮注曰錫鑞也說文曰鉛青金又曰九江謂鐵爲鍇山海經曰陸郈之山其下多堊若之山其上多赭郭璞曰赭赤土也堊似土白色也郈音跪本草經曰石流黃生東海牧陽山谷中本草言其所出此亦兼而有之博物志曰雄黃似石流黃綠碧紫英青臒烏郭丹粟廣志曰碧有縹碧有綠碧本草經曰紫石英生太山之谷山海經曰景山之西曰驕山其下多青臒郭璞曰臒黝屬音瓠山海經曰荊山之首曰景山雎水出焉其中多丹粟郭璞曰細沙如粟太一餘糧中黃瑴角玉本草經曰太一禹餘糧一名石腦生山谷博物志曰石中黃子黃石脂又曰欲得好瑴玉用合漿於襄鄉縣舊穴中鑿取大者如魁斗小者如雞子松子神陂赤靈解角習鑿齒襄陽耆舊記曰神陂在蔡陽縣界有松

耕父已見東京賦
外删 以對注引作內傳
波作彼
嵣音蕩
力彫切
岝仕革切 㟯昨迴切 嵬牛迴切
嵒丘貧切 纚力是切
隱天已見西都

子亭下有神陂也赤靈赤龍也解角脫角也事未詳耕父揚光於清泠之淵游女弄珠於漢皋之曲山海經曰有神耕父處豐山常游清泠之淵出入有光韓詩外傳曰鄭交甫將南適楚遵彼漢皋臺下乃遇二女佩兩珠大如荊雞之卵其山則崆口江峣五江嶱苦葛嵑五葛嵣大朗㟍莽嶚遼剌力割崆峣嶱嵑山石高峻之貌字書曰崆山貌也嵣㟍山石廣大之貌也嶚山高而相戾也廣雅曰嶚嵺高也說文曰剌戾也岝仕白㟯額嶵祚迴嵬五迴埤蒼曰岝㟯山不齊也說文曰嶵嵬山石崔嵬高而不平也嶔香金巇許宜屹魚乞㠔五結嶔巇山相對而危險之貌也屹㠔斷絕之貌也幽谷嶜士林岑吟夏含霜雪毛詩曰出自幽谷楊雄蜀都賦曰王褒又曰夏含霜雪嶜岑高峻之貌也或嵒五銜嶙鄰而纚力氏連或豁爾而中絕嵒嶙相連之貌鞠巍巍其隱天俯而觀乎雲霓五結鞠高貌也班孟堅西都賦曰其陽則崇山隱天楊雄蜀都賦曰蒼山隱天若夫

昨　佩　胡

陬已見西京賦　崎丘宜切嶇丘隅切　巘魚蹇切　菌其殞切　崑崙閬風已見西京賦　舊音　華黠切　子力切　音姜　音甲

天封大狐列仙之陬子侯天封未詳或曰山名也南郡圖經曰大胡山故縣縣南十里張衡云天封大胡也薛綜注曰區陬隅隙之間也上平衍而曠蕩下蒙籠而崎溪嶇區山龍廣雅曰崎嶇傾側也孫子兵法曰草樹蒙蘢坂坻遲巀在結嶭五結而成甗魚勉谿壑錯繆謬而盤紆郭璞上林賦注曰坻岸也又曰巀嶭高峻也毛萇詩傳曰巘小山別大山也錯繆雜亂貌也芝房菌奇殞蠢生其隈玉膏滵密溢流其隅芝房芝生成房也菌蠢是芝貌也山海經曰密山丹水出焉其中多白玉是有玉膏滵溢流貌崑崙無以參閬浪風不能踰東方朔十洲記曰崑崙其北角曰閬風之顚其木則檉勑貞松楔更黠㮙卽槾萬柏杻橿疆檉似栢而香爾雅曰楔曰荊桃郭璞曰櫻桃也郭璞山海經注曰槾似松栢有刺㮙荊也又曰杻似桑而細葉又曰橿中車材楓柙甲櫨盧櫪歷帝女之桑爾雅曰楓欇欇音風欇之涉切劉逵吳都賦注曰柙香木也智甲切郭璞上林賦

一本作音甲　胡

枒以奢切 櫚音驢 於良切

鬌 而體切

刺

縠 据說文犬部改 注同

注櫨櫜櫨力胡切櫪與櫟同來的切山海經曰宣山有桑焉其枝四衢名帝女之桑郭璞曰婦人主蠶因以名桑也

楈胥枒邪栟并櫚閭柍於兩柘檍憶檀郭璞上林賦注曰楈枒似栟櫚皮可作索

注上林賦曰栟櫚椶也皮可以爲索柍未詳爾雅曰杻檍郭璞曰似桑蒼頡篇曰檀木名結根竦本

垂條嬋蟬媛袁結猶同也廣雅曰竦上也嬋媛枝相連引也布綠葉之萋萋

敷蕐蘂之蓑蓑素回反毛萇詩傳曰萋萋茂盛貌王逸楚辭注曰蘂實貌也劉淵林蜀都賦注曰蘂一曰花頭點也蓑蓑下垂貌

玄雲合而重陰谷風起而增哀淮南子曰玄雲素朝毛詩曰習習谷風

攢在官立叢駢青冥盰瞑音眠言林木攢羅衆色幽昧也楚辭曰遠望芉眠王逸曰芉眠遥視闇未明也芉眠與盰瞑音義同杳藹蓊鬱於

谷底森蓴蓴祖本而刺天皆茂盛貌也司馬相如弔二世曰衆樹之蓊鬱兮虎

豹黃熊游其下縠呼穀玃居詩猱奴刀狿廷戲其巔六曰鑷散

縛

胡

㝅呼木切

注　劉逵

貍

竹箽字改篁

篠異　古罕切

篾以都切篁竹隨切

今改注同

於孔切

音礼

宜得黃熊而獻之紂說文曰㝅類犬䝨以上黃以下黑爾雅曰貜父善顧郭璞曰似獮猴而大蒼黑色鄭玄禮記注曰猱獮猴也張揖吳都賦注曰猨猨屬**鸑鷟**岳**鵷鶵**宛雛**翔其上騰猨飛蠝**壘**樓其間**國語曰周之興也鸑鷟鳴於岐山賈逵曰鸑鷟鳳之別名也山海經曰南禺之山有鵷鶵郭璞曰鳳屬也上林賦曰蜼玃飛蠝張揖曰蠝飛鼠也蠝與貍同並音壘**其竹則鍾**鍾**籠**龍**篁**謹**篾**銘決**篠**蘇了**簳**幹**箛**孤**箠**追戴凱之竹譜曰鍾籠竹名也伶倫吹以爲律竹箽皮白如霜大者宜爲篙篠出魯郡山甚爲笙孔安國曰篾桃枝也簳小竹也宋玉笛賦曰奇簳箛箠二竹名其形未詳**緣延坻**遲**阪澶**徒幹**漫陸離**陸離猶參差也**阿**烏可**郍**奴可**蓊**烏孔**茸**如涌**風靡雲披**阿郍柔弱之貌說文曰蓊竹貌也埤蒼曰茸竹頭有文也風靡雲披言隨風而靡如雲之披也**爾其川瀆則滍**雉**澧藥**藥**濜**自各**發源巖穴**水經曰滍水出南陽縣西堯山山海經曰澧水出雅山郭璞曰今出南陽字書曰藥水出沘陽沘音此鄙

胡

胡

古文苑

一本無一本在向注中

欱已見上文

七啓注曰濺疾皃也呂錦文曰濺作湔与濈同說文湔雨下也一曰沸涌皃集韻濺濺流也　他竄切　阻立切

汃普八切

外刪　音戾

漻淚也玄賦作飂戾西征賦吐清風之漻戾

音禺　鰱音連

善長水經注曰瀘水出襄鄉縣東比陽中山潛盧於臘洞出沒滑骨瀎蔑潏決廬山傍穴也言水洞出此穴沒滑瀎潏疾流之貌也布濩戶漫汗漭莽沆胡朗洋溢言廣大也漭流已見西京賦捴括趨歙呼荅箭馳風疾言江海欲受諸水故捴括而趨之說文曰欲歠也慎子曰西河下龍門其流敵於竹箭孫子曰其疾如風滮湍投濺戢砏普貧汃八輣普耕軋烏八許慎淮南子注曰湍水行疾也埤蒼曰濺水行出也砏汃輣軋波相激之聲也埤蒼曰砏大聲也長輸遠逝漻流淚力計淢域汨爲筆反　廣雅曰輸寫也韓詩傳曰漻淚清貌也淮南子曰水淚破舟說文曰淢疾流也王逸楚辭注曰汨去貌其水蟲則有蠳龜鳴蛇潛龍伏螭抱朴子曰蠳龜噉蛇山海經曰鮮水多鳴蛇其狀如蛇四翼其音如磬見則其邑大旱說文曰螭若龍而黃也鱏尋鱣張連鰅隅鱅黿鼉鮫交鱹以規反　鱏鱣已見上文郭璞上林賦注曰鰅魚有文采鱅似鰱而黑山海經注曰鮫鯌魚屬也皮有班文而堅鮫鱹巳見東京賦巨蜯奉函含珠

一本無

一本此四字在良注中

胡

侃

步項切

別本無於字　胡加切

於　刪

有

蘋扶春切　莞胡官切　蔣子詳切　菰音孤

茆亡絞切

班孟三十字改餘已見上注　舊音

駮剥瑕委蛇楊雄蜀都賦曰蜯函珠而擘裂蜯與蚌同函與含同郭璞爾雅注曰蝦大者長一二丈委蛇長貌瑕與蝦古字通胡加於其陂澤則有鉗盧玉池赭陽東陂杜預表曰所領部曲皆居南鄉界所近鉗盧大陂下有良田舊說曰玉池在宛也貯知旅水渟亭洿汙亘望無涯宜說文曰貯積也廣雅曰渟止也說文曰洿濁水不流也方言曰亘竟也上林賦曰察之無涯其草則䕷平表苧直呂蘋煩莞桓蔣將蒲孤蒹葭說文曰䕷薊之屬又曰苧可以爲索郭璞山海經注曰薠青薠似莎而大鄭玄毛詩箋曰莞小蒲也說文曰蔣菰蔣也爾雅曰蒹薕也葭蘆也藻茆卯菱芡渠儼芙蓉含華從風發榮斐披芬葩藻已見西京賦爾雅曰茆鳧葵菱芡芙蓉並見東京賦其鳥則有鴛鴦鵠鷖烏兮鴻鴇保鴐加鵝鶷苦札鶂雅札鷿步覓鷉吐雞鷫肅鷞所良鵾昆鸕盧毛詩曰鴛鴦于飛班孟堅西都賦曰黃鵠鵁鸛鳧鷖鴻鴈張平子西京賦曰鷫鷞鵠

鷉土雞切

鸕良都切

呂錦文曰說文宀部宭羣相居也此借輑為宭耳

孫志祖云陸疑作[illegible]

息列切

呼旦切

鴲鴐鵝鴻鶤說文曰鳿鶂鳧屬方言曰野鳧甚小而好沒水中者南楚之外謂之鸊鷉鶻與鶤同蒼頡篇曰鸕鷀以鶂而黑鷀音磁嚶嚶烏耕和鳴澹徒濫淡徒敢隨波言自恣也毛詩曰鳥鳴嚶嚶爾雅曰關關嚶嚶聲之和也上林賦曰隨風澹淡其水則開竇灑所蟹流浸彼稻田鄭玄周禮注曰竇孔穴也音豆漢書音義曰灑分也毛詩曰浸彼稻田溝澮脈連隄塍繩相輑丘筠反爾雅曰水注溝曰澮韋昭國語注曰脉理也隄塍已見西都賦輑相連之貌朝雲不興而潢潦老獨臻左氏傳曰潢汙行潦之水說文曰潢積水池也潦雨水決渫薛則暵罕爲漑古愛爲陸冬稌杜夏穱側角隨時代熟說文曰渫去除也又曰暵乾也又曰漑灌也稌已見東京賦楚辭曰稻粢穱麥挐黃粱其原野則有桑漆麻紵直旅菽麥稷黍百穀蕃廡武翼翼與與說文曰苧麻屬鄭玄毛詩箋曰菽大豆也百穀蕃廡並已見東京賦毛詩曰我黍與與我稷翼翼若其園圃則有

蓼了蕺側立蘘而羊荷諸之蔗藷薑䪥煩菥析蓂覓芋瓜說文曰蓼辛菜也風土記曰葱香菜根似茹根蜀人所謂葅香葱與蕺同說文曰蘘荷莒蒩也莒普卜切蒩子余切漢書音義曰藷蔗甘柘也字書曰䪥小蒜也爾雅曰菥蓂大薺乃有櫻梅山柿侯桃梨漢書音義曰櫻桃含桃也郭璞爾雅注曰梅似杏實酸說文曰柿赤實果也曹毗魏都賦注曰侯桃山桃栗子如麻孑梬郢棗若留穰橙鄧橘說文曰梬棗似㮕如兗切廣雅曰石留若榴也漢書南陽郡有穰縣鄧縣說文曰橙橘屬也除耕切其香草則有薜蒲計荔力計蕙若薇蕪蓀孫萇王逸楚辭注曰薜荔香草也郭璞山海經注曰蕙香草也若杜若也本草經曰靡蕪一名薇蕪陶隱居注曰蕙葉似蛇牀而香王逸楚辭注曰蓀香草也萇萇楚也爾雅曰蓀楚銚戈也銚音遙晻於感曖愛翳烏摠蔚含芬吐芳言草木闇瞑而茂盛也說文曰晻不明貌王逸楚辭注曰曖闇昧貌若其廚膳則有華鄉薌重秬渠舉滍秩履皐香秔公行反

秬音巨

舊音

与鮮同音連切

徒兼切

華鄭鄉名也毛萇詩傳曰秬黑黍一稃二米故曰重
也釋音敷滍皐滍水之澤也廣雅曰秔秈也秈音仙歸鴈
鳴鵽陟滑黃稻鱻魚以為芍張畧藥音略鴈能候時去來故曰歸史記
曰楚人有以弱弓微繳加歸鴈之上爾雅曰鵽鳩寇雉
郭璞曰鵽大如鴿羣飛出北方沙漠聲類曰鱻小魚也
子虛賦曰芍藥之和具而後進也文穎曰五味之和
酸甜滋味百種千名說文曰甜美也
春卵夏筍秋韭冬菁音精爾雅曰筍竹萌也廣雅曰韭其華謂之菁蘇蔱殺
紫薑拂徹羶尸然腥爾雅曰蘇桂荏字書曰蔱茱萸也司馬彪上林賦注曰紫薑紫色之薑也
杜預左氏傳注曰徹猶去也酒則九醞於問甘醴十旬兼清醪敷徑寸浮
蟻若蓱魏武集上九醞酒奏曰三日一釀滿九斛米止廣雅曰醞投也韓詩曰醴甜而不泲也十旬蓋清酒
百日而成也鄭玄周禮注曰清酒今之中山冬釀接夏而成也漢書音義晉灼曰百日之末酒也說文曰醪汁滓酒
也徑寸蓋酒膏之徑寸也釋名曰酒有汎齊浮蟻在上汎汎然如蓱之多者其甘不爽醉而

不醒老子曰五味令人口爽廣雅曰爽傷也毛萇詩傳曰病酒曰醒及其糺宗綏族禴祠蒸嘗左氏傳曰召公思周德之不類故糺合宗族于成周爾雅曰綏安也毛詩曰禴祠蒸嘗于公先王以速遠朋嘉賓是將揖讓而升宴于蘭堂儀禮曰速賓鄭玄曰速召也論語曰有朋自遠方來毛詩曰我有嘉賓鼓瑟吹笙吹笙鼓簧承筐是將儀禮曰若四方賓燕則揖讓而升賈逵國語注曰不朓屨升堂漢書曰被蘭堂珍羞琅玕充溢圓方爾雅曰珍美也方言曰羞熟以羞之美故喻於玉也圓方器也尚書曰厥貢琅玕又曰惟辟玉食琢琱狎獵金銀琳琅爾雅曰玉謂之琱琱與彫古字通也爾雅曰玉曰琢都角切狎獵飾之皃胡甲切獵士甲切尚書曰厥貢球琳琅玕侍者蠱媚巾構鮮明蠱已見西京賦毛萇詩傳曰綦巾女服也字書曰幬上衣被服雜錯履躡華英雜錯非一也華英光耀也被皮義切儇才齊敏受爵傳觴方言曰儇急疾也呼緣切齊在雞切毛萇詩傳曰敏疾也獻酬既交率

別本注誤亦當改
綱注同
王元長曲水詩序注引
尤云連綱五臣作連綱
綱作綱
偠紹即夭紹也

禮無違毛詩曰獻酬交錯左氏傳晉侯曰魯侯自郊勞至于贈賄禮無違者東觀漢記曰朱浮上疏曰陛下率禮無違彈琴擫籥流風徘徊言樂聲之結風也說文曰壓一指按也壓與擫同烏牒切鄭玄周禮注曰籥舞者所吹也如篴三孔籥音藥篴音敵清角發徵聽者增哀言既奏清角而又發徵聲故增哀也韓子師曠曰清徵之聲不如清角許慎淮南子注曰清角絃急其聲清也客賦醉言歸主稱露未晞毛詩曰鼓咽咽醉言歸又曰湛湛露斯匪陽不晞厭厭夜飲不醉無歸接歡宴於日夜終愷樂之令儀毛詩曰愷樂飲酒又曰莫不令儀於是暮春之禊元巳之辰方軌齊軫祓于陽瀨毛詩曰惟暮之春史記曰武帝禊霸上續漢書曰三月上巳宮人皆禊於東流水上祓除宿垢疾也周禮曰女巫掌歲時祓除揚雄蜀都賦曰相與如乎陽瀨朱帷連綱曜野映雲綱維綱也男女姣服駱驛繽紛駱驛繽紛往來衆多貌致飾程蠱偠紹便

七

別本作婘舊音權

上林賦漢書並作便姍嫳屑史記作媥姺徶循子虛賦又有媻姍勃窣史記平原君傳躄槃散行汲孫子失容師篇跰躃而鑒於井古字類無定也

娟廣雅曰程示也便娟則蟬蜎也蠱及僂紹便娟已見西京賦微眺流睇蛾眉連卷鄭玄禮記注曰睇傾視也徒計切毛詩曰螓首蛾眉郭璞爾雅注曰蠶蛾也連卷曲貌卷音權於是齊僮唱兮列趙女齊趙二國名也楊惲書曰婦趙女也坐南歌兮起鄭儛白鶴飛兮䕡曳緒呂氏春秋曰禹行水見塗山之女禹未之遇而省南土塗山之女乃令其妾往候禹于塗山之陽女乃作歌曰候人猗兮實始爲南音周公召公取風焉高誘曰取南音以爲樂歌也楚辭曰二八齊容起鄭舞王逸曰鄭國儛也白鶴飛兮䕡曳緒皆舞人之容脩袖繚繞而滿庭羅襪躡蹀而容與繚繞袖長貌躡蹀小步貌說文曰躡蹈也徒頰切許慎淮南子注曰蹀蹈也蘇協切翩緜緜其若絶眩將墜而復舉毛萇詩傳曰緜緜長而不絶貌國語曰觀美而眩賈逵曰眩惑也翹遙遷延躈躠蹁躚翹遙輕舉貌遷延却退貌上林賦曰便姍嫳屑躈蒲結切躠素結切蹁步先切躚素田切結九秋之增傷怨西荆之折盤古樂府有

命或

黄間一作黄肩

歷九秋妾薄相行歌辭曰齊謳楚舞紛紛歌聲上徵青雲西荆即楚舞也折盤舞貌張衡有七盤舞賦以折盤爲七盤也彈箏吹笙更爲新聲毛詩曰吹笙鼓簧史記曰衛靈公見晉平公曰今者未聞新聲請奏之更古衡切寡婦悲吟鵾雞哀鳴寡婦曲未詳古相和歌有鵾雞之曲坐者悽欷蕩魂傷精楚辭曰憯悽增欷傷精神也神女賦曰精神相依憑於是羣士放逐馳乎沙場逐馳逐也騄驥齊鑣黄間機張騄驥駿馬之名也穆天子傳八駿有赤驥騄耳音録說文曰鑣馬銜也彼驕切漢書曰李廣以大黄射其裨將鄭氏曰黄間弩淵中黄□尚書曰若虞機張孔安國曰機弩牙足逸驚飆鏃析毫芒言馬疾而矢利析音錫俯貫魴鱮仰落雙鶬音倉魴鱮已見西京賦列子曰蒲且子連雙鶬於青雲之上鶬已見西都賦魚不及竄鳥不暇翔言急遽也高唐賦曰飛鳥未及起走獸未及發爾乃撫輕舟兮浮清池亂北渚兮揭南涯浮已見西都賦爾雅曰水正絶

丘列切　徒蓋切　公堯切　蝄蜽蛟螭已見西京賦　尤云日將逮五臣作既逮

流曰亂說文曰揭高舉也汰太瀺仕減灂仕角兮舩容裔陽侯澆兮掩鳧鷖楚辭曰齊吳榜以激汰王逸曰汰水波也上林賦曰瀺灂隕隊戰國策曰塞漏舟而輕陽侯之波則舟覆矣淮南子曰武王伐紂渡于孟津陽侯之波逆流而擊之高誘曰陽侯陽國侯也溺死於水其神能爲大波王逸楚辭注曰回波爲澆毛詩曰鳧鷖在潨追水豹兮鞭蝄蜽憚丁達夔龍兮怖蛟螭水豹已見西京賦說文曰蝄蜽山川之精物也蛟螭若龍而黃國語曰木石之怪夔水之怪龍韋昭曰木石爲山也夔一足也於是日將逮昏樂者未荒毛詩曰好樂無荒收驩命駕分背迴塘孔叢子曰巾車命駕廣雅曰塘堤也車雷震而風厲馬鹿超而龍驤雷震言多也風厲言疾也毛詩曰戎車燀燀如霆如雷毛萇詩傳曰雷出地奮震驚百里古詩曰涼風率已厲杜預左氏傳注曰厲猛也韓子曰馬如鹿者千金鄒陽上書曰蛟龍驤首舞賦曰龍驤橫舉揚鑣飛沫周禮曰凡馬八尺已上爲龍久暮言歸其樂難忘此乃游觀之好耳

侃刪　別當作列

者删

別本覵

堯以唐侯升爲天子已見上文

目之娛未睹其美者焉足稱舉言此游觀耳目之樂非極美也夫南陽者眞所謂漢之舊都者也遠世則劉后甘厥龍醢海視魯縣而來遷左氏傳曰劉累學擾龍于豢龍氏以事孔甲龍一雌死潛醢以食夏后夏后饗之既又使求之懼而遷於魯縣漢書曰南陽郡魯陽縣即御龍氏所遷奉先帝而追孝立唐祀乎堯山先帝謂堯也皇甫謐曰堯始封於唐今中山唐縣是也後徙晉陽及爲天子都平陽於詩爲唐國是堯以唐侯升爲天子也水經曰南陽縣西堯山酈元曰魯縣立堯祠於西山謂之堯山也固靈根於夏葉終三代而始蕃音繁言劉氏植根於夏葉終三代而始蕃昌也毛萇詩傳曰葉世也三代已見班固兩都序非純德之宏圖孰能揆求癸而處旃孔安國尚書傳曰揆度也鄭玄毛詩箋曰旃之也近則考侯思故匪居匪寧穢長沙之無樂歷江湘而北征東觀漢記曰春陵節侯長沙定王中子買與節侯

光三茲邪五目作都　都注　靈即考侯　四字刪　外刪　遥下有挽字

生戴侯戴侯生考侯考侯仁以春陵地勢下濕難以久處上書願徙南陽守墳墓元帝許之於是北徙考或爲孝非也曜朱光於白水會九世而飛榮朱光火德也已見東京賦東觀漢記曰考侯仁徙封南陽白水鄉又曰世祖光武皇帝高祖九世孫承文景之統出自長沙定王發號榮光榮也封禪書曰察兹邪之神偉啓天心而寤靈言考侯既察此都之神偉且啓上天之心又寤先靈之意使之而王也說文曰偉奇也於其宮室則有園廬舊宅隆崇崔嵬說文曰崔嵬高大也御房穆以華麗連閣煥其相徽御房帝舊房也相徽言俱美孔安國尚書傳曰徽美也聖皇之所逍遥靈祇之所保綏聖皇謂光武也逍遥謂潛龍之時韓詩外傳曰逍遥也靈祇天地之神也毛詩曰神保是饗又曰綏以多福也章陵鬱以青葱清廟肅以微微東觀漢記曰建武中更名春陵爲章陵光武過章陵祠園廟爾雅曰青謂之葱林木茂盛之貌微微幽靜貌皇祖歆而降福彌

胡　遥下挽一字　一本無

尤云明叡五臣作睿哲

方今三解異說紜云侃案今是義文當聯下爲其句讀則誼自見

陸士衡辯亡論注引虎作狼

真人革命兼屬高光

睢許規切

萬祀而無裹毛詩曰獻之皇祖說文曰歆神食氣也毛詩曰降福孔夷爾雅曰彌終也又曰祀年也帝王臧其擅美詠南音以顧懷帝王光武也顧懷過章陵祠園廟之時也爾雅曰臧善也說文曰擅專也左氏傳楚鍾儀因於晉與之琴操南音劇秦美新曰后土顧懷且其君子弘懿明叡允恭溫良容止可則出言有章進退屈伸與時抑揚班固說東平王蒼曰體弘懿之姿叡哲也已見東京賦尚書曰允恭克讓論語子貢曰夫子溫良恭儉讓孝經曰容止可觀進退可度毛詩曰其容不改出言有章周易曰往者屈也來者伸也屈伸相感而利生焉班固漢書叔孫通述曰叔孫奉常與時抑揚方今天地之睢虛惟刺力達帝亂其政豺虎肆虐真人革命之秋也漢書音義曰方向也謂高祖之時蒼頡篇曰今時辭也謂光武天地猶天下也睢刺喻禍亂也謂秦二葉也淮南子曰萬物盱睢楚辭曰獨乖刺而無當王逸曰刺邪也帝謂高祖也馬融論語注曰亂理也豺狼貪殘謂王莽也真人光武

何云爾其則有謀連用之疑衍

古熒切

民 孙与此同用盤庚視民利用遷語

由与猶同 李

也文子曰得天地之道故謂之真人革命已見東都賦爾其則有謀臣武將皆能攫九縛戾執猛破堅摧剛排揵件陷扃古熒鼜蹈咸陽蒼頡篇曰攫搏也說文曰揵距門也又曰扃外閉之關也高祖階其塗光武攬其英漢書曰沛公圍宛城南陽守齮降引兵西無不下者爾雅曰階因也齮音蟻東觀漢記曰鄧禹吳漢並南陽人三略曰主將之體務在攬英雄之心是以關門反距漢德久長言居西而距東居東而距西故言反也杜篤論都賦曰是時山東翕然狐疑意聖朝之西都懼關門之反距及其去危乘安視人用遷去危乘安謂太平也視人用遷謂觀人所安而設教周召之儔據鼎足焉以庀匹婢王職史記曰周公旦者周武王弟也輔武王又召公奭姓姬氏成王時召公爲三公漢書曰夫三公鼎足之輔也賈逵國語注曰庀由理也縉紳之倫經綸訓典賦納以言漢書音義臣瓚曰縉赤白色紳大帶也周奇曰搢插笏於大帶周易曰君子以經綸國語曰修其訓

陳

別本作兒舊音倪

舊音芳非切

鑾注及別本

和鑾已見上文

典尚書曰敷納以言也是以朝無闕政風烈昭宣也春秋考異郵曰後雖殊世風烈猶合於持方宋均曰持方受命者名於是乎鯢齒眉壽鮐背之叟皤皤然被黃髮者毛詩曰以介眉壽毛萇曰眉壽毫眉也爾雅曰黃髮鯢齒鮐背耇老壽也皤皤已見東京賦喟然相與歌曰望翠華兮葳蕤建太常兮裶裶音霏上林賦曰建翠華之旗葳蕤翡華貌太常已見東京賦上林賦曰紛紛裶裶駟飛龍兮騤騤逵振和鸞兮京師飛龍言疾也周易曰飛龍在天毛詩曰四牡騤騤鄭玄禮記注曰鑾輅有虞氏之車也有鑾和之節揔萬乘兮徘徊按平路兮來歸萬乘見東京賦毛萇詩傳曰迴遲也然徘徊即遲遲也毛詩曰行道遲遲南陽舊居故曰來歸毛詩曰來歸自鎬豈不思天子南巡之辭者哉遂作頌曰毛詩曰豈不爾思尚書曰五月南巡狩

作下有按

孫子
注

此段改編於海內四字

皇祖止焉光武起焉皇祖高祖也周易曰庖犧氏沒神農氏作據彼河洛
統四海焉河洛謂東都也西都賦曰嘗有意乎都河洛本枝百世位天子焉
毛詩曰文王孫子本枝百世永世克孝懷桑梓焉毛詩曰永世克孝又曰維桑與
梓必恭敬止真人南巡覩舊里焉東觀漢記曰光武征秦豐幸舊宅酈元水經注
曰光武征秦豐張衡以為真人南巡觀舊里焉

三都賦序一首

左太沖善曰臧榮緒晉書曰左思字太沖齊國人少博覽文史欲作三都賦乃詣著作
郎張載訪岷邛之事遂構思十稔門庭藩
溷皆著紙筆遇得一句即疏之徵為秘書
賦成張華見而咨嗟都邑豪貴競相傳寫
三都者劉備都益州號蜀孫權都建業號
吳曹操都鄴號魏思作賦時吳蜀已平
見前賢文之是非故作斯賦以辨衆惑

於文無所當

胡

四十六字一本無作編於海內四字

臧榮緒晉書曰

左思別傳稱注解皆思自為盛之有先文義處以丹觀之劉未了宋也細覈之良信

劉淵林注（臧榮緒晉書曰）三都賦成張載爲注魏都劉逵爲注吴蜀自是之後漸行於俗也

蓋詩有六義焉其二曰賦（善曰詩序文也）楊雄曰詩人之賦麗以則（善曰法也 語子篇文也）班固曰賦者古詩之流也（善曰兩都賦序文）先王采焉以觀土風（善曰禮記曰命太師陳詩以觀民風鄭玄曰陳詩謂采其詩以觀視）之見綠竹猗猗（於宜）則知衛地淇澳（於六）之產（善曰毛詩衛風曰瞻彼淇澳綠竹猗猗）見在其版屋則知秦野西戎之宅（善曰毛詩秦風曰在其版屋亂我心曲毛萇曰西戎版屋也）故能居然而辨八方（善曰河圖龍文曰鎮星光明八方歸德難蜀父老曰六合之內八方之外）然相如賦上林而引盧橘夏熟楊雄賦甘泉而陳玉樹青葱班固賦西都而歎以出比目張衡賦西京而述以遊海若（凡此四者皆非西京之所有也）假

王觀國學林卷七楊慎丹鉛總錄卷十四皆有辨

張雲璈曰案西京賦海若游於玄渚乃極言淵之大以使海若游於此也上文神山瀛洲方丈蓬萊皆屬形容之辭非謂游於海也太沖譏之似過要之賦不厭侈此吳都之巨鰲大鵬魏都之還善閒實即太沖亦不免虛誇楊馬之盧橘玉樹或有所喻非全屬漫然浮華若必一一核實恐乏風人之致

注假稱句有誤

太沖摹京以賦都意實揚漢以抑吳魏惟玄晏序乃有異說賦文又甚隱約故說者真疑太沖與晉鄴下而貶二方矣

左氏

斥

稱珍怪以爲潤色若斯之類匪啻失至于茲善曰茲此也假稱珍怪也若斯珍之流不啻於此多尚書曰不啻如自其口出考之果木則生非其壤校之神物則出非其所於辭則易爲藻飾於義則虛而無徵蓋韓非所謂畫鬼魅易爲好畫狗馬難爲工之類且夫玉卮紙移無當去聲雖寶非用卮一名觶酒器也當底也善曰韓子堂溪公謂韓昭侯曰今有白玉之卮無當有瓦卮有當君寍何取曰取瓦卮也侈言無驗雖麗非經善曰劉廙荅丁儀刑禮書曰崇飾侈言欲其往來而論去聲者莫不詆丁禮訐斤謁其研精作者大氏音旨舉爲憲章善曰墨子曰雖有詆訐之人無所依矣說文曰詆訶也許面相斥罪也尚書序曰研精覃思司馬遷書曰詩三百篇大氏賢聖發憤之所爲也禮記曰憲章文武積習生常有自來矣傳曰習實生常善曰左傳叔孫曰叔出季處有自來矣余既思摹莫蒲二京而賦三都其山

注十五字非善

序　周易見未濟象傳

蜀都無一貶詞非塵爲下篇留餘步實亦太沖之微指

川城邑則稽之地圖其鳥獸草木則驗之方志善曰周禮曰外史掌四方之志鄭玄曰志記也風謠歌舞各附其俗魁梧忤長者莫非其舊善曰漢書音義應劭曰魁梧丘墟壯大之意也韓子曰重厚自尊謂之長者何則發言爲詩者詠其所志也善曰毛詩序曰詩者志之所之在心爲志發言爲詩升高能賦者頌其所見也善曰毛萇詩傳曰升高能賦可以爲大夫美物者貴依其本讚事者宜本其實善曰釋名曰稱人之美曰讚匪本匪實覽者奚信且夫任土作貢虞書所著辯物居方周易所慎虞書曰禹別九州任土作貢定其肥磽之所生也而著九州貢賦之法也周易曰君子以慎辯物居方聊舉其一隅攝其體統歸諸詁訓焉

蜀都賦一首

注

萬國已見上

有西蜀公子者言於東吳王孫善曰聖主得賢臣頌曰今臣僻在西蜀史記武王得仲雍曾孫周章封之東吳漢書曰漂母謂韓信曰吾哀王孫而進食蘇林曰如言公子也博物志曰王孫公子皆相推敬之辝曰蓋聞天以日月爲綱地以四海爲紀九土星分萬國錯跱崤胡交函有帝皇之宅河洛爲王者之里非日月無以觀天文非四海無以著地理故聖人仰觀俯察窮神盡微者必須綱紀也崤東西崤也函函谷關也賈生過秦曰以崤函爲宮里居也言周漢皆以河洛爲都邑善曰越絕書范蠡曰天貴持盈不失日月星辰之綱紀毛詩曰滔滔江漢南國之紀周禮曰以星土分辨九州之地所封域尚書曰萬國咸寧張衡靈憲曰星躰生於地列居錯峙崔駰河南尹箴曰唐虞商周河洛是居吾子豈亦曾聞蜀都之事歟請爲左右揚摧古學而陳之韓非有揚摧篇班固曰揚摧古今其義一也善曰許慎淮南子注曰揚摧粗略也夫蜀都者蓋兆基於上世代開國於

朱珔云今玉壘山所在則方輿勝覽云在汶川縣北三里

舊渠書雖引任豫益州記云二江者郫江流江也

嘉

尤云所湊五臣作所臻

中古廓靈關以爲門包玉壘而爲宇帶二江之雙流抗峨眉之重阻楊雄蜀王本紀曰蜀王之先名蠶叢柏濩魚鳧蒲澤開明是時人萌椎髻左言不曉文字未有禮樂從開明上到蠶叢積三萬四千歲故曰兆基於上代也秦惠王討滅蜀王封公子通爲蜀侯惠王二十七年使張若與張儀築成都城其後置蜀郡以李氷爲守地理志曰蜀守李氷鑿離堆穿兩江爲人開田百姓饗其利是時蜀人始通中國言語頗與華同故言開國於中古也靈關山名在成都西南漢壽界在前故曰門也玉壘山名也湔水出焉在成都西北岷山界在後故曰宇也江水出岷山分爲二江經成都南東流經之故曰帶也楊雄蜀都賦曰兩江珥其前峨眉山名也在成都南犍爲界面之故曰抗也水陸所湊兼六合而交會焉豐蔚所盛茂八區而菴烏覽藹焉八區四方四隅也地理志曰巴蜀土地肥美有山林菓實之饒班固西都賦曰郊野之富號爲近蜀美其豐盛善曰六合已見西都賦長楊賦曰洋溢八區於前則跨躡犍乾牂臧枕之鴆

胡

陸佐公石闕銘注引葐蒀作氛氳

呼

提

湯谷已見東京賦

輢交趾經途所亘五千餘里山阜相屬含谿懷谷崗巒糺紛觸石吐雲阜大山也巒山長而狹也一曰山小而銳也水注川曰谿注壑曰谷善曰漢書志有犍爲郡牂牁郡並屬益州又有交趾郡屬交州輢嶲也於蟻切春秋元命包曰山有含精藏雲故觸石而出也鬱葐汾蒀於文以翠微崛魚物巍巍以峩峩干青霄而秀出舒丹氣而爲霞翠微山氣之輕縹也霞赤雲也嚴夫子哀時命曰紅霓紛其朝霞山澤氣通故曰舒丹氣以爲霞也善曰甘泉賦曰騰青霄而軼浮景河圖曰崑崙山有五色水赤水之氣上蒸爲霞而赫然也龍池瀥胡角瀑步角濆扶物其隈漏江伏流潰胡內其阿汩骨若湯谷之揚濤沛普賴若濛汜之涌波龍池在朱堤縣南十里地周四十七里漏江在建寧有水道伏流數里復出故曰漏江湯谷日所出也濛汜日所入也善曰瀥瀑水沸之聲也公羊傳曰濆泉者何涌泉也淮南子曰日出于湯谷浴于咸池楚辭云日出于陽谷入于濛汜濛汜見西京

陳

胡一作呼

世說文學篇注引思別傳載初作蜀都賦金馬四句与此有異此則改本也

日

賦

於是乎邛竹緣嶺，菌桂臨崖（宜），旁挺龍目，側生荔枝。布綠葉之萋萋，結朱實之離離。迎隆冬而不凋，常曄曄以猗猗。邛竹出興古盤江以南，竹中實而高節，可以作杖。神農本草經曰：菌桂出交阯，圓如竹，爲衆藥通使。一曰菌薰也，葉曰蕙，根曰薰。南裔志曰：龍眼、荔枝生朱堤（提）、南廣縣、犍爲僰道縣，隨江東至巴郡江州縣，往往有荔枝樹，高五六丈，常以夏生，其變赤可食。龍眼似荔枝，其實亦可食。邛竹、菌桂、龍眼、荔枝，皆冬生不枯，鬱茂於山林。善曰：王逸荔枝賦曰：綠葉蓁蓁。又曰：朱實叢生。孫卿子曰：松栢經隆冬而不凋，蒙霜雪而不變。曄曄猗猗，已見西都賦。

孔翠群翔，犀象競馳。白雉朝雊，猩猩夜啼。金馬騁光而絕景，碧雞儵忽而曜儀。火井沈熒於幽泉，高爓飛煽（扇）於天垂。孔，孔雀也。翠，翠鳥也。孔雀特出永昌南涪縣。翡翠常以二月、九月群翔興古，十餘白雉出永昌。猩猩生交趾封溪，似猨，人面，能言語，夜聞其聲如小兒啼。

何

棿字陳疑是日

鑠　爓　　致

春秋傳曰豕人立而啼服子慎曰啼呼也淮南子曰猩猩知往地理志曰金馬碧雞在越巂青蛉縣禺同山漢宣帝時方士言益州有金馬碧鷄之神可以醮祭而罷也宣帝使諫議大夫王襃持節而求之襃道病卒竟不能致也蜀郡有火井在臨邛縣西南火井鹽井也欲出其火先以家火投之須臾許隆隆如雷聲爓出通天光輝十里以筩盛之接其光而無炭也煸熾也善曰廣雅曰熒光也說文曰爓火焰也音豔天垂天四垂也其間

則有虎珀丹青江珠瑕英金沙銀礫歷符采彪筆尤炳暉

麗灼酌爍舒藥切永昌博南縣出虎珀牂牁有白曹山出丹青曾青空青也本草經云皆出越巂郡瑕玉屬也楊雄蜀都賦云瑕英江珠永昌有水出金如糠在沙中興古盤町山出銀符采玉之横文也灼爍艷色也善曰博物志曰虎珀一名江珠

於後則却背華容北指崑崙緣以

劒閣阻以石門華容水名在江由之北崑崙山名也揚雄蜀都賦曰北屬崑崙劒閣谷名自蜀通漢中道一由此背有閣道在梓潼郡東北石門在漢中之西襃中之北此二處蜀之險隘於是在焉

流

陳

漢湯湯傷驚浪雷奔望之天迴即之雲昏水物殊品鱗介異族或藏蛟螭知勑或隱碧玉嘉魚出於丙穴良木攢於襃谷有鱗曰蛟螭蛟螭水神也一曰雌龍也一曰龍子也相如上林賦曰蛟龍赤螭碧玉謂水玉也尸子曰龍淵生玉英丙穴在漢中沔陽縣北有魚穴二所常以三月取之丙地名也襃中縣南口斜谷水源在北南流經襃中故北口曰斜南口曰襃同一谷耳長四百七十里襃斜出良材漢書曰斜谷之木不足爲我械善曰枚乘七發曰波湧而濤起橫奔似雷行任豫益州記曰嘉魚鱗似鱒魚其樹則有木蘭梫寢桂杞櫹蕭椅於其桐椶枒邪楔耕入樅七松楩頻縣柟南幽藹於谷底松柏蓊鬱於山峯木蘭大樹也葉似長生冬夏榮常以冬華其實如小柹甘美南人以爲梅其皮可食楊雄蜀都賦曰樹以木蘭梫桂木桂也傳曰杞梓之木櫹大木也詩曰其桐其椅椶栟出蜀其皮可作繩從栟似松有刺也樅柏葉松身楩柟二樹名皆大木也擢脩幹竦

坂　何焯說改　王簡棲頭陀寺碑文注引乎作乎

李周翰曰希空虛也

步包切

長條扇飛雲，拂輕霄，羲和假道於峻歧，陽烏迴翼乎高標。言山木之高也。善曰：楚辭曰：吾令羲和弭節兮。廣雅曰：日御謂之羲和。左傳曰：假道於虞。春秋元命包曰：陽成於三，故日中有三足烏。烏者陽精。巢居棲翔，聿兼鄧林，穴宅奇獸，窠宿異禽。鄧林，林名也。窠，鳥巢也。善曰：鄧林已見西京賦。熊羆咆步交其陽，鵰鶚鴥聿其陰，猨狖弋騰希而競捷，虎豹長嘯而永唫。鶚其形如鵰，皆鷙鳥也。枚乘曰：鷙鳥累百，不如一鶚。鴥，疾貌也。善曰：楚辭曰：虎豹鬭兮熊羆咆。說文曰：咆，嗥也。毛詩曰：鴥彼晨風。春秋元命包曰：猛虎嘯，谷風起。杜篤連珠曰：長吟永嘯。於東則左緜巴中，百濮音卜所充。濮，夷也。傳曰：麇人率百濮。今巴中七姓有濮也。外負銅梁於宕徒浪渠，內函要害於膏腴。銅梁，山名。宕渠，縣名。銅梁在巴東宕渠縣，在巴西，出鐵。要害，地險隘也。膏腴，土地肥沃也。其中則有巴菽巴戟，靈壽桃枝，樊以蒩資觀圃，濱以鹽

別本元注字誤

黿改元龜
二文改乂

赦

熾

池巴菽巴豆也巴戟巴戟天也靈壽木名也出涪陵縣桃枝竹屬也出墊江縣二者可以爲杖樊蕃也詩曰
營營青蠅止于樊菹草名也亦名士茄葉覆地而生根可食人飢則以繼糧鹽池出巴東北新井縣水出地如
湧泉可煑以爲鹽善曰埤蒼曰菹葅也葅側及切蟞必滅蛦音啼山棲黿元龜水處
潛龍蟠於沮子預澤應鳴鼓而興雨蟞蛦鳥名也如今之所謂山鷄其雄色班
雌色黑出巴東黿大龜也譙周異物志曰涪陵多大龜其甲可以卜其緣中文似瑇瑁俗名曰靈文沮有葉澤
也巴東有澤水人謂有神龍不可鳴鼓鳴鼓其傍即便雨也善曰李尤七歎曰龍鼉水處方言曰未升天龍謂
之蟠龍綦毋邃孟子注曰澤生草言菹沮與菹同丹沙赩許力熾昌志出其坂蜜房
郁毓被其阜山圖采而得道赤斧服而不朽涪陵丹與二縣出丹
砂丹砂出山中有穴尚書禹貢曰厥土赤埴巴西漢昌縣多野蜂蜜蠟山圖隴西人也隨道士之名山採藥身
輕不食莫知所如赤斧巴人也能煉丹砂與消石服之身體毛髮盡赤皆古仙者也見列仙傳善曰毛萇詩傳

胡

華陽國志校

一作歎胡云當作赦

依正文

曰施赤貌也鄭玄尚書注曰熾赤也班固終南頌曰蜜房溜其巔郁毓盛多也若乃剛悍(汗)生其方風謠尚其武奮之則賨(宗)旅玩之則渝舞銳氣剽於中葉蹻(綺驕)容世於樂府

善曰廣雅曰悍勇也應劭風俗通曰巴有賨人剽勇高祖爲漢王時閬中人范目說高祖募取賨人定三秦封目爲閬中慈鳬鄉侯并復除目所發賨人盧朴沓鄂度夕龔七姓不供租賦閬中有渝水賨人左右居銳氣喜舞高祖樂其猛銳數觀其舞後令樂府習之楊雄荆州箴曰風飄以悍氣銳以剛毛詩曰昔在中葉漢書曰武帝樂府

於西則右挾(故蝶)岷山涌瀆發川陪以白狼夷歌成章

江水出岷山也白狼夷在漢壽西界漢明帝時作詩三章以頌漢德益州刺史朱輔驛傳其詩奏之語在輔傳也

坰野草昧林麓黝(於糾)儵(式六)交讓所植蹲(存)鴟所伏

交讓木名也兩樹對生一樹枯則一樹生如是歲更終不俱生俱枯也岷山在安都縣蹲鴟大芋也其形類蹲鴟故卓王孫曰吾聞岷山之下沃野下有蹲鴟至死不

消　延　蘪注　蠲　二山刪　舊音

飢善曰黝儵茂盛貌百藥灌叢寒卉冬馥異類衆夥禍于何不育

其中則有青珠黃環碧砮芒消或豐綠荑啼或蕃丹伐元

椒蘪蕪布濩護於中阿風連莚餘戰蔓萬於蘭皐紅工葩紫

飾柯葉漸苞敷蘂蕤落英飄飄青珠出蜀郡平澤黃鐶出蜀郡碧石

生越巂郡無會縣砮可作箭鏃禹貢梁州厥貢砮石芒消出蜀郡廣陽山綠荑辛荑蘪蕪皆香草也蘪蕪出岷

山椒出陵山風連出岷山一曰出廣都山岷山特多藥草其椒尤好異於天下漸苞相苞裹而同長也書曰草木

漸苞蘂者或謂之華或謂之實一曰花鬚頭點也楚辭曰採薜荔之落英神農是嘗盧跗

是料聊芳追氣邪味蠲癘痟音消扁鵲盧人古良醫楊雄法言曰扁鵲盧

人而醫多盧癘氣不和之氣也痟亦頭病也周禮四時皆有癘疾春多痟首之疾漢書相如常有痟病善曰淮

南子曰神農乃始教人播種五穀嘗百草之滋味史記曰號中庶子謂扁鵲曰臣聞上古之時醫有俞跗醫病

胡　並胡

漢中刪江　潼　嘉　上字桐字衍　出下當有漳山一曰在梓潼出九字　別本作淲注同

（不以湯液）其封域之內則有原隰墳衍通望彌博演以潛沫（武蓋）浸以緜雒（禹貢梁州云沲潛既道有水從漢中沔陽縣南流至梓橦漢壽縣入穴中通岡山下西南潛出今名複水舊說云禹貢潛水也又有水出岷山之西東流過漢壽南流有高山上合下開水經其中曰沫水水潛行曰演此二水伏流故曰演以潛沫緜水在緜竹縣出紫巖山雒水在雒縣出栢山周禮曰楊州其浸五湖言益州之有緜雒猶楊州之有五湖故曰浸以緜雒也潛沫緜雒四水所經本皆蜀郡故皆謂之封域之內也）溝洫脉散疆里綺錯黍稷油油稉（古衡）稻莫莫指渠口以爲雲門灑滮（扶彪）池而爲陸（六）澤雖星畢之滂（普郎）沲（度羅）尚未齊其膏液（廣深四尺爲溝倍溝爲洫左氏傳曰先王疆理天下謂地勢縱橫之宜也莫莫茂也李冰於湔山下造大堋以壅江水分散其流溉灌平地故曰指渠口以爲雲門也滮流貌詩曰滮池北流浸彼稻田蔡邕曰凝雨曰陸尚書洪範曰星有好雨月失道而入畢則多雨詩曰月離于畢俾滂沲）

續漢志注　潼字據別本　胡　胡據水經注訂最精　郎別本忙

郡　郡　尤三春熟五臣作春就　今

矣善曰鄭玄周禮注曰黄帝樂曰雲門言黄帝之德如雲之出門也然此唯取雲門之名不取樂也爾乃邑居隱賑之忍夾江傍山棟宇相望桑梓接連家有鹽泉之井戶有橘柚之園隱盛也賑富也梓木名可以爲琴瑟蜀都臨邛縣江陽漢安縣皆有鹽井巴西充國縣有鹽井數十大曰柚小曰橘犍爲南安縣出黄甘橘地理志曰蜀都嚴道巴郡朐忍魚復二縣出橘有橘官善曰楊雄蜀都賦曰夾江緣山又曰西有鹽泉鐵冶橘林銅陵其園則有林檎枇杷橙柹梬郢楟亭榹心移桃函含列梅李羅生皆菓名也林檎實似赤柰而小味如梨枇杷冬華黄實本出蜀蜀有給客橙冬夏華實相繼張揖曰梬山梨善曰爾雅曰榹桃山桃也百果甲宅異色同榮朱櫻春熟素柰夏成善曰周易曰百果草木皆甲坼鄭玄曰木實曰果皆讀如人倦之解解謂拆呼皮曰甲根曰宅宅居也呼火亞切漢書叔孫通曰古有春嘗果今櫻桃熟可嘗也素柰白柰也王逸荔枝賦曰酒泉白柰若乃大火流涼

胡　侃改胡　胡　陳

芳。别本　南　圃。别本　藏

風厲。列白露凝。微霜結。詩曰七月流火禮記月令孟秋涼風至善曰毛萇詩傳曰火大火也流下也毛詩曰白露爲霜楚辭曰微霜結兮眇眇紫梨津潤。樼側鄰栗罅呼亞發。蒲陶亂潰。胡對若榴競裂。甘至自零。芬芳。芳酷苦毒烈。詩云樹之榛栗傳曰榛栗棗脩罅發栗皮坼罅而發也甘至言熟也善曰西京雜記曰上林有紫梨郭璞上林賦注曰蒲陶似燕薁。可作酒。馬融西第頌曰紫房潰漏。又曰胡桃自零若榴已見西都賦上林賦曰酷烈淑郁榛與樼同。其園。圃則有蒟。俱宇蒻弱茱萸瓜疇芋于句區甘蔗之夜辛薑陽蓲吁許于陰敷。蒟蒟醬也緣樹而生其子如桑椹熟時正青長二三寸以蜜藏而食之辛香溫調五臟蒻草也其根名蒻頭大者如斗其肌正白可以灰汁煑則凝成可以苦酒淹食之蜀人珍焉茱萸一名藙也疇者界埒小畔際也揚雄太玄經曰陽蓲萬物言陽氣蓲煦生萬物也陰敷蘲生於陰也日往菲薇。月來扶疏。任土所麗。衆獻而儲。任土任其土地所生也尚書所謂任土作貢也

今改

廣雅釋詁二命呼也

時

易曰百穀草木麗乎土其沃瀛盈則有攢在官蔣將叢蒲綠菱、紅蓮

川上二文

雜以蘊藻糅女又以蘋蘩楚辭曰倚沼畦瀛王逸云瀛澤中也班固以爲畦蔣菰名也蘊

藻蘋蘩皆水草也蘊叢也總莖柅柅乃禮裛於業葉蓁蓁臻蕡墳實時味

王公羞焉柅柅蓁蓁盛茂貌也詩曰爾肴既將時傳曰苟有明信澗谿沼沚之毛蘋蘩蘊藻之菜可薦

於鬼神可羞於王公毛詩曰敦彼行葦維葉柅柅又曰桃之夭夭其葉蓁蓁又曰桃之夭夭有蕡其實

其中則有鴻儔鵠侶振鷺鵜徒鶘胡

晨鳧旦至候鴈銜

蘆皆水鳥名鴻鵠多群飛故言侶儔也振鷺鵜鶘二鳥名也晨鳧常以晨飛也鴈候時南北故曰候鴈銜蘆

以禦繒繳令不得截其翼也淮南子曰鴈銜蘆而翔以備繒繳善曰毛詩曰振鷺于飛爾雅曰鵜鶘洿澤也郭璞

曰即鵜鶘也說苑曰魏文侯嗜晨鳧呂氏春秋曰季秋之月候鴈來木落南翔。冰泮北徂。

雲飛水宿。哢吭胡剛清渠。其深則有白黿命鼈玄獺上祭

○侃刪

捷云切

○徒一本作巧誤也

爽塏已見上文　承明已見西都賦

鮪　閒

鱣陟連鮪于鬼鱒在本魴鮷啼鱧禮魦鱨木落者葉落也木葉落秋時也冰泮春時
也善曰淮南子曰木葉落而長年悲家語曰冰泮而農
桑起爾雅曰吭鳥嚨禮記月令孟春獺祭魚將食之先
以祭也鱣鮰鱑也鮷似鰽魦似鮎鱒魴皆見詩也楚
辭曰乘白黿兮逐文魚張衡應閒曰黿鳴而鼈應命
呼也差鱗次色。錦質報章。躍濤戲瀨。中流相忘。莊周云泉涸魚相與
處陸相呴以濕相濡以沫不若相忘於江湖善曰毛詩曰終日七襄不成報章於是乎金城石
郭。兼帀中區。既麗且崇。實號成都。金石言堅也故朝錯曰神農之教雖有金
城湯池也闢二九之通門。畫方軌之廣塗。營新宮於爽塏。塏
擬承明而起廬。漢武帝元鼎二年立成都十八門周禮經塗九軌畫言端直也爽塏高明也善
曰左氏傳曰齊景公欲更晏子之宅曰請更諸爽塏者
杜預曰就高燥也漢書曰嚴助爲會稽太守帝賜書曰
君猒承明之廬張晏曰承明廬在石渠門外結陽城之延閣。飛觀榭乎雲中。

疑此善曰不當有
胡据吳都賦善注
胡

城或作成未知孰是
謝玄暉和徐都曹詩注引作列綺疏以瞰江
尤云虎威五臣作虎儀

開高軒以臨山列綺牕而瞰苦檻江陽城蜀門名也善曰淮南子曰延閣棧道
高軒堂左右長廊之有牕者張載魯靈光殿賦注曰軒檻所以開明也古詩曰交疏結綺窻内則議
殿爵堂武義虎威宣化之闥崇禮之闈議殿爵堂殿堂名也武義虎威
二門名也宣化崇禮皆闈闥之名也華闕雙邈重門洞開金鋪交映玉題
相暉金鋪門鋪首以金爲之玉題以玉爲之孟子曰榱題數尺楊雄曰旋題玉英善曰西都賦曰樹中天
之華闕長門賦曰擠玉户而撼金鋪外則軌躅直録八達里閈汗對出比屋
連甍千廡音武萬室閈里門也管子曰閭閈不可以無闔盧綰與高祖同里班固曰綰自同閈
廡庌也史記蘇秦說魏襄王曰廬廡之數也善曰漢書班嗣與桓生書曰伏孔氏之軌躅音義曰三輔說牛蹄處爲
躅爾雅曰八達謂之崇期孫炎曰崇多也多道會期於此亦有甲第當衢向術壇徒蘭
宇顯敞高門納駟四術道也楚辭九章曰燕雀烏鵲巢堂壇兮王逸曰壇猶堂也漢于公高其

一作成

葛姜蜀之大臣故以表著戴狩標西漢名族則曰金張耳

尤云邛杖五臣作邛竹

門使容駟馬高蓋此言甲第高門可以納駟善曰西京賦曰北闕甲第當道直啓李尤高安館銘曰增臺顯敞禁室静幽庭扣后苦鍾磬堂撫琴瑟匪葛匪姜疇能是恤疇誰也善曰蜀志曰諸葛亮爲丞相又曰姜維初爲亮倉曹掾稍遷爲大將軍亞以少城接乎其西市廛所會萬商之淵列隧百重羅肆巨千賄呼罪貨山積纖麗星繁少城小城也在大城西市在其中也都人士女袨縣服靚才姓粧賈音古貿莫構墆直例鬻舛充錯縱橫異物崛詭奇於八方布有橦華麪有桄光榔郎邛杖傳節於大夏之邑蒟句醬流味於番潘禺愚之鄉蘇林曰袨服謂盛服也張揖曰靚謂粉白黛黑也墆貯也橦華者樹名橦其花柔毳可績爲布也出永昌桄榔樹名也木中有屑如麪可食出興古張騫傳曰臣在大夏時見邛竹杖蜀布問安得此大夏國人曰吾賈人往市之身毒國身毒國在大夏東南可數千里南越傳曰使唐蒙

文四　二十三

颯曉南越食蒙以蒟醬蒙問所從來荅曰西北牂牁江廣數里出番禺城下故漢書曰感蒟醬竹杖則開牂牁越巂也卭竹杖以節爲奇故曰傳節也善曰都人士女巳見西都賦漢書曰富商大賈或墆財八方巳見上三都序輿輦雜沓徒合冠帶混并累轂疊跡叛衍相傾諠譁鼎沸則咙莫江聒公達宇宙囂許驕塵張陟亮天則埃壒烏蓋曜靈叛亂也莊周曰何貴何賤是謂叛衍善曰蔡邕月令章句曰冠首飾也帶大帶所以束身也司馬彪莊子注曰叛衍猶漫衍也國語管子曰四人雜處則其言咙説文曰聒讙語也文子曰四方上下曰宇説文曰宙舟輿所極覆也西都賔曰軼埃壒之混濁楚辭曰角宿未旦耀靈焉藏廣雅曰耀靈囟日也闤闠之裏伎巧之家百室離房機杼相和貝錦斐成濯色江波黃潤比毗二筒籝盈金所過闤市巷也闤市外内門也貝錦錦文也譙周益州志云成都織錦既成濯於江水其文分明勝於初成他水濯之不如江水也黃潤謂筒中細布也司馬相如凡將篇曰黃潤纖美宜制禪楊

今改下同

胡

一作禪

禪字葢誤

呂延濟曰翕習盛威兒　縱注皆同

食

據音紙改抵　交

麟

雄蜀都賦曰筒中黃潤一端數金籯勝也韋賢傳曰黃金滿籯善曰毛詩曰百室盈止古詩曰札札弄機杼毛詩曰萋兮斐兮成是貝錦也

侈侈隆富卓鄭埒劣名公擅山川貨殖私庭藏鏹强九兩巨萬鈲浦覓摫規兼呈亦以財雄翕習邊城

漢書貨殖傳曰蜀卓氏之臨邛公擅山川銅鐵上爭王者之利下錮齊人之業富至僮八百人程鄭亦冶鑄富埒卓氏司馬相如傳云臨邛富人程鄭僮數百人鏹錢貫也殖貨志曰藏鏹千萬楊雄方言云鈲摫裁也梁益之間裁木爲器曰鈲裂帛爲衣曰摫兼呈者皆有常課至擬於王者亦以財雄猶班壹以財雄邊城也漢書班氏叙傳當孝惠高后時以財雄邊出入弋獵旌旗鼓吹以臨邛是蜀郡之邊縣故云邊城善曰藏鏹管子之文也

三蜀之豪時來時往養交都邑結儔附黨

三蜀蜀郡廣漢犍爲也本一蜀國漢高祖分置廣漢漢武帝分置犍爲善曰孫卿子曰偷合苟容以持祿養交

劇談戲論扼腕抵紙掌出則連騎歸從百兩

劇甚也鬼谷先生書有抵戲篇桓譚七說

何　胡

七命注又參屈原文注

稚
飉厲一作嘹唳
懋

曰戲談以要譽張儀傳曰天下之士莫不扼腕以言戰國策曰蘇秦說趙王華屋之下抵掌而言皆談說之客也百兩百乘也詩云之子于歸百兩御之善曰漢書曰揚雄口吃不能劇談連騎已見西京賦若其舊俗終冬始春吉日良辰置酒高堂以御嘉賓楊雄蜀都賦曰其俗迎春送冬百金之家千金之公善曰楚辭曰吉日兮辰良曹植箜篌引曰置酒高殿上毛詩曰以御賓客且以酌醴金罍中坐肴構四陳觴以清醥鮮以紫鱗羽爵執競絲竹乃發巴姬彈弦漢女擊節鮮魚鱠也詩云炰鱉鱠鯉巴姬漢之美人猶衛之雅質蔡之幼女善曰毛詩曰肴核維旅鄭玄曰肴菹醢也核桃梅之屬也左氏傳楚共王有巴姬構與核義同起西音於促柱歌江上之飉寮厲紆長袖而屢舞翩躚躚以裔裔昔周昭王涉漢中流而隕其右辛遊靡拯王遂卒不復還周乃侯其子于西翟實爲長公整徙宅西河長公思故處始作西音長公繼是音以處西山秦國之風蓋取乎此見呂氏春秋韓子曰長

陳　胡　侃曰与兮本不同不當輒改

注及別本

方

袖善舞詩曰屢舞躚躚合樽促席引滿相罰樂飲今夕一醉累月言頻飲也善曰東方朔六言詩曰合樽促席相娛漢書曰趙李侍中皆引滿舉白毛詩曰今夕何夕又曰一醉日富若夫王孫之屬郤却戟公之倫從禽于外巷無居人並乘驥子俱服魚文玄黃異校結駟繽紛王孫卓王孫也貨殖傳曰卓王孫田宅射獵之樂擬於人君郤公豪俠也楊雄蜀都賦曰若其漁弋郤公之徒相與如乎巨野羅車百乘觀者萬堤服箭服詩云象弭魚服善曰周易曰即鹿無虞以從禽也毛詩曰叔于田巷無居人桓子新論曰善相馬者曰薛公得馬惡貌而正走名驥子周禮六廐成校校有左右楚辭曰青驪結駟齊于乘西踰金隄東越玉津朔別期晦匪日匪旬金隄在岷山都安縣西隄有左右口當成都西也璧玉津在犍爲之東北當成都之東也楊雄羽獵賦前曰邪界虞淵後曰浮彭蠡張衡羽獵前曰逐息崐崘後曰勞許公于箕隅道里遼迥非一日所遊金堤玉津東西分行所欲經營亦非一所其間悠遠故曰朔別晦期也

觀此是李善非不知有此趙李也

有誤觀此一節是太沖自注之鐵證使他人爲之安能洞其用心如此之微乎

蹻五臣作蹻蹻卬
蹻字

呂延濟曰翕響揮
霍淋亂皃

曰下有挩

晚

若云一月之中乃能𩫖秋周偏不以旬日者也𨇨六蹈蒙籠涉蹻寥廓鷹犬倏眒勝肩罻尉羅絡幕倏眒疾速也罻羅鳥獸網也絡幕施張之貌也善曰蒙籠已見南都賦桓譚新論曰道路皆蒿草寥廓狼籍子雲賦曰倏眒倩浰毛群陸離羽族紛泊匹各翕響揮霍中網林薄毛群獸也羽族鳥也陸離分散也紛泊飛薄也翕響揮霍奄忽之間也屠麖京麌翦旄麈帶文蛇跨彫虎皆獵之所得也麖麌體大故屠之旄麈有尾故翦之蛇虎可畏而帶跨之言其勇也卩子曰中黃伯云余左執太行之猱而右搏彫虎善曰越人衣文蛇志未騁時欲晚追輕翼赴絕遠出彭門之闕馳九折之坂經三峽之崢嶸躡五屼九之蹇𨂂岷山都安縣有兩山相對立如闕號曰彭門楊雄蜀都賦曰彭門鴻屼九折坂在漢壽嚴道縣卭萊山三峽巴東永安縣有高山相對相去可二十丈左右崖甚高人謂之峽江水過其中五屼山名也一山有五重在越巂當犍爲南安縣之南也楊雄蜀都賦曰五

胡改當再校 侃

侃據張景陽雜詩注

宏

九字衍

皛當爲拍

皛胡了切拍普格切貙丑于切

第注同别本

說文娉問也斐醜也此用爲妃之借字别本作議

以此條塙證舊音不出於五臣

屼參差善曰楚辭曰下崢嶸兮無地子虛賦曰蹇涯溝瀆戟食鐵之獸射噬毒之鹿皛胡了切當爲白拍普格切貙豸李氓於葽於堯草彈言鳥於森木貊獸毛黑白臆似熊而小以舌舐鐵須臾便數十斤出建寧郡也有神鹿兩頭主食毒草名之食毒鹿出雲南郡此二事魏完南中志所記也易曰噬腊肉遇毒貙氓謂貙人也言鳥鸚鵡之屬皆出南中文立蜀都賦虎豹之人善曰方言曰噬食也博物志曰江漢有貙人能化爲虎說文曰拍拊也漢書音義曰葽盛貌拔象齒戾歷結犀角鳥鎩所札翮獸廢足鎩翮不能飛廢足不能行也善曰淮南子曰飛鳥鎩羽走獸廢足許慎曰鎩殘也殆而朅綺列來相與第如滇丁田池集于江洲試水客艤音蟻輕舟娉江斐與神遊朅去也第且也相如傳曰第如臨邛譙周異物志曰滇池在建寧界有大澤水周二百餘里水作深廣作淺狹似如倒池故俗云滇池江洲在巴郡揚雄蜀都賦曰分川並注合乎江洲滇池江洲非一處也今連之者說或有在滇池時或有在江洲時無有常也應劭曰艤正也一曰南

南中字並宜入注

文一作文立下八字一本無

此字攻前盾揚雄張衡之誤于是乎當

淮南說山訓注淫魚長頭身相半长丈餘口在頷下出江中

尤云汎浮五臣作泛浮

之

方俗謂正船迴濟處爲艤。項羽傳曰烏江亭長艤船待羽。江斐二女遊於江濱，逢鄭交甫，挑之，不知其神女也。遂解珮與之，交甫悅，受珮而去數十步，空懷無珮，女亦不見。語在列仙傳。罨奄翡翠，釣鰋偃鮋長流，下高鵠，出潛虯。鰋鮋，魚名。吹洞簫，發櫂宅孝謳，感鱏尋魚，動陽侯。洞簫，長簫無底也。王褒所頌者也。漢元帝能吹洞簫。櫂謳，鼓櫂而歌也。鱏魚出江中，頭與身正半，口在腹下。淮南子曰：瓠巴鼓琴，鱏魚出聽。善曰：櫂謳已見西都賦。陽侯已見南都賦。騰波沸涌，珠貝汎浮，若雲漢含星，而光耀光洪流。管子曰：若江湖之人求珠貝者不舍也。言魚駭波動，珠貝浮見也。善曰：相貝經曰：素質紅裏，謂之珠貝。將饗獠力召者，張帟幕，會平原，酌清酤戶，割芳鮮，飲御酣，賓旅旋，車馬雷駭，轟轟闐闐，若風流雨散，漫乎數百里間。獠，獵也。帟，平帳也。周禮曰：田則張幕設帟。月令曰：躬耕帝籍，反，乃執爵命曰勞酒，言以宴群臣也。鮮，新殺者也。一曰生肉也。善曰：旣載清酤。毛萇詩

此误鮮子淵賦

陳補

此言正統不必在中原自金行南宅益信此言爲非。樑

精　此注有誤

尚名曰

曰黏酒也斯蓋宅土之所安樂觀聽之所踴躍也焉獨三川
爲世朝市若乃卓犖呂角奇譎倜儻罔已一經神怪一緯
人理遠則岷山之精上爲井絡天帝運期而會昌景福
肸喜筆饗而興作碧出萇弘之血鳥生杜宇之魄妄變化
而非常羌見偉於疇田昔張儀曰爭名者於朝爭利者於市今三川周室天下之朝市也
河圖括地象曰岷山之地上爲井絡帝以會昌神以建福上爲天井言岷山之地上爲東井維絡岷山之地上爲天也井星也昌慶也言天帝於此會慶建福也莊周曰萇弘死於蜀藏其血三年化爲碧蜀記曰昔有人姓杜名宇王蜀號曰望帝宇死俗說云宇化爲子規子規鳥名也蜀人聞子規鳴皆曰望帝也善曰降丘宅土劉向雅琴賦曰觀聽之所至乃知其美也漢書音義韋昭曰有河洛伊故曰三川上林賦曰肸饗布寫近則
江漢炳丙靈世載其英蔚若相如皭爵若君平王褒韓

水經注　佩訂

觀此注是鮑照杜甫所本

尤云為譽五臣作為美

子虛賦吞若雲夢者八九于其胸中
吞若巨防擬長卿吞若雲夢者八九以法而實不安

曄而秀發揚雄含章而挺生幽思絢呼絢道德摛勅離藻掞傷豔天庭考四海而爲儁俊當中葉而擅名是故遊談者以爲譽造作者以爲程也相如司馬長卿也君平嚴遵也王褒字子淵楊雄字子雲皆蜀人君平作老子指歸子雲作太玄法言故曰幽思絢道德也鄭玄曰文章成謂之絢漢武帝讀相如子虛賦而善之吾獨不得與此人同時哉元帝善王褒所作甘泉洞簫頌令後宮貴人左右皆誦之楊雄奏羽獵賦天子異焉又云班固述雄傳曰初擬相如獻賦黄門故曰摛藻掞天庭也漢書禮樂志曰長麗前掞光耀明善曰史記曰屈原浮游於塵埃之外皭然泥而不滓者也徐廣曰皭疎淨之貌也周易曰含章可貞馮衍德誥曰沈情幽思引六經之精微毛詩曰昔在中葉戰國策蘇秦曰外客遊談之士無敢自進於前也至乎臨谷爲塞因山爲障峻岨塍繩埒劣長城豁險吞若巨防都聾史記蘇秦曰齊南有太山東有琅邪北有渤海西有清河所謂四塞之國也史遷述蒙恬傳曰據河爲塞大曰隄小曰

删佩

塍云峻岨之嚴視長城若塍埒也谿深貌也戰國策曰齊有長城巨防足以爲塞也一人守隘萬夫莫向善曰淮南子曰一人守隘千夫莫向公孫躍馬而稱帝劉宗下輦而自王善曰范曄後漢書曰公孫述字子陽扶風人也王莽時爲導江卒正更始立述恃其地險衆附遂自立爲天子蜀志曰先主姓劉諱備漢靖王勝後也益州牧劉璋使人迎先主令討張魯先主遂進圍成都璋出降先主即皇帝位備漢後故曰宗由此言之天下孰尚故雖兼諸夏之富有猶未若茲都之無量也論語曰夷狄之有君不如諸夏之亡周易曰富有之謂大業也又論語曰惟酒無量

文選卷第四

壬戌六月廿四日保溫尋之

文四

二十七

今補　據胡說訂

囅　當作囅

文選卷第五

梁昭明太子撰

文林郎守太子右內率府録事參軍事崇賢館直學士臣李善注上

京都下

左太沖吳都賦一首　劉淵林注

吳都賦　吳都者蘇州是也後漢末孫權乃都於建業亦號吳　左太沖

東吳王孫囅然而咍囅大笑貌莊周云齊桓公囅然而笑楚人謂相笑爲咍楚辭曰衆兆所咍善曰囅勑忍切咍呼來切曰夫上圖景宿辨於天文者也下料聊物土析於地理者也謂天垂其象而分野形地以別土而區域殊料度也善曰文子曰天道爲文地道爲理古先帝代曾覽八紘之洪緒一六合而光宅翔集

胡云非善注

別本作諜舊音牒

陟卅十一字刪

襲險之右謂蜀地為重險之首

偉

握　固

別本校語疑有地字

都衍

注吾子以下九十三字刪

潘耒云都字衍非也注有都字要可妄刪

遐宇鳥策篆素玉牒石記鳥聞梁岷有陟方之館行宮之基歟淮南子曰九州外有八澤方千里八澤之外有八紘亦方千里蓋八索也一六合而光宅者并有天下而一家也説文曰牒札也石記刻石書傳記也鳥安也梁梁州也岷岷山皆蜀地也書云舜陟方謂南巡守也光武紀云濟陽有武帝行過宮書曰呂氏春秋曰神通乎六合高誘曰四方上下為六合尚書序曰光宅天下鳥策鳥書於策也春秋運斗樞曰黃龍負圖出置帝前鳥文漢書音義曰大篆蟲書鳥書是也鄭玄禮記注曰策簡也篆篆書於素也楊雄書曰齎油素四尺東觀漢記曰封禪其玉牒文秘天子事也説文曰諜記也牒與諜同孝經鉤命訣曰封禪刻石紀號也天子行所立名曰行宮陟升也方道也巡狩謂舜也而吾子言蜀都之富禺同之有瑋其區域美其林藪矜巴漢之阻則以為襲險之右徇蹲鴟之沃則以為世濟陽九齷齪而筭顧亦曲士之所歎也旁魄而論都抑非大人之壯觀也吾子謂西蜀公子言蜀地富饒

胡

胡

十一字一本無不當有

九十三字一本無

青　同

各以數下三十六字刪

䴡

奢

王莽末以下四十二字改王此土而亡諸葛亮相此國而敗十三字

及禺同之所有也璕美也蜀都賦云左綿巴中百濮所充緣以劒閣阻以蜀門矜夸其險也徇營也士負從物曰徇夸物示人亦曰徇卓王孫曰吾聞岷山之野下有蹲鴟至死不飢三年不收其形如蹲鴟故號也越嶲郡蜻蛉縣禺山有金馬碧雞之神巴漢之阻巴郡之扞關也漢中廣漢其路由於劒閣褒斜也易無妄曰災氣有九陽阨陰阨四合爲九一元之中四千六百一十七歲各以數至陽阨故云百六之會王孫言公子徇其土地自生蹲鴟可以救代飢儉度陽九之阨漢書律歷志具有其事齷齪好苛局小之貌曲謂僻也言筭量蜀地亦是曲僻之士旁魄取寬大之意王孫謂寬大之意論西都也善曰楊雄城門校尉箴曰盤石唐甚襲險重固漢書酈食其曰其將齷齪好苛禮齪楚角埳文子曰曲士不可言至道莊子曰將旁礴萬物以爲一司馬彪曰旁礴猶混同也礴與魄同鵩鳥賦曰太人不曲

何則土壤不足以攝生山川不足以周衛公孫國之而破諸葛家之而滅兹乃喪亂之丘墟顛覆之軌轍安可以儷王公而著風烈也攝持也老子曰善攝生漢書公孫述王莽末時王蜀爲光武將吳漢破之魏志曰漢末諸葛亮輔劉備而爲臣都於蜀終於魏將鄧艾所平儷著也凡天下存亡唯繫乎人然强弱有常勢利害有常地必有不可守之土不

據續漢志

侃

四字一本無　又各下三十六字一作有九阨陽阨四陰阨五合爲九今訂正

王下四十三字一本作王此土而亡諸葛亮相此國而敗

尤云巨麗吾目作壯麗
左傳昭十年晏平仲端委立於虎門之外 朱琦云端即玄端委即玄冠
玄委至德承太伯言高節克讓承延陵言 李丘光庭而先庭文述善注惟五日為吳耳
任彥昇為褚諮議蓁讓代兄襲封表注引躧作屣

文五 二

可興之國矣易曰六五之吉麗王公也善曰漢武栢梁臺衛尉詩曰周衛交戟禁不時毛詩曰喪亂弘多呂氏春秋燭過曰子胥諫而不聽故吳爲丘墟毛詩序曰閔周室之顛覆奢靡也尚書周公曰斆化奢麗風烈已見南都賦翫其磧礫而不窺玉淵者未知驪龍之所蟠也習其斆邑而不覩上邦者未知英雄之所躔也磧礫淺水見沙石之貌玉淵水深之處美玉所出也尸子曰龍淵生玉英莊子曰千金之珠在九重之淵驪龍頷下故曰不窺玉淵者不知驪龍之蟠也善曰上林賦曰下磧礫之坻說文曰磧水渚有石也且歷切驪音離左氏傳曰衛州吁曰斆邑與陳蔡從上邦猶上國也方言曰躔歷行也子獨未聞大吳之巨麗乎且有吳之開國也造自太伯宣於延陵蓋端委之所彰高節之所興建至德以挪洪業世無得而顯稱由克讓以立風俗輕脫躧於千乘若率土而論都則非列國之所觖望也戰國策曰黑齒彫題大吳之國也昔周太伯三以天下讓延陵季子辭國而不處遂化荆蠻之方與華夏同風二人所興左氏傳曰太伯端委以治端委禮衣委貌謂冠袖長而裳齊委

哀七年

顔延年車駕幸京口侍游蒜山詩注引故作
圖

干

一曰

至地也孔子曰太伯三以天下讓人無得而稱焉善曰端委至德太伯也高節克讓延陵也左傳曰吳子諸樊既除喪將立季札札曰聖達節次守節下失節爲君非吾節也遂讓不受史記曰壽夢欲立季札讓不可乃立諸樊也漢書武帝曰吾去妻子如脫躧耳聲類曰躧或爲𩌦說文曰鞮䩶屬也亦所解切諸侯故言千乘之國論語曰導千乘之國漢書曰上欲王盧綰爲群臣觖望臣瓚曰觖謂相觖而怨望也觖音決

故其經略上當星紀拓（音託）土畫疆卓犖（呂角）兼并包括干越跨躡蠻荊

左傳曰天子經略土地定城國制諸侯略分界也一曰遠界爲經略也爾雅曰星紀斗牽牛吳分野斗者日月五星之所經始故謂之星紀意者斗爲星紀則其分域亦所以能爲綱維故曰卓犖兼并也越今之蒼梧鬱林合浦交阯九眞南海日南皆越地吳之所并也荊蠻吳所得荊州四郡零陵桂陽長沙武陵善曰漢書曰戎狄之與干越不相入也音義曰干南方越名也春秋曰干越入吳杜預注曰干越人發語聲詩曰蠢爾蠻荊

婺女寄其曜翼軫寓其精指衡岳以鎮野目龍川而帶坰

婺女越分翼軫楚分非吳分故言寄曜寓精也善曰漢書曰越地婺女之分野楚地翼軫之分野周禮曰正南曰荊州其鎮衡山漢書南海有龍川縣南越志縣北有龍穴山舜時

婺下十八字一本異今從此

胡

别本作茀舊注音拂

虹 㴄

呂延濟曰𡾋冥鬱岪並山高險之貌也

呂向曰潰水暴至聲也

有五色龍乘雲出入此冂爾雅曰林外謂之坰爾其山澤則嵬嶷嶢屼𡾋冥鬱岪潰泮汗滇㴄淼漫或湧川而開瀆或吞江而納漢磈磈磈磈滮滮澌澌𥗉碒乎數州之間灌注乎天下之半山之大者衡嶽澤之大者彭蠡地理志曰彭蠡澤在豫章彭澤西會稽餘姚縣蕭山潘水所出嵬嶷高大皃𡾋冥鬱岪山氣暗昧之狀䖧虹泮汗謂直望無崖也滇㴄淼漫山水闊遠無崖之狀錢塘縣武林水所出龍山故曰涌川九江經廬山而東故曰開瀆禹貢曰三江既入震澤底定故曰吞江又曰漢水東爲滄浪南入于江故曰納漢磈磈石在山中之貌澌澌水流行聲勢也𥗉碒山深險連延之狀荆揚交廣數州之間土地闊遠故曰天下之半善曰嶷魚力切字指曰岦秃山也五骨切埤蒼曰岪鬱山皃扶勿切泧胡東切滇通見切㴄莫見切淼水皃音眇磈胡罪切嶷力罪切澌古旦切百川派别歸海而會控清引濁混濤并瀨濆薄沸騰寂寥長邁渟焉洶呼恭切洶隱焉礚礚字說曰水別流爲派濤大波也瀨急湍也長邁不回之意礚苦蓋切善曰尚書大傳曰百

何

侃訂

胡紹瑛謂鯸鮐爲鮭之合聲　即今之河豚

川趨于海洶洶礚礚皆水聲也出乎大荒之中行乎東極之外經扶桑之中林包湯谷之滂沛潮波汩起迴復萬里歊霧蓬浡雲蒸昏昧大荒謂海外也爾雅曰孤竹北戶西王母日下謂之四荒孤竹在北北戶在南日下在東西王母在西皆四方荒昏之國也又曰東至大遠西至邠國南至濮鈆北至祝栗謂之四極謂四方之極極遠也言大荒東極扶桑湯谷者謂海外彌廣無所不連也潮波汩起言水彌廣汩急疾无所不至歊霧水霧之氣似雲蒸昏暗不明也善曰扶桑湯谷已見上文蓬薄工切浡蒲昧切泓澄奫潫澒溶沆戶朗瀁余兩莫測其深莫究其廣澶湉漠而無涯惣有流而爲長瓌異之所叢育鱗甲之所集往善曰說文曰泓下深大也澄湛也奫潫迴復之貌皆水深廣闊也奫於旻切潫於權切澒胡孔切溶余腫切澶湉安流貌澶音纏湉音恬瓌異龜魚皆在水中生長於是乎長鯨吞航修鯢吐浪躍龍騰蛇鮫鯔琵琶王鮪偉鯸鮐鮣印龜鱕鯌烏賊擁劍

鐇

二字刪

以

黿古侯鼉辟鯖鰐涵泳乎其中航舡之别名異物志云鯨魚長者數十里小者數十丈雄曰鯨雌曰鯢或死於沙上得之者皆無目俗言其目化爲明月珠鄧析子曰釣鯢者不於清池一說曰鯨猶言鳳鯢猶言皇也異物志曰朱厓有水蚿鮫魚出合浦長二三尺背上有甲珠文堅强可以飾刀口可以爲鑢鯔魚形如鯢長七尺吳會稽臨海皆有之琵琶魚無鱗其形似琵琶東海有之鱌鮯魚狀如科斗大者尺餘腹下白背上青黑有黃文性有毒雖小獺及大魚不敢餤之蒸煑餤之肥美豫章人珎之鯽魚長三尺許無鱗身中正四方如印扶南俗云諸大魚欲死鯽魚皆先對之鱔鯌有橫骨在鼻前如斤斧形東人謂斧斤之斤爲鱔故謂之鱔鯌魚二十餘種此其尤異者此魚所擊無不中斷也有出入鯌子朝出求食暮還入母腹中皆出臨海烏賊魚腹中有藥擁劒蟹屬也從廣二尺許有爪其螯偏大大者如人大拇長二寸餘色不與體同特正黃而生光明常忌護之如珍寶矣利如劒故曰擁劒其一螯尤細主取食出南海交趾黿鼉龜屬也其形如笠四足縵胡無指其甲有黒珠文采如瑇瑁可以飾物肉如龜肉肥美可食鯖魚出交趾合浦諸郡鰐魚長二丈餘有四足似鼉喙長三尺甚利齒虎及大鹿渡水鰐擊之皆中斷生則出在沙上乳卵卵如鴨子

尤延之以爲即河豚

佩改

胡

有误

別本作鶖鳥舊音勅

喝刪

亦有黃白可食其頭琢去齒旬日閒更生廣州有之涵沉
也楊雄方言曰南楚謂沉爲涵泳潛行也見爾雅言已上
魚龍潛沒泳其中善曰莊子曰吞舟之魚蕩而失水周易
曰見龍在田或躍在淵楚辭曰騰蛇兮後從文子曰騰蛇
無足而騰鯔音菑鮐音夷鯆甫表
切鯌甫亦切鰐五洛切涵音含
葺入七鱗鏤甲詭類舛
錯泝素洄順流噞喁沉浮葺累也甲謂龜甲也楚辭曰魚
葺鱗以自別噞喁魚在水中羣
出動口貌善曰毛詩曰泝洄從之道阻且長
淮南子曰水濁則魚噞喁噞牛檢切喁魚凶切
鳥則鶢鶋鸀
燭鳿玉鸘霜鵠鷺鴻鶢爰鶋居避風候鴈造報七江鸂鶒鷛
䴈鶄青鶴鶖鶬鸛鷗鷁激七鸕氾濫乎其上鸀鷄鳥也好鳴鸀
鳿水鳥也鶖如鷺
而大長頸赤目其毛辟水毒丹陽鄱陽皆有之鶢鶋鳥也
似鳳左傳曰海鳥爰居止魯東門外三日臧文仲使國人祭
之不知其鳥以爲神也鸂鶒水鳥也色黃赤有斑文食短
狐蜮在水中無毒江東諸郡皆有之鷛䴈似鴨而鷄足鶄
鸛出南海桂陽諸郡善曰候鴈已見南都賦毛詩曰有鶖
在梁毛萇詩傳曰禿鶖也蒼頡篇曰鷗大如鳩郭璞山海

文五　五

七字误

胡紹瑛曰湛淡搖蕩之皃猶澹淡也注未諦

二漪改猗

疑正文及劉注皆本作猗不然善必有說不得但於己注中改字而已

耴據音當作耴竹乙切非輒所从之耴字也

王仲寶褚淵碑文注引盪作蕩

本書江賦駭崩浪而相礧善注相礧相擊也漢書陳遵傳注礧擊也此雷抃之雷與礧音義並同

經注曰鷗水鷄也鸕音盧鷀音茲鶖音秋湛淡羽儀隨波參差理翮整翰容

與（善本作）自翫彫啄蔓藻刷盪漪瀾湛淡迅疾皃漪瀾水波也彫啄鳥食皃蔓藻海藻之屬也

善曰說文曰刷刮也漪蓋語辭也毛詩曰河水清且漣漪爾雅曰大波爲瀾魚鳥聱耴萬物蠢

昌允生芒芒黙黙慌呼廣罔奄欻許勿神化翕忽函幽育明窮性

極形盈虛自然蚌蛤珠胎與月虧全巨鼇贔備屓許器首

冠靈山大鵬纘翮翼若垂天振盪汪流雷抃重淵般上聲動

宇宙胡可勝原蠢動也黙黙絕遠皃奄欻去來不定之意翕忽疾皃函幽育明皆謂珠玉光耀之狀

也窮性極形物皆極之（大）也呂氏春秋曰月望則蚌蛤實月晦則蚌蛤虛列仙傳曰鼇負蓬萊山而抃滄海之中贔屓

用力壯皃莊子曰北溟有魚名鵾化爲鵬怒而飛翼若垂天之雲鵬之將徙於南溟水擊三千里摶扶摇而上九萬

里示振盪之狀也汪流水深皃其聲勢之不可勝盡也淮南子曰虛廓生宇宙宇宙生天地者也善曰聱耴衆聲也埤蒼云聱

與善時訂劉注之誤其實劉亦連擊耳晉初尚不拘偏旁字也

廣雅釋詁一源度也

无書字

不聽也魚幽切聏牛乙切杜篤論都賦曰蠢蝡生萬類黖黖不明貌許既切春秋保乾圖曰日以圓照月以虧全宋均曰全十五日時也列子夏革曰渤海之東曰歸墟其中有五山焉帝命禺强使巨鼇十五舉首而戴五山峙而不動玄中記曰鼇巨龜也西京賦曰巨靈贔屓王逸楚辭注曰擊手曰抃音卞

島嶼序緜邈洲渚馮平隆崇曠瞻迢遞迥眺冥蒙珍怪麗奇隙充徑路絕風雲通洪桃屈盤丹桂灌叢瓊枝抗莖而敷蘂珊瑚幽茂而玲瓏

島海中山也嶼海中洲上有山石魏武蒼海賦曰覽島嶼之所有綿邈廣遠貌水中可居曰洲小洲曰渚曠瞻迢遞謂島嶼也馮隆高貌迢遞遠貌迥眺冥蒙謂洲渚深奧之貌言珍怪之物麗於島嶼之中徑路絕者人道斷絕風雲通者唯風雲能交通也意者謂奇怪之徒因風雲以交通水經曰東海中有山焉名曰度索上有大桃屈盤三千里桂生蒼梧交趾合浦以南山中所在叢聚無他雜木也其枝葉皆辛木叢生曰灌瓊樹生其華蘂仙人所食令人長生楚辭曰精瓊蘂以為糧蓬萊三山神仙所居故宜有焉漢書歌曰上蓬萊咀瓊英珊瑚樹赤色有枝無華扶南傳曰漲海中有盤石珊瑚生其上玲瓏明貌善曰後

有误

佩

斐　羌注同　别本及王元長曲水詩序注引作羌此有劉注不當輒改

二字有误

漢黎陽山碑曰山河馮隆有精英芬朱穆鬱金賦曰丹桂植其東莊子曰南方積石千里名瓊枝高百二十仞增岡重岨列真之宇玉堂對霤石室相距藹藹翠幄嫋嫋素女江斐於是往來海童於是宴語斯實神妙之響象嗟難得而覼縷玉堂石室仙人居也海童海神童也吳歌曲曰仙人齎持何等前謁海童爾雅曰嗟楚人發語端也善曰馮衍爵銘曰富如江海壽配列真道書曰上曰神次曰仙人下曰真人楚辭曰紫貝闕兮玉堂鄭玄禮記注曰堂前有承霤列仙傳曰赤松子常止西王母石室中藹藹盛貌徐幹齊都賦曰翠幄浮游埤蒼曰嫋嫋美也奴鳥切史記曰秦帝使素女鼓五十絃瑟神異經曰西海有神童乘白馬出則天下大水王延壽王孫賦曰嗟難得而覼縷覼力戈切爾乃地勢坱圠卉木䖂蔓遭藪為圃值林為苑異荂蓲蘛音夏曄于輒冬蒨方志所辨中州所羡坱圠莽沕也高下不平貌也卉百草揔名楚人語也有木曰苑有草曰圃言林藪非一所在皆為苑圃有國有家者因天地之自然不復假人功為醫圃也爾雅曰荂榮也蓲華也敷蘛華開貌南土草

雲光殿賦注改

此今莊子逸文

二字有误疑當作爾雅注即釋嗟咨髮也之文胡公肥改大謬

木通冬〻生故曰舊善曰鵬鳥賦曰坱圠無垠坱烏朗
切圠烏八切廣雅曰夭長也烏老切苓枯瓜切爾雅曰
蕍榮也郭璞曰蕍蕍猶敷蕍亦草之貌也
蓲與蕍同庾俱切蓲與敷同無俱切

草則藿蒳豆蔻

薑彙非一江蘺之屬海苔之類綸組紫絳食葛香茅莫侯

石帆水松東風扶留

異物志曰藿香交趾有之豆蔻生交趾其根似薑而大從根中生形似益智皮殼小厚核如石榴辛且香蒳草樹也葉如栟櫚而小三月採其葉細破陰乾之味近苦而有甘并雞舌香食之益美薑彙大如累氣猛近於臭南土人擣之以爲虀蓤一名廉薑生沙石中薑類也其累大辛而香削皮以黑梅并鹽汁漬之則成也始安有之彙類也易曰拔茅連茹以其彙征吉所謂薑彙非一也江蘺香草也楚辭曰扈江蘺海苔生海水中正青狀如亂髮乾之赤鹽藏有汁名曰濡苔臨海出之爾雅曰綸似綸組似組東海有之紫紫菜也生海水中正青附石生取乾之則紫色臨海常獻之絳絳草也出臨賀郡可以染食葛蔓生與山葛同根特大美於芋也豫章閒種之香茅生零陵石帆生海嶼石上草類也無葉高尺許其華離婁相貫

別本作曰
此不當有

误字

一作樓

豫章注同

據引說文字當如此

古

連雖無所用然異物也死則浮水中人於海邊得之希有見其生者水松藥草生水中出南海交趾東風亦草也出九真扶留藤也緣木而生味辛可食檳榔者斷破之長寸許以合石貢灰與檳榔并咀之口中赤如血始興以南皆有之善曰蒳音納蔻火豆切槀音謂編古頑切布濩皐澤蟬聯陵丘夤緣山嶽之𡶅羃歷江海之流扤白蔕銜朱蕤鬱兮葳茂曄兮菲菲光色炫晃芬馥肸蠁職貢納其包匭離騷詠其宿莽布濩遍滿貌蟬聯不絶貌夤緣布藤上貌羃歷分布覆被貌許氏記字曰𡶅陬隅而山之節也扤搖也蔕花本也菲菲花美貌也方言曰凡草生而初達謂之葰芬馥色盛香散狀包裹也匭猶結也尚書禹貢曰包匭菁茅菁茅生桂陽可以縮酒給宗廟異物也重之是故既包裹而又纏結之一曰匭柙也爾雅曰卷葹草拔其心不死江淮間謂之宿莽屈原嘉之以其志故離騷曰夕攬洲之宿莽善曰毛萇詩傳曰扤動也淮南子曰草木之勾萌銜㭉載實說文曰甤草木華垂貌肸蠁已見蜀都賦夤緣出也𡶅音節葰以稅切甤汝誰切

木則楓柙甲櫲樟栟櫚枸古候桹緜杬杶櫨文欀楨

春

陳　胡　即說文　有誤

注及別本君遷南

掩音晻

橿平仲桾櫏松梓古度楠榴之木相思之樹楓柙皆香木名也櫲樟木也異物志曰栟櫚椶也皮可作索枸桹樹也直而高其用與栟櫚同栟櫚出武陵山枸桹出廣州木緜樹高大其實如酒杯皮薄中有如絲緜者色正白破一實得數斤廣州日南交趾合浦皆有之杬大樹也其皮厚味近苦澀剥乾之正赤煎訖以藏衆果使不爛敗以增其味豫章有之杬櫨二木名文文木也材密緻無理色黑如水牛角日南有之欀木樹皮中有如白米屑者乾擣之以水淋之可作餅似麵交趾盧亭有之楨櫨二木名劉成曰平仲之木實白如銀君遷之樹子如瓠形松梓二木名古度樹也不華而實子皆從皮中出大如安石榴正赤初時可煮食也廣州有之南榴木之盤結者其盤節文尤好可以作器建安所出最大長也相思大樹也材理堅邪斫之則文可作器其實如珊瑚歷年不變東治有之善曰桹音郎杬音元杶勑倫切欀音襄楨音貞宗生高岡族茂幽阜擢本千尋垂蔭萬畝攢柯挐莖重葩殗葉輪囷虯蟠埇𡑋鱗接榮色雜糅綢繆縟繡宵露霮徒感䨴徒外旭日晻烏感[illegible]與風颻摇颺樣

无好字

猨。注及別本

縣 捿。別本

猓然一作果然。御覽獸部二十二引山海經曰果然獸似獼猴以名自呼色蒼黑羣行老者在前少者在後得果食輒与老者似有義焉

颮（幼）瀏颼（搜）飀（留）鳴。條律暢。飛音響亮。蓋象琴筑竹并奏。笙竽俱唱。宗生宗類而生於高山之脊故名宗生族茂言種族緐多也擢本高聳皃八尺曰尋言婆娑覆萬畝之地莊子匠石見樹百圍其臨千仞而後有枝此大樹之屬也善曰許慎淮南子注曰挐亂也女居切殑重也葉重疊貌於劫切鄒陽上書曰輪囷離奇輪囷謂屈曲貌蚪蟠謂樹如龍蛇之盤屈相糾也埤㙲枝柯相重疊貌埤楚立切㙲除立切縟繡言草木花光似繡文綢繆花采密貌霮䨴露垂貌毛詩曰旭日始旦㫲亦闇也房妹切颮瀏風聲也颮於酉切瀏力久切颼所求切飀音留律謂籟也殷仲文所謂幽律是也言木枝葉與風搖蕩作聲如律呂之暢說文曰筑似箏五絃之樂也世本曰隨作笙鄭玄周禮注曰三十六簧也

其上則猨（有猨）父哀吟。貚子長嘯。狖鼯吾猓古火然。騰趠飛超。爭接縣垂。競游遠枝。驚透沸亂。牢落翬散。吳越春秋曰越有處女出於南林之中越王使使聘問以劒戟之事處女將北見於越王道逢老翁自稱袁公問處女吾聞子善爲劒術願一觀之女曰妾不敢有所隱唯公試之於是袁公即跳於林竹槁折墮地處女即接末袁公操本以刺處女女應節入三入因舉枝擊之袁公即飛上樹化爲白猿遂引去貚子猿類猿身人面見人嘯異

羨文 侃

騰　五臣烏作於　注同　塗　南误　枝

物志曰狖猿類露鼻尾長四五尺居樹上雨則以尾塞
鼻建安臨海皆有之鼺大如猿肉翼若蝙蝠其飛善從
高集下食火煙聲如人號一名飛生飛生子故也東呼
諸郡皆有之猓然猿狖之類居樹色青赤有文日南九
真有之楊雄方言曰透驚也善曰山海經曰獄法之山
有獸狀如犬人面見人則笑名㹕㹕胡奔切枚乘兎園
賦曰騰涌雲亂葉暈散狖余
幼切趫吐教切超士弔切其下則有梟羊麡儕狼猰
㺄貙勑俱象烏菟之族犀兕之黨鉤爪鋸牙自成鋒穎精
若燿星聲若震霆名載於山經形鏤於夏鼎爾雅曰梟羊一名萬
萬如人面長脣黑身有毛反踵見人則笑左手操管海
南經所云也異物志云麡狼大如麋角前向有枝下出
反向上長者四五尺廣州有之常居平地不得入山林
山海經曰南海之外有猰㺄狀如貙龍首食人貙虎屬
也或曰能化爲人也象生九真日南山中大者其牙鼻
長一丈於菟虎也江淮閒謂虎爲於菟犀狀如水牛頭
似猪四足類象蒼黑色一角當額上鼻上角亦墮也又
有小角長五寸不墮性好食棘口中灑血武陵巳南山

佩　胡据下注　古文苑　一作塗　佩曰蒼

林 別本 注 由法同

中有之兕獸也似牛左傳曰昔夏之方有德也遠方圖物貢金九牧鑄鼎象物而爲之備使人知神姦故人入山澤林藪不逢不若魑魅魍魎莫能逢之故曰形鏤於夏鼎薛綜曰㺄在西切猰於八切貐以主切淮南子曰勾爪鋸牙於是摯矣禮記曰刀却刃授穎鄭玄曰穎鐶也摯伯陵荅司馬遷書曰有能見鋒穎之狀 其竹則篔簹𥯨篍 於桂箭射筒柚由梧有篁篻簩有叢 皆竹名也 異物志曰篔簹生水邊長數丈圍一尺五六寸一節相去六七尺或相去一丈廬陵界有之始興以南又多小桂夷人績以爲布葛𥯨篍於是袁公所與越女試劍竹者也桂竹生於始興小桂縣大者圍二尺長四五丈箭竹細小而勁實可以爲箭通竿無節江東諸郡皆有之射筒竹細小通長長丈餘亦無節可以爲射筒筒及由梧竹皆出交阯九眞篻竹大如戟槿實中勁强交阯人銳以爲矛甚利簩竹有毒夷人以爲觚刺獸中之則必死篔于君切篻芳眇切簩音勞 苞筍抽節往往縈結綠葉翠莖冒霜停雪 橚矗森萃 蓊茸 而勇 蕭瑟 檀欒 蟬蜎 玉潤碧鮮 梢雲

胡 侃 胡

莊子秋水篇南方有鳥其名鵷鶵

○一云善作劉　劉注二榴同

無以踰嶰谷弗能連鸑鷟食其實鵷鶵擾其間苞筍冬筍也出合浦
其味美於春夏時筍也見馬援傳漢書天文志曰是用雲其
說梢如樹也嶰谷崑崙北谷也漢書律歷志黃帝詔伶倫爲
音律伶倫乃之崑崙山之陰嶰谷之中取竹斷之以其厚均者
吹之以爲黃鍾之管鸑鷟鳳鶵也鵷鶵鳳類也非
梧桐不棲非竹實不食黃帝時鳳集東園食帝竹實終身不
去馴擾善也善曰橚矗長直貌蓊茸茂盛貌蕭瑟聲也冒犯
也嬋娟言竹妍雅也橚所六切矗丑六切枚乘兎園賦
曰脩竹檀欒夾水碧鮮言竹似之也梢雲山名出竹其果
則丹橘餘甘荔枝之林檳榔無柯椰葉無陰龍眼橄欖
棎榴禦霜結根比景之陰列挺衡山之陽薛瑩荊揚巳南異物志曰餘甘如梅
李核有刺初食之味苦後口中更甘高涼建安皆有之荔枝
樹生山中葉綠色實赤肉正白味大甘美檳榔樹高六七丈正直
無枝葉從心生大如楯其實作房從心中出一房數百實實
如鷄子皆有殼肉滿殼中正白味苦澀得扶留藤與古賁灰
合食之則柔滑而美交趾日南九眞皆有之椰樹似檳榔無
枝條高十餘尋葉在其末如束蒲實大如瓠繫在樹頭如掛物

三句再校　佩

○胡

也實外有皮如胡桃核裏有膚膚白如雪厚半寸如豬膏味美如胡桃膚裏有汁升餘清如水美如蜜飲之可以愈渴核作飲器也龍眼如荔枝而小圓如彈丸味甘勝荔枝蒼梧交趾南海合浦皆獻之山中人家亦種之橄欖生山中實如雞子正青甘美味成時食之益善始興以南皆有之南海常獻之探探子樹也生山中實似梨冬熟味酸丹陽諸郡皆有之榴榴子樹也出山中實亦如梨核堅味酸美交趾獻之善曰橄音敢欖音覽探市瞻切漢書音義如淳曰比景日中於頭上景在巳下故名之比景比方利切一作北景云漢武時日南郡置北景縣言在日之南向北看日故名宋玉笛賦曰余嘗觀於衡山之陽

素華斐丹秀芬臨青壁系紫房鷓鴣南翥而中留孔雀綷羽以翱翔山雞歸飛而來棲翡翠列巢以重行

鷓鴣如雞黑色其鳴自呼或言此鳥常南飛不北豫章已南諸郡處處有之孔雀尾長六七尺綠色有華彩朱崖交趾皆有之在山草中山雞如雞而黑色樹棲晨鳴令所謂山雞者鷩蛦也合浦有之翡翠巢於樹顛生子夷人稍徙下其巢子大未飛便取之皆出於交趾鬱林郡

其琛賂則琨瑤之阜銅鍇之垠火齊之

頳注同

此有梲文　焯案金華下梲金有華有三字

頳ニ

寶駭雞之珍頳丹明璣金華銀樸紫貝流黃縹碧素玉隱賑崴嵬雜插幽屏必井精曜潛頴若陊直氏山谷碕岸爲之不枯林木爲之潤黷隋侯於是鄙其夜光宋王於是陋其結緑琛寶也賂貨也詩曰來獻其琛大賂南金琨瑤皆美石也鍇金屬也禹貢揚州貢金三品謂金銀銅也異物志曰火齊如雲母重沓而可開色黃赤似金出日南頳赤也丹丹砂也出山中有穴禹貢荊州貢丹璣珠屬蜀也朱崖出珠金華銀朴銀之在石者紫貝以色言之流黃土精也淮南子曰夏至而流黃澤縹碧素玉者亦以色言也硩者言其硩擿而陊落山谷者淮南子曰積疊琁玉以純脩碕張衡南都賦曰隋珠夜光張禄先生曰宋有結緑隋侯宋王於此各鄙其寶也善曰尚書曰瑤琨篠蕩孝經援神契曰神靈滋液則犀駭雞宋衷曰角有光鷄見而駭驚也劉欣期交州記曰金華出珠崖謂金有華采者埤蒼曰崴嵬不平也又重累貌崴烏乖切嵬故乖切幽屏謂生處也潛頴謂潛深而有光頴說文硩擿空青珊瑚墮之珠玉潛伏土石閒隨四時長故硩陊落

一作頳

陵鯉余鄉名角蟻

此

山谷之土石也潤臓也黷黑茂貌硩勑列切孫卿子曰言無小而不聲行無隱而不形玉在山而木潤淵生珠而崖不枯許慎淮南子注曰碕長邊也巨依切其荒陬子侯譎決詭則有龍穴內蒸雲雨所儲陵鯉若獸浮石若桴雙則比目片則王餘窮陸飲木極沈水居泉室潛織而卷綃淵客慷慨而泣珠開北戶以向日齊南冥於幽都陬四隅謂邊遠也湘東新平縣有龍穴穴中黑土天旱人人便共以水沾穴則暴雨應之常以此請雨也陵鯉有四足狀如獺鱗甲似鯉居土穴中性好食蟻楚辭曰陵魚曷止王逸曰陵魚陵鯉也浮石體虛輕浮在海中南海有之桴舟也比目魚東海所出王餘魚其身半也俗云越王鱠魚未盡因以殘半棄水中為魚遂無其一面故曰王餘也朱崖海中有渚東西五百里南北千里無水泉有大木斬之以盆甕承其汁而飲之水居鮫人水底居也俗傳鮫人從水中出曾寄寓人家積日賣綃綃者竹孚俞也鮫人臨去從主人索器泣而出珠滿盤以與主人日南人北戶猶日北人南戶也善曰尚書曰宅朔方曰幽都謂日既在北則南冥與幽都

沈休文奏彈王源注引㝗作竅

○當作以改

也 別本

同王餘泉客皆見博物志窮陸見後漢書史記曰秦始皇地南至北向户北據河爲塞其四野則畛畷綴無數膏腴兼倍原隰殊品窊隆異等象耕鳥耘此之自改與穱捉秀菰孤穗詞翠切於是乎在畛畷謂地廣道多也舊井田閒有徑有畛善曰鄭玄毛詩箋曰畛舊田有徑路也之引切說文曰畷兩陌閒道也知衛切又陟劣切說文曰窊汙邪下也於瓜切越絕書曰舜葬蒼梧象爲之耕禹葬會稽鳥爲之耘左傳曰生人之道於是乎在煑海爲鹽採山鑄錢國稅再熟之稻鄉貢八蠶先之緜善曰史記曰吴有豫章郡銅山吴王濞則招致天下亡命者盜鑄錢者煑海爲鹽國用富饒異物志交趾稻夏熟農者一歲再種劉欣期交州記曰一歲八蠶繭出日南也徒觀其郊隧之內奧都邑之綱紀霸王之所根柢帝開國之所基趾郛郭周匝重城結隅通門二八水道陸衢所以經始用累千祀憲也紫宮以營室廓廣庭之漫漫

有樓

寒暑隔閡五蓋於邃宇虹蜺回帶於雲館所以跨跱煥炳萬里也爾雅曰柢本也吳與周並𠀍稱王自泰伯至闔閭二十五世矣夫差益强大得爲盟主故曰霸王之所根柢也越絕書曰吳郭周匝六十八里六十步大城周匝四十七里二百一十步水門八陸門八其二有樓名門者車船並入邑門今見在銅柱石填地大城中有小城周十二里亦有水陸門皆闔閭宮在高平里言經營造作之始使子孫累代保居也漫漫長遠貌寒暑所閡謂冬溫夏涼善曰西都賦曰虹蜺迴帶於棼楣造姑蘇之高臺臨四遠而特建帶朝夕之濬池佩長洲之茂苑窺東山之府則瓌寶溢目覼海陵之倉則紅粟流衍姑蘇吳臺名也善曰越絕書曰吳王夫差起姑胥之臺五年乃成高見三百里史記曰越伐吳敗之姑蘇漢書伍被曰子胥云見麋鹿遊姑蘇之臺然姑胥即姑蘇也漢書枚乘上書曰夫漢諸侯方輸錯出其珍怪不如東山之府轉粟西向不如海陵之倉修治上林圈守禽獸不如長洲之苑遊曲臺臨上路不如朝夕之池蔡邕月令章句穀藏曰倉蒼頡篇曰覼索視之貌師蟻切漢書太倉

别本作槐

之粟紅腐而不可食起寢廟於武昌作離宮於建業闡闔閭之所營采夫差之遺法抗神龍之華殿施榮楯而捷獵崇臨海之崔巍飾赤烏之韡華曄暀吳志曰前吳都武昌在豫章後都建業在丹陽孫權自會稽徙治丹陽建業人皆不樂徙故爲歌曰寧飲建業水不向武昌居言離宮者明非吳舊都也神龍建業正殿名臨海赤烏皆建業吳大帝所太初宮殿名也捷獵高顯貌越絕書曰昔越王勾踐欲伐吳大夫種對以九術於是作榮楯嬰以白璧鏤以黃金狀類龍蛇以獻吳王夫差夫差大悅子胥諫曰王勿受也王不聽遂受之以飾殿也闔閭造吳城郭宮室其子夫差嗣增崇後靡孫權移都建業皆學之故曰闔閭闔閭之所營采夫差之遺法而施榮楯也春秋左氏傳曰夫差次有臺榭陂池焉玩好必從歡樂是務東西膠葛南北崢嶸房櫳對櫎晃連閣相經闇闥譎詭異出奇名左稱彎碕右號臨硎善曰膠葛長遠貌崢嶸深邃貌魯靈光殿賦曰洞膠葛其無垠說文曰櫳房室之疏也又曰櫎帷屏屬然則門之廡通名櫎櫎音晃槐音義同彎碕臨硎閣閭名也吳後主起昭明宮於太初之東閤彎碕臨硎二門彎碕宮東門臨硎宮西門碕巨依切硎口耕切彫欒鏤楶青瑣丹楹圖以

文五　十三

何　一無此三十三字

一無此十字作二字　作字依補

卷二十六謝玄暉鼓吹曲注引綠作淥

馬尉薛君韓詩章句以為章句中語

雲氣晝以仙靈雖兹宅之夸麗曾未足以少寧惠此屋於頃宫畢結瑶而構瓊楶栭也瑣戶兩邊以青畫爲瑣文楹柱也汲郡地中古文冊書曰桀築傾宫飾瑶臺紂作瓊室立玉門言其夸麗善曰鄭玄禮記注曰栭謂之楶音節左氏傳曰丹桓宫楹柱頭曰楹柱也高闈有閌洞門方軌朱闕雙立馳道如砥樹以青槐亘以緑水玄蔭耽耽清流亹亹善曰李尤德陽殿賦曰朱闕巖巖漢書音義應劭曰馳道天子之道毛詩曰周道如砥言其平直也漢書賈山上書曰秦爲馳道樹以青松然古之表道或松或槐也亘引也耽耽樹陰重貌韓詩曰亹水流進貌列寺七里俠棟陽路屯營櫛比解署基布横塘查下邑屋隆夸長千延屬飛甍舛互吴自宫門南出苑路府寺相屬俠道七里也解猶署也吴有司徒大監諸署非一也横塘在淮水南近家渚緣江築長堤謂之横塘北接柵塘查下查浦在横塘西隔内江自山頭南上十里至查浦建業南五里有山岡其間平地吏民雜居東長干中有大長干小長干皆相連大長干在越城東小長干在越西地有長短故號大小相干韓詩曰考盤在干地下而黄曰干櫛比喻其多也藏官物曰公廨醫巫所居曰署飛甍舛互言室屋之多相連下

一作亹進也

一本六十二字与此異

虞魏顧陸吳之舊姓也

張

之貌善曰應劭風俗通曰今尚書御史謁者所止皆曰寺俠棟棟相俠也古洽切陽路陽也毛詩曰其崇如墉其比如櫛

其居則高門鼎貴魁岸豪傑虞魏之昆顧陸之裔歧嶷繼體老成奕世躍馬疊跡朱輪累轍陳兵而歸蘭錡內設冠蓋雲蔭閭閻闐噎

魁岸大度也漢書曰江充為人魁岸又于公高門以待封又賈捐之傳曰石顯方鼎貴應劭曰鼎始也乃祖乃父已來皆貴故曰鼎貴也虞虞文秀魏魏周顧顧榮陸陸遜遂隆吳之舊貫也昆裔皆後世也岐嶷謂有識知也老成德之人養之乞言躍馬騰躍之謂言富貴也蔡澤傳曰躍馬肉食西京賦曰武庫禁兵設在蘭錡閭閻闐噎言人物遍滿之貌善曰毛詩曰克岐克嶷又曰雖無老成人謝承後漢書曰王公位二千石弈世相襲楊惲書曰方家隆盛時乘朱輪者十人

其鄰則有任俠之靡輕訬之客締交翩翩儐從弈弈出躡珠履動以千百里讌巷飲飛觴舉白翹關扛鼎拚射壺博鄱陽暴謔中酒而作

靡美也楊子法言曰聶政荆軻刺客之靡締結也賈誼過秦論曰締交白罰爵名也漢書曰引滿舉白鄱陽人俗性暴急何晏云鄱陽惡

何改是
胡依一本
与此異

顏延年三月三日曲水詩序注引奧作隩

戲難與曹也鄱陽本豫章縣善曰漢書曰季布爲任俠如淳曰相與信爲任同是非爲俠漢書述曰江都輕訬謂輕薄爲訬也締結也翩翩往來貌弈弈輕靡之貌高誘淮南子注曰訬輕利急疾也訬音眇史記曰趙平原君使人於楚楚相春申君處趙使欲夸楚爲玳瑁簪刀劍室皆以珠飾之請春申君春申君客三千餘人其上客皆躡珠履而迎之趙使大慙翹關扛鼎皆逞壯力之勁能招門開也列子曰孔子勁能招國門之關而不肯以力聞招與翹同扛舉也漢書曰項羽力能扛鼎又漢書贊曰元帝時覽見拚射孟康曰手搏爲拚壺投壺也禮有投壺論語曰不有博弈者乎於是樂只衎而歡飫無匱都輦殷而四奧來暨水浮陸行方舟結駟唱櫂轉轂昧旦永日昧旦清晨也左傳曰昧旦丕顯善曰毛詩曰其樂只且又曰嘉賓式宴以衎飫已見上文輦主者所乘故京邑之地通曰輦焉漢書曰殺身靡骨死事輦轂下四隩來方言四方之人皆來百櫂轉轂言遠人唱歌擿船乘車轉轂以向吳都楚辭曰青驪結駟齊千乘漢書曰轉轂百數毛詩曰且以永日衎苦旦切飫一據切開市朝而並納橫闤闠而流溢混品物而同廛并都鄙而爲一士女佇眙商賈駢坒紵衣

胡

𠍥言語不止也　上駁還同　亦作逭還䪨霣

段玉裁云升越當作竹越

謚注同

絺服雜沓從萃。輕輿按轡以經隧。樓船舉颿帆而過肆。果布輻湊而常然致遠流離與珂苦何珬遂混同也佇眙立視也今市聚人謂之立眙南方多絺葛故曰紵衣絺服也樓船船有樓也颿者船帳也地理志曰越多犀象玳瑁珠璣銅銀果布之湊黄支國多異物入海市明珠流離果橘柚之屬布箋紵之屬近海多寶物湊會處也珬老鵰化西海爲珬已裁割若馬勒者謂之珂珬者珂之本璞也日南郡出珂珬善曰楚辭曰覽涕而佇眙許慎淮南子注曰坒相連也扶必切羽獵賦曰萃從沇溶埤蒼曰從走貌先輩切隧向市路肆市路也漢書有樓船將軍珬音戌繅賄紛紜器用萬端金鎰磊砢力可珠琲步對闌干桃笙象簟韜於筒中蕉葛升越弱於羅紈丸繅蠻夷貨名也扶南傳曰繅貨布帛曰賄金二十四兩爲鎰史記曰趙孝成王一見虞卿賜黄金百鎰磊砢衆多貌琲貫也珠十貫爲一琲闌干猶縱横也桃笙桃枝簟也吴人謂簟爲笙又折象牙以爲簟也蕉葛葛之細者升越越之細者繅音藻𠍥譶澩㺞交貿相競諠譁喤呷芬

賨　義　賨

葩蔭映揮袖風飄而紅塵晝昏流汗霡脉霂沐而中逵泥濘善曰譶所立切蒼頡篇曰言語不止也竹立切譶衆相交錯之貌㗫胡巧切方言曰獿猥也奴巧切方言曰譁吁橫切讙通也說文曰呷吸也呼甲切紛葩謂舒張貨物使覆映史記蘇秦說齊王舉袂成帷揮汗成雨毛萇詩傳曰小雨謂之霡霂杜預左氏專注曰濘泥也奴定切富中之甿貨殖之選乘時射利財豐巨萬競其區宇則并疆兼巷矜其宴居則珠服玉饌越絕書曰富中大唐中也勾踐治以爲田肥饒故謂之富中珠服珠襦之屬以珠飾之也玉饌者尚書曰惟辟玉食言富中之甿貨殖之選者各利所以能豐其財也并疆踰田畝也兼巷踰里閭也言農人之富自相夸競善曰說文曰甿田人也孔安國尚書曰自賢曰矜射賨亦切趫起喬材悍壯此焉比廬捷若慶忌勇若專諸危冠而出竦劍而趨扈帶鮫函扶揄屬鏤力駒切秦零陵令上書曰荊軻挾匕首卒刺陛下陛下以神武扶揄長劍以自救胡非子曰解其長劍免其危冠離騷曰扈江離楚人謂

侃　侃　侃胡

○據舊音改去藏也五臣向曰言其兵仗不須出自武庫人皆有之

被爲扈鮫函鮫魚甲可爲鎧淮南子曰鮫革犀兕爲甲冑也周禮曰燕無函孟子曰矢人豈不仁於函人哉左傳曰吴賜子胥屬鏤以死凡此皆其器用之事義亦其土俗所能出有嘉服用也善曰成公綏洛禊賦曰趫才逸態習水善浮呂氏春秋曰吴王欲殺王子慶忌謂要離曰吾常以馬逐之江上而不能及射之矢左右滿抱而不能中髙誘曰慶忌吴王僚之子也走追奔獸接及飛鳥左傳曰吴公子光享王鱄諸寘劒於全魚中以進抽劒刺王遂殺闔閭

藏鍦於人去瞂自閭家有鶴膝戶有犀渠軍容蓄用器械兼儲吴鈎越棘純鈎湛盧戎車盈於石城戈船掩乎江湖

鍦矛也揚雄方言曰吴越以矛爲鍦瞂楯也鶴膝矛也矛骹如鶴脛上大下小謂之鶴膝犀渠楯也犀皮爲之國語曰奉父屖渠軍容軍之容表言矛劒等也司馬法曰古者軍容不入國國容不入軍軍容入國則人德廢國容入軍則人德弱越絶書曰闔閭既重莫耶乃復命國中作金鈎有人貪王賞之重殺其兩兒以血釁鈎遂成二鈎獻之闔閭詣官求賞王曰爲鈎者衆多而子獨求賞何以異於衆人之鈎乎曰我之作鈎也殺二子成兩鈎王曰

文五　十六

胡　王僚

左傳文十二年杜疏曰甲者所以制禦非常臨敵則被之於身未戰且坐之於地

舉鉤以示之何者是也於是鉤師向鉤而哭呼其兩子之名吳鴻扈稽曰我在此王不知汝之神也聲未絶於口兩鉤俱飛著於父之背吳王大驚曰嗟乎寡人誠負子乃賞之百金遂服其鉤爾雅曰棘戟也純鉤湛盧劒名也越絶書曰昔越王勾踐有寶劒五聞於天下客有能相劒者名薛燭王召而問之對曰歐冶子因天地之精悉其伎巧一曰純鉤二曰湛盧三曰莫耶四曰豪曹五曰巨闕石城石頭隝也在建業西臨江其中有庫藏軍儲戈船船下有戈也江湖二水名也善曰禮記曰越棘大弓天子之戎器也鄭玄曰越國名也考工記曰越鐵利可以爲戟環濟吳紀曰建安十七年城石頭越絶書伍子胥船有戈**露往霜來日月其除草木節解鳥獸腯膚觀鷹隼誡征夫坐組甲建祀姑命官帥而擁鐸將校獵乎具區**詩曰今我不樂日月其除國語曰本見而草木節解本氏也謂霜降之後生氣既衰草木枝葉皆節理解落也腯肥也左氏傳曰肥腯謂畜之碩大蕃滋也漢書曰鷹隼未擊矰弋不施於蹊隧於此時也可以戒戎夫左氏傳曰裹糧坐甲又曰組甲三千馬融曰組甲以組爲甲祀姑幡名麾旗之

侃

別本作𨌤三當爲肇
三误舊注五目檻

士

蜀也國語曰吳王夫差出軍與晉爭長昏乃戒夜中令服
兵擐甲陳王卒官帥擁鐸建祀姑此吳軍容之舊制也鐸
施號令而振之也周禮校人中大夫掌王田獵之馬十校
千二百九十六匹具區澤名也在吳之西善曰爾雅曰吳
越之間有具區烏滸忽古狼䑋呼光夫南西屠儋都含耳黑齒之酋自由金
鄰象郡之渠。驫駥飍矞。靸䨯譶捷。先驅前塗。異物志曰烏滸南夷別名
也其落在深山之中其種族爲人所殺則居其死所且伺殺
主若有過之者是與非則仇而食之狼䑋人夜覷金知其良
不夫南特有才巧不與衆夷同西屠以草染齒染白作黑儋
耳人鐻其耳匡夫南之外有金鄰國去夫南可二千餘里土
地出銀人衆多好獵大象生得其死則取其牙酋渠皆豪帥
也象郡今日南郡也又有象林郡善曰驫駥飍矞衆馬走皃
驫必幽切駥呼橘切飍香幽切矞以出
切靸䨯走疾皃靸素合切䨯徒合切俞騎騁路指南司
方出車檻檻被練鏘鏘吳王乃巾玉輅軺胡焦驌驦肅霜旂魚須
常重光攝烏頻烏號佩干將羽旄揚蕤雄戟耀芒貝胄象弭

胡

二字當作袀服皂服也

峭格即阱擭之擭　峭一作削格者格拒之意

織文鳥章六軍袀翊遵服四騏龍驤管子曰桓公北征孤竹見人長尺而人物具焉冠而右祛衣走馬管仲曰登山之神有俞兒者長尺人物具焉霸王之君興登山之神見且走馬前導也祛衣示前有水也右祛衣從右方涉也至卑耳之溪有贊水者從左方涉其深及冠從右方涉其深至膝已涉大濟也指南指南車也鬼谷子曰鄭人取玉必載司南之車爲其不惑也鏘鏘行步貌也左傳曰被練三千馬融曰被練爲甲者所服也玉輅以玉飾車也驌驦馬也左氏傳曰唐成公如楚有兩驌驦馬子常欲之不與三年止之唐人竊馬而獻子常子常歸唐侯馬融曰驌驦鳥也馬似之旍旗之屬周禮有巾車官又交龍爲旍以魚須爲柄也日月爲常重光謂日月畫於旍上也攝持也烏號柘名以爲弓淮南子曰烏號之弓不能無弦而射列女傳曰柘枝體動烏集其上被即舉彈烏乃哀號故號之干將劒名胄兜鍪以貝飾之弭弓末以象飾之鳥章染絲織鳥畫爲文章置於旍旗也左氏傳曰袀服振振袀同服也騏馬名善曰毛詩曰大車檻檻子虛賦曰靡魚須之撓旃史記趙良曰屈盧之勁矛干將之雄戟又曰胄貝朱綅又曰象弭魚服又曰織文鳥章又曰乘其四騏南都賦曰馬鹿超而龍驤山峭格周施罿罻普張

續漢志注

此非吳所有

蓼擾亂皃蓼与摎摎同

略例

騑

畢罕瑣結罠蹏連綱陆以九疑禦以沅湘輶軒蓼擾彀騎煒煌莊子曰峭格羅絡謂張網周遍罿罻畢罕皆鳥網也瑣結似瑣連結也連網言不絕也罠麋網蹏兔網周易曰蹄所以在兔得兔而忘蹄陆闌也因山谷以遮獸也禦禁也謂因沅湘爲藩落也楊雄羽獵賦曰禦自汧渭九疑山名沅湘水名輶輕也詩云輶車鑾鑣彀騎張弓弩之騎也峭七肖切罿童音衝罻音尉畢音畢罠民無貧切陆音袪禦音語彀古候切袒裼徒搏拔距投石之部猿臂骿脅狂趭獷猤鷹瞵鶚視趁䞶翋䎒若離若合者相與騰躍乎莽罠之野爾雅曰袒裼肉袒也詩云袒裼暴虎挼距謂兩人以手相案能挼引之也超踰躍也投石舉石以投擲也王翦傳曰投石拔距猿臂通肩也漢書李廣猿臂爲武騎常侍骿脅今骿幹也骿骿通史記商君傳趙良謂鞅曰君之出多力而骿脅者參乘左傳曰晉文公骿脅趭走也鷹瞵鶚視言勇士似之也善曰司馬相如大人賦曰騰而狂趭子召切說文曰犬獷不可附也古猛切猤壯勇之貌其翠切說文曰瞵目精也力辰切趁䞶翋䎒相隨驅逐衆多貌趁七感切翋力荅切䎒徒合切莽罠廣大貌莽莫浪切罠音

侃订

何改周易略例今訂略例未必為劉所引

胡

矜

善曰

說文砬石聲也玉篇砬亦拉字又磖石墮也菈擸并砬擸之後出字

爾雅釋文虥字林下甘反又云狄反郭璞云虥白虎也讀若寫鼎說文有虦無虥玉篇廣韻虦虥互見蓋莠文甘作𠃊与日形相

浪干鹵殳鋋暘以良切夷勃盧之旅長殺短兵直髮馳騁儇佻許緣坌並銜枚無聲悠悠旆旌者相與聊浪郎乎昧莫之坰干鹵皆楯也越絶書曰越王身披賜夷之甲挾勃盧之矛短兵刀劒也尚書曰稱爾干過秦論曰流血漂鹵廣雅曰殺矛也呼狄切楚辭曰車錯轂兮短兵接史記曰荊軻怒髮直衝冠方言曰儇佻疾也佻他吊切漢書曰相如弔二世曰坌入曾宮之嵯峩音義曰坋並也步寸切周禮銜枚氏下士鄭玄曰止言語讙囂也枚大如箸橫銜之毛詩曰有聞無聲又曰蕭蕭馬鳴悠悠旆旌悠悠流貌昧莫廣大貌聊浪放曠貌鉦征鼓疊山火烈熛林飛爓浮煙載霞載陰菈擸雷硠崩巒弛直氏岑鳥不擇木獸不擇音疊振疊也熛火爓也左傳曰鳥則擇木又曰鹿死不擇音鹿得美草呦呦而鳴至於困迫將死不暇復擇出音急之至也凡閑暇而有好聲逼急不擇音獸皆然非唯鹿也莊子亦曰獸死不擇音以雷硠之至故云鳥不擇木獸不擇音善曰說文曰鉦鐃也菈擸雷硠崩弛之聲菈朗荅切擸音獵硠音郎爾雅曰巒山墮山小而高曰岑｜虣虥虪

胡

近而誤衍也蘇文之秋反即彪字之形而知彪衍而彪宜据以訂正

蘼字亦無當而糅之誤字

二麖改麋

熚業蘼當爲貊之異字見集韻云豕聲

揗注　柳揚當乙

頳麖麈驀六駮追飛生彈鸞鷀射猱㹀白雉落黑鴆零陵絶嶚尞嶕兹遥聿越巉鋤咸險跇踰竹栢獑猨杞抻封狶𤞤神螭掩剛鏃祖禄潤霜刃染頳絆前兩足也莊子曰連之羈頳音徵麖大麖也桂林有麖山海經曰駮如馬白身黑尾一角鋸牙虎爪音如鼓能食虎也詩曰隰有六駮飛生䴎也師曠曰南方有鳥曰羌鵔黃頭赤目五色備也猱似猿奴刀切㹀音亭鴆鳥一名雲[illegible]黑色長頸赤喙食蝮蛇體有毒古人謂之鴆毒江東諸大山中皆有之左氏傳曰叔牙飲酖酒而死聿越豹走貌霜刃言其殺利也善曰毛詩曰不敢暴虎毛萇曰暴虎空手以搏也戲與暴同爾雅曰甝白虎明甘切虪黑虎音叔說文曰巂上馬也鵔音京史記曰跇萬里如淳曰跇超踰也跇曳切埤蒼曰獑猨逃也獑丑珍切猨耻傳切淮南子申包胥曰吳爲封狶脩蛇方言曰南楚人謂豬爲狶虛豈切𤞤狶聲呼學切於是弭節頓轡齊鑣駐蹕徘徊倘佯寓目幽蔚覽將帥之拳權勇與士卒之抑揚羽族以觜角距爲刀鈹披毛群以齒角爲矛鋏古業皆

胡　胡

體著（著池）而應卒（倉忽）所以挂扢而爲創（瘡）痏衝蹶而斷筋骨莫不衂鋭挫芒拉捭摧藏雖有石林之岝崿請攘臂而靡之雖有雄虺之九首將抗足而跐之離騷曰抑志弭節弭止行者也王者出入警蹕徜徉猶翺翔言吳之將帥皆有拳勇羽族鳥屬也毛群獸屬也鈹兩刃小刀也鋏刀身劒鋒有長鋏短鋏體著者著體而生也楚辭天問篇曰烏有石林此本南方楚圖畫而屈原難問之於義則石林當在南也楚辭招魂曰南方不可以止雄虺九首往來儵忽雖有石林雖有雄虺者蓋張誕之云非必臨時所遇善曰左氏傳曰得臣寓目焉毛詩曰無拳無勇拳與權同楚辭曰帶長鋏之陸離廣雅曰扢摩也公紇切蒼頡篇曰痏毆傷也爲軌切說文曰蹶觸也扶律切衂折傷也女六切拉頓折也捭兩手擊絶也布買切靡碎也廣雅曰跐蹋也且爾切顛覆巢居剖破窟宅仰攀鵽鶒俯蹴（七六）豺獏刦剖（凡）熊羆之室剽掠虎豹之落猩猩啼而就禽鸎鸎笑而

此又自注也正與異自駁其非去楊之言 侃

居綺切

此段文有誤　歈上或有而字　魂褫至錯繆有誤今訂之

被格屠巴蛇出象骼斬鵬翼掩廣澤山海經曰猩猩豕身人面異物志曰出交趾封溪有猩猩夜聞其聲如小兒啼也萬萬梟羊也巳解上章矣梟羊善食人大口其初得人喜而笑却脣上覆額移時而後食之人因爲筒貫於臂上待執人人即抽手從筒中出鑿其脣於額而得禽之張衡玄圖曰梟羊喜獲先笑後愁山海經曰巴蛇食象三歲而出其骨骼骨也其爲蛇青黃赤黑鵬翼大垂天也善曰許慎淮南子注曰鵕鸃鷩雉也鵕思俊切鸃音儀爾雅曰貘白豹音陌剖亦刲也廣雅曰落居也萬扶沸切骼音格輕禽狡獸周章夷猶狼跋乎紭中忘其所以睒睗失其所以去就魂褫氣懾而自踢跌者應弦飲羽形僨景僵者累積而增益雜襲錯繆傾藪薄倒岬岫巖穴無豜豵翳薈無麢鷚思假道於豐隆披重霄而高狩籠烏兔於日月窮飛走之棲宿周章謂章皇周流也楚辭曰君不行兮夷猶王逸曰夷猶猶豫也紭

此善例已見上二所本

闋

有誤侃案乎行二字皆羨文乎因下乎字而誤加以為偶句行則邪之誤也　焯案乎字宜有行邪二字必有一重為羨文漢書楊雄傳行睨垓下与彭城是行睨二字連文此西京賦有邅迡邪睨之語此本邪在行下當由後人以邪釋行或改行為邪仍未去行字耳

網網也蹝跋促遽皃踼跳皆頓伏也飲羽謂所射箭沒其箭羽也闕子曰宋景公以弓人之弓升虎圈之臺東向而射箭集彭城之東其餘力逸勁猶飲羽於石梁雜襲重疊也錯繆聊乱貌薄不入之叢藪澤別名言欲假道豐隆非實事也然欲窮髙極遠究變化備幽明之故設此云善曰毛詩曰狼跋其胡說文曰睒暫視也式冉切賜疾視也式亦切虩奪也直示切聲類曰踼跌也徒郎切漢書音義曰跌崩也蒲北切爾雅曰償僵也方問切許慎淮南子注曰岬山旁古押切爾雅曰山有穴曰岫毛萇詩傳曰獸三歲曰豣公妍切爾雅曰豕生三子曰豵子公切說文曰麢麢也音須又曰鶂鳥大鶵也力幼切楚辭曰吾令豐隆乘雲兮王逸曰豐隆雲師也春秋元命苞曰月兩設以蟾蠩與兔者陰雙居月中有兔已見

蜀都賦

嶰澗閴岡岵童罾罘滿效獲衆迴靶乎行邪睨觀魚乎三江汎舟航於彭蠡渾萬艘而既同閴空也易曰闃其無人爾雅曰山多草木曰岵岡山脊也童無草木也若童無角靶轡革也彭蠡澤名善曰爾雅曰小山別大山曰嶰山夾水曰澗毛萇詩傳曰太平山不童澤不竭聖主得賢臣頌曰王良執靶左氏傳曰公觀魚于棠尚書曰三江既入震澤底定彭蠡既豬說文

一千又六八

胡

此七文自注也

西京賦曰邐迤邪睨集乎長楊之宮此正擬其句法邪睨則竟用其字矣

別本作篙舊音高藁法同焯案藁乃藁之誤一作篙

曰艘船揔名㴹一作㴹㴹水會也嶰古買切舤船別名弘舸連舳，巨檻接艫，飛雲蓋海。制非常模，疊華樓而島跱，時髣髴於方壺，比鷁首而有裕，邁餘皇於往初。楊雄方言曰江湖凡大船曰舸舳船前也艫船後也船上下四方施板者曰檻也飛雲蓋海吴樓船之有名者皆彫鏤采畫有軒欄華檻之船也島跱謂似方壺蓬萊二山有宮闕左氏傳曰楚敗吴師獲其乘舟餘皇吴子光請於衆曰喪先君之乘舟豈唯光罪衆亦有焉善曰釋名曰上下重牀曰艦江表傳曰孫權乘飛雲大船吴志曰賀齊所乘船彫刻丹鏤望之若山方壺已見上文張組幃，構流蘇，開軒幌，鏡水區。槁工檝師，選自閩禺，習御長風，狎翫靈胥，責千里於寸陰，聊先期而須臾。流蘇謂翦繒綵垂於彫文之樓也水區河中也言開文軒光輝如鏡照川也閩越名也秦并天下以其地爲閩中郡班固述兩越傳曰悠悠外宇閩越東甌禺番禺也其彼地人便水方言云刺舩曰槁檝橈也淮南子曰來溪谷之流以象禺長風遠風也靈胥伍子胥神也昔吴王殺子胥於江沈其尸於江後爲神江海之間莫不尊畏

今本作槁

尤云洪流五臣作洪波

鉺宜作餌

[redacted]當為纚 據西京賦鱺鮋 纚

子胥將濟者皆敬祠其靈以爲性命舟檝之師獨能㧕
虩之也千里路之長也寸陰晷之短也言水靈輯睦浪
濤弭息取長路於短景獨能先期而到故有須臾之暇
也善曰西京賦曰長風激於別島越絶書曰子胥死王
使捐於大江口乃發憤馳騰氣若
奔馬乃歸神大海蓋子胥水仙也櫂謳唱簫籟鳴洪流
響渚禽驚弋磻波放稽鶬鶂虞機發留䴔鶄弋繳射也鶬鶂鳥也楚辭
曰從玄鶴與鶬鶂尚書曰若虞機張鄭氏注曰虞主田
獵之地者也機弩牙也䴔鶄鳥也似鳧頭上揔毛丑善
曰櫂謳已見西都賦說文曰
籟三孔籥也磻已見西京賦鉤鉺縱橫網罟接緒術兼
詹公巧傾任父筌䱭亘亘鱛鱺鮨鯋罩勑教兩魪罾罺側梢鰝
鰕乘鱟胡豆黿鼂鼉同罛共羅沈虎潛鹿馽縶龓僒束徽
鯨輩中於羣犗攙搶暴出而相屬雖復臨河而釣鯉
無異射鮒附於井谷易曰結繩而爲網罟以畋以漁詹
公詹何也任父任公子也莊周曰

玉篇鱟字注引山海經有此文廣韻五十候引作郭璞注今山海經郭注皆無之蓋佚文也　焯

兄罾足擇魚

巽九三

任公子爲大鉤巨繒五十犗牛以爲餌蹲會稽投竿東海已而大魚食巨鉤鉤没而下騖揚奮鬐白波若山海水震蕩任公子得若魚離餌之制河以東蒼梧以西莫不猒此魚者筌捕魚器今之斗罶也筌所以得魚也莊子曰得魚而忘筌罩籗也編竹籠魚者也詩云南有嘉魚烝然罩罩魪左右魪一目所謂比目魚也云須兩魚並合乃能游若單行落魄著物爲人所得故曰兩魪丹陽吳會有之罶巢抑魚之器也鱟形如惠文冠青黑色十二足似蟹足悉在腹下長五六寸雌常負雄行漁者取之必得其雙故曰乘鱟南海朱崖合浦諸郡皆有之罛魚網也詩云施罛濊濊虎魚頭身似虎或云變而成虎鹿頭魚有角似鹿同罛共羅言皆爲網罟所制獲也繫纚傗束者陷網罟之中見傗束也徽鯨魚之有力者也魚大者莫若鯨也故曰徽鯨也攙搶星也淮南子曰鯨魚死而彗星出易井卦曰九二井谷射鮒鄭玄云九二坎爻也坎爲水上直巽生妊艮爻也艮爲山山下有井必因谷水所生魚無大魚但多鮒魚耳言微小也夫感動天地此魚之至大射鮒井谷此魚之至小故以相況善曰列子曰詹何楚人也以獨繭絲爲綸芒針爲鉤荆篠爲竿剖粒爲餌引盈車之魚於百仞之淵鮔鱑鮪也鮔古贈切鱛鯵已見西京賦魪音介爾雅曰鰝大魚

胡

胡改生為九是

鰕音遐鼇音傲騊已見西京賦曰鸗兼有也力公切鸝
鳥賦曰僒若囚拘求殞切徽音輝說文曰犗騬牛也犗古
邁切騬以陵切結輕舟而競逐迎潮水而振緡密巾想萍實
之復形訪靈夔於鮫人精衛銜石而遇繳文鰩夜
飛而觸綸北山亡其翔翼西海失其遊鱗繳弋綸也緡綸皆釣
繳也詩曰其釣惟何惟絲伊緡善曰家語曰楚昭王渡江
得物如斗入王舟中王怪之使問孔子孔子曰此爲萍實
可剖而食之其甘如蜜唯王者能獲此吉祥也云先時童
謠曰楚王渡江得萍實大如斗赤如日剖而食之甘如蜜
引此事言今乘江流想復遇斯事也山海經曰東海中有
獸如牛蒼身無角一足入水則風其聲如雷以其皮冒鼓
聞五百里名曰夔鮫人居水中故訪之北山經曰發鳩之
山有鳥狀如烏而文首白喙赤足名精衛其鳴自呼赤帝
之女姓姜遊於東海溺而死不反常取西山木石以塡
東海西山經曰泰器之山濩水出焉是多鰩魚狀如鯉
魚身而鳥翼蒼文而白首赤喙常行西海而遊於東海
夜飛而行言吳之綸繳得此鳥魚故西海北山失其鱗翼

善曰萍實見家語
亂別本亂賁即字賁之轉語盛見賁詩經作斐
胡紹煐曰亂与懿同美也賁与斐同文也
說文曰

也戰國策曰夏水浮輕舟楊雄蜀都賦曰行舟競雕題之士鏤身之卒比飾虬龍蛟螭與對簡其華質則亂貴錦繢會料遼其虓勇則鶻悍狼戾善曰水經云雕題國在鬱林水南漢書曰昔少康之庶子封於會稽文身斷髮以避蛟龍之害蛟螭龍子也亂貴錦文貌於既切詩曰闞如虓虎火交切戰國策曰趙王狼戾無親戾力計切相與昧潛險搜瓌奇摸蝳代蝐捫觜蠵剖巨蚌於回淵濯明月於漣漪昧冒也巨蚌育明珠者列仙傳曰高后時會稽朱仲獻三寸四寸珠此非回淵巨蚌不出之也風行水成文曰漣漪詩曰河水清且漣漪明月珠珠之晄光者清且漣漪者水極麗也濯光珠於麗水盖美之善曰回淵水也觜子規切蠵呼圭切大龜也言天下川澤魚鳥虫獸瑰奇之物隱翳之處搜索使盡也說文曰眛目不明也門撥切謂之潛隱之穴也畢天下之至異詭無索而不臻谿壑為之一罄川瀆為之中去聲貧哂澹其臺之見謀聊襲海而徇珍載漢女於後

槐一字
胡
長已下一本無仍云此已劉注字与上正漪字一例昧字仍改

利

舟追晉賈而同塵徇求也襲入也于寶搜神記曰澹臺子羽齎璧渡河河風波忽起兩龍夾舟子羽奮劒斬龍波乃止登岸投璧於河河伯三歸之子羽毀璧而去漢女賈大夫已見西京賦老子曰和其光同其塵汩乘流以砰宕翼颸風之飀飀直衝濤而上瀨常沛沛以悠悠汔可休而凱歸揖天吳與陽侯汩疾也砰宕舟擊水貌飀飀風初貌颸疾風瀨水大波沛沛行貌悠悠亦行貌離騷曰滋颸風兮上征班固曰颸疾也凱樂也左氏傳曰振旅凱入于晉山海經曰朝陽之谷神爲天吳是水伯揖之者辭水靈而歸善曰詩曰汔可小康鄭玄曰汔幾也虛乞切陽侯見南都賦指包山而爲期集洞庭而淹留數軍實乎桂林之苑饗戎旅乎落星之樓置酒若淮泗積肴若山丘飛輕軒而酌綠酃方雙轡而賦珍羞班固曰洞庭澤名王逸曰太湖在秣陵東湖中有包山山中有如石室俗謂洞庭吳有桂林苑落星樓樓在建鄴東北十里左傳曰以數軍實外傳曰射不過講軍實鄭氏曰軍所以討獲曰實善

侃

胡

侃 此亦班氏释

謝朓之文

与蜀都注所

引皆碎金也

尤云登東歌五臣登作發

劉良曰翕習盛皃

曰周處風土記曰陽羨太湖中有包山左傳晉穆子曰有酒如淮有肉如坻史記云紂爲肉山也湘州記曰湘州臨水縣有酃湖取水爲酒名曰酃酒車騎行酒肉已見西京賦飲烽起釂鼓震真士遺倦衆懷欣幸乎館娃佳烏之宮張女樂而娛群臣羅金石與絲竹若鈞天之下陳吳俗謂好女爲娃楊雄方言曰吳有館娃宮善曰飲烽釂鼓鈞天並見西京賦左傳曰女樂二八登東歌操南音胤陽阿詠韎莫介任荊豔楚舞吳愉越吟翕習容裔靡靡愔愔晏子春秋曰桀作東歌南音徵引也南國之音也左氏傳曰鍾儀在晉使與之琴操南音商角徵羽各有引鍾儀楚人思在楚故操南音呂氏春秋曰禹行水見塗山之女未之遇而南省南土塗山之女乃令其妾往候禹于塗山之陽女乃作歌曰候人猗實始作爲南音周公召公取風焉胤繼也呂氏春秋曰陽阿古樂曲周禮曰韎東樂名任南樂名豔楚歌也漢書四面楚歌也愉吳歌也楚辭曰吳歈蔡謳翕習容裔音樂之狀靡靡愔愔言樂容與閑麗也善曰韎任已見東都賦曹植妾薄相行曰齊謳楚舞紛紛登樓賦曰莊舃顯而越吟史記曰紂作靡靡之樂左傳曰楚右尹子革曰祈招之

此段文有誤（舊注）

於前二字當羨。有殷坻頹，言有感於坻頹也。焯案：此用王念孫說。王氏謂與夫二字當為舉字之訛。

據注及別本

詩曰祈招之愔愔若此者與夫唱和之隆響動鍾鼓之鏗耾

有殷坻丁禮頽於前曲度難勝皆與謠俗汁協律呂相

應其奏樂也則木石潤色其吐哀也則淒風暴興或

超延露而駕辯或踰綠水而采菱軍馬弭髦而仰秣

淵魚竦鱗而上升詩曰唱予和女解嘲曰聲若坻頽坻頽崩聲也天水之大名曰隴坻因爲隴坻

之曲楚辭曰伏羲駕辯伏羲作琴始造此曲淮南子曰瓠巴鼓琴鱏魚出聽伯牙鼓琴駟馬仰秣善曰戰國策司馬喜曰臣

觀人萌謠俗列子曰鄭師文鼓琴當春而叩商弦以召南呂涼風至草木實及秋叩角絃以激夾鍾溫風徐迴草木發榮衛子

曰皆與謠俗協言雖遐方異樂皆上合律呂下應謠俗故能奏和樂之音則木石潤色也淮南子曰夫歌采菱發陽阿鄙人聽

之不若延露以和高誘曰延露鄙曲也淮南子曰互會綠水之趣高誘曰綠水古詩也趣節也鏗耾大聲汁猶恊也酣

湑思與半八音并歡情留良辰征魯陽揮戈而高麾迴

羅　述　徽

曜靈於太清將轉西日而再中齊既往之精誠酣酒治也滑樂也辰時也爾雅曰不辰不時也楚辭曰日吉兮辰良淮南子曰魯陽公與韓搆戰酣日暮援戈而麾之日爲之反三舍清謂天也此言酣飲與音樂蓋是其中半并會之際歡情之所以留連良辰之所以覺逝故追述魯陽迴日之意而將轉西日於中盛之時以適己之盛觀也昔光武合呼沱水鄴衍有隕霜之應精誠之感通天地人神以相應魯陽公麾日抑亦此之謂也苟日可麾而迴則精誠可庶而幾故曰齊精誠於既往蓋是酣樂之至遍時之晏者所以慷慨髣髴是故引而況焉善曰曜靈已見蜀都賦鶡冠子曰上及太清下及太寧也昔者夏后氏朝羣臣於兹土而執玉帛者以萬國蓋亦先王之所高會而四方之所軌則春秋之際要盟之主闔閭信其威夫差窮其武內果伍員之謀外騁孫子之奇勝彊楚於柏舉棲勁越於會稽闕掘溝乎商魯爭長於黃池左傳曰禹會諸侯於塗山執玉帛而朝者萬國先王謂舜等也信讀爲申國語曰吳

何

此自注

上齊五十三字當失次

亞

王莽傳顏注曰謂之繞霤者言四面塞阨其道屈曲谿谷之水回繞而霤也今商州界七盤十二繞是也　焯

王夫差起軍與齊晉爭衡晉文踐土之盟齊桓邵陵之會奮其威強末能過也伍員楚大夫出仕於吴吴王因其謀伐楚孫武吴人善用兵作書號孫子兵書北征闕池爲深溝於商魯之間北屬之濟以會晉定公於黄池吴晉爭長吴先歃晉惡之善曰左傳曰楚師陳于栢舉闔閭之弟夫槩王先擊楚子常楚師大敗國語曰越王勾踐棲於會稽之上難蜀父老曰南馳使以誚勁越徒以江湖嶮陂物產殷充繞霤李救未足言其固鄭白未足語其豐士有陷堅之銳俗有節槩旡蓋之風睚五賣眦助賣則挺劒喑應嗚烏故則彎絲弓漢書王莽策命前將軍曰繞霤之固南當荆楚鄭白二渠名意者謂吴江湖之阻洞庭之嶮土地之沃物產之豐雖關中所謂繞霤之固鄭白之豐未足以爲言也凡天下言豐者皆多稱關中故引焉韓信曰項羽喑嗚叱咤善曰太公陰符經曰無堅不陷也楊惲曰西河魏士凜然皆有節槩睚眥已見西京賦。家語孔子曰公良儒者有勇力挺劒而令衆也孟子曰越人彎弓而射我擁之者龍騰據之者虎視麾城若振槁搴旗若顧指雖帶

○五十五字一本无是也

甲一朝而元功遠致雖累葉百疊而富彊相繼樂湑衎其苦旱

其方域列仙集其土地桂父練形而易色赤須蟬蛻稅而附麗賈誼傳曰權制天下頤指如意叔孫通列傳曰斬將搴旗之士頤指諭疾且易也葉猶世也列仙傳曰桂父象林人也常服桂葉以龜腦和之顏色如童時黑時白時赤南海人尊事之累世赤須子豐人也豐中傳世見之秦穆公之主魚吏也數道豐界災異水旱十不失一食栢實石脂絕穀齒落更生細髮復出後去之吳山言此人等仙如蟬之脫殼爾雅曰麗附也莊子曰附離不以膠漆赤須子本非吳人故言附麗也夫土地險固以致彊豐沃以致盛而天下之美皆歸焉霸王之功皆存焉故賦者既舉其富彊之業而載其神仙之事善曰長楊賦曰麾城撕邑商君曰秦師至鄢郢舉若振槁槁葉落漢書曰吳晉爭長吳爲帶甲三萬史記曰維祖元功輔臣股肱新序曰齊侯相管仲國既富强楚辭曰濟江海兮蟬蛻淮南子曰蟬飲而不食三十日而蛻中夏比焉畢世而

罕見丹青圖其珍瑋貴其寶利也舜禹遊焉沒齒而忘歸精

九字改善曰

漢書息夫躬傳云雲泱鬱顏注泱鬱盛皃此鬱鞅音同

阨

靈留其山阿翫其奇麗也中夏貴其珍寶而不能見徒以丹青畫其象類也楚辭九歌曰九疑繽兮竝迎謂舜神在九疑山也言聖帝明王存亡而淹留於是者貴其奇麗也晉書曰舜南巡狩陟方死山海經曰南方蒼梧之丘有九疑山焉舜之所葬吳越春秋禹老嘆曰吾年壽將盡止死斯乎乃命羣臣葬我於會稽之山論語曰管仲奪伯氏駢邑沒齒無怨言也剖判庶士商搉角萬俗國有鬱鞅而顯敞邪有湫子小阨烏介而踡拳跼伊茲都之函弘傾神州而韞櫝仰南斗以斟酌兼二儀之優渥湫下也阨小也函弘寬大也左氏傳齊景公欲更晏子之宅曰子宅湫隘不可以居禹所受地說書曰崑崙東南方五千里名曰神州帝王居之楚辭曰八柱何以東南傾吳國在地勢所傾寫故曰傾神州而韞櫝也論語曰韞櫝而藏諸廣雅曰商度也搉粗略也言商度其粗畧天官星占曰南斗主爵祿其宿六星春秋說題辭曰南斗爲吳詩曰既優既渥繇此而揆之西蜀之於東吳小大之相絕也亦猶棘林螢燿而與夫檮

木龍燭也否泰之相背也亦猶帝之懸解而與桎梏䟽屬也庸可共世而論巨細同年而議豐确乎胡角崔寔政論云使賢不肖相去如日月之與螢火雖頑嚚之人猶察山海經曰櫄木長千里又曰鍾山之神名曰燭龍視爲晝瞑爲夜莊子曰老子死秦失弔之三號而出弟子曰非子之交邪曰然然弔若是可乎曰始也吾以其人也而今非也適來夫子時也適去夫子順也安時而處順憂樂不能入也古者謂是帝之懸解莊子曰有繫謂之懸無謂之解郭璞曰懸絕曰解山海經曰二負殺猰貐帝乃梏之䟽屬之山桎其右足反縛兩手漢宣帝時擊磻石於上郡陷得石室其中有反縛械人劉向曰此二負之臣也帝曰何以知之以山海經對帝天也人生稟命於天受拘俗之性憂虞終身不解此乃自終執縛爲天所繫夫安時處順憂樂不能入此自然放肆爲天所解也天在上者故曰帝之懸解性之求放者也桎梏䟽屬形之求拘者也相背之甚故以相況焉凡物安於所守思不易方處窮塞而不識天下之通塗亦如此也善曰棘聚而成林郭象玄莊子注曰生曰懸死曰解過秦論曰不可同年而語矣确薄也旣其

理字不誤或云當作埋甚繆

三字改非 二已改以

莫絡一作摹略一作模棱

為

幽遐獨邃寥廓閑奧耳目之所不該足趾之所不蹈倜
儻之極異諔詭之殊事藏理於終古而未寤於前覺
也若吾子之所傳孟浪之遺言略舉其梗概而未得其
要妙也倜儻諔詭皆謂非常詭異之事終古猶永古也周禮考工記曰輪已崇則人不能登也輪已庳則終古登阤離騷曰吾焉能忍此終古孟子曰伊尹云天之生斯人也使先知覺後知先覺覺後覺也予天民之先覺者也孟浪猶莫絡也不委細之意莊子曰夫子以爲孟浪之言我以爲妙道之行善曰司馬彪莊子注曰孟浪鄙野之語東京賦曰粗謂賓言其梗槩梗槩猶粗言也

文選卷第五終

壬戌六月廿四日 侃溫尋之

此卷後須未校胡氏考異以審伯行速故但校葉刻何評本而已胡書真所謂僻言謬攷者也 七月十三日記